天堂里的陌生人

不要把我送入黑暗的绝望,这是我唯一的渴望。

蓝紫青灰 著

山东文艺出版社

目　录

第一部　常山

Chapter 1　　女孩……1
Chapter 2　　养母……7
Chapter 3　　客人……13
Chapter 4　　葬礼……18
Chapter 5　　少年……22
Chapter 6　　老妇……27
Chapter 7　　贵人……31
Chapter 8　　派司……36
Chapter 9　　温室……41
Chapter 10　　神迹……46

第二部　苏瑞

Chapter 1　　香蕉人……51
Chapter 2　　绿袖子……55
Chapter 3　　牙买加……60
Chapter 4　　保管箱……64
Chapter 5　　赠与书……69
Chapter 6　　马黛茶……73
Chapter 7　　结婚戒……78
Chapter 8　　骨灰盒……82

第三部　海洲

Chapter 1　　江湖郎中……87
Chapter 2　　寂寞容颜……91
Chapter 3　　有字天书……95
Chapter 4　　远离尘嚣……100
Chapter 5　　俄狄浦斯……104
Chapter 6　　青梅竹马……109
Chapter 7　　婚礼照片……114
Chapter 8　　蓝调情人……119
Chapter 9　　小丑帽子……125
Chapter 10　 诺温博士……130

第四部　茵陈

Chapter 1　　雨花石……135
Chapter 2　　紫檀木……141
Chapter 3　　茵陈蒿……145
Chapter 4　　天堂鸟……150
Chapter 5　　疼痛尺……154
Chapter 6　　情人墙……158
Chapter 7　　樱桃柄……162
Chapter 8　　子夜歌……167
Chapter 9　　佛狸祠……172
Chapter 10　 杏花头……177

第五部　甘遂

Chapter 1　如意……182

Chapter 2　鱼雁……188

Chapter 3　酒窝……195

Chapter 4　梅竹……200

Chapter 5　夜行……206

Chapter 6　晨妆……211

Chapter 7　甘洲……217

Chapter 8　海婴……223

Chapter 9　夺子……229

Chapter 10　关雎……235

第六部　云实

Chapter 1　文字游戏……241

Chapter 2　士为知己……245

Chapter 3　人死为大……250

Chapter 4　色香俱散……255

Chapter 5　双重惊喜……262

Chapter 6　祖母花园……268

Chapter 7　新娘喜被……273

第一部

常山

> 我永远只有七岁，在嘉顿小学琳茜小姐的课堂上，等你出现。

Chapter 1　女孩

> 今夕何夕兮，搴舟中流。
> 今日何日兮，得与王子同舟。
> 蒙羞被好兮，不訾诟耻。
> 心几烦而不绝兮，得知王子。
> 山有木兮木有枝，心悦君兮君不知。

常山记得他在极小的时候，有美貌的女子抱着他摇晃，吟哦，缓缓地吐词，一声长一声短地，有一声无一声地，唱过这首歌。他记得那女子有极美的容颜、极长的秀发，发间有好闻的香气。

那女子有着白腻的奶油一样的肌肤，瞳仁儿是棕色的，耳朵上有一对碧绿的耳坠。他记得他常用他的小手去碰那耳坠，他甚至看得见他的那只胖乎乎的带肉涡的小手，和阳光透过碧绿的坠子印在指头上那一团绿影。

记忆如此清晰，让他极度怀疑这些到底是梦境还是出自他的幻想。有时是在梦中出现，有时是在作业间隙发呆，耳边会有女声的低调慢哼。常山老是想，他是不是得了癔症，还是真的在他幼时，身边曾有这样的女子出现过？

他不能确定,也没人可问。他是领养儿,有寄养家庭,管那家的男女主人叫父亲母亲。养父名叫艾伦·维方德,养母叫苏瑞·维方德。他跟父亲姓,他们没有告诉过他他原来的名字是什么,替他取了个英文名字叫肯扬。他的课本上,一律写着他胖胖的字体,名字是他自己涂上去的:肯扬·维方德。

直到他八九岁上,学校里来了个女同学,黑发,黑眼睛,圆圆的脸。那张小圆脸上白净得一粒雀斑也没有,不像同龄的其他小男孩小女孩,密密的全是浅褐色的雀斑,包括常山自己。这小女孩像一个白瓷人儿,黑发下的一双黑眼睛像黑夜一样黑。同班的小同学棕色的瞳孔蓝色的瞳孔绿色的瞳孔或是一只浅紫色一只淡灰的瞳孔都有,黑成这样的,除了非洲裔同学,就数她了。可她的皮肤,又白得像高加索人。

班上的小同学看着这个小女孩,都惊讶于她的肤色和眼睛,还有那一头漆黑的直发。一个男孩先叫出来,说"中国女孩"。

他们的教师琳茜小姐笑了,说,这是新来的同学,名叫露丝玛丽,来自中国上海。同学们看着小女孩,纷纷打招呼说,"嗨,你好露丝玛丽。"琳茜小姐为他们良好的表现点了一下头,赞许地说,从今天起,露丝玛丽要和我们一起学习了。

琳茜小姐后来又说了什么,常山没有听进去。他一直盯着那小女孩看,一见之下就像是心头被什么深重的东西打了一下,闷得他说不出话来。多年以后他知道有一本书叫《红楼梦》,里头有个小男孩对第一次见面的小女孩——他的表妹,说过一句著名的话:这个妹妹我见过。常山回想起他初见这个中国女孩的时候,心里也是同样一句话:这个妹妹我见过。

当然不是真的见过,只是才一初见,就像是等了她很久那样。他看着她那标准的中国女孩的脸,不用照镜子,也知道他和她有多么相似。不是五官上的相似,有血亲那样的共同基因,而是人种上的相似。

这时的他才知道,他与她是一样的,都是中国孩子。学校里黑的白的深棕色的浅棕色的孩子很多,他的皮肤偏白,瞳孔棕色,这让他很长时间都没意识到他与他们有什么不同。而他从小就生活在这个小城希尔市,人们也习惯了他,从不觉得他与他们的孩子有什么不同。直到这女孩出现在教室,他才知道,他的形貌其实更接近这小女孩。

那小女孩皮肤白得比白人孩子还要细腻,一头直发乌黑发亮地垂在肩上,前面剪得齐眉长,发帘下是一双漆黑漆黑亮晶晶的眼睛。常山觉得这小女孩好看极了，心里生出亲近之意，当琳茜小姐让小女孩坐下时，他站起来拉了她来自己身边，把他的座位让给她。琳茜小姐夸赞了他这种友爱的行为，奖了他一粒糖。

常山把糖放在小姑娘手里，低声说："你好露丝玛丽，我叫肯扬·维方德。"小女孩一脸严肃地用雪白的牙齿咬着下嘴唇，看了他好久，像是从心里认可了他后，才露出了一丝笑容。她拿起他放在桌子上的笔，在他的书页空白处写了两个字。常山看着她一笔一画地吃力地写着他不认识的文字，那字写得重，在纸上像刻刀一样刻下印子。

小女孩放下笔，移过纸给他看。他摇摇头，表示不认识。小女孩凝着眉看着他，像是不相信这世上还有人不会写自己的名字。常山拾起笔来写下他的英文名字，小女孩也摇摇头，用小手指头点着她的那两个像图画一样的字，轻声念给他听："云实。"

过了很久，他才知道，"云实"是多么好听的名字。

放学的时候，云实的爸爸妈妈开了大汽车来接她，云实拖了常山的手，把他介绍给云先生和云太太。云先生穿整齐的浅灰色西装，云太太穿整齐的香槟色套裙。云先生很和气，云太太就像琳茜小姐一样年轻。云实站在他们身前，一家三口，就像温馨的家用汽车广告。这么好看的一家人，在常山住的这个俄亥俄州的小城很少看到。

云太太看了看常山，对云先生笑说："看来我们的女儿找到小朋友了。"又问常山叫什么名字。常山看着这女士的脸，觉得十分熟悉，像是和梦里什么人的面容重叠，他听不懂她说的是什么意思，他只能对他们说："我是肯扬·维方德。"

云先生云太太看这小男孩不会说中文，相视一笑，转用英语和他聊天，一时也不急着走，说想认识一下维方德先生和太太，这样囡囡在学校有同伴，他们也好放心。美国男孩块头大，不知轻重，囡囡有肯扬做朋友，会好过一些。

等苏瑞·维方德来接常山，云先生和云太太才知道弄错了。他们以为会见到一对华人夫妻，至少是一位华人太太，谁知来的是一个胖胖的白人中年女子。而男孩和她没有一点相似之处。

云太太和苏瑞·维方德聊了几句，谢过她的儿子陪伴他们的女儿度过来到这个陌生学校的第一天。常山和小女孩说了再见，跟了苏瑞·维方德回家，沉默了一路。

吃过晚饭，常山躺在他的小床上，想起那位云太太，不知为什么，梦里那女子的影子不停在眼前飘。常山心里一个念头冒出来，那个唱着好听歌谣的女子，才是他的妈妈吧。就像云太太那样，有着黑色长发和美丽笑容，管女儿叫囡囡。

他的窗口上挂着一盏铁皮的走马灯，灯光从铁皮的镂空处照出，一颗一颗的星星投射在他房间的淡蓝色墙壁上，像夏天夜晚的星空。他想着梦中那个女子，一种陌生的悲伤感袭满他小小的胸膛。

房间门推开，苏瑞轻轻走进来，坐在常山的床边。常山闭上眼睛装睡着了，不出声。他不想在苏瑞的面前表露出他的伤心。他们是他的养父母，他们给了他一个家，如果他不能表现得像是他们的孩子，万一他们不想要他了，他不知可以去哪里。梦中的女子只是出现在梦中，那也许只是他的想象。

常山紧紧闭着眼睛，苏瑞也不出声，只是把温暖的手搁在他的脸上，一下一下地摩挲他的头发。常山的眼睛湿了，他睁开眼睛，抱着苏瑞，叫她"妈妈"。

苏瑞把这个敏感的小男孩抱在怀里轻轻摇着，吻他的额头，唱一首歌曲给他听。

> Alas, my love, you do me wrong,
> To cast me off discourteously.
> For I have loved you oh, so long,
> Delighting in your company.

常山在苏瑞温柔的歌声中睡着了，之后再没提过这一天。

他和云实成了好朋友，他教云实英文、各种俚语，带她熟悉这个小城；云实教他写中文，第一个教会的字是"云"。她告诉他"云"是什么，又问他有没有中文名字。常山说没有，云实说："那我给你取一个。"常山张开嘴笑着说"好"。他的牙掉了两颗，平时都闭着嘴，轻易不笑。

云实抬头看看天，说："我是云，你就是天吧。云和天总是在一起的。"

云和天总是在一起的。

云实和常山从低年级升到高年级，形影不离地一起长大，直到高中毕业。

毕业舞会两个人没有悬念地成双成对出现，一起离开。这个时候，学校不再像早些年那样只有他们两个华裔，但两个人只愿和对方在一起，别人很难插进来，他们也不想接受。

舞会上，云实的露肩小舞裙上的肩头依然雪白——她没有像本地的女孩子那样热衷于把自己晒成棕色，她像云太太一样，夏天去海滩，一定戴帽子；薄纱的跳舞裙下是一双平底的软鞋。常山搂着她的腰在舞场里跳华尔兹，她的腰软软的，而他的手汗湿了。趁换舞曲的间隙，他把手心的汗在笔挺的裤子上擦干。

常山的心怦怦跳。跳舞跳得他口干，他取来柠檬水给云实解渴，云实喝一口放下，拉着他又下场。常山来不及去再取一杯，随手把云实喝剩的水一口喝完。

跳到曲阑，场上只剩下不多的人，全都面孔贴着面孔闭着眼睛在随着慢曲摇摆，脚下早不成舞步，先前的热烈气氛不知不觉地带上一丝惆怅，旋转的射灯也变成了浪漫的星光，洒在一对对拥抱在一起的年轻的身体上。

云实也把双臂松松地挂在常山的肩上，常山这些年已经长成高高瘦瘦的男孩，云实的头顶只到他的下巴。常山喜欢把下巴搁在她的头顶上，云实的头发，有清淡的薄荷香气。

常山鼓起勇气想趁着这浪漫的气氛和黑暗的光线吻一下云实，忽然有一队同学冲进来，换了一首激烈的舞曲，场中的孩子都是一惊，从梦幻中惊醒，哈哈一笑，换了舞步。

舞曲把散落在四角的年轻人召唤回来，身体彼此撞击，热血开始沸腾，场中味道变得浑浊。有人送上清凉的柠檬水，常山多个心眼，拖了云实离开。学校不是象牙塔，那些负面的新闻不会放过学校。

离开喧闹的舞厅，常山和云实都舍不得各自回家，牵了手在校园里散步。就快离开待了多年的学校，心里总有些舍不得。

他问云实累不累，云实说还好。常山把自己的外套脱下来铺在台阶上让云实坐，自己坐在她身边。跳过舞之后的亢奋还在血液里奔突，常山想做点什么，又怕做点什么。旁边的树丛里有呻吟声，常山装没听见，云实则看见一片白色裙角。接着呻吟声更大，两个人再也坐不下去，吐了一下舌头，牵着手离开，不去打扰同学的寻欢之旅。

常山捡起台阶上的衣服，抖一抖，披在云实的裸肩上。云实朝他笑，常山说："不早了，我送你回去吧。"两个人朝停车场走，就见有警车呼啸而来，跟着拉起黄胶带，阻止停车场上的车子离开。常山和云实面面相觑，不知发生了什么事。

过了一会儿，警察从大楼里带出十几个学生，带进警车里走了。剩下的学生被叫进阶梯形会议室里，等着父母来领。

常山想怕是那些饮料出了问题，只是这么快就有警察出现，要么是有人举报，要么是警察埋了暗线。他把他的想法告诉云实，云实也同意，不免有些心惊，说："幸好你带我出来了，不然等一会爸爸妈妈来了，他们会担心的。"常山心里也是暗说好险，脸上却不流露出来，只说你休息一下吧，一会你妈妈他们就该来了。

陆续有学生家长来接走孩子，云先生云太太赶来，见女儿乖乖地靠着常山睡觉，心先放下来一半。云太太把女儿叫醒，云先生接过来搂在怀里，问是怎么回事。常山把事情解释一遍，警察过来，让云先生在簿子上签上名，才让他们领走女儿。

临走云实问常山，要不要跟我们一起回去。常山说，不了，我等我父母，不然他们要白跑一趟。云实点点头，打个呵欠，把肩上的衣服脱下来还给常山，常山说："你披着吧，半夜冷。"云太太说："我带了衣服来。"把手里的披肩披在女儿肩上，扶着她离开。云实回头说："明天早上给我电话。"常山说好的。

一直到早上，维方德先生和太太也没来接常山。警察看他一个人在空旷的会议室里过了一夜，摇摇头，让他自己回去了。

常山开了他的二手车回到家里，维方德先生和太太都不在家。他觉得不对劲，打开电话录音，最后一个是警察通知维方德夫妇来学校接孩子的，再往前一个，是苏瑞的留言，说维方德先生心脏病突发，她拨打了911，跟车送他去医院了。

Chapter 2　养　母

常山一夜没睡好,已经疲倦之极,听到这个留言,把瞌睡扔到了九霄云外,抓起车钥匙往医院飞奔。到了医院,在急诊室外面找不到苏瑞,他拦住一个值班的医生,问昨夜送来的维方德先生在哪里,医院问他是谁,常山说是维方德先生的儿子。医生看一下他的脸,常山忙说是养子。常山越来越像华裔,和肥壮粉红的维方德先生差得太远,和胖胖的维方德太太也不像,是以医生会怀疑。听他说是养子,医生才放心地点点头,说维方德先生在早上三点零五分时已经死亡。

常山大惊,又问,那维方德太太呢?医生说,维方德太太当场休克,送进急诊室救过来了,这会儿在加护病房。

加护病房不让人进,常山只能隔着门,从小玻璃窗上朝里看。苏瑞盖着医院的白床单躺在窄床上,鼻子里插着氧气管。常山流着泪喊妈妈,明知道她听不见。流了一阵泪,擦干了,央求医生让他去看维方德先生。

医生叹口气,让一名男护士带他去,常山跟着男护士身后到了停尸间。男护士拉出冰柜,常山揭开白床单,看着那张褪去潮红的脸,泣不成声。

常山留在医院里,一直等到苏瑞被护士从加护病房里推出来,换到普通病房。

"妈妈,对不起,我应该在的。"常山等护士离开才说话。维方德先生不在了,苏瑞需要他的安慰。

苏瑞不说话,只是带着恨意看着他。

常山被她眼睛里露出的恨意吓着了,迟疑地喊一声妈妈。

"维方德先生死的时候,你在哪里?已经过了十二点了,你还在舞厅里,还是什么其他的地方?"苏瑞的口气冷冰冰的,看他张口想解释,阻止他,"不,我不想知道你都在学校里做了什么。我只想知道,当我们需要你的时候,你为什么不在?"

维方德先生爱喝啤酒吃汉堡坐在沙发上看棒球赛,他重达二百四十磅,当他心脏病发作倒在地上的时候，单凭苏瑞一个人，是没法搬动他的。

常山只得说对不起。他想要从头说，却不知从哪里开始。事情太过凑巧，要怎么解释，才会让苏瑞相信他那个时候确实回不了家。

"维方德先生和我抚养你这么些年，并没有过多地要求于你，但连这一点你都无法做到，你太让维方德先生和我失望了。"苏瑞一口气说了那么多话，有些累，停了一下，才继续说话，"虽然维方德先生不是你的父亲，我不是你的母亲，但我们该做的都做到了，你也满了十八岁，可以离开寄养家庭了。等我回去，就通知社会福利局，你可以离开维方德先生的家了。我们的责任已经完成了。"

苏瑞的语调里带着强烈的厌恶，常山不知所措。一定是维方德先生过世让苏瑞刺激过度，才说出这样绝情的话。常山垂头说："妈妈，对不起，我应该在的。"

"对，你应该在。可是你不在。"苏瑞说。

"我知道我做错了，请你原谅。"常山万分后悔，他要是从舞厅离开时就送云实回家，然后回自己家，也许还来得及救维方德先生一命。"对不起，母亲，是我的错，我请求你的原谅。我已经去看过父亲了……"想起父亲躺在冰冷的冰柜里，常山觉得自己死一万次都不足以赎清他的过错。

"别叫他父亲，也别叫我母亲，我们从来不是你的父母亲，你也不用再假装我们是。我们收养你，是为了社会福利局每月定期支付的那一笔抚养金。"苏瑞决绝地说，"那个时候维方德先生失了业，我们需要这一笔收入来维持生活。如今你年满十八岁，抚养金在半年前就停止了支付，我们早就尽了我们的责任，是你该离开的时候了。"

"妈妈……"常山仍然不明白一向温柔和善的苏瑞怎么像变了一个人。

"请叫我维方德太太。"苏瑞扭转脖子说，"你离开吧，我想休息。"

常山呆呆地看着苏瑞，仍不死心，过了好一阵，才小心地措辞说："父亲他已经去世了，你很难过，我同样很难过。但是，母亲，我仍然是维方德家的孩子。"

"不，你从来就不是，不要再假装你是。"

"母亲，发生了什么，让你这么讨厌我？"常山听到苏瑞这么说，难过得哭了。他不明白为什么苏瑞一定要这样打击他的善意，不肯留一点情面。"如果你们不再是我的父母，那我是谁？"

"我不知道你是谁。"苏瑞说,"你只是一个奇怪的中国男孩,莫名其妙地来到我的家里,维方德先生让我善待你,我做到了。现在他离开了,我可以解脱了。"

"可是,妈妈,"常山说,"维方德家就是我的家,你让我离开维方德家,我又能去哪里?"

"哦,那可不是我该知道的了。"苏瑞冷漠地说,"去念大学吧,就算维方德先生还在,你也是要离开维方德家去念大学了。你只不过把行程提早了三个月,你总不会以为我们会支付你的大学费用吧?去吧,还有三个月,刚好可以挣出你的生活费。等我从医院回到家里,我不希望再看到你出现在我的面前。"

常山上前抓住苏瑞的手,"妈妈,请别这样对我。"

苏瑞甩开他的手,"我需要休息。"

"妈妈,"常山垂手站在苏瑞的床前,"妈妈。"

"请离开,不要让我按护士铃。"苏瑞说。

常山知道再说什么也是没用了,他想一定是苏瑞在伤心之下,听不进他的哀求。

苏瑞在医院里住了两天,这两天常山就睡在她病房外的椅子上,希望他的行为可以让苏瑞软化,但苏瑞铁了心不想原谅他,在医生同意她可以离开医院回家之后,仍然不看常山一眼。她换好来时穿的衣服,在护士递来的单子上签了字。

常山跟在她身后,一直哀求她。"母亲,"他低声说,"母亲,对不起。"他跟着苏瑞来到停车场,"母亲,我来开车好吗?你需要休息。"

"你听着,"苏瑞打开车门,坐进去,"我希望你能在今天之内收拾好你的东西离开,我不想再在我的家里看见你。从我收养你的那天起,我就成为别人的笑话。你的存在就是告诉别人,我是一个做不了母亲的人。我收养了一个东方孩子,每次我带你出去,别人就会问:这孩子是越南的?韩国的?日本的?好像我们有收藏的癖好,以收集各种肤色的孩童为时髦。"

常山几天来都没有好好睡过,没有吃过一顿像样的正餐,他被这突然发生的事情搞得晕头转向,听苏瑞这么说,他失去了理智。虽然他一直都尊敬苏瑞,但这次他问道:"既然是这样,为什么要收养我?你想要一个男孩,尽可以收养一个白人男孩。就算社会福利局把我推荐给你,你也可以表示不同意。"

"是维方德先生决定的，我尊重他的决定。"苏瑞说，"维方德先生死了，我的承诺就不存在了。"

"母亲，"常山听她提到维方德先生，一时把自己的委屈都忘了，拉住车门哀求，"就算是维方德先生的决定，你抚养我这么多年，像天下所有的母亲爱她们的孩子那样爱我，我也像所有的孩子爱母亲那样爱你，不会因维方德先生去世就改变。你是我唯一知道的母亲，请不要这样对我。"

"如果维方德先生还在，那我们的关系不会改变，现在维方德先生不在了，那一切将不再一样。"苏瑞关上车门，绝尘而去。

常山呆呆地看着苏瑞的车子远去，头一次感到那么无力。过了好久，他才拖着沉重的脚步走到自己的车前，把自己挪进去，想发动车子，手抖得钥匙对不准匙孔。他把头埋在方向盘上，失声痛哭。

他没有像苏瑞命令的那样，回去，收拾他的衣物，离开维方德家，那是他不想要的结果。他怕他一回去，看到的是屋子外的门廊上堆着他的衣物，苏瑞紧闭了门不让他进去，任他哭得泪干都不心软。他怕他真的会见到这样的场景。他开了车，往云实家去，车子停在云实家门口的路边，不敢下车。

车子在云实家门口停了一夜，他蜷缩在后座睡觉。云先生早上出来取报纸，看到这辆车从晚上停到早上还在，担心会是陌生人，便想打电话报警。再一细看，觉得眼熟，走到车边朝里看看，见是常山，才放了心，敲敲车窗玻璃。

常山睁开眼睛，看到云先生关切的脸，眼泪不受控制地涌了出来。云先生说，怎么在这里睡着了？太不安全了，快进来吧。常山点点头，跟云先生进屋。身体团了一夜，连走路都打晃了。

云家安静地沉浸在晨光里，墙上一幅仕女图温柔地看着常山。云先生进厨房拿了一杯牛奶给常山，问，出了什么事，怎么这两天都没有来过电话，囡囡往你家里打电话也没人接，是不是出了什么意外？

常山抹干眼泪喝光牛奶，把这两天发生的事情简单讲了一遍。云先生听了沉默不语，把手放在他肩上，说，我很难过。维方德先生是个好人，就这样去了，实在是太意外了。来吧，你一定饿了，我给你做菜汤面吃。常山点点头，乖乖地跟着云先生去厨房。

云家的厨房在常山看来就像天堂，云先生云太太时常会在这里像变魔术一样地变出美味的食物。他第一次在这里吃到榨菜肉馄饨,差点把舌头吞下去,烫得舌尖起了泡也舍不得吐出来,惹得云实大笑。

云先生打着火煮上一锅水,从冰箱里取出一袋青菜。常山把那只用过的牛奶杯子冲洗干净,接过青菜来清洗。云先生再取出一小块猪肉解冻,两个人亲密无间地合作着。云家的蔬菜是云太太在后院自己种的,她总是想念她家乡的青菜豆角竹笋马兰头,买来了种子在后园试着播种,开始的时候不舍得吃,后来多得吃不完,连送人都没人要。常山经常带一大包回家,切碎了喂他家的鸡。维方德住在更远一点的郊区,屋子后面就是荒地。苏瑞不种菜,她养鸡。

"维方德太太可能是一时伤心过度,你不要太往心里去。"云先生用手指戳一下肉,确定是不是可以切了,"等一下吃过饭,维方德太太休息好了,我打个电话问候一下。不管怎样,维方德家抚养你长大,他们是你的父母。"

"我明白。"常山低着头说,"我不会记在心上。"一想不对,又加一句:"我是说苏瑞的话,不是别的。"

"我一直知道你是个好孩子。"云先生笑一下,切好猪肉丝,下锅煸熟,再把常山洗好切好的青菜放进去炒一下,加水烧开做成面汤。"前天晚上你及时带囡囡离开了舞厅,免除了好多麻烦。"

常山这才想起还有毕业舞会上发生的事情。"学校怎么说?查出些什么来了没有?"

云先生把煮得半熟的面捞出来放进面汤里煨着,放盐。听他问,手在空中停了一下,接着若无其事地说:"据说现场很混乱,有人在饮料里放了迷幻药品。肯扬,你做得很好,我不能想象囡囡要是在那里,会发生什么事情。你们当时已经在停车场了,这一点非常重要,这关系到囡囡的名声。你没有让她身处险境,我很感激。要是维方德太太固执己见,我会尽我的一份责任的。"

常山知道云先生的意思。如果维方德太太执意不让他回家,那这三个月,云先生会收留他,直到他和云实一起去大学念书。两人之前就说过要一同去哥伦比亚大学念书。云实一想起要离开云先生云太太独自一个人就觉得害怕,常山答应她,他会一直陪在她身边。"不,如果是那样,我会像妈妈说的那样,去租一间房,找一份工作,养活我自己,赚得学费。"

"听我说,学校不是真空地带,总会有人有不良的企图。中学已经是这样了，大学只有更加让人担心。囡囡离开家去学校住，我和她妈妈总是不放心，有你在她身边，想来不会出问题。"云先生关了火，把面盛出来，一碗给常山，一碗给自己。

常山捧起碗来先喝一大口汤，两天没有进食，这一口咸淡适宜的面汤喝下去，才觉得饿得胃痛。他埋头呼呼地吃面，一时顾不上说话，直到把碗里的汤都喝光了才抬起头说："我会照顾好露丝，肚子饿的时候给她煮这样好吃的面。但我会去找工作。"

云先生说："也好。大男孩了，是可以边工作边读书。我工作的这间公司需要一个收发信件的，要不要来试一下？"

"不了，我会去沃尔玛开送货车搬运货物。"常山摇头说，"谢谢云先生的好意，我想从现在起就靠自己的力量生存。"

云先生不再相劝。

常山把碗和锅都洗了，抹干净手，说："我先回家去，洗澡换衣服。跟露丝说我来过了，叫她别担心。不用告诉她我家的事。"

"维方德先生的葬礼我们会去出席，至于维方德太太对你的态度，我会尊重你的想法，不告诉囡囡。"云先生也明白他说的是什么意思。

常山朝云先生鞠个躬，说谢谢你的面。常山满怀信心回家去，就算他是一个孤儿，父母亲不知是谁，但有维方德先生和苏瑞抚养他长大，给他一个家，食物和衣服不会缺乏之外，更不吝惜对他付出爱心和温暖。常山在他们的善良里得到的慈爱，不比一个正常的家庭少。苏瑞对他说的那些话，他不会往心里去。

开车回到维方德家，常山用钥匙打开了大门。还好，苏瑞没有狠心到把门锁换一把，也许是心力交瘁，也许是还没想到，也许，她先前说的真的只是伤心过度下失去理智的气话。常山轻手轻脚上到二楼，回自己的房间洗了澡。在医院胡乱过了两天，脱衣服的时候都觉得身上发臭，难为云先生一点没表露出来。

洗完澡，把脏衣服洗了，拿去后院晾在绳子上。绳子上还晾着三天前苏瑞洗晒的床单，还有他临去舞会前换下来的T恤和牛仔裤。他记得他当时急着要去接云实，衣服换下来扔在房间没及时去洗，平时他不是这样的，平时他换下来就拿去洗了，不想让苏瑞操持家务太劳累。

而这一身T恤和牛仔裤带着太阳香晒在这里，那就是苏瑞在他离开后替他洗了。那个时候苏瑞还是他亲爱的妈妈,那个时候维方德先生还在,看着他穿着平生第一套礼服,坐进车里,去接他的小女友,度过他这十八年来最重要一个夜晚——他的高中毕业舞会。维方德先生站在门廊上,开心地朝他挥手,叫他好好玩。

厚实的牛仔裤在炽热的太阳下晒了三天,已经变得僵硬,但太阳曝晒后的香味却更加浓烈。苏瑞一向爱在太阳下晒衣服,而不是用烘干机,她也从来没有让衣物在室外过夜。这就是说,她昨天回家后,没有来过后院。后院的鸡也饿了三天,一见他来就围过来,咯咯叫着要吃的。常山打开鸡食桶,倒了一大碗给它们,又换了清水,洗净手,收下床单和衣物进屋。

屋内很清凉,光线很暗。常山折叠好床单和衣服,放回自己屋里,又去厨房做了一壶冰茶,倒了一杯,拿在手里,去敲苏瑞的房门。敲了又敲,没有人应,"母亲。"他喊一声,还是没有人应。这下他有些惊慌了,生怕维方德先生的事情又再次发生。苏瑞刚从医院回来,伤心之下,也许再次休克了?他使劲敲着门,大声喊,最后他压下门锁的把手,推开苏瑞睡房的门,往里看,这才发现房间里没有人。

他松了一口气,但随即又担心起来,苏瑞会去哪里?

Chapter 3　客　人

苏瑞会去哪里?

常山非常担心。维方德先生刚刚去世,她休克才被抢救过来,又是一个人开车,万一路上出点事情,旁边连个能照顾她的人都没有。常山第一个念头是要拨打911,看是不是有人出车祸,第二个念头是打电话给医院,看是不是有人送院。拎起电话想了又想,最后打给了殡仪馆,问艾伦·维方德先生的葬礼安排在哪一天,他是他们的邻居,不想误了葬礼,又不想打扰维方德太太,让她更加难过。

殡仪馆的接待人员听了毫不起疑,告诉他艾伦·维方德先生的葬礼在明天上午十点,墓穴位置是D片区A排3号。常山又问,是维方德太太亲自来订的吗？她状态还好吗？对方说，是亲自来订的，订了墓地还有棺木，已经预付了订金。常山再问是什么时候，他的父母想给维方德太太送去自己烤的核桃派，又怕她不在家。对方说，是今天早上一早来订的，陪她来的还有一位女士。常山说声谢谢，放下了电话。

其实他的话里漏洞百出，但对方不是警察，没有一点防范之心，什么都讲了，常山已经知道了他想知道的一切。苏瑞很好，身体没事，没有出车祸没有发病，精神也还好，可以一早去订墓穴和棺木。并且有人在陪着她，这才是常山最放心的。

客厅里一张椅子倒在地上，常山扶正放好。苏瑞是真的没回来过，一切都是她离开时的样子。洗净的衣服没有收，椅子没有扶起，茶几上还有喝了没洗的水杯。这都不是苏瑞的作风。苏瑞是很讲究的人，家里容不得一点脏乱，常山在她的培养下，也学会了整理房间洗衣服做饭养鸡除草，还有许多的杂活。维方德先生和苏瑞不单抚养他长大，还教会他生活的技能，他除了感激他们，还想要报答他们。可惜维方德先生没有等到那一天，而苏瑞不想看到那一天。

寂静的房间里忽然电话铃响，常山心一跳，跑去接听。也许会是苏瑞打电话回来，他带了一丝希望。

等拿起电话，对方喂了一声，常山的心才闷闷地落下。不是苏瑞，是云实打来的。云实温柔的声音在电话线的那头问他好不好，要不要她来陪他。常山听了想哭，只能嗯一声。

云实又说，维方德先生的事她很难过，苏瑞一定很伤心，你多安慰她。

常山用最平静的语调回答她的问题，说，不用过来了，要是可以的话，明天去墓地参加葬礼吧。

云实说，我一定去，维方德先生是个好人。还有苏瑞，还有你。你真的不要我来陪你？

常山笑一下，虽然云实在那头看不见他的笑容，但他习惯了和她说话时面带笑容。他说，真的不用，我想一个人待一天。

云实说，那你好好休息，我不打扰你了。

常山说谢谢你。云实轻轻笑了一声，又觉得这个情形下不应该笑，忙停止了，说，那我挂了。常山说好。等云实挂了电话，常山才放下。有云实的关心，他觉得好过多了，不再有全世界都遗弃了他的感觉。

常山照平时的习惯把房间清扫干净，吸尘除灰。屋子内部的卫生做完，又给园子里的花木剪枝、割草、浇水。趁着下午太阳好，洗车打蜡，扔掉车库里几大包垃圾。后院的鸡咕咕吵着，他执起扫帚打扫鸡舍，喂了食水。一直忙到傍晚，才觉得肚子饿了，放下手头的活，去厨房找东西吃。

　　冰箱里有牛奶和果汁，一袋面包已经有了霉点，他拿出来扔掉。再看烤箱，里面居然有一只深烤盘，上面覆着锡纸。常山忙拿出来，揭开锡纸盖，里面是一只烤好的鸡，填料是苹果片。烤盘底部的油脂已经凝结，但没有坏，闻一下，依然香气扑鼻。常山的肚子咕地叫了一声，他把鸡拿出来切成薄片，铺在苹果上，再次加热。

　　加热鸡肉的时候，他做了煎饼。面粉加牛奶用叉子调匀，加少许盐和胡椒粉，一点干的百里香，用黄油润了平底锅，煎了三张薄饼。维方德先生和苏瑞教会了他做美式菜，云先生和太太教会了他做中国菜，他靠着这两手，将来在大学必定饿不着，还会大受欢迎。就算这会儿出去到快餐店打工，光是切洋葱和马铃薯就可以让他生活下去。

　　常山不担心他将来的日子会过成什么样，他担心苏瑞在他离开后，会是怎样地冷清。

　　他把煎好的饼和加热好的鸡肉苹果片端到餐桌上，倒了一杯果汁，一个人吃午饭。屋子里静得只有冰箱启动时发出的声音，常山看看这屋子，想起在这里度过的快乐时光，心里知道，这将是他在这屋子里的最后的晚餐。

　　常山流着眼泪吃完他的晚餐，清洗好盘子和煎锅，把厨房收拾得光可鉴人，散发着清洁剂里常含的柠檬香精的香味。想起他早上洗的衣服已经晒干，去收了回来，叠好。从壁橱里找出一只睡袋的外包装袋，把他的衣物都装了进去。他的衣物不算多，一只睡袋还有空余，再塞进去两双球鞋、几双袜子、一顶棒球帽和两只棒球手套，便差不多了。

　　两只棒球手套都是维方德先生送他的生日礼物，小的是在他八岁生日时送的，大的则是在前年他过十六岁生日时。小的那只早就戴不下了，维方德先生便送了他一只新的。维方德家的经济水平只能算中等，早年因失业还欠过债，后来维方德先生在这个小城找到了工作，安定下来，每过两年升一级，如今已经做到了小主管。因此他的物质生活从来不曾缺少过什么，别的男孩子有的，他也有。

　　常山这个时候回想起他这十多年来在维方德家的日子，也可以算得上天堂了。不是每个寄养儿童都有他这么好的运气，遇上宽厚善良的维方德先生和苏瑞。如果命运一定安排他会遇上昨天那样的事情——失去维方德先生，苏瑞伤心之下不再想和常山维持下去，那维方德先生恰恰在这个时间心脏病发作离开世间，就是对常山最好的一种结果了。

也许维方德先生已经支撑到了最后，他看到了养子成人，没有他的庇护也可以很好地生活下去。难怪苏瑞要恨他，他只尽力尽到了父亲的责任，没有像结婚誓言说的那样，陪伴她到白头。如果苏瑞所说的都是真的，抚养他只是维方德先生的坚持，那苏瑞确实没有责任再负担他的感情寄托。只是这十多年母子情深，不是说斩断就可以斩断的。借由伤害亲人发泄愤怒，也只有亲人之间才能有作用。真正是自己不关心的人，那再怎么冷酷决绝，都不会给对方造成一点伤害。

常山在这一个夜里长大。他整理好他这些年攒下的书、照片、唱片、CD、影集，还有杂物，值得带上的再装一个包，其他的用一只黑色垃圾袋装了，趁着夜色悄悄扔到垃圾箱里。有些东西要到指定日才有垃圾车来回收，他等不到那一天。

到清晨，他已经把他所有的东西都整理完毕，两个包放进了车子的行李箱里。他洗了澡，收拾干净浴室，时间还早，在睡了多年的床上小睡了一会。再醒来，天已经大亮。他吓了一跳，忙看看表，还好，没有过葬礼的时间。他起床，换了一身参加葬礼才穿的黑色西服，下楼到客厅翻出电话黄页，找了一家小汽车旅店，订了一个小房间。

最后想起一件事，去后院捡了鸡蛋，喂了鸡，把装鸡蛋的篮筐放在餐桌上，看了看这个生活了十多年的家，锁上门，开车去墓地。

在墓地找到管理员说的 D 片区 A 排 3 号，两个墓地工人在工作，墓穴正在被挖开，参加葬礼的人一个都没到，他还是来早了。而他忘了吃早饭，这个时候，胃揪紧了似的痛，他额上冒着汗，想呕吐。

虽然是早上，夏天的太阳已经很烈了，他到墓地边缘的一棵树下站着，看着墓工挖墓穴。

快到十点时，墓穴已经挖好，两个墓地工人带了工具离开。常山走到墓穴边上，看着一米多深的坑。过了一会儿，像是有人过来。常山抬头看，是苏瑞穿着黑色的丧服来了，陪着她的是一个和她差不多体形的中年女性，常山记得她几年前曾到维方德家过圣诞，名叫南希，是苏瑞的表姐。常山还记得她离了婚，一个人住在弗吉尼亚州的詹姆斯敦镇。原来这两天是她在陪着苏瑞，常山放心了。

他迎上去，对苏瑞说："母亲，你来了。"苏瑞冷淡地看了他一眼，说："你来参加维方德先生的葬礼？也好，他值得你送他一程。"

"他值得我付出所有的尊敬。"常山说，"母亲，还有你。没有你们，就没有现在的我。"

"是吗？"苏瑞疑惑地问，"在我说了那些话之后，你仍然这么想，我倒觉得有些奇怪。"

苏瑞的表姐也用奇怪的眼神看着常山，在苏瑞耳边低声说："这就是那个中国男孩？真是个奇怪的孩子。"

常山不记得她的姓氏了，离婚后她应该恢复了娘家姓氏，而两个姓氏他都忘了。他只能含糊地说："你好，南希姨妈，谢谢你从詹姆斯敦镇赶来，母亲刚从医院出来，有你的陪伴，她会觉得安慰。"

南希挑了挑眉毛，不理他，对苏瑞说："你说得没错，他是个深不可测的孩子。你看他的眼睛，像是有什么不可告人的秘密。"

常山的眼睛少年时还带点棕色，这两年越长越黑，和云实一样，黑得像两口深井。而苏瑞的瞳仁是浅淡的榛子色，维方德先生的瞳仁是灰色，南希的瞳仁是浅褐色，都比他的浅淡。他们的喜怒哀乐都明显地从眼睛里流露出来，因此常山的黑眼睛，在南希看来，不知隐藏了多少心思。

她对一个陌生的孩子、一个与她毫无利害冲突的孩子、一个刚失去父亲的孩子不肯有一点的同情心，这让常山愤怒。他可以忍受来自苏瑞的冷淡，而不是所有人。显然这两天南希在苏瑞的耳边提了不少的建议，苏瑞像是很听她的。

"南希姨妈，如果我的眼睛颜色这么让你不安，那我一早就去买一副蓝色瞳膜来戴，那样一定能让你满意。"常山无力地说，"对不起，让你不安了，可这个是我无法改变的事实。"对苏瑞，他可以退让到底，而别的人，他不打算让他们的不满意来影响他的心情。他们高不高兴，他不在乎。孤儿都有来自自卑与自尊双重的压力，有时自卑多一点，有时自尊多一点。有时自卑太多，相应地，自尊也就越多。他们除了用冷漠孤僻伪装自己，没有别的武器。

南希笑起来，像是被常山的话逗得乐不可支。她对苏瑞说："亲爱的，你能忍受这么多年，太了不起了。艾伦·维方德是个愚蠢的人，你要同时忍受他们两个,我都替你摇头。我以前就对你的母亲说过,说亲爱的苏瑞太善良了,受了不少苦。当年你铁了心要嫁给艾伦·维方德,我们都劝你,你却一意孤行,以致弄成今天这个样子。"

苏瑞的脸色变得极端不好看,"艾伦·维方德先生是我的丈夫。"苏瑞说,"他已经去世,请不要再说他的坏话。"

南希耸耸肩,知道说错了话,闭上嘴不再说了。

Chapter 4　葬　礼

他们说话的时候,陆续有人到来。维方德家的邻居、艾伦·维方德的同事、下属和上司,还有苏瑞的朋友。看来苏瑞在这两天里安排好了一应事务,通知了亲朋好友故交邻居,该来的人差不多都来了。个个穿着黑色的衣服,在这个夏天的上午,热得出汗。好在是参加葬礼,人人都带了手帕,擦着汗,与苏瑞问过好表示过遗憾之后,站在墓穴的一边,等着葬礼开始。有与常山认识的,像维方德家的邻居和来过家里一起喝着啤酒看球赛的同事,也和常山说两句客套话,常山一一道谢。

这其中只有云先生一家是因为常山而来的,他们并不是维方德先生的朋友。云先生和太太空着手,云实带了一捧白色的香雪兰,用白色的纸裹着。云实看到常山,跑上两步到他面前,见他脸色发白,关切地问:"你还好吗?"一只手放在他脸上,摸到一手的汗,忙从包里取出一块白手绢来替他擦汗。

常山享受着她的温柔,她的手凉凉的,让他心安。接着云先生和太太走到他面前,他迎上一步,不着痕迹地避开云实的手,对他们说:"谢谢你们能来。"在云先生云太太面前,他不好表露得和云实太过亲密,虽然他很愿意享受云实自然流露出的关心。

云先生按了按他的肩,说:"脸色不太好,不过比我想的要好很多了。维方德太太还好吗?"云先生想问的是她原谅你了吗。但他既然没有告诉太太和女儿常山曾在维方德太太那里受过什么委屈,那他也只好问得含糊了。

常山也知道他的意思,同样不想让云太太和云实替他担心,更多的是想在他喜爱的女孩面前保留一点自尊。他无奈地摊一下手,云先生也就不再多问了。云太太礼貌地去和苏瑞寒暄,苏瑞只淡淡地回答了一句谢谢你,就不肯再和云太太说话。云先生扶了云太太站在一边,两个人都用担忧的眼神看着常山。常山低下头,难堪得恨不得跳进坑去。

因常山的关系,云实常去维方德家,和苏瑞也熟,苏瑞在这件事发生之前,对云实很客气,每次她去维方德家,苏瑞都会装一篮鸡蛋叫她带回去。云实并不知道常山和她有了矛盾,仍然像往常一样去和她说话,"苏瑞,我很难过。发生这样的事,太不幸了。有什么我可以帮得上忙的,尽管叫我。"

苏瑞只朝她点了点头,没有回答。云实有些不明白,回头看一眼常山,常山上前挽了她退下,云实只当她刚失去了丈夫,没有心情说话,也就不甚在意。

墓工运了棺木来到墓边,墓地的管理员指挥大家站好。南希扶着苏瑞站在最前面,常山站在苏瑞的下首,来宾站在另一边。

管理员问是不是人都到齐了,到齐了葬礼就可以开始了。苏瑞示意他开始,管理员做个手势,让墓工下葬。墓工启动升降机械把棺木放进墓穴里,停在预定的位置上。

艾伦·维方德的上司致了辞,他穿一身笔挺的黑西装,整了整黑领带,拿了一张小小的稿纸来照着念。他说,艾伦·维方德先生是工作上可信赖的伙伴,生活中大家的朋友,妻子的好丈夫,孩子的好父亲,失去他,是我们大家的损失。他进入 TENMA 公司十年来,一直兢兢业业干好委派给他的各种工作,从最底层的设备维护做起,不管是大雪天还是龙卷风的季节,从来没有出过差错,是 TENMA 公司的优秀员工。我们以有这样的员工而骄傲,以失去这样的员工而惋惜,愿他在天堂安息。

一番话说得苏瑞和常山都掉下了眼泪。挨下来是艾伦·维方德的朋友和邻居们的告别仪式,最后牧师照惯例做了简短的祷告后,往棺木上撒了一把土。苏瑞放进一朵白玫瑰,来宾绕着墓穴走一圈,扔下更多的花。常山忘了带花来,云实把带来的白色香雪兰递给他,自己只留了一枝。

等所有的来宾走完,墓穴的土掩上,墓前只剩下苏瑞和常山,南希站得稍远,似乎有意避开,好让他们说话。云先生和云太太去车里等云实,云实想和常山在一起,常山示意她去车上等,他和苏瑞有话说。等云实去了,常山试着做最后的挽救。

19

"母亲，父亲的离世，对我的打击和对你的一样大，我相信父亲在天之灵，必不想看到我们这样，本来是一家人，是母子，只因他不在了，就像是陌生人了。他发病时我不在他身边，以致耽误了救治的时机，这全是我的过错，你怎么责怪我，我都无法替自己辩解。可是已经发生的事情无法挽回，我请求得到您的宽恕。没有你的宽恕，将来无论我走到哪里，身上都会背负着罪孽。母亲，在父亲的墓前，请宽恕我吧。请你。"

也许是常山真挚的话语和哀伤的眼神打动了苏瑞，她的态度有了一些软化。她沉默着，常山也不说话，等她的回答。过了良久，苏瑞才开口。

"我要把这里的房子卖了，搬到詹姆斯敦镇去和南希一起住。她在那边经营一间家庭旅馆，缺少管账的人。我会用卖房子的钱入股，后半生将在詹姆斯敦镇度过。"苏瑞没有说她原谅了常山，她只告诉他将来的打算，在她未来的生活里，没有常山的位置。

常山先是失望。他没有听到他想听到的话，苏瑞没有明确说我原谅你了。这么大的事情发生，有人去世，有人生活为此改变，她不肯原谅他。其实这也在他的预料之中，但他同时也放心了，苏瑞肯把她的打算讲给他知道，就已经是个缓和。他不用再担心她，他可以放开脚步，走他的路。

还有苏瑞要搬去和南希住，他细想一下，也就不觉得奇怪了，那其实是早已揭示的结果。南希老远从弗吉尼亚的詹姆斯敦镇飞过来，绝不是单单出席表妹夫的葬礼那么简单。常山可以想象她一听到苏瑞的电话，便马上赶了过来，在城里的酒店住下，把苏瑞留在她的身边，两天里不停地向苏瑞灌输她的建议。而苏瑞在这样的情形下，判断力必定会被她左右，她没有回家，已经说明了一切。她对那个家已经没有了热情，她由得家里椅倒杯脏，烤箱里还有烤好的肉，鸡饿着肚子。这在她的主妇生涯中，是从来没有过的。她以为她可以摆脱目前的窘境，但常山可以想见她在詹姆斯敦镇上那间家庭旅馆里，同样是被禁锢在一幢屋子里，并不比她做主妇舒心多少。

"我明白，我已经整理好我的衣服和杂物放在车子里了，维方德家没有我的东西了，你随时可以卖掉，不用再通知我了。"常山冷静地说，"你这两天都和南希姨妈在一起？"

"我通知了她，她马上就飞过来了，我们住在城里的豪斯酒店。忘了告诉你。"苏瑞不带表情地说。

事情果然如常山想的那样，可他想不出有什么可说的，以他的身份，说什么都会引起不必要的猜疑。但他忍不住,还是觉得有必要提醒一下苏瑞。

"卖房子的钱,不要都投资到那间旅馆上,留一半买点股票吧,IBM 的,辉瑞制药的,都行。不是所有的人都像维方德先生那么善良。钱要掌握在自己手里才行,去银行开个小额投资的账户,他们会教你怎么运作你的财产。"苏瑞卖了房子,还有来自 TENMA 公司的员工死亡津贴,维方德先生的个人积蓄,商业保险和人寿保险,以及他们联名账户下的资产,各种加在一起,常山虽然不知道到底有多少,但他相信足以让苏瑞舒舒服服过上几年,不然南希不会这么警惕他。他的直觉告诉他不要相信南希,但以他的身份,实在不方便多说什么。

苏瑞听了这话,看着他,眼睛里有一丝温情泛起。她想起早些年,当常山还小的时候,母子两人也曾经亲密无间。她是他全心仰仗和依靠的母亲、他唯一知道的母亲;他是她的小男孩,柔软的头发,香甜的吻,是他让她感受到了做母亲的快乐。只是随着男孩的长大,曾经的甜蜜不再,而男孩越长越像一个东方人,她也越来越摸不清他的想法。随着男孩进入青春期,她进入更年期,两人的隔阂大得无法忽视。

他不打架,不偷着抽香烟,不伪造身份证去酒吧,不在床垫下藏裸女画报,他穿整洁干净的衣服,房间从来不乱,他除了读书就是做家务,养鸡打扫院子修车补栅栏,他与这个城市里大多数同龄的男孩子都不一样。要不是他有一个和他一样的东方女孩子做他的女友,他几乎可以被人怀疑是有另一种性取向的人。苏瑞知道有这种人的存在,但她不允许出现在她的生活中。她的小男孩长大成人,成了一个她弄不懂的人,她也就不想去弄懂了。

"你这孩子的心思,我从来都弄不懂。维方德先生一直说你很好,我愿意相信他的判断。不过我在这里住厌了,我想到弗吉尼亚去住一阵,那边比这里要湿润许多。"苏瑞第一次说出她的不安。

常山看到她又带着一贯的温和口气,知道她的恨意消失了一半。在他的小时候,他们也曾亲密过,但随着他的成长,他自身的性格变得突出,苏瑞不能理解他,也失去了沟通的兴致,慢慢疏离了。如果艾伦·维方德先生还在,情况不会这样,三个月后常山会离开维方德家去上大学,在节假日才回来与他们团聚,他们的关系将一直温情脉脉。而艾伦·维方德先生突然离世,把这些美好的关系都打碎了,苏瑞不想再维持假象,她干脆利落地斩断与养子的情感纽带,想开始一种新的生活。

常山理解她的想法。他上前轻轻拥住她，说："谢谢你，妈妈。我暂时会住在云先生家，你在詹姆斯敦镇安顿好之后，要是愿意，可以把那里的地址告诉我。给我写信，寄到云家也行，寄至学校也行。你知道我念哪间大学的，是不是？"

苏瑞看一眼站在远处等着的云家三人，摇摇头，"再见，孩子。"

她也许不会给他写信，常山明白。

"再见，妈妈。"常山放开她，"妈妈，我爱你。"

Chapter 5　少　年

葬礼过后，常山开着车子先跟云先生到云家，把苏瑞的决定告诉他们，同时也把他的打算讲了。说他会到汽车旅馆去住两天，再找个临时的住所住两个月，这两个月先去沃尔玛找份工作做，赚读大学的生活费，然后会先去哥伦比亚大学附近找住处、找工作，他会先在那边安顿好，到开学的时候云实过去，会比较容易熟悉起来。

云实听他这么有条有理地讲着，忍不住就泪眼婆娑。她抹着眼睛说："苏瑞怎么能这么对你？维方德先生心脏病发作，又不是你的过错，她怪在你头上，好没道理的。我们在学校里学过急救知识，医生说心脏病人发病时，不能搬动，应该让他躺在原来的地方，拿两粒硝酸甘油放在病人的舌下含服，然后等医生来。除非特别紧急的情况，才需要做胸部按压。因此就算你在，也不能改变维方德先生的状况。"看到爸妈都用责备的眼光看看自己，云实辩解说："我只是讲正确的急救方法，并不是说维方德先生就应该怎么样。"转头摇摇常山的手臂，哀告道："我不是有意的，你别生气啊。"

常山当然知道她是在替他抱不平，拍拍她的手说："我知道，我不会生气的。"

云实点点头，又说："你肯定没把这个过程讲给苏瑞听，她要是知道了，不会这么绝情。还有，我们被警方扣在会议室的事情，你也肯定没讲，是不是？"

"露丝，那样的情况下，我怎么能讲？何况父亲已经不在，我说什么都是没有意义的。"常山安慰她说，"我知道你替我担心，我很好，没事。"云实的英文名字是露丝玛丽，常山不好跟云先生云太太一样叫她的小名囡囡，又不肯叫她的中文名字，他念着总觉得有些拗口，叫露丝玛丽又显得生分，便只用她英文名字的前一半，叫她露丝。

"那我昨天给你打电话，你还什么都不告诉我。"云实忽然想起昨天的事来，又气呼呼地说。

常山被她流露出的对他的心疼弄得心里暖烘烘的，很想把云实的肩头揽过来，搂在自己怀里，但他只能说："我知道了，下次一定告诉你。"

云实看着他，破涕为笑，才笑了一下，又哭道："你本来就没有亲爸亲妈，这下连维方德先生也走了，苏瑞又不要你了，你怎么办啊？你来我家住呀，让爸妈收养你。"

云先生和云太太还有常山都哭笑不得，都道"胡说"。云太太斥道："哪有这样的事？已经满十八岁，是成年人了，还要人来收养？我看肯扬的计划很好，先打两个月的工，再去大学城找房子。囡囡啊，要是没有肯扬在，就看你这样的孩子气，我哪里放心让你自己去住学生宿舍。"

云实展颜一笑，说："我命中有贵人相助。妈妈你就放心吧。"

常山笑了，"就我这样的，也好算贵人？"心里说，两次被父母抛弃，命贱如尘土。如果不是有云实全然的信任，不是有云先生云太太的爱屋及乌，他说不定就自暴自弃了。正是想到三个月后云实到学校会遇到各种麻烦，才让他不得不打起精神来，着眼安排将来的生活，强迫自己把失去父亲的伤痛扔到脑后。要说贵人，云实才是他命中的贵人。

云实认真地说："算，当然算。每次我要换一个地方换一个学校，你就已经在那里等着我了。不是贵人又是什么？"

"不是才一次吗，就你八岁那年搬来的那次，哪里就每次了？"常山笑说。

"这一次不算？"云实狡黠地问。

"还没到呢，何况上一次，也不知道就会遇上了。"常山有些惆怅，如果没有云实，他蓦然遭遇到这样丧父别母的痛苦，不知要怎么样才能淡忘。

云实偏着头问他说："你不是说仿佛从前就认识我，就像宝黛初会一样？"用越剧的调子念白道："这个妹妹我见过。"嘻嘻一笑，"天上掉下个云妹妹？"

云家是杭州人,产生于浙江嵊泗乡间的越剧正是他们喜爱的戏曲。云太太思乡情切的时候,就会放她喜爱的越剧录影带来看。常山这十年来总在云家玩,越剧听得颇为耳熟,而借由云家,也知道了世上有宝哥哥和林妹妹这一对情人。

他嘿嘿一笑,不答云实的话,转而去问云先生,说道:"房产市场今年的形势好吗?我父亲那房子不知可以卖出多少钱。苏瑞想用这笔钱入她表妹那家旅馆的股,我担心她把全部资金投进去后,收益却不好,将来会受苦。詹姆斯敦镇虽然是个旅游区,开家庭旅馆会有客源,但我还是忍不住怀疑南希姨妈的经营能力,如果生意好有客源,她想拓展生意的话,可以去向银行贷款,而不是让苏瑞来参股。苏瑞没做过这行,对那里又不熟悉,万一受骗,连回来都没可能。"

弗吉尼亚的詹姆斯敦镇是 1606 年 12 月从英国伦敦驶出的三艘探险船苏珊·康斯坦特号、幸运号和发现号抵达美洲的第一个落脚点。三艘船载了一百四十四名船员和乘客驶进切萨皮克湾,这里绿草如茵,万树参天,更有淡水河穿行于林间,这让在海上漂荡了四个月的人们惊喜不已。他们选择了河中的一座岛屿作为落脚点,并以他们国王的名字詹姆斯(James)来命名这个地方。其后又因英国军官 John Rolfe 与当地印第安部落首领的女儿 Pocahontas 的婚姻成为传奇而流传后世。这个地方一向是游客到了弗吉尼亚一定要去的历史名胜,在这里拥有一间家庭旅馆,应该是一项好的生财之路。

"你不能阻止你母亲的行为,你干涉得越多,她就会怀疑越多。旁人也会说你觊觎你养父的财产。"云先生冷静地说,两个人都知道他说的旁人不是别的什么旁人,而是意有所指。"那幢房子会交给房产公司代理出售,你不用担心。里面有没有你需要的东西?"

"没了,我都整理好了,现在放在我的车子里。"常山说,"我已经告诉过苏瑞,要她别把钱都投进去,自己留一半,买点股票做点别的投资。维方德先生的财产,哪里是我可以去想的?我不过是他们的领养儿童,社会福利局早在半年前就已经停发了我的支票。我现在是社会人,不再是任何机构和家庭的负担了。南希姨妈的担心,纯粹是多余。我只是替苏瑞难过。"

常山真心在替苏瑞难过,丈夫一死,她就像孩子手里的气球,孩子的手松了,线脱了,气球就摇摇摆摆地飘在空中,也许会挂在电线上,也许会被树枝缠绕,就算飞上高空,也不过是等着气漏光了,总有一天会落在不知名的一处角落里，风吹雨打烈日曝晒。一个女人没有了丈夫，又没有了孩子，如今又要把住了十多年的房子卖了，那真的是无处安身了。而去投靠远方的表亲，就一定是一个好的选择？也许她想要一种新的生活，她也期待有所改变，就像常山期待即将到来的大学校园生活一样。

那他的亲生母亲呢？是什么样的情况下才会把他抛弃，是不是也是因为没有丈夫，一个人养活不了孩子？不知道她如今还在不在这个世上。如果当时把他留在身边，是不是会让她有力气活下去？就像他因为心里想着云实，会计划他们的将来一样，她一定也会计划着他们的将来。哪个做母亲的会抛弃亲生的孩子？就算在快餐店打工，也不会养不活他们两个。他一年年长大，不再是她的拖累，他会照顾她，在她一天辛劳后回到家里，会给她拿拖鞋、泡冰茶，会在她生日那天送给她他亲手画的贺卡。他们会在七月四日独立日的时候一起去街上看花车游行。他会自己挣零花钱，十二岁去送报纸，十四岁帮邻居割草，十六岁考取驾照，他可以开车载她去五大湖看瀑布。他会做个小小男子汉，照顾他的母亲。

只是，他的两个母亲都弃他而去，让他一颗孝心，无处着落。

常山从小就知道自己是领养儿童，但因为有维方德先生和苏瑞，他从来也没把这个事实放在心上过，这是第一次，他有了想去追寻答案的念头。他的母亲是谁，为什么不要他了？他的父亲又是谁，这个男人知不知道这世上有一个他的后代？

常山难过得直想哭，他站起来，朝云先生云太太说："我走了，谢谢你们安慰我。我住在十字街的汽车旅馆，等找到临时住处再打电话告诉你们。"

云太太说："吃了午饭再走吧。"常山摇摇头，对云实说："我过两天给你打电话。"

不等他们再留，快步离开了云家，他怕他再坐下去，会当着他们的面哭出来。

开车到了旅馆，登记入住，把两个大袋子也搬进房去，洗洗脸，出去吃饭。在一间快餐店里买了一个汉堡和一杯健怡可乐坐下吃着，心里想的是要不要去找苏瑞。苏瑞是他唯一知道的母亲，维方德家是他唯一知道的家，他不回家，待在外面，让他好不习惯。他从来没有试过离家出走，虽然今早确实是有点负气，才把他所有的行李都装进车里，但从内心深处来说，这不是他所愿意承受的。他还没从失去父亲的伤痛中恢复，又被养母抛弃，双重的

天堂里的陌生人

打击让他忍不住自怜。在云家掩饰得再好,也不能让他不去想要回到他唯一的家去。

何况维方德先生不在了,也许苏瑞是唯一知道他亲生父母一点蛛丝马迹的人,他们从社会福利院领养了他,在他们领养他之前,他在哪一间儿童院?在那里住了多久?那里会不会还有什么线索?

他忍不住把车开回维方德家所在的那条路上,停在稍远的地方,坐在车里看着他住了十多年的房子。他想他是不是应该马上去找苏瑞问一下,又想苏瑞要是听到这个问题会怎么想。养父才离世,他就迫不及待要去找生父,换了谁也不能接受吧。何况苏瑞又在这样伤心的情形下,这个时候去问,不啻是往她伤口上撒盐。

常山想了又想,放弃了这个念头。正在他要打转方向盘离开的时候,却有一辆出租车停在了维方德家的门口,下来两个人,正是苏瑞和南希。常山看着她们进去,等了好久也没见她们出来,想她们应该是在城里的餐厅吃过午饭,来家里收拾东西的吧。这么一幢房子,住了这么久,角角落落都是东西,光收拾就要花好几天工夫。幸亏苏瑞让常山先在家里待了两天,把他自己的东西带走了,不然母子两个在这样的情形下怎么相处?

过了一会儿,又有一辆小型货车开来,绕过院子的篱笆,停在后院旁边的车道上。车上一个人下来,往院子里去了,跟着就听见一片的鸡啼声,那人一手抓了一只鸡,扔进货车后面车斗里的笼子里,转身又进去了。看来是苏瑞叫来了买鸡的人,正装鸡运走。

常山见此情形,知道再也无法挽回,狠狠心,开车离开了。

苏瑞和南希两人回来,第一件事就是把鸡处理了,可见她对这里没有一点留恋。常山就算鼓足勇气去问她有关他自己的问题,也未必会能得到什么有用的答案。在墓地前苏瑞已经不再生他的气,原谅了他,他不敢冒险去破坏两人之间的这种平和的关系。她不是搬去詹姆斯敦镇吗,那个镇能有多大,就算没有地址,去了还能查不到?等过一阵子,她的伤痛平复下来再去问她好了。

Chapter 6　老　妇

　　沃尔玛的仓库主管给了常山一个工作，在超市搬货物，夜班。一箱箱的啤酒可乐、一袋袋的冰、十几斤重一只的火鸡，全部要靠壮体力的男性员工来完成。暑假是学生们打零工的好机会，但非洲裔男孩子喜欢在街头打篮球唱RAP，白人男孩子喜欢在社区轮滑骑小轮车，常山去沃尔玛找工作，并没有出现他想象中的一职难求的情况。

　　他仍然记得和云实的约定，每天给她电话，告诉她这一天他都做什么了。只是在沃尔玛工作完后回到汽车旅馆，再也没有力气出去另外找临时住房，这样他的周薪会连租房都不够，更不要说攒足学费以及将来的生活费。但他没有告诉云实。

　　云实也找了份暑期工，帮邻居家的中年女士看孩子。那位女士不舍得她目前的职位，不肯辞职在家，上社区幼儿园又嫌早，正愁得焦头烂额。星期天抱了孩子去社区小教堂，云实那天也陪云太太去，见到那小婴儿吐口水泡泡，反被他逗笑了，便伸手去胳肢他。那小婴儿笑得咯咯的，被他妈妈看在眼里，问云实能不能当他的保姆。

　　云实以前也看管过孩子，不过都是会说话会画画的大儿童，一天看两三个小时那种，这么小的婴儿还没碰到过，忙推说不行。但那位女士坚持，说换过多少保姆，凯尔都不喜欢，云实是他少有的有意亲近的人。云实说，不行，我还有两个月就要离开了，那位女士说到时候再说，她现在被凯尔拖得脱不开身。

　　那女士开出相当可观的现金支票，云实想到常山，对自己这种伸手派的日子十分汗颜，便答应先试一个星期。也是那小婴儿和云实真的有缘分，她看管他并不觉得吃力，换几次尿布、喂三顿奶、下午给他洗一个澡，一个白天很快就过去了。云实在他睡觉的时候，还可以弹钢琴。

　　作息时间不同，没有见面的空当。常山听说她的情况后，放下电话松了口气。他就担心她日长无事会来找他，他不能陪她去玩，不能听她弹琴和她说话聊天。而她看到他的现状,心里一定会难过,那样他还要安慰她。虽然他很想她,但念及他的窘困来,他更希望可以一个人躲着养伤。

在沃尔玛搬了四天的货物,常山得到一天的休息时间。他换了一件干净的衬衫,开了车去找出租屋,报纸上的分类广告上密密麻麻登着待租的空屋子,他先在旅馆打电话问了价格,有看中的,预约了看房的时间,在快餐店简单吃了一个汉堡后就开车上路了。在城里开了两圈,看了两间房,一间是地下室,潮湿得墙角都发了霉;一间是群租房,一间公寓里住了好几个人,个个看上去面相不善。常山忙离开,暗自提醒自己,千万别落到那种地步。

他心里还在为刚才看到的景象警惕着,没注意车拐上了另一条单行道,一时调不了头,只得继续往前开。开过几个路口,他发现他到了离家不远的地方,身不由己地,他把方向盘朝家的那边打。

车子经过家门口,常山看见草坪上插了块木牌子,上面写着"出售"的字样,再下面一行是房屋中介公司的名称和电话号码。常山把车子停在路边,看着这房子。

苏瑞和南希已经离开了吧,所以这房子才会被估价出售。再过些天,就会有别的人家搬进来住,从此这里与他再也没有关系了。

常山在故居门口坐了很久,直到肚子饿了才开车离开。在街上买了个热狗吃了,下午继续看房。首先去的是希尔市另一边的市郊,一位姓奥尼尔的老妇人打算把车库上面的房子出租,房子很旧很破,连上到二楼去的室外楼梯都破损严重,需要更换。楼顶漏雨,房间里东西很少,床垫发出霉味。

那奥尼尔老太太不肯上楼陪客人看房,只坐在她房子的门廊上看街上过路的行人。正午时分行人不多,她看一眼街上,又看一眼常山,大声喊:"孩子,你看好了没有?看好了就下来,赶紧离开,我的屋子不出租给外国人。"

常山却很喜欢这里,他下楼对奥尼尔太太说:"我租了。"

"我不出租了。"奥尼尔老太太却说。

"我帮你修房子,你免收一个月租金。"常山讨价还价。

"我讨厌男孩子,何况是外国男孩子,"奥尼尔老太太气呼呼地说,"他们全是魔鬼养大的。"

常山哈哈笑,说:"老祖母,我会是你见过的最好的男孩子。我会帮你修屋顶,换楼梯踏脚板,刷油漆,门口院子的草也要除了,还有你坐着的这个门廊,底下有一个老鼠洞。"

奥尼尔老太太发怒了，"我家里才没有老鼠。"

"你这门的纱也需要换了，所有材料工具人工我全包了，你免一个月的租金，我租两个月，到八月底就要去念大学了。等我走了，你将有一幢全新的房子，到时候你可以以两倍的租金出租给别人。"常山继续查看这房子，一直思考着整修计划。

奥尼尔老太太盯着他看了良久，常山耸耸肩，吹起口哨，动手拔除车库前半人高的杂草。"不许带女孩子来过夜。"老太太开口说。常山笑点朝她点头，"不会的。"他当然不会，他上夜班。

"不许在屋子里煎咸鱼。"老太太又说。常山又笑，"不会的。"

奥尼尔老太太唔了一声，"不许发出噪声，不许放震聋耳朵的音乐。"

"老祖母，我一天工作十小时，回到家里只想睡觉，不会唱摇滚、弹奏电吉他、吃迷幻药。"常山觉得这老太太真是可爱。

奥尼尔老太太把眼睛都竖起来了，"孩子，你该不是那种人吧？我是基督徒，不允许那种人出现在我的屋子里。"

常山把怀里的一捧杂草放在路边，"等我女朋友来了你问她。"

"你走吧，我不租给你了。"奥尼尔老太太盯着他看了一会。

常山温柔地说："老祖母，我有女朋友，不等于我会违背我们的约定。"

奥尼尔老太太用鹰一样的眼睛打量着他，"我面前站的是一个说谎者还是一个圣徒？前者迟早会表现出来，后者我不相信。"

常山笑嘻嘻地说："那你看一段时间就可以得出答案了。"

奥尼尔老太太冷笑一声，"我才不上你的当。你走吧，我累了，要去午睡了。"

"祝你午安。"常山说，"我会安静地干活，不会打扰你的睡眠。"

奥尼尔老太太嗤之以鼻，"又是一个诺言，太容易许的诺言，也许就是谎言。"

常山说："老祖母，别那么快就下结论。我不是圣徒，但我会尊重我的信仰，敬畏我们的主，信守我的誓言。还有，珍爱我的女孩。"

"誓言就是用来打破的。"奥尼尔老太太鄙夷地说。

"誓言是用来约束的。我愿意被誓言约束，而不是想要去打破。"

奥尼尔老太太哼一声，"年轻人不知天高地厚，自以为是。好，这间屋子租给你，我倒要看看一个中国男孩是怎么过清教徒的生活的。我要回去午睡了,你干活要轻手轻脚,不许吵醒我。"

常山朝她一笑,露出一口白牙。奥尼尔老太太像被这个男孩子清澈的眼神和纯朴的笑容打动,不再刁难他,端了冰茶回室内去了。常山看着老妇人手拄着一支拐杖,原来她有一只脚行动不便,怪不得屋子损坏得这么厉害。在她进屋后,纱门吱吱嘎嘎地关上,那门框已经斜了,再不修理,马上就要散架。

这幢房子的主体建筑连他租下的旁边的车库加二楼,都需要大肆整修。别人面对这么大的工程或许会退缩,但常山刚在他成长的房子前呆坐了半小时,对一幢上了年岁、主人又不舍得遗弃的老屋有强烈的感情,他喜欢这样的守候,不离不弃。他愿意为老祖母出一点力,让一幢老房子重现昔日的光彩。

常山拔了进出车库必经的路上的杂草,留下旁边的不除,上楼洗了手,把床垫从床上拖出来,放在未拔除的草地上曝晒。又开了门窗通风换气,在小卫生间里找到一支刷子和 comet 清洁粉,先把卫生间洗干净了,再把房间的地板用 pine-sol 刷洗一遍。好在是夏天,热风在屋里洞穿而过,到晚上睡觉时,应该可以干了。

然后他开了车去 Home Depot。借店里的电话打给云实,说已经租到房子了,在什么地方什么路上,这会出来买工具,不能去看她了。云实便问房东的详情,常山笑着讲了他和老太太斗智斗勇的过程,怎么承诺帮她整修房子,好让她少收一个月的房租。

云实笑说:"其实你被她算赢了,一个月房租换来一幢好房子,是她合算呢。你是在帮助她,是不是?"

常山嗯了一声,停了一下才回答说:"我喜欢有人坚守某种信念,哪怕是对一幢老旧破损的房子。她让我觉得我可以拥有一个老祖母,又严厉又充满睿智,尖刻的话语下,是一颗慈爱的心。"

云实听了都要哭了,她知道他是多么想要家人的关爱。她定定神说:"那我今天不打扰你忙活了,明天给我电话。"常山说好的,再见。

放下电话,付了电话费,常山在店里买了锤子钉子油漆螺丝等必需品,租借了电钻管子钳扳手木锯等不是家里必备的工具。他一直打零工,身上的钱还可以买下,多的就不能了。好在沃尔玛是付周薪,这让他不至于担心会饿肚子。

买好工具，经过汽车餐厅时买了一份晚餐带回去。在餐厅后面的垃圾堆放点里拾了一大堆装水果的木板箱，几下拆了装在车上，回去修楼梯的踏脚板去。

夏日天长，他回到奥尼尔夫人的房子时才下午四点多，把晚餐吃了，开始整修楼梯和扶手。这个时间，奥尼尔夫人应该午睡结束了，他敲打钉子的声音不会影响她的休息。

等到天色暗尽，他再不能在室外工作，而再工作下去势必要影响邻居，这才收拾东西，又把车子开进车库停好。车库里乱糟糟地堆了很多杂物和纸箱，常山想等房子整修完，他可以帮着整理这里。现在只能把纸箱靠墙放着，腾出停车的地方。

他在里面忙着，车库的门嗒嗒响了两下，奥尼尔夫人在门口大声说话。"不许动我的宝贝。"她怒冲冲地用拐杖敲着门说。

"我不动，就是搬开，好停车。"常山解释道。

奥尼尔夫人哼一声，"我的租房广告上可没提到是连车库也一起出租的，你要用车库，我就要加收车库的租金。"

常山放好最后一个纸箱说："我可以帮你的院子剪草，疏通下水道，更换抽水马桶的零件，拧紧水龙头，还有电视机、卫星电影。你就免我的车库租金。不然我就把车停在路边好了，我的二手车这么破旧，没人要的。何况又不是冬天，车不需要放在车库里。"

奥尼尔夫人气得直磨牙，"你这孩子一定是从地狱里来的。"

常山哈哈大笑。这是他自毕业舞会那天后，第一次开心而笑。

Chapter 7　贵　人

不用每天付房租，常山的经济压力小多了。这个星期，他换成了日班，工休的时候，他和云实在图书馆见面。图书馆离云实家不远，云实把凯尔放在婴儿车里出来散步，带到图书馆前面的绿地玩耍，铺一块毯子，让他爬。云实随身带一个大背包，里面全是凯尔的东西，尿布、奶瓶、水果、湿巾、爽身粉等等。常山从沃尔玛出来，先去图书馆里的洗手间去洗手洗脸，弄干净了再去找云实，两个人坐在草地上逗凯尔玩，聊这一天都是怎么过的。

云实喜滋滋地告诉常山，凯尔今天吃了半个苹果。常山告诉云实他头天晚上又修好了一件什么东西。床架子松了，他给紧实了；椅子散了，他给粘好了；墙纸发潮有霉点，他打算撕下来，改刷墙漆。

忽然闻到一阵臭气，云实哎呀一声，说："凯尔又拉了。大概是香蕉吃多了。"两人扑哧一笑，动手给凯尔换尿布。云实手势熟练，常山也不差。解开尿布，用湿巾抹净，再洒上爽身粉，穿好连衣裤，凯尔舒服得咯咯笑。常山卷起脏尿布，用刚撕开的尿布包装纸包了，跑去图书馆的洗手间，扔进脏物桶里，再洗净手。

出来云实在喂凯尔喝水，常山接过来，让她也去洗洗。常山抱了凯尔让他伏在肩上打嗝，一边踱步一边哼歌。旁边一个中年妇人搭讪问，你们是孩子的父母吗？她一直在旁边坐着晒日光浴，观察他们好一阵了。

常山嘻嘻一笑，让凯尔的脸朝向那妇人，看着凯尔说："我们凯尔是金发碧眼的小天使，不是黑头发黑眼睛的花木兰。凯尔，是吧？"

凯尔拍着手露着四枚牙齿笑，引得那妇人也笑。常山说："哟，给夫人看我们的兔子牙呢？再给夫人来一个兔巴哥笑容。"

那妇人看了四枚兔子牙笑得像个兔巴哥一样的婴儿脸，对常山说："你将来一定是个好爸爸。"

常山看见云实回来，忙朝那妇人摆摆手，那妇人又笑，说："你将来一定是个好丈夫。"

房东和陌生人都能看清他的本质，奈何苏瑞不赏识，再多的称赞都是白搭。常山把凯尔放进婴儿车，收拾好一地的婴儿用品，先送他们回云家，自己再回去工作。

如此过了有两周，一天常山在沃尔玛仓库开货运车的时候，意外看见TENMA公司的一个人，就是来过维方德先生墓地作过悼词的那个主管，他马上跳下驾驶室，对他说："霍华德先生，你好。很高兴在这里见到你。"

霍华德先生看了一下常山，哦了一声，伸出手去和常山握手，常山忙握住。霍华德先生问："你不是维方德先生的儿子吗，你好。你在这里工作？"

"叫我肯扬就好。"常山说，"我在这里开运货车，主管升我职了。"常山咧嘴一笑，"谢谢你那天的致辞，我听了很感动。霍华德先生今天怎么会来这里?"

"有一批TENMA公司的产品送来,我来看看销量数据。怎么样,过得好吗?我听说你母亲维方德太太离开本市了,以为你也会离开,怎么还在这里?"

"我留在这里再打两个月的零工,赚够生活费后,就会离开这里去上大学。"没想到还有人留心着维方德家的事情,并且担心他,这让他十分感激。

"哦,这样……"霍华德先生说,"我有一天开车经过你家那条路,看见你家已经被挂牌出售了,那你这一阵住在哪里?"

"我在桃树街租了一间房。"

霍华德先生沉吟了一下,"那你的薪水够用吗,又要租房又要吃饭还要攒大学的生活费?学费倒是可以申请贷款,生活费可不便宜。"

常山低下头,"谢谢你,霍华德先生。我很好,你不用担心我。我会想办法的,别人能行的,我也能行。"

霍华德先生看了他一会儿,从口袋里拿出一张名片递给他,"你明天上午十一点来这个地点见我,我们一起看能不能想出个办法。"

"霍华德先生,不用麻烦了。"常山说。

"我明天在办公室等你,"霍华德先生对他说,"懂得求助,才是聪明人。"说完匆匆离开,不等常山再说什么感激的话。

常山望着霍华德先生的背影,心里只想到父亲。这是维方德先生生前的美德留下的遗泽,惠及了他。霍华德先生提出要照顾他,那是看在维方德先生的面子上。他承维方德先生的情太多了,有维方德先生,他才有一个家,过了十多年没有缺憾的生活。一旦没有了父亲的庇护,他连母亲和家一同失去。是他什么地方表现得不够好吗,让苏瑞这样嫌弃他,连最后一点温情都不愿意给他留下,如此果决地斩断他对她的依恋,十余年的母子感情一丝一毫都不想保留。

对自己的怀疑,让常山消沉了一个下午。晚上他刷着墙,刷两下就对着墙壁发呆,过一会儿他用刷子在墙上画了一个小孩子,再在小孩子的身边一边画个大人,左边一个有着波浪形的长发,右边一个有啤酒肚。

他想起他小时候窗前有一盏铁皮的走马灯,风一吹灯就动,铁皮镂空处的星星就飞到了墙上和天花板上。他想,那个时候,苏瑞还是爱他的吧?能够给一个社会福利局寄养在家里的孩子买这样的玩意儿装饰他的梦境,一定是一个善良的人。

　　常山再一次想起苏瑞的温柔来，那让他好过很多，不再怀疑自己的存在是否是个错误。不然，他有什么底气面对将来的未知世界。

　　常山在三个人的旁边画上几颗星星。等四面墙壁都刷完，只留下那幅涂鸦，他狠狠心，用涂料盖上了。

　　第二天他特地换了一件衬衫去上班，十点半的时候向主管请了一个小时的假，开了车到TENMA公司去，在楼下接待处说了和霍华德先生十一点钟有约。接待的小姐看一下约会登记，面带微笑请他上去。常山谢过接待小姐，上楼到了霍华德先生的办公室门口，一位四十来岁的秘书样的黑人妇女坐在一张办公桌前。常山向她报了自己的名字，黑人妇女让他找个地方坐。常山看见角落里有一台饮水机，去取了纸水袋接了水喝下。他有点紧张，一紧张就觉得口渴。

　　过了一会儿黑人妇女让他进去。常山把纸袋捏成一团，丢进一旁的纸篓里，挺了挺胸，推开门进去了。

　　霍华德先生坐在办公桌后面，见了他笑着站起来，倾身和他握手。常山抢上一步握住，说："谢谢霍华德先生，你能让我来这里见你，让我不胜荣幸。我知道你很忙，还来打扰，不好意思。"

　　霍华德先生笑一笑，请他坐下，自己也落座，靠在椅子背上，问他最近的情况，"我们也算世交，我就不浪费彼此的时间了。我知道你在沃尔玛的仓库工作，他们一周给你多少薪水？"

　　"第一周是照最低工资标准付的，但有一顿免费午餐。第二周加了百分之五，因为我去开货车了，第一周只是搬货。"常山也不隐瞒，照实说。

　　"嗯，那你真的攒不了钱。不知道你会做什么？"霍华德先生问，"除了开车，还会什么其他工作，或是手艺？"

　　常山面带惭愧，"我只会开车。不过我会一切家庭需要的活计，像换水管、剪草坪、修屋顶、埋管线、修理电视机、空调、冷气机。我现在租的房子已经二十年没有整修过了，我现在每天下班之后回去做一点，休息日干全天。对了，我还会养鸡。"

　　霍华德先生哈哈一笑，"可惜我没有一幢二十年的老屋子给你一试身手，看看是不是像你自己说的那样能干。"常山也笑了。霍华德先生收起笑容，继续说，"看来你很能干，不过这些本事暂时用不上，也不能马上为你挣到钱。

你要是管道协会的会员或是冷气机修理工会的人员,倒是可以在这个夏天挣一笔生活费。"

常山点点头,表示明白。这些蓝领行业基本上都有自己的协会,有中国武侠小说里师傅带徒弟、前辈带新人那样严格的行规,没有介绍人,根本进不去,也别想派得到活。

"这样,"霍华德先生说,"说到行业协会,我倒是有一张证,是商业性驾驶执照。二十多年前,我在你这么大的时候,也曾为大学费用而头疼。我比你幸运的是,我有一个父亲,他是美国卡车运输协会的,他把我带进这个行业,我通过了笔试和路考,得到了这个商业性驾驶执照,用一个暑假,挣出了半学期的生活费。我看你很有我当年的劲头,不服输,不怕辛苦,并为自己的能力自豪。我想帮你一个忙,我太太告诉我说,每个人都应该有一次机会,我想你也该有,而我愿意是这个给你机会的人。"

常山难得听到这么有实际意义的话,他除了说谢谢,再找不到别的语言。

卡车司机的工资确实不低,有的年薪可以到四万多美金,自然不是他在沃尔玛搬货得到的工资可以比。而就算他是一个毕了业的博士生,如非热门专业,顶多也就拿这个数了。何况他现在只是一个高中毕业生。

霍华德先生停一下,注视着他说:"我可以做你的介绍人,把你交给我的叔叔,但你不能有一点失误。你要知道,你如果有失误,将会连带我的信誉受到损害,所以介绍人不是轻易可以当的,我们把关一直都很严格。毕竟,你不是我的子侄,我没有必要担那么大的风险。"

"我知道,我一定珍惜这个机会。"常山说,"我以我父亲的名誉发誓,我不会累及你的声誉。"

霍华德先生点点头,从办公桌抽屉里取出一个白纸信封,"照这个地址去找我叔叔,他会带你入门。将来如何,要靠你自己了。"

常山接过信封,站起来朝霍华德先生鞠了一个躬,离开前他问了一个问题,"霍华德先生,这一切都是因为我父亲吗?"

霍华德先生审视地看着他,"有一半。"看着常山疑惑的眼神,霍华德先生笑了,"剩下的一半,你可以去问一下你的房东。我看你在她那里干得很开心,换了我,未必敢把我的房子交给一个陌生的年轻人来整修。"

常山明白了,"再次感谢你,霍华德先生。"

Chapter 8　派　司

去见休·霍华德，常山是吹着口哨去的。他先打好电话，预约了时间，选的是他的轮休日。开着他的二手车，去了在市郊的运输公司。运输公司的办公室是一排平房，太阳辣花花地晒在碎石路面上，常山的二手福特车其实不是二手，而是好几手，年代有些久远，没有冷气设备，他在车子里热得直流汗。出来时换上的一件淡蓝色牛津布衬衫已经湿透，黏在了背上。汽车仪表盘上的温度计显示接近华氏 104 度。

休·霍华德先生是一个和艾伦·维方德差不多壮实的胖子，和他的侄子霍华德先生的相貌甚是相似，只是更老了一些。他头发已经发白，皮带束在肚子之下，手里拿一罐啤酒，亲自来给常山开门。

常山拿出霍华德先生的那封介绍信来，休·霍华德摆摆手不接，"不用看信，我听比尔说起过，说你是一个中国男孩。这里还有第二个中国男孩吗？哈哈。"

他坐下来，也请常山坐。"小比尔说你要去念大学，为了那见鬼的生活费来开车，就像他当年一样。我那个时候就跟他说过，开车就好好开车，不要拿开车当踏脚石，开两个月就跑，个个都没良心。"

常山愣一下，不知道说什么，只好赔笑。

休·霍华德喝一口啤酒，"就说赚钱吧，你们为什么要来开长途运输车？不就看中这个工作赚钱多吗？既然赚钱多，为什么又要离开？不就是嫌驾驶室没冷气，不能穿西装，没有大胸脯的女人给你们接电话吗？其他还有什么比我们这一行更好？你坐学校的板凳，小比尔坐他那座在这种见鬼的热死人的天气里都要冷得穿西装的大办公楼的板凳，我们坐驾驶室的板凳，都是一样的坐板凳，为什么不找一个坐得舒服一点的板凳？"

常山被他问得张口结舌，答不上来。

"我来问你，小比尔的一件西装要多少钱？"

常山的脑子跟不上这个老人的思路，顿了一下就回答，"总要好几百吧。"

常山记得霍华德先生的西装笔挺,一抬手露出闪亮的衬衫袖口纽,一身的威严,可以上财经杂志的封面。

"不错,随便一件都要好几百美元,而我这件T恤在沃尔玛只要一块九毛九。你们花这么多精力这么长时间去读那么些书,就是为了给无良的制衣行业富豪们送钱,好让他们买豪华游艇,和超级名模约会?"休·霍华德喝完啤酒,捏扁铝罐,扔进一旁的垃圾桶里。

常山从来没朝这个方向想过,他在学校,读书从来都得A+,进常春藤盟校是天经地义不容置疑的。华人勤奋好学的遗传因子在他身上表现得非常充分,虽然维方德先生和苏瑞从来没有要求过他在学业上要有什么傲人的成绩,但他在云实家受到的影响,让他觉得不读好书,上对不起父母下对不起子女——虽然他现在还没有子女,但将来总会有的。

"你去学校,要坐几年的板凳?"休·霍华德又问。

"至少七年。"常山说,说完自己都觉得可笑,兼无力,"如果继续读博士,还要再加两三年。"

"那就是十年。"休·霍华德听了直摇头,"十年出来,你还要找房子,找工作,找个好女人结婚。十年后你的一切才刚开始。你要是留在这里,十年后可以自己开运输公司,每年去核桃溪度假钓鱼。"

"我有女朋友了,"常山辩解说,"有些事情可以并行做,不用做完一样才做另一样。"

休·霍华德大笑,"孩子,十年后你已经二十八岁了,已经进入中年了。你的头发开始往后秃,你还要一边养小娃娃一边找工作,加班加到娃娃不认识你,老婆会埋怨你。因为她只能在家里看娃娃,而你任何时候都帮不上她的忙。她整天哭泣,娃娃也整天哭,你会为了避免听他们的哭声而宁愿留在公司加班。等你升了职以为熬出头了,老婆却会提出要跟你离婚,因为你忽视她太久了,她已经等得失去了耐心。然后,你会哀求她,两个人去见婚姻心理辅导师,把陈谷子烂芝麻的事都翻出来说给外人听,比每年四月的最后交税日还要浪费精神,付给婚姻心理辅导师的钱可以去两次欧洲。你问我为什么知道得这么清楚?因为小比尔就是现成的例子。"

常山听了默然无语。眼前这个老人说的话句句都是现实,让他辩无可辩。

休·霍华德哈哈一笑,站起来对常山说:"走吧,孩子。"

"去哪里?"

"去车辆管理局给你考一个货车司机的驾驶准许证。你拿到这个派司,才可以去开运输车。你的那个驾驶证是开不了货车的。"

常山哦一声,他跟不上休·霍华德,不管是思路还是行动。休·霍华德虽然是个胖子,行动却一点都不慢。

休·霍华德关了门,和常山离开办公室,门口就停着常山的旧福特车。休·霍华德说:"孩子,这是你的车?"常山点点头,休·霍华德说:"那好,就坐你的车,我要看看你的驾驶技术,还有对车的保养。"

常山暗自吐了一下舌头。他不算是个机械迷,但对这部老旧的车子还是下过一番功夫的。他目前所有的财富就是这部车子了,两个月后还要开了去哥大,长途驾驶,保养不好可要出大麻烦。另外,这车是他十八岁生日时维方德先生送他的,他珍惜来自他们的每一分爱。

休·霍华德坐在这部车里有点挤,常山发动了车,离合器发出运转良好的声音,很给常山面子。一直开到目的地,休·霍华德除了指路,就没有说过话,到了才说,"不错,很稳。超车果断,刹车及时,换挡冷静,是个好司机。不过开长途货车还需要一把好力气,你的身板太瘦小了,起码要增重三十磅,才扳得过大型货车的方向盘。目前只能开中型货车。"

常山得他一句赞扬,放下悬了一路的心,却听他要自己增加三十磅,仍不免惊惧。"我就算一天吃五顿,也不可能马上长出三十磅。"常山说。他那少量的可怜的钱,也不允许他放肆地大吃大喝。

休·霍华德耸耸肩,带了他去车辆管理局申领表格。管理局的大楼里一路上都是他的熟人,他嘻嘻哈哈地和人打招呼,在一个房间坐下来,对里面的一个跟他一样胖的男人说,"我侄子。这孩子可了不起,马上要进常春藤联盟。孩子,这是唐纳德先生。"

唐纳德先生哈哈笑着坐下,扔一叠表格给常山填,说:"是到那里去打橄榄球吗?"两个人大笑。唐纳德先生对休·霍华德说:"你家什么时候有新鲜血液加入了?要是二十年前,还可以算在你当年越战时做的荒唐事上,眼前这么个大儿子站在面前,可找不到你什么时候有空去过东方。"听到越战两个字,常山把眼睛从表格上抬起,惊奇地看了休·霍华德一眼,他不知道他还是越战老兵。

休·霍华德笑骂说:"胡说,我这辈子也没去过东方,更别说越战了。别吓着孩子。"常山抬头一笑,才知道两个人是在开玩笑。两个人聊了些熟人间的话题，什么谁买乐透中了奖，不过才中了一注，还要和几千人平分，到手才二十美元；什么谁的老婆又跟人跑了，把工作扔了，飞车几百英里去追，在凤凰城找到那对狗男女，把人家揍个半死，狗男报了警，这哥们自己倒进了局子……各种社会新闻路边社消息，好听得几次都让常山停了笔。成年人的生活真是丰富多彩，比起他的暑假打工生涯，有趣了不知多少。

"什么时候我们再来摸几圈牌，上次你赢了我们，我们还想着要扳回来。"最后休·霍华德说。

"好啊，我来打电话约他们，就这个周末，在我家，我太太回娘家去了。"唐纳德先生说，"我准备啤酒。"

"我带比萨来。"休·霍华德说，"孩子，填完了吗？"

常山说好了，把表格还给唐纳德先生。唐纳德先生上上下下一张一张仔细看了一遍，"好，这孩子居然填得没有一处需要修改的，不错不错，到底是要去藤校的，和我们粗人不一样。好，准备一下，下周来笔试和路考。"

休·霍华德拍拍他的肩，说谢谢了。唐纳德说自己人，不客气。两人告辞而去，常山把休·霍华德送回运输公司，再次道谢后才离开。这一天还长，他进城里把车停在路边，给云实打个电话，说稍后去看她。

过了一周，常山的驾驶证发下来了，可以去休·霍华德的运输公司上工。他辞了沃尔玛的工作，还了工作服，趁还有空，把他住的房子的屋顶修完。这一阵一直没有下雨，奥尼尔夫人家的草坪快枯死了，常山每天清晨上班前替她浇院子。也亏得没有下雨，常山刚粉刷完的室内才没有被毁。

现在他这间屋子颇为像样了，墙壁是粉蓝色，天花板上有三颗金色的星星。窗户则是深一些的海军蓝，外墙是珍珠灰。地板用强力清洁剂加大力洗刷，终于露出了木纹，再用地板漆刷过。床前铺了小块地毯，那是从沃尔玛大减价的花车上买的，只花了九十九美分。床架子已经被收紧，不再有一翻身就会垮塌的危险。床垫被这一阵的太阳晒得香喷喷的，云实悄悄从家里偷出一条自己的旧床单借给常山铺在床上。房间里原来有一个放衣服的柜子，云实还给垫了抽屉纸。小得只能站一个人的小厨房被常山用洗涤剂洗得雪白，连同卫生间的瓷砖一起刷得亮眼，连漆黑的瓷砖缝都用牙刷刷出原来的勾缝剂的颜色。

这个房间，就像常山说的，即使将来租给新婚夫妇，都不嫌寒酸。奥尼尔夫人看他慢慢鼓捣，一天一天房子变得有模有样，除了偶尔在常山加班晚归的次日早上冲他嚷嚷两句，说他回来时的车灯影响到她的睡眠，其他时间两个人都相安无事。

云实这天也休息，便上门来帮常山布置房间。

奥尼尔夫人在主屋的门廊下坐着，缝制她的手工作品。她参加了一个手缝小组，每周三下午和老姐妹们在一起，缝那些小布头。平时就在自己家的门廊下坐着缝"祖母花园"的被子或"教堂窗户"的壁饰。这时为了监视常山，已经坐了一下午，午睡时间过了，都不肯进屋去。奥尼尔夫人的眼睛像鹰隼一样紧紧盯着和她的主屋错开三米紧靠着的车库楼上。

在她那个位置，正好可以把车库到二楼的楼梯和二楼的房门尽收眼底，但屋子内部的情况她就看不见了。主屋的墙角和二楼前面的走廊和门前一平方米的进处，形成了视线上的死角，即使常山把房门开着，她也只能望洋兴叹。

常山故意把门留一小条缝，云实的笑声不时传出，引得奥尼尔夫人频频咒骂。下午太阳转西，她的门廊朝南，她坐在阴凉处晒不到太阳，但夏日酷热的空气仍然烘烤着大地。奥尼尔夫人热得喝了两壶冰茶，也不能使自己降温。

云实并不知道常山在和奥尼尔夫人较劲，她铺好床单躺在床上，一抬眼看见天花板上的星星，笑道："肯扬，为什么要在上面画星星？你还是七岁吗？"

常山坐在床前的小地毯上，下巴搁在床沿，也抬着头看那三颗星，听云实这么问，笑说："是的，我永远只有七岁，在嘉顿小学琳茜小姐的课堂上，等你出现。"

云实笑起来，声音像银铃般悦耳。"我也记得那天呢。我一直怕到了这边的学校会听不懂语言，跟不上课程，还怕这里的白人男孩子会欺负我，又怕这里的白人小姑娘会孤立我，我本来怕得不敢上学的。可是第一天你就在那里，拉着我的手让我坐在你身边，还给我吃一粒太妃糖。我那时候换牙，妈妈不许我吃糖。我吃了那颗糖，就想，要和你做好朋友。"

"那颗糖是琳茜小姐奖励我的，我没舍得吃。"过了十年，常山才讲出了他的秘密。如果维方德先生还活着，他不会把过去的每一点幸福都珍藏得清清楚楚，有的会随着时间忘记，有的会觉得不太重要而遗忘了。但是现在，他知道幸福会随时离去，每一次的午夜梦回，都让他把前尘往事都回想一遍，每想一遍，都加深一分。

"琳茜小姐后来结婚离开这里了，我们不能和她告别，太遗憾了。"云实说。

常山也记得那位美丽的女士，他记得她的亲和和毫不吝惜的赞美，那让他觉得自己一点都不比别人差，有了最早的自信心。"那我们什么时候打听一下她在哪里，看是不是可以北上的时候路过她的家，去拜访她？"

云实为这个主意叫好，"好呀。我去小学打听，你下个星期就要去开货车了，是吗？"

"是的，这个工作赚钱比较多，会有三四天都在路上。我尽量在停下来吃饭的地方给你电话。要是没有等到我的电话，你也不用担心，我不会出事的。"常山跟她保证。

云实翻个身趴在床上，看向坐在床前的常山，"我知道。"

云实的头发披散下来，垂在常山的眼前。常山抓住一把，在她的脖子上扫。云实被他呵痒呵得直讨饶，又笑又逃。常山看她像是要笑个五分钟的样子，冲她做了个手势，蹲到门边，伸出头去，朝奥尼尔夫人招了招手。

奥尼尔夫人的摇椅已经快悬空突出于门廊外了，她伸长了头颈使劲往上看。猛然见门缝里探出一个人头来，倒把她吓了一跳。

"嗨，奥尼尔夫人，"常山笑说，"今天不午睡了吗？还是我们吵着你了？我们马上就走，隔三个街区有一个汽车电影院，我们一会儿去看电影。"

奥尼尔夫人哼了一声，终于还是拿了水壶水杯，把针线布头收进篮子里，提着进去睡觉了。

常山哈哈一笑，他非常享受和奥尼尔夫人斗智的乐趣。

Chapter 9　温　室

长途货车司机的工作，比想象中还要辛苦一百倍。一列货车有火车车厢那么长，方向盘重到打不动。常山这才知道为什么休·霍华德会叫他再长三十磅，依他的身板，确实觉得吃力，开一段时间后就需要休息，但他咬牙坚持着。

和他搭档开同一部货车的是一个三十来岁的白人,比他高半个头,却至少要重一百磅,脖子跟头一样粗,手臂伸出来足有常山的三倍粗,一双手更是又大又厚,像中国的武侠小说里写的,五指叉开,如一把破蒲扇。

休·霍华德把常山交给他,对常山说,这是汤米·琼斯,你跟他开一部车。开货车容易疲劳驾驶,一个人单独上路是非常危险的。汤米经验丰富,干这一行有十年了,你跟着他,我才放心。又对汤米·琼斯说,这孩子是个新手,从来没开过货车,你照看一下他。

"孩子,要不要带个婴儿围嘴?"汤米·琼斯拍拍常山的肩膀说,"这么个女孩一样的小孩子,也要开货车?你年满十八岁了吗?"

"满了,我有驾驶证和行业从业证。"常山忙说。

汤米·琼斯哈哈大笑,休·霍华德说:"你可别吓着孩子,你刚干这一行的时候,不比他大多少,脸上青春痘还没消。"

"那我的肩膀至少也比他要宽一英尺,"汤米·琼斯说,"你在学校没打过橄榄球吗?"

"我在学校打棒球,当击球手。"常山实话实说,"我撞不过人家,橄榄球队不收我。"

"看不出你还能击球,你的胳膊不会被球撞脱臼?"汤米·琼斯取笑他。

常山看他也只是在取笑,并没别的意思,笑着说:"我打断过一根球棒。今年的中学联赛我们得了第二名。"

汤米·琼斯吹一声口哨,"这倒看不出。是全州的联赛还是全国的?"

"是全县的。"常山笑说。

"我说嘛,如果真像你吹的这么好,你可以靠进大学打球得到助学金,而不是来开货车了。"汤米·琼斯和休·霍华德放声大笑,常山也只好陪他们笑。

这么大笑一通后,汤米·琼斯算是接纳他了,休·霍华德放心地走了。

常山对汤米·琼斯说:"以后就麻烦你了,我会好好干的。"

"好说,好说。"汤米·琼斯说,"开长途货车没个同伴不行,我此前的那个伙计的老婆受不了他总是不在家,跟人跑了,他把老婆的情人揍了一顿,自己也被抓进监狱去了。故意伤害罪。他进去了,我就落了单,正要找一个搭档。做我们这行,老婆受不了孤单跟人跑是常有的事。喂,你有女朋友吗?

她知道你来干这个吗?"

常山笑笑不回答。汤米·琼斯拍拍他肩膀说:"那就是有。好好享受你们的年轻时光吧,等到了我们这个年龄,就只剩下一个内容了——上床。"看常山别开脸,有点不好意思的样子,觉得十分有趣,叫了起来,"哟,不会还是个雏吧?"再看常山的表情,更是乐得大笑,"原来真的是。我是在十三岁有的第一次,到现在,上过的妞的名字,可以从字母A数到字母Z。这世上居然还有十八岁的处男,还给我碰到了,真是稀奇。"

常山被他说得满面通红。两个人轮流开着超长货车,行驶在高速公路上,一路听着乡村音乐。汤米·琼斯说他喜欢猫王的歌,说从前还去拉斯维加斯参加过"谁更像猫王"的比赛,虽然没有被选中,但是那套白色的猫王演出服还挂在他的衣橱里,偶尔参加朋友的生日派对和结婚仪式,他仍然可以扮上猫王,去演唱一曲。说完就唱了猫王的名曲《Heartbreak Hotel》。汤米·琼斯的嗓子不错,这首猫王的名曲常山也会唱,两个人一路说着唱着,奔驰在中西部辽阔的大地上。

夏天的太阳透过驾驶室的玻璃直直地晒在常山的脸上和握着方向盘的手臂上,不多几天,就把他晒得黑如非洲裔兄弟。一天开下来,晚上躺在汽车旅馆里,浑身肌肉酸胀,洗澡时手臂上举吃力,吃饭时叉子直抖。

汤米·琼斯对他的情况幸灾乐祸得直笑,说等下次上路就好了,新手都这样。他每晚上床前都要喝四罐冰啤酒,看电视里的棒球转播,第二天又生龙活虎地上路。常山做不到,他一到旅馆,就只想睡觉,最好连澡都不用洗。

第一趟跑下来,只花了三天时间,但收入却比在沃尔玛干四天多挣了好些。照这个样子干到开学,他完全可以租得起房吃得起饭。只是原先想的早去一个月找房找工作好等云实去的许诺不能遵守了。

在家休息的两天,常山去云实家看她,把他的情况讲给她听。常山觉得有必要体贴一下老人,为了避免让奥尼尔夫人劳神监视他们,就不招她盯梢了。和云实的约会,都在云实家。云实在家照顾凯尔,出门一次不方便,总要带一大包的婴儿用品。

常山一去,云实就暂时解放了,她可以把凯尔让常山看着,自己做点私事。常山一手抱着凯尔,一边在云实的钢琴上用单手弹琴逗凯尔玩。他弹的是《小星星》,嘴里还唱着一闪一闪亮晶晶,眼睛看着凯尔笑。唱完一遍,凯尔乐得手舞足蹈,嘴里发出咿咿呀呀的声音。

"他的眼睛是蓝色,连眼白都是淡蓝的。"常山说:"我觉得白人婴儿是最漂亮的,比我们黄种人漂亮。成年以后,又差了点。他们的孩子十三四的时候脸上都是雀斑,我们的脸上就少。像你就一粒雀斑都没有。"

云实听了一笑,"肯扬,你的心情比前一阵好多了呀,看来开货车对你有好处。"常山这次来,又是说又是笑,又是唱歌又是弹琴,还肯说闲话,夸她脸上没雀斑,看来是从丧父之痛和被养母抛弃的伤心中走了出来。"不过你黑得凯尔都快认不出来了。"

常山挠挠凯尔的小胸口,逗他咯咯笑,说:"怎么认不出?一眼就认出来了,是不是,凯尔?要不要肯扬哥哥装一回黑人牙膏?"

凯尔在长牙,笑多了就流口水。云实拿了消毒纱布来,常山裹在指头上,替他按摩牙床,凯尔抱着常山的手臂不放开,用光秃秃的牙床咬他的手指。常山注视着他的脸,忽然说:"婴儿多大会有记忆?"

云实嗯一声,不明白他说的是什么。"你记得最早的是什么事情?"常山问。云实想一想,说:"有一次在商场迷了路,吓得大哭。后来问我妈妈,她说那是我两岁时的事情。你呢?我不相信我能记住两岁的事,也许是这件事对幼儿来说太可怕,才记得这么牢。"

常山良久没有说话,然后用手指在键盘上一个音一个音地弹一点细碎的调子,翻来覆去的,就那么一小段。"你听过这段音乐吗?"

云实摇摇头。常山说:"我的最早的记忆里,有这么一段音乐,是一个非常美丽的长发女子唱的,她的声音很好听。有人说嗅觉能保持的记忆最长久,又有人说是听觉。我不能确定是不是我做梦时的幻觉,但我小的时候,梦里老是出现她。"

"你的亲生妈妈?"云实问。

"我不知道。我希望会是,但我真的不知道。"

"如果有音乐的记忆,我觉得会是真的。你再弹一遍,我记下来,等妈妈回来,我问她是不是听过。我觉得这音乐很有中国风格,不像是你看迪斯尼的动画电影得来的印象和你的梦境重叠的结果。"

常山依言再弹一遍,凭着一点零星的记忆,尽力把几个小节连缀成调子。云实从钢琴上随手拿了一本曲谱,在最后一页的半张空白处,把这几个音符记下来。

"这是五音谱,你看,没有发和西,这是中国古代音乐的特点。我认为这个调子是真实存在的,不是出自你个人想象。每个人都可以作曲,随口哼一小节,但要突破你从小受的音乐教育的范围,就不是凭个人的能力可以做到的了。我晚上把这个发到互联网上去,看有没有人会。"

常山点点头,默认她的建议。他想知道他的母亲是谁已经有一阵了,从艾伦去世苏瑞冷淡他开始,这个念头就一直在他的脑中徘徊。

隔天常山再次上路,这次他可以接手比较长的一段时间了,不像上次那样,开两个钟头就要换给汤米·琼斯。一个月后,常山已经是个老手了,穿一身货车司机的行头,戴长舌棒球帽,脸和脖子晒得黝黑,包括棉布衬衫开口处那一小片三角形。他像所有的货车司机一样,在领口系一条折成三角形的红色方巾,三角形的一个角挡在领口处。短袖T恤变得紧绷绷,袖口箍紧在隆起的二头肌上,让他一抬臂就觉得有什么东西拉着他往下拽。

在一个休息日,常山去接云实看电影,正好那天是星期天,云太太和云先生也在家,见了常山都吃了一惊,问,肯扬?怎么像变了一个人?常山还觉得奇怪,说,没有啊,不会吧。

云实换好衣服下楼来,对云太太说:"妈妈你看肯扬像不像西部电影里的牛仔?他要是从屁股后面掏出一卷套马索来,挥成圈子扔出去,我都不会觉得奇怪。"

云太太被她的形容说得笑了,对云先生说,"肯扬这一个夏天像长大了两岁,比囡囡成熟了不知多少。"

"穷人的孩子早当家。"云先生说,"逆境使人成长。囡囡就是温室里的花朵,当然不能和肯扬比。"

常山和云实跟他们说了再见,关上门离开。屋里云太太在窗口看着他们,等他们上了车,云实回头冲她摇手,常山开着车走了,才回头对云先生说:"我还是喜欢书生型的男孩子,从前的肯扬多么儒雅,这才一个月,就变成蓝领了。"

"还有一个月他们就要去上大学了,转眼就可以变回书生。你是不是觉得书生比较没有侵略性,有安全感?"云先生取笑太太。

云太太扑哧一笑,"是的,虽说我们看着肯扬长大,囡囡和他两个从小青梅竹马,但仍然会担心囡囡。"

"要不要在他们离家前,提醒一下囡囡?"云先生说,"这个你去说比较好,含蓄点,别让囡囡反感。"

云太太觉得头痛，她按一下太阳穴说："真恨不得把她重新塞回肚子里去，就不用担心了。"

云先生看她烦恼成这个样子，存心开玩笑说："你这是儿女读大学的'空巢家长恐惧症'？那我们就再要一个吧，眼看囡囡马上就要离开家了，我们成了空巢老人，一下子就进入老龄化社会，确实很可怕。为了让我们保持年轻人的状态，可以考虑再要一个孩子。我看你这一阵帮囡囡看凯尔，那眼神就跟饿狼一样。"

云太太大怒，嗔道："简直是胡说八道。我这个年龄生孩子，岂不成老妖精了？刚才还在担心肯扬，你倒先不正经了。"

云先生哈哈一笑，说："太太，正好囡囡不在，我们也出去约会吧？提前习惯一下重回二人世界，免得到时候难过。三天前我叫秘书订一家餐厅，时间也差不多了，你打扮一下？"

云太太笑着啐他一声，还真去挑衣服了。云先生抹一把汗。

Chapter 10　神　迹

临去学校前常山最后一次出车，这次去的地方更远一些，是在山区，离开了高速公路，有一段山间公路要开。常山对单调的高速路两边的无边田野看得熟了，这下有机会看看山里的风景，很是开心。他并不觉得累或者辛苦，有事可做，比什么都让他快乐。

汤米·琼斯对一切早就没了新鲜感，哪里有休息站哪里有快餐店哪里有弯道全在他的心里。常山跟他出车，连地图都不用看，只管开就是。常山曾经问汤米·琼斯，不是说这一行开够十年，就可以攒一笔钱做别的工作了吗？怎么你还在做这个？

常山虽然不觉得辛苦，但他知道他做这个只是临时的，再辛苦，一想到马上就要开始的大学生活，对这个工作也就有了几分留恋之心。加上他的生活才刚开始，对未来有无限信心，那这样的辛苦，对将来的人生都是一种资本。

怎么会不辛苦呢？坐在狭小的驾驶室里，太阳一晒就是半天。有时上午朝东开，下午掉转头朝西开，那太阳就一直在眼前晃，像驴子前面的胡萝卜，晃得人眼睛充血。高速路上一望无际，没有停车的地方，只能把尿撒在矿泉水瓶子里。长时间维持一个姿势，全身肌肉紧绷，精神又要高度集中，一天下来，比在沃尔玛的仓库搬重物还累。汽车旅馆又脏又小，隔音效果不好，隔壁发出的声音清晰无误地传进耳朵里，常山半夜会被那种声音吵醒。

吃的也差，除了汉堡就是比萨，最多把汉堡里的牛肉换成鸡肉，比萨上的洋葱换成青椒。他异常想念云家的菜肉馄饨和榨菜肉丝面。连苏瑞的烤羊排和核桃派都退到后面。也许苏瑞的离开，让他彻底还原成了一个中国男孩。

常山骨子里是一个中国人，吃苦耐劳不抱怨的基因是种在他的血液里的。相比起华人的忍受能力，白人则显得灵活，黑人则懒散。在有机会选择更好的工作和前途的时候，会继续在这个行业做下去的人不是太多。

对他的问题，汤米·琼斯当时的回答是他除了这个，不会别的，难道去拉斯维加斯扮演猫王，和游客拍照，一次挣一美元？但这次汤米·琼斯却在寂寞的路途上主动说起他的故事来。

汤米·琼斯说，上次不是说我搭档的老婆跟人跑了吗？做这一行，除了老婆容易跟人跑，我们自己也是同样耐不住枯燥刻板的公路片的。电影里的公路片都无聊，无聊到要找点事情做，而我们呢，会在别的城市再安一个窝。

常山嗯了一声，看他一眼。他听他说过他有一个同居女友，两人在一起有四年了，女友有一个女儿，是和前任男友生的。但他不介意替别人抚养孩子，他爱那个小女孩，给她买漂亮的粉红色木马。

但是汤米·琼斯说，他在凤凰城还有一个家。常山一听，下巴都快掉下来了。接着汤米·琼斯说，他在春田市，有第三个家。常山这下是连眼珠子都要瞪出来了。汤米·琼斯说，凤凰城的女友是一个餐厅女侍，春田市的女友是一个护士。他专接这三个城市送货的单子，这样他到了其中任何一个城市，都可以回家了。枕着女友的胸脯睡觉，而不是在酒吧里勾搭上的浪荡女人，或者肮脏后巷里的婊子；早上有黄油煎鸡蛋，晚上有炒小蘑菇配牛奶煮鳕鱼，而不是在快餐店里吃一盘温吞的意大利面。

怪不得前几次去这两个城市，一交了车上的货，在等重新装车的那两天里，汤米·琼斯总是看不见人影，原来是去过家庭生活享天伦之乐了。常山听了默然不语。他的问题看来是个普遍的问题，每个人都想吃家里的饭菜，有家人的关心。在他是一个少年还只为养母的抛弃伤怀的时候，身为成年人的汤米·琼斯则着手建了三个家庭。

"所以我在这个行业干了十年，一来是为了这份工资，二来是为了方便。还有什么比工作需要更好的借口呢？"汤米·琼斯说，"我需要这份工作，我爱这个工作。它让我觉得我是那么重要，她们都在等我。"

常山表示理解。但是他还是担心，三个女人三个家，万一出点纰漏，他的生活马上就要一团糟。"她们就不提结婚的话题吗？还是你不想和她们中的任何一个结婚？"常山问。

"我对她们说，等我升了职，在一个地方安顿下来就结婚。"汤米·琼斯说，"我总也升不了职。我这个工作有什么好升职的？升成车队主管，坐办公室安排调度？我看见字母就头痛，我有阅读障碍症。"

"那你就不想和她们中的一个结婚吗？你不怕她们跑了？就像你的前一个搭档那样？"常山想，人家连一个老婆都看不住，你老兄倒好，有三个，人家还都那么贤惠地在家里等你。

"我想得头都破了，也没想出要娶哪一个，"汤米·琼斯说，"我觉得她们都很好。如果一定要我选，我会选安妮。"安妮就是有女儿的那一个，"我爱我们的小女儿，这次出来前她要我给她带一只猫咪回去。"汤米·琼斯说起小女儿，烦恼的表情也没了，犹疑不定也没了，一脸的慈爱，仿佛那个天使般的小女儿就在眼前，搂着他的脖子叫他爹地，两个人把头凑在一起，看一只小猫咪。

看来对一个男人来说，女人固然必需，但当父亲的需求，也同样重要。有时为了当父亲，就必须要放弃一些女人。所以奉子成婚的事情在哪里都有，男人除了通过女人，还能有什么办法当上父亲？

常山想起自己的身世，他的父亲知道世上有一个他吗？他的母亲告诉过他的父亲，他将要做父亲了吗？他的父亲会不会自始至终都不知道有他这么个儿子？如果知道，不会不要他们母子的吧？男人也需要一个家，需要妻子和儿子，需要一个亮着灯随时可以回去的家，需要热情的拥抱和亲吻，让他觉得重要，让他在面对取舍时，从本能到理智都会选择责任。"我是一个父亲，我有一个孩子。"这话说出来，该有多么自豪。自豪到常山恨不能马上对云实说，我们结婚吧，让我们组成一个家，有一个我们的孩子。

两个人陷入各自的思绪里，都没有说话，沉默了好久。常山从沉思中回过神来，问汤米·琼斯，怎么想起告诉我这个。汤米·琼斯说，你马上就要离开了，我总要找个人说说，不然太难受了。告诉你就跟对着旷野喊一样保险。

常山哈哈大笑，轻轻在汤米·琼斯的肩头捶了一下。

进入山区，车子在一条溪水边行驶，一路风景美得像画。路的一边是溪流，溪水清澈见底，岸边长满灌木，还开着白色的花。另一边是山坡，上面有各种草花和浆果。常山说，这山里的景致比高速路好看多了。汤米·琼斯说，弯道也多，当心对面过来的车。

正说着，忽然一头鹿从溪边的灌木丛中踱了出来，站在路当中，瞪着大大的眼睛，吓呆了一样地看着这辆大货车向它轧来。常山一个激灵就要踩刹车，汤米·琼斯看一眼后视镜，后视镜里有立在路边的凸面镜，里面出现了另一辆车。而常山的位置由于货车车厢太长，挡住了他的视线，他不知道这一停车，有可能会让后面的车子撞上来。

汤米·琼斯出声指点说，别停，绕过去，后面有车。常山吓一跳，忙打方向盘，但那头鹿站在当中，货车又宽，是不是可以避开鹿，常山没有把握。眼看就要撞上那只鹿，汤米·琼斯急了，生怕常山忙乱中惊慌，手臂力量不够，便伸手帮他一把。

常山一边按喇叭鸣号示警，提醒后面的车慢行，一边嘴里咕哝说，小鹿斑比，快点让开。那鹿像是被喇叭声惊着了，退了两步，却没有让到路边去，常山拼着全身力气把车开到路的一侧，车轮已经驶出了路肩，车头靠山坡的一边几乎要擦着山体，才让车子绕过了那只鹿。常山吓出了一身冷汗，说，汤米，行了，把手拿开吧。汤米·琼斯不动，手仍然握住方向盘。常山大惊，百忙中觑了他一眼，却见他脸色发青，嘴唇发紫，眼睛上翻。

这下子常山被吓得魂飞九霄。这汤米·琼斯的样子，分明是心脏病发作了。这山路弯道上，停不得车救不了人，而他的一只手还在方向盘上。

常山在这一刻灵台异常清明。他冷静地鸣号示警，瞅准一处到溪边的缓坡可以暂停，用一边肩膀顶着汤米·琼斯的手臂，让他松开手。他打着方向盘，让车慢慢滑下鹅卵石的溪谷地。松了油门，停稳车，把汤米·琼斯从他的肩膀上挪开，马上翻他的衣服口袋。

万幸在他的衬衫衣兜里找到了硝酸甘油的药瓶，常山取了两粒塞进他的嘴里，放在他舌头底下。再解开他的衬衫纽扣，把他的身体放倒在驾驶座上，等着硝酸甘油起作用。

　　他心里默默祈祷,上帝保佑上帝保佑,千万不要把他带走。上次你已经带走了我的父亲,这次不要再带走我的朋友。上次我不在父亲的身边,上帝你已经惩罚过我了,让我失去了母亲和家,这次不要让我再经受一次你的考验。我只是一个凡夫俗子,不是圣徒。

　　常山跪倒在卵石地上向上帝祷告,硬硬的卵石硌得他的膝盖生疼,而他浑然不觉,只是埋头和上帝交谈。

　　过了一会儿,驾驶室里传出汤米·琼斯的呻吟声,常山松了一口气,在胸前画一个十字,赞美一声:哈利路亚,荣耀归于我主。

　　常山爬上驾驶室,扶着汤米·琼斯问,你活过来了?汤米·琼斯点头说,谢谢你,伙计。常山开心得直笑,说,谢谢你,伙计。

　　谢谢你,上帝,这次你听到我的祈祷,你终于让我相信神的存在。

第二部 苏瑞

> 时间大神嫉妒人们过得太好,一定要用他超自然的神力把相爱的人分开。

Chapter 1　香蕉人

云实去了西班牙做交换学生,常山寂寞得恨不能也飞过去陪伴她,他报了一个西语班,一周去上两次课,然后用新学到的西班牙语和云实在电脑前语音聊天。云实在屏幕里笑得直打跌,夸他是语言天才,这才上了两堂课,就把"今天天气不错"说得有模有样。

常山笑说,我打算学七国语国,将来周游列国时,好做你的导游。我今天在西语班遇到一个中国人,他会说多种中国地方方言,我表示想学。云实说,你不是会杭州话吗,还会讲两句"上海闲话",说两句吓吓他。常山哈哈笑,说,我讲了的,我对他说"侬好",把他吓得不轻。

常山的中文是跟云实学的。在他们刚刚认识的时候,常山教云实美式英语的口语,云实就教他中文,包括读写和说。云家在家里常用的语言是吴语,这让常山也跟着听懂了,并且会说一些。常山颇有语言天分,在和云实青梅竹马的十年里,早就学会了一口流利的中文,这让他在大学里方便不少。他学的专业是生物,读到硕士以后,一个导师名下有二十多个同学,有五名来自亚洲。三个中国内地的,一名来自香港,还有一个印度的。

这些年,中国兴起一阵生物热,许多学生在国内读完本科以后,便申请来美国攻读硕士学位,当然还有博士学位。中国学生在一起,几句英语之后,自然就换成中文,并且是普通话,让那名香港学生无所适从,他是从中学就过来读的,一口美式英语,很少见他说母语。只有一次在课间休息打电话时,用了粤语,让跟他同桌的常山听得目瞪口呆。

放下电话,那位香港同学看着一脸好奇的常山,解释说,我讲的是白话,就是香港话。常山当即表示想学,他去中国城买食物,那里的店主基本上都是粤语地区的人士,好些人住了几十年,有的甚至是第二代,仍然不会英语。常山用云实教的普通话和他们沟通,他们能听懂,但不会说;他们说的粤语,常山又听不懂,十分烦恼。

那位陈锦松同学说,下次去中国城,买一套TVB的剧集,看上一百集,就能听懂了。常山表示怀疑,陈锦松说,你要结合你原有的语言基础来学,比如,你看过金庸的小说没有?常山忙说,看过,看过射雕的英雄和明教的教主。陈锦松问,那你更喜欢哪一套小说?常山说喜欢张教主的故事。陈锦松说那就OK啦,你去买一套《倚天屠龙记》,每天看两三集,等你把这套剧集看完,听懂完全没问题了。

常山仍然不相信,说,真的这么简单?不用买本字典?陈锦松说,除非你打算书写也用粤语,否则真的不用。常山说,为什么你这么肯定?陈锦松说,我小的时候,在香港,家里来了一个北方的亲戚,是来读香港大学的。为了能早一点学会语言,就提前了两个月来,白天在士多打工,晚上住在我家。那个时候正好翡翠台放《倚天屠龙记》,他也喜欢这个故事,就跟着看。一开始什么都听不懂,又不好意思老是问我,仗着对故事熟悉,边看边猜,等故事讲到二女争夫,他忽然就听懂了。跟着什么本港台的新闻、十大劲歌金曲的颁奖晚会,全不在话下。开学后还去竞选当学生会主席。后来我出来读书,每当有人跟我说要学白话,我就让他去看港剧。

常山听了羡慕不已,马上说,我这就去买。

他去买了粤语对白的电视剧集,在实验室放了一台电脑,在做实验等待的过程中看一集半集。有时云实会在下课后到他的实验室来,两个人便一起看。云实主修艺术史,课程没他这么严谨,需要时间守候一个实验的结果,她更多的时候都比较随意,别的同学在图书馆看书查资料,她则来常山这里。

等这一套剧集看完,两个人还真能听懂粤语了,去中国城买食物,会让那里的店主误会是从香港过去的。买起竹笋馄饨皮来,可以挑到新鲜抵埠的。

有云实在身边的日子，过得像飞一样快。寒暑假云实回希尔市的家，常山当然跟她回去。虽然那里早没了他的家，但有云实在的地方，就是他的家。他住在云家的客房里，第二天便会去见休·霍华德，请他派活给他干。他需要这笔收入来完成学业，也需要这样的工作来改换一下生活。一个学期都坐在学校的实验室里，他很想念连绵不绝的山脉和空旷无边的原野，如果去山区，可以采野花养在矿泉水瓶子里，带回去送给云实。

还有一个原因他不讲出来，他不愿意在云家住得太久，虽然云先生和云太太都把他当自己人，早就默认了他和云实的关系，但那总归不是自己的家，他是去云家借宿的。他谨守借宿和客人的本分，只要是在那里，就尽量包揽下所有的活。

他每次回去，都会到他原来的家去看看，那里早就住进了新的人家，和他再无任何关系，他只是坐在那条街的对面，看着，像是可以看到少年的他在这里进进出出。隔着时间往回看，他想念那些无忧无虑的快乐时光，维方德夫妇待他，不比别的父母差。他们对得起那笔政府发出的抚养金，也对得他们的良心和他们领养的这个孤儿。

维方德先生的墓，仍然在这里孤零零地守着一方墓石。常山总是带一捧香雪兰去看父亲，有时云实会陪他去，有时他一个人。

常山也会去看奥尼尔夫人，和她斗一阵嘴，然后替她修滴水的马桶和打不着火的炉灶。奥尼尔夫人仍会沏一壶茶来招待他，管他叫魔鬼的孩子。这样的拜访持续了很多年，每次云实都会跟着去，奥尼尔夫人在观察了一下两人的亲密程度后，等云实走开去烧水或是把带去的花束插在瓶子里，会朝常山意味深长地笑。常山回她以坦诚的笑容，在胸前画一下小小的十字，表示上帝在他心中，而他会继续尊敬这位在天上的主。

这几年，苏瑞一次也没有和他联络过，他倒是想办法弄到了南希姨妈的店址，每年寄圣诞卡生日卡去，问候母亲安康。圣诞卡生日卡没有退还回来，那表示苏瑞收到了，他也就安心了。中国人讲究一个缘字，也许他和苏瑞的缘分就是这十年，维方德先生一死，缘分也就断了。中国的哲学是万事随缘，不强求不苛责，常山和云实在一起越久，受她影响就越深。而云实，是一个在和睦的中国家庭长大的孩子，她的处世理念，仍然带着强大的中国烙印。

如果不是云实和她的家庭，常山也就长成标准的ABC、俗称的"香蕉人"了，黄皮白心，不会中文，不识汉字，不知道射雕的英雄和明教的教主，不懂得吃竹笋，不会包馄饨。如果从来不知道，那失去也不能算是失去，但已经知道并且拥有，回想一下，就不敢想象如果没有这一切，会是怎样的损失。

因此对常山来说，云实就是一切。

云实不在，他除了找更多的事情来填满她离开后的空虚，实在不知怎么打发时间。他和云实认识有一辈子那么长，早就习惯了他身边有她，照顾她，听她说话，她陪伴他，他也陪伴她，两个人像手足般长大，她这一去，就像失去了一半的身体。

开始云实不肯去，她不想和常山分开这么远，后来觉得这机会难得，不舍得放弃，便磨着常山也去那边读书，诱惑他说，他们可以趁假期，游遍欧洲。

常山也心动，但他的课程不允许他有这么自由的放纵。他只好说，等我放假了，就过去陪你，我们一样可以趁假期游遍欧洲。

因为有了这样的许诺，常山在学业的间隙，报名去学西班牙语。他想让云实知道，他言行一致，说到的，就一定会去做到。这样云实一个人在西班牙，想着他也在为他们的团聚努力，就不会觉得孤单了。

云实走后，他落了单，多余的时间除了学西班牙文，他还同时打两三份工。他需要做体力活来保持身体强壮，这样才可以在实验室整夜地熬，等待一个数据。

云实走了半个学期的时候，他接到来自云先生的电话。云先生并不常给他电话，是以他接到电话，吓了一跳，以为是云实出了什么事，忙问，是不是露丝打电话了，昨天刚和她在电脑前用语音软件聊天过，怎么……

"不是囡囡，"云先生忙说，"我都一个星期没和她说过话了，这孩子完全不记得我这个父亲。"云先生笑一下，又敛起笑容，"肯扬，你要做一下心理准备，我这里有个坏消息。"

常山愣了，怔了怔才说，"我没事，手头上也没有危险品，你说吧，我经受得住。"

"好的，肯扬。我看你需要去请个假，做一趟长途旅行。"云先生慢慢地字斟句酌地说，"我接到一封信，是你的姨母寄来的，她说你母亲身患绝症，已于一星期前离开人世。她本不想通知你，但你母亲的遗物里有你的东西，她才找到你历年寄去的圣诞卡，循着上面的地址把信寄到了我这里。你留的地址都是这里的，所以她只能写信来找你。"

常山被云先生带来的消息震得一时蒙了，过了好一阵才发出声音。

云先生在电话那边说："其实不是信，是一张明信片，所以我看到了信上写的内容。我念给你听：肯扬，你母亲已于11月7日因动脉瘤破裂突然去世，遗物中有留给你的物品，请尽快来取。南希·佛斯特。肯扬。我很难过，我想你一定想一个人慢慢理解这个消息，那我挂电话了，你有什么想问的，随时打给我。"

常山听见挂机的声音，才木然放下了电话。他颓然坐倒，用手抹了一把脸，发现一手的汗湿，这深秋季节，手怎么会出汗？直到他发出陌生的哭泣声，才知道那不是汗，而是眼泪。

他的母亲再一次遗弃了他。他一直想将来有一天母子俩可以和好，她会原谅他当时的不在场，对他说那不是你的错，那是上帝的旨意。对他说，肯扬，我的儿子。

可是这一切再不会发生了，直到她死，她都没有回应过他的问候。

Chapter 2　　绿袖子

过了很久，常山才重新拿起电话，打回给云先生。"你有南希姨母的电话号码吗？"云先生说明信片上有，把号码念一遍，常山记下来。云先生说："肯扬，请节哀。有什么需要的尽管告诉我，你和囡囡从小就认识，我们就是你的家人。"

"我明白，"常山说，"谢谢你。我马上和南希姨母联系。"

拿起记号码的纸片，他拨通南希的电话，电话响了一声就有人接。

"你好，请问南希·佛斯特在吗？我是维方德，肯扬·维方德。"常山自报家门，他先提他的姓氏维方德，是想这间客栈不会只有南希一个人，接电话的也许是工作人员，一听维方德这个名字，当然知道是苏瑞·维方德的亲戚，至于知不知道她有个她不认的儿子，他就不敢确定了。

接电话的人是个女人，她轻轻啊了一声，问："你是苏瑞·维方德的什么人？"

"我是苏瑞·维方德的儿子,我找南希·佛斯特,谢谢。"

"请稍等,"电话里传来嗒的一声轻响,跟着是脚步声,随后是叫人的声音——"佛斯特夫人,你的电话"——过了一会脚步声由远至近,电话被重新拿起,"她马上就来。原来你就是苏瑞的儿子,你好,我是'牙买加'客栈的前堂经理,莎拉·莫西。苏瑞的事,太遗憾了,她是个好人。"

"谢谢你,莫西女士。"常山说,"我该早一点去詹姆斯敦看她的。她在那里,过得好吗?"

"我想,并不是太快乐吧。"莫西女士说,停了一下,"她来了。"话筒里的声音再一次变低,"你的电话,是苏瑞的儿子打来的。"

南希嗯了一声,接过电话,对常山说:"我是南希·佛斯特。"

常山忙说:"南希姨妈你好,我是肯扬。谢谢你通知我,我马上订机票去詹姆斯敦。"

"一星期前我给你寄了一封信,让你尽快来,你却现在才和我联系。我不明白为什么你要留别人家的地址给我们,让我找你还要通过不相干的人。"南希的口气极度不高兴。

常山并没有想过会从她那里得到什么好的待遇,但仍然极力解释。"南希姨妈,你找到的一定是圣诞卡。我每年圣诞在云先生家度过,从他家寄出的卡片当然写的是他家的地址。如果你找到的是我寄给母亲的生日卡,就可以看到那上面写的是我的学校宿舍的地址了。她的生日是在五月,那个时候,我在学校。"

南希听了他的解释,也没什么反应,只是不耐烦地说:"你什么时候来一趟,把她留给你的东西拿走。如果不是一定要本人签字才能领,我就直接寄给你,不用这么麻烦了。"

"我会及早动身,订下一班飞机。"常山也不再和她多说什么,本来她就讨厌他,巴不得他从未曾出现在苏瑞的生活中。南希说声知道了,就挂了电话。

常山放下电话,马上登录售票网站,订了最早一班的飞机,用信用卡付了票款,收拾几件衣服和个人用品,装了一个包,随后去导师处请假,说母亲去世,他必须赶回家去。导师准了他的假,还安慰了他几句,常山谢过导师,又和一个实验室的同学讲了一下,让他代看他正在养的小白鼠。同学拍拍他的肩,说声保重。

临上机前,他跟云先生通了电话,说正在等候上机,等到了詹姆斯敦再和云实通话,如果她先打电话回家,或一时找不到他,就说他去了那里。云先生说好,他会转告给囡囡的。常山放了心,上了飞机戴上耳机假寐。

飞机在高中遇上气流,略有些颠簸,常山从沉睡中醒来,耳膜鼓荡,耳鸣不止。尖利疼痛如武侠小说中写的魔音穿耳钻进他的脑子,他开合牙关,努力调整耳水至平衡状态。他不常乘飞机旅行,每年回云家过寒暑假,都是他开着他的小旧二手车穿州过府。一路尽挑风景优美的路线开,宁可多绕远路,也要带着云实游遍美景。

此番为赶时间,他舍自驾车而乘飞机,便觉得诸多不自由。首先就是身体的不适应。位子太窄,行动不便,邻座一位老人已经起来三次上卫生间,他不得不站起来让到过道,待他走过才落座。等老人回来,他提出把靠过道的位子让给他,老人又横眉怒目,说我为了靠窗的座位还多付了五美元。一副你别以为我不知道你想占我便宜的表情,常山只得闭嘴,请他回自己座位坐下。

一阵颠簸之后,飞机又恢复平稳,常山却再也睡不着,想起刚才梦中所见,竟是亡母的音容笑貌。她的面容回到他幼儿时的模样,看着他笑,抱着他摇晃他,在他耳边轻唱一着古老的英国民谣。

    Alas, my love, you do me wrong,
    To cast me off discourteously.
    For I have loved you oh, so long,
    Delighting in your company.
    Green sleeves was all my joy,
    Green sleeves was my delight.
    Green sleeves was my heart of gold,
    And who but my lady, Green sleeves.
    If you intend to be this way,
    It does the more enrapture me.
    And even so I still remain a lover in captivity.
    Green sleeves was all my joy,
    Green sleeves was my delight.

> Green sleeves was my heart of gold,
> And who but my lady, Green sleeves.
> Mm Mm...
> Green sleeves now farewell adieu,
> God I pray will prosper thee,
> For I am still thy lover true,
> Come once again and love me.

那段从幼儿到少年的时期,是他们的黄金时期。她付出全部的母爱,常山得享父母亲情。他曾经把这首歌哼给云实听,告诉她这是他的摇篮曲。云实听了,眼泪盈盈。她把翻译成汉语的歌词写下来给他看,说这个叫《诗经》体。

> 我思断肠,伊人不臧。弃我远去,抑郁难当。
> 我心相属,日久月长。与卿相依,地老天荒。
> 绿袖招兮,我心欢朗。绿袖飘兮,我心痴狂。
> 绿袖摇兮,我心流光。绿袖永兮,非我新娘。
> 我即相偎,柔荑纤香。我自相许,舍身何妨。
> 欲求永年,此生归偿。回首欢爱,四顾茫茫。

云实说,如果直译,就没有这么哀伤了。她读给他听,"我心相属,日久月长。与卿相依,地老天荒。"常山听她念着,觉得世上所有语言,都不如这古老歌谣感人。

如今他在一万米的高空,是与亡母最接近的地方了,所以她入梦来,唱一首儿歌,与他同享旧时欢乐。

常山重新闭上眼睛,想重温一下梦中情境。也许飞机上真的是与上帝最为接近的地方,纯净的高空再一次迎他入梦,梦境中一片白雾,便如飞机舷窗外的团团白云,连绵直到天边。白云上面是蓝得像水晶一样清澈的天幕,蓝得像圣母的琉璃苣花那种蓝色的袍子,像圣婴的眼睛,像画中的天堂,西方世界梦寐以求的神殿。光线在白云的上面折射成穹顶,满天的圣乐响起,竖琴奏出教堂音乐,长着翅膀的小天使飞翔在其间。

他在雾中穿行,耳边又有女子轻柔的歌声传来,他以为是苏瑞,循声找去,果然见到一个女子的身影。他心中一喜,轻声唤,"妈妈。"

那女子回过身来,笑容温婉,声音柔和。"常山。"她说,"常山,儿子。"

常山一惊,从梦中醒来,挣扎着从狭窄的空间移动身体。不知怎的,他半个身子歪在了椅子外面,头垂着,几乎要从座位上倒出去。

他抹一抹脸,一头的汗。这次真的是汗,不是眼泪。飞机上温度调得那么低,而他一头的汗,差点在睡着了的状态下跌出去。

旁边那位老人皱着眉头瞅他一眼,咳嗽一声,咕哝说连睡觉都不老实。

常山无暇去理会他,只是拼命想抓住梦中的一点东鳞西爪。梦中那女子不是苏瑞,她的容貌不像是西方人,说话的语言也不是英语。她说什么了?像是说——儿子。

她像是在用中文说:儿子。

常山的脑子乱成一团,魔音继续折磨他的耳朵,他用手掌紧紧贴在耳朵上,压着耳膜,一压一放,试图恢复正常。而那女子的声音仍然穿过钻心的疼痛,她说:儿子。

常山把头埋在膝盖上,任热泪模糊他的眼睛。

妈妈。他想,在一万米高空,最接近上帝和天堂的地方,除了苏瑞的灵魂在,还有他的亲生母亲吧。她在他幼年时,时常在梦中看他,后来有了苏瑞,她来得少了。而他渐渐遗忘了她。今天是怎么了,两位母亲先后出现?

还是只是他思念过度,在极度的压迫感和几乎要劈开脑子的痛楚下,把埋在被遗忘了的深处的一些记忆片段给翻了出来?

如果梦中那女子真是他的母亲,那他就不是被遗弃的孤儿。她对他那么温柔,慈爱的眼睛里有无限爱意。她叫他儿子,在说出儿子这个词之前,她还念出了两个字。她说的是中文,他可以肯定,他清晰地看见了她的口形。

儿子。而不是 son。

Chapter 3　牙买加

常山到达詹姆斯敦镇的时候，已经是黄昏了。他下了出租车，在马路对面打量这幢名为"牙买加客栈"的老房子。没想到南希姨妈还有这样的幽默感，把一幢乔治王时期风格的老建筑用一本悬疑小说的书名来命名，不知来这里的客人会不会是因为对那个故事感兴趣而来投宿？客栈里会不会有大号的钩子作装饰，还有麦酒来招待客人？

苏瑞在这里度过了她生命的最后五年，听那个名叫莎拉·莫西的女士说，苏瑞在这里并不快乐，常山心里不免难过。如果她抛弃过去的一切换一个新环境能够过得好，那他的委屈也算值得，但她不快乐，那这一切又算什么？

常山在落日的余晖中看着这幢旧宅，它位于一条丁字路口的转弯角处，大门就开向路口，房子因势就形，呈燕尾状。临街的一面有阳台，阳台后面是落地的玻璃窗。两翼的一面朝西，一面向东南，那朝西的一面玻璃窗反射着阳光，刺痛他的眼睛。

他一直以为这间牙买加客栈是一个私人小旅馆，有十几个房间，雇两个当地妇女打扫，没想到是一间中等规模的酒店，怪不得有一个前堂经理来接听电话。怪不得刚才他乘出租车的时候，一报路名地址，那司机就明白是牙买加客栈，还问他是不是来度假的。

常山想，有这么大的营业面积，就算资金有问题，银行也会贷款的吧，南希姨妈怎么会那么想要苏瑞的资金注入以改善她的经营情况？

他定定神，等一辆车子开过后，才越过马路走到牙买加客栈的门口，推动旋转木门，黑色胡桃木的门框厚重敦实。进入大堂，两层楼的挑高空间让人丝毫感觉不到压抑，墙漆成青柠檬色，配上黄色的莨苕叶饰图案，组成连绵的藤蔓和卷草纹的拱券石膏线，优雅别致。地面是黑白菱形格子的大理石，抹拭得一尘不染。大厅里的一角是供客人休息的地方，放置了几组藤桌椅，中间隔着一排茂盛的蕨类植物，青翠碧绿，让整个大堂清凉宜人。

这是一间非常漂亮的酒店，常山在心里忍不住赞叹。南希姨妈和苏瑞把这里经营得很好。

他走到前台，发现长长的台面同样是用整块的黑色胡桃木做成的。他对这种木头有认识，是因为维方德家的厨房餐桌台面就是这种木头。在他小的时候，苏瑞在餐桌的一端做着晚餐，他在另一端做功课，读故事书给她听。

前台后面的一名中年女士面带微笑地过来问："先生，请问订房了吗？"

常山看一下她胸前名牌，温和地笑着答："没有。请给我一间房，我是肯扬。你好，莫西女士。"

莎拉·莫西惊喜地轻呼出声，"肯扬？你这么快就到了。"

有个陌生人这么欢迎他，常山的心温柔地牵动，"是的，我尽快赶来了。你好吗？"

"我很好。"莎拉·莫西说，"你长得这么大，我一直以为你还是个少年人。"

"苏瑞提起过我，是吗？"常山满怀希望地问。

"是的，你是她的男孩。她给我看过你寄给她的圣诞卡和生日卡。她也曾骄傲地告诉我，她的小男孩在著名的常春藤学校读书。她以你为荣，肯扬。"

常山听得几乎要落泪。

莎拉·莫西招手叫来一名管理人员，让他代看一下前台，对他说"跟我来"。常山跟上去，小声说："南希姨妈呢？我先去见她吧。"

"她到银行去了，现在不在。我先把你安顿下来，你洗个澡吃点东西。"莎拉·莫西引他走楼梯，介绍说，"这里有三层楼，分左翼和右翼，左边七个房间，右边九个房间，还有套间和双人间，楼上楼下一共五十一个房间。后面还有一幢独栋的小楼是餐厅。苏瑞住在右翼三楼的一个套间里，她的房间还在，没有改成客房，我把你安排在她的房间。"

"这是南希姨妈的意思吗？"

"不，这是我的安排。"莎拉·莫西果断地说，"没道理让你住客房，你姓维方德，是苏瑞的儿子。"

说话间已经到了三楼。"苏瑞和南希姨妈相处得不好是吗？"常山若有所悟。

莎拉·莫西笑了笑，用钥匙打开走廊尽头的一间房门，推开进去。"你就住这里，好好休息，坐长途飞机一定累了。你要是肚子饿了想吃东西，可以下楼过中庭，到餐厅去用餐。有什么问题，以后再说。"

"好的，我明白了。"常山说，"谢谢你的好意，莫西女士。苏瑞在这里有你做伴，对她来说，一定是一种安慰。"

"你这孩子很可爱，"莎拉·莫西说，"我要下去工作了，你先休息一下。回头见。"

常山送她出门，在房门口看着她下了楼梯才回到屋里。

打开行李放好，他在这间屋子里走动，仔细看这五年苏瑞生活的地方。两个房间，一间是起居室，一间是卧室，卧室边上有一个卫生间，还有一个袖珍厨房。这厨房不比他当时租借奥尼尔夫人的车库房间附带的小厨房大。一个电磁炉灶，可以烧水煮壶咖啡泡壶茶，边上是烤面包机。餐具厨具不多，苏瑞在这里，也就是做个早餐吧。

想起家里那个大大的厨房，各种大小深浅不同的紫铜锅，擦得锃亮，整齐地挂在厨房的墙上。而这些只是装饰用的，苏瑞日常使用的锅则收在橱柜里。苏瑞是个完美的主妇，在这样一个迷你厨房里，好厨艺无用武之地。

常山离开厨房，走进卧室。苏瑞的卧室有一张有四根立柱的床，常山认得那是她和父亲主卧室的大床，原来她把床拆了运来了这里。再仔细看，卧室家具竟然都是眼熟的旧物。她把她整套的卧室家具都搬到了遥远的詹姆斯敦。这些用了多年的橡木家具，经过无数次的擦拭和手掌的抚摸，发出莹润的光泽。

苏瑞在这几年里，一定十分怀念和父亲在一起的日子，不然不会花那么大的力气把一套原木家具从中西部运到南部海边来。

常山在这里，像是又回了家。

他洗了澡换了件干净衣服，下楼去吃晚饭。按照先前莎拉·莫西的指示，下了楼，往后面走，有一道门，门外是一中庭花园，种着当地的植物，当中有一个小小的喷水池，四周是带拱的回廊，地面是拼花的马赛克。这是一个西班牙风格的庭园，这一个庭园，让这间酒店的格调提高了不少。

常山本来不懂这些，但云实主修的是艺术史，她的书以各种各样的画册为多，而他在空闲的时候会帮她上互联网找资料，跟着她的课程，他等于也把艺术史给修了一遍。因此这里诸多见功力的细微处，一一落在了他的眼里。

这间酒店一定请了高明的室内装饰大师来设计，不会是南希姨妈的个人品位。

他穿过中庭花园到了后面的独幢小楼，临庭院的一面是整幅的玻璃长窗，全都朝外开着,庭园的绿色映到了餐厅里,里面摆放着藤制的桌椅,桌子上搭着淡紫色的桌布,椅子上有绿色印花的靠垫,这就是餐厅了。

还早,餐厅里用餐的人不多。穿白衣系黑色围裙的男侍者拿了餐牌过来请他点餐。常山随意要了一个蔬菜色拉和一个贝类。稍过一会菜便送了上来,常山一尝,才明白这间酒店为什么叫牙买加客栈,原来他们请了一个牙买加的大厨,做得一手中美洲风味的菜。

在一个西班牙庭园的餐厅里吃牙买加菜,常山觉得实在有趣。这像是回到两三百年前,西班牙人发现新大陆的情形了。这和詹姆斯敦的历史又暗自巧妙地结合在一起,如果这一切都是南希姨妈的经营之道,那他要对她完全改观了。因为这些显然不是苏瑞的情调,他对养大他的母亲太了解,他知道她喜欢的是美式乡村风格。

快要吃完时,餐厅门口进来了一个人,左右一看,直直地朝常山走了过来。常山在她过来时已经认出这是五年未见的南希姨妈,便礼貌地起身,伸出手去说:"你好,南希姨妈。"

南希·佛斯特避开他的手,自己拉开他对面的椅子坐下来,打量着他。常山朝她笑一笑,也回望着她。

五年前她来参加他养父的葬礼,带走了他的养母,当时由于伤心和气愤,并没有好好看过这位姨母。如今又因为他养母的死,两个人再一次见面。他们好像总是因亲人去世才见面,有这样的原因,彼此看对方不顺眼也就不足为奇了。

南希·佛斯特比记忆里要年轻一些。常山觉得奇怪,怎么过了五年,她反倒越来越年轻了?看上去比苏瑞还要年轻。而苏瑞的形象还停留在他十八岁那年的夏天里,眼前,却是五年之后了。

也许是这份显而易见的成功让她精神百倍,有着适宜的妆容和考究的衣着,头发是亮丽的棕红色,修剪得长短适中,衬着她的长方脸,蓬松着扣在耳下,修饰了她的脸形。向后弯曲的发梢里,露出耳垂上的一枚白豆大的宝石耳环。常山自然认不出那是什么石头,只是觉得很好看,并且有光泽,估计是颇为名贵的宝石。

眼前的南希·佛斯特是一个成功的女士,她冷冷地看着常山,像在看一个窃贼。

常山明白了。为什么南希姨妈会迫不及待地要他过来,她说苏瑞的遗物里有留给他的东西,本来常山以为会是苏瑞的个人物品,像她的结婚戒指、私人相册,或者是她的骨灰。苏瑞在这里是个客人,她死后,棺木不应该孤零零单独埋在这里,而是应该运回去,葬在父亲艾伦的身边。就算运送棺木不可能,那么火化之后,把骨灰带回去埋葬也是一样的。常山来詹姆斯敦就是打算带回她的骨灰,归葬在家乡的墓地里。

但现在他明白事实可能与他的想象有出入。南希叫他来,不是单纯地把骨灰交给他,满足他的心愿,而是另有所图。苏瑞死了,她入的股份如今成了遗产,如果苏瑞写下遗嘱,有留给他的一份,那么在南希看来,他就是来谋夺她财产的食腐者,是秃鹫。

常山并不想要苏瑞的遗产,但他也不想让南希太过愉快,毕竟她让他不愉快过。她当年正值盛年,却趁火打劫,连哄带骗,带走他的母亲,弃他于不顾,让他继失去父亲后又失去了母亲。她欺负一个少年,让他手足无措,凄凄惶惶。她哄骗一个刚失去丈夫的妻子离开她的家,把她连根拔起,让她投奔她依靠她。她谋她的财,分割他们的母子情分。

如今他已成年,与她势均力敌,而他不打算让她好过。

Chapter 4　保管箱

常山慢吞吞地把盘子里最后一点拌色拉的沙司用面包蘸着吃干净,用餐巾擦擦嘴角,扔在盘子上,身子靠后,双手交叉放在胸前,放松一下身体。

"南希姨妈,我母亲的遗体现在在哪里?是在医院、殡仪馆,还是已经下葬了?我想把她带回去和父亲葬在一起,让他们两人的灵魂可以在死后团聚。如果你已经办完丧事,那剩下的事情便由我来做,费用我来负担,不用你操心劳神。我母亲突然离世,一定让你受了不少罪,你辛苦了。以后有我,我会安排好运送的手续,你就不用费心了。这一个星期,你一定累了,如今我来了,你可以好好休息一下了。还有,谢谢你通知我,让我可以为母亲尽一点力。"

南希看着他,听完他这一段长篇大论,才冷静地开口,"来我的办公室，这里不是你发表演讲的地方。"

"不，南希姨妈。我不是你的员工，我不会去你的办公室。"常山说，"如果在这里怕影响客人用餐，我们可以去墓地，我们边走边谈。我总要去拜谒我的养母，不然我来这里做什么？如果我母亲没有下葬，还在殡仪馆，那么我们就去殡仪馆，我还来得及见母亲最后一面。南希姨妈，我来这里是处理我母亲的丧事的，别的事情，我没兴趣知道。"

"你以为我就有兴趣吗？"南希说，"不是迫不得已，谁会想要见厌恶的人？"

常山看她毫不掩饰对自己的厌恶，也就不客气了。"彼此，彼此。那你告诉我，我母亲的遗体在哪里，是葬了是埋了还是搁着？处理完我马上就走，一天都不会多加停留。"

"没有礼貌的野孩子，这些年我完全没有说错，你果然就如从前一样顽劣。"南希鄙夷地说，"口口声声母亲母亲的，别让人以为你是维方德家的人，你别忘了你是他们领养的，你连一滴维方德家的血液都没有。"

"我姓维方德，我的社会保险卡医疗保险卡驾照上都是维方德这个姓。我养父姓维方德，我养母姓维方德，请问你姓什么？"常山回击道，"我要去见我母亲，你没有理由不让我见，你叫我来就是为了这件事。如果你不告诉我，我一样能够知道，这间客栈里的员工一定知道。可是如果你一定要逼我去问员工，那对你可没任何好处。"

"魔鬼的孩子。"南希低声咒骂说，"不知道为什么苏瑞当年要领养你，弄得今天祸害无穷。"

"因为她有爱心，她是个好人。"常山简短地回答。言下之意是她不像你，心胸狭窄。

"可是有的人不懂得感恩。"

"那是有人不给我这样的机会，有人趁她伤心，鼓动她抛家弃子。"

"你都成年了，难道还要抓着苏瑞的裙角叫妈妈？"

"哈，很好，你终于承认她是我妈妈了。"常山耸耸肩，站起来，又趋身替南希拉椅子，"走吧，南希姨妈，我们在这里吵架多不像话。你告诉我母亲在哪里，我办完事就走，绝不多留一天，不在你眼前晃，让你生气。"

南希倒是颇有想和他理论一番的架势，但看看这环境真不是她可以一展口才的地方，只得忍气吞声地站起来，昂首挺胸地离开餐厅，餐厅里的员工纷纷向她颔首行礼,她看都不看一眼,拂袖而去。反倒是常山,冲那些员工微笑点头,不停地说"你好",又自我介绍说,我是苏瑞的儿子,请把账单送到我的房间里,我住309室——苏瑞的房间。

餐厅的员工听他这么一介绍,马上来了兴趣,连大厨都走出来,握住他的手说:"维方德先生吗?幸会幸会,苏瑞是个好人,她的突然离去是牙买加客栈的损失。维方德先生,你怎么现在才来?你应该在你母亲活着的时候就来看她。"

常山十分感动,忙说:"谢谢你,请叫我肯扬。我在北方念大学,课业忙,因此没有来看望母亲,我们之间一直有通信。不过再怎样,我不来看她都是我的错,我只是没想到,她会离开得这么突然。"

大厨拍拍他的肩,还想再说点什么,前面南希停住脚步回头看他,"你不跟上吗?"

常山只得放下他的手,"我得走了,谢谢你,回头有时间我们再聊。"

大厨和侍者让开道,常山一一致谢,花了好几分钟才走到南希身边。"看来他们都对我母亲印象不错。"

南希哼一声,不再说话。

常山追上她后,也不再开口,而是看她要带他去哪里。

南希并没有走远,出了餐厅转到小楼的旁边,有一道石头砌出的台阶。拾级而上,转一个角,再上一段石梯,到了一个平台。原来餐厅的上面做成了一个休闲的坐处,张着帆布伞,有几套桌椅,随意地摆放着。

南希挑了一张椅子坐下。"请坐。既然你不肯去我的办公室,那么就在这里谈吧。"

常山把一椅子转了一下,面对着庭院坐下来,欣赏着院景,赞美说,"很好的一个客栈,比我想象中要大很多。这里景色不错,詹姆斯敦也是大名鼎鼎,趁现在时间还早,我想去镇上走走看看,重温一下美国历史。南希姨妈,你有什么话请直说,我的时间也是有限的。"

"殡仪馆现在已经关门了,你去了也是没有用,明天我再带你去。"南希带着一点迟疑说,态度比刚才好了不少。

"我明白了,是已经火化了吧?不然就应该还在医院太平间里。"常山收起他的满不在乎,也郑重地答,"看来姨妈也没有想过要把我母亲安葬在这里,要是有这个打算,火化之后就落葬了,或者不火化,直接土葬。谢谢你,南希姨妈。"

南希摇摇头，"是她自己的意思，说要葬在维方德先生旁边。"

"她……死之前，痛苦吗？"常山问，他非常想知道关于苏瑞的一切。

"腹部动脉瘤破裂，血液污染整个盆腔，非常痛苦。"南希把脸别向一边，"幸运的是走得很快，从发生到死亡不过十二小时。因为痛苦，医生给她注射了镇静剂。她一直清醒着，我赶到医院，听到了她的遗言。"

"她都说什么了？"

"苏瑞说，她要是死了，就把她的尸体火化了，骨灰葬在维方德先生旁边。这几年留他一人在家乡，对不起他。"南希陷入沉思。像是苏瑞被注射的镇静剂也影响到了她，南希奇怪地不再对常山抱有一种先天的敌意，她居然跟他心平气和地说起话来。

常山不去打扰她，让她理清思绪，他看着暮色中的西班牙庭院，沉默着，想着这五年，苏瑞在这里是怎么生活的。

过了很久，周围暮色四合，前面客栈的房间一一亮起灯来，底下的餐厅也热闹了，有笑语喧哗传到楼上来，惊醒了南希。

她回过神来，用极低沉的声音说话，"苏瑞说，希尔市的中央银行保险库里有她的保管箱，里面是她给你的东西。保管箱的钥匙在这里的银行，托管人是我，但需要你和我共同签字才能取出来。我不知道她为什么要弄得这么复杂，我并不想过问你的事情。她大可直接把钥匙寄给你，但她一定要这么做，我只能说，她是猜忌我，不信任我，怕我把你的东西私吞了。但是我要真是想私吞，我可以选择不告诉你。"

常山无语。他早就对苏瑞决断的事情摸不着头脑了，但他不想南希把苏瑞想得那么不堪，他试着解释说："也许她只是不想现在就交给我，她还在生我的气。而且她不知道她会突然去世。把重要财物放在银行保管箱里，留两个人的名字，不是很常见的做法吗？万一一个人出了意外，另一个人才能按要求去做，不然除了银行就没人知道了。"

南希对他的解释嗤之以鼻。"一听你就是没有和银行打过交道的。在银行申请一个保管箱，每年是要付一笔费用的。她在希尔市租一个，又在这里租一个，就是两笔费用。是什么重要的东西，需要两个保管箱来保存？如果是非常重要的，她为什么不取出来放在这里的银行？希尔市那个保管箱完全是多余的。而且，这里的这个保管箱里只是一把那边保管箱的钥匙，多么奢侈的行为！她以为她是在上演间谍片吗？什么样的秘密需要这样大费周章来保存？"

"南希姨妈，我想会不会是这样。"常山冷静地说，他转向她，认真地分析出有几种可能，一如他在实验室里写分析报告，"她当初离开希尔市时非常匆忙，忘了她在中央银行还有一个保管箱的事情；或者是租用的期限没到，提前取出会白白损失租金。此后她一直住在詹姆斯敦，没有回去过，那保管箱也就一直租下去了。又或者，她当年租这个保管箱时就缴了几年的租金。也许，比起从詹姆斯敦到希尔市的来回费用，在这里租一个保管箱反而便宜。又或者，她不想回到希尔市那个伤心地去，在她看来，希尔市就意味着生离死别。我父亲在那里去世，她不想再经历一次。"

南希看他一眼。暮色昏暗中，常山的脸半阴半明，阴的一半是来自天光，明的一半来自前面楼房的灯光。这孩子长大了，变得头脑清晰，有理有据，有礼有节。南希不敢小视他。"不过是一把钥匙，锁在房间里的抽屉里也就是了，值得专门为一把钥匙租一个保险箱？"南希像是对苏瑞有着强烈不满。

常山笑一笑，这个问题他不方便回答。是什么让苏瑞不放心，为一把钥匙要特地去租一个保险箱，南希应该心里有数。从诸多迹象看，两人的相处未必愉快，苏瑞不放心把重要物品空口无凭地交给南希，这已经说明了问题。但是，就如南希刚才说的，她可以不把这个消息告诉常山。反正常山不知道，于她能有什么损失？

转念又一想，常山明白了。租保管箱是要支付费用的，时间到了，银行肯定要催托管人缴费。托管人虽然是南希，取件人却是常山。就算南希可以隐瞒一时，租期一到，银行自然会通知常山，常山还是会知道这件事，不过是迟与早的事。

南希会在第一时间告诉他，可见这事真的在困扰着她。而她不想再和常山有瓜葛，索性讲了，免得将来再来麻烦她。既然苏瑞的意思是要把她的骨灰带回希尔市安葬，那么常山这次来了，下一次租期到了，常山势必还要再来。南希可不想老是见到他，干脆利落地把事情解决，省得还要纠缠不清。

看着常山在明暗交错的光影里露出那么神秘的笑容，南希那敏感的神经再次武装起来，她挺一挺腰，坐直了身体，带着谈生意的姿势说："还有一件事情，苏瑞的股份……"

常山看她一眼，心想，这才是你的重点吧。

Chapter 5　赠与书

南希咳嗽一声说:"苏瑞突然发病,在医院躺了十二个小时就离世了。但她的神智一直是清晰的,她让我给她一支笔,和一个拍纸簿,她躺着写了遗嘱。"她停了一会,像是在等常山的反应。

常山确实很激动。苏瑞肯写遗嘱,那一定与他有关。他与苏瑞只是寄养关系,维方德家接受政府一笔津贴,替福利局养一个孤儿,这里面只牵涉到格式合同,没有血缘的纽带。苏瑞的遗产,按道理说,和常山没有一点关系。但人却是感情动物,养一个孩子长大,长达十多年,除了抚养与被抚养,怎么可能没有亲情?他们付出那么多的爱给一个孤儿,而他真正把他们看成父母,他们离世,他悲痛欲绝。

如果苏瑞不是还把他当儿子,她不会特地写下遗嘱,忍着身体的疼痛和即将死去的恐惧。南希是她唯一的亲戚,她死了,她的遗产自然而然就归了南希,何况本来就是入股投资的资金,掺杂在客栈的经营中,不可能提得出来。她一定是想要留点东西给常山,才会当着南希的面写这份遗嘱。

南希满意地看着她想看到的,接着说下去。"我找护士要了一个她们的记录夹,放上一张白纸,让她写。为了有公信度,我还找来一个名主治医生和当班的护士,让他们做见证。苏瑞写了一行字,签了名。我请医生和护士也签了名,这份遗嘱当场生效。"

"你不想知道苏瑞写了什么吗?"南希忽然问一句。

常山老老实实回答说:"想。请继续,南希姨妈。"

南希冷笑一声。"苏瑞写的是,她所有的财产,分作两份,一份留给表姐南希·佛斯特,一份赠与肯扬·维方德。肯扬·维方德,原名 Chang Shan。CHANGSHAN。"她拼读出字母。

常山听到这里,顿时觉得有一块大石头猛地击打了他的心脏。他的原名?是说他的中文名字吗? Chang Shan?如果这个发音只是中文的拼音,那对应的应该是哪两个中文字?他的中文是云实教的,云实会的又是云太太教的,用的是拉丁字母注音的方法，因此他知道，这个"Chang Shan"，极有可能是他的中文名字的拼音写法。

"Chang Shan"，Chang 有可能昌、长、常、敞，也有可能昶、怅、裳、氅；Shan 则有可能是山、闪、善、扇、珊、禅、晱、杉。任意一种组合，任意一种可能。中文里面同音字有那么多，哪两个字才是他的名字？

更有可能是 Shan Chang！！

常山被这个突如其来的消息震惊得汗都快流下来了。他用手盖住眼睛，说一句对不起，站起来离开椅子，走到露台的边缘，手扶着栏杆，做了几个深呼吸。长到二十三岁，他才从别人的口里，知道他的真名。

南希也不说话，只是听着楼下庭院里传来的歌声。

住宿的客人在用过晚餐后，酒精燃烧了血液，他们从餐厅移到花园，从室内移到室外，让夜风吹拂他们发热的脸庞。

餐厅里驻唱的小乐队和歌手把乐器也搬了出来，弹奏着当地的土著乐器，唱着歌，给客人助兴。

客人们举着手弹着响指，跺着脚扭着胯，跳着热烈奔放的土风舞。更多的酒被端了上来，还有龙虾、牛排和热带水果。

常山过了好一阵才平静下来，回到南希身边坐下，对刚才的话题避而不谈，而是随口说道："有舞蹈和音乐助兴，酒水的销量一定非常可观。"

南希笑一笑，"怎么，对酒店经营有兴趣了？苏瑞的一半财产给了你，你就拥有了这间客栈百分之十的股份，确实可以对日常经营做指示了。"

"我不过是因为楼下的花园舞会忽然有了这个想法，才随口一说的。这间牙买加客栈经营得这么好，你一定很骄傲。"常山由衷地说。

"所以我不会允许你来指手画脚。这是我半生的心血，我不能让你来横加干预。"南希索性表明态度。

常山诚心求教，他问："那你想怎么解决目前的困境？显然苏瑞是想我拥有一部分她的财产，而这部分财产恰好就是牙买加客栈。如果她只想我的生活过得好一点，她可以在遗嘱上写，赠送给我的养子肯扬·维方德二十万美金，这笔钱将由我的表姐南希·佛斯特支付。这样，这间客栈就是你一个人的，我沾不上一点边。"

"谁能够知道一个将死的人神志是否清晰？她这是存心刁难我，她不想我过得舒心。她当然知道客栈的财务是怎么一个状况，我哪里拿得出这么一大笔现金？她恨我，所以才这么陷害我。"南希被他说得还真是气得不轻。她对苏瑞的遗嘱本来就不满，就下全发泄在常山的身上了。

常山好奇地问："南希姨妈，你和苏瑞之间出了什么事，才会闹得这么不愉快？"

南希拍案怒道："简直胡说八道，我们能有什么不愉快？她就是脑子糊涂了，头脑一时发热，临死前才想起你这个养子来。不然为什么从来不给你寄回信？从来不在我面前提起你？"

常山冷冰冰地说："那为什么我在前台一说我姓维方德，莫西女士就说你是肯扬，苏瑞的小男孩，又说我长得这么大。为什么餐厅的大厨和服务生都知道我，都跟我握手，责备我不该不来看她。可见她从来没有忘记过我，她只是不在你面前提我而已。"

"谁能知道一个人心里的想法，那他就是上帝，不是普通人。"南希恨恨地说，"她不在我面前提，却告诉每一个人，这不是存心要我好看吗？"

常山却说："南希姨妈，她并不知道她会这么早离开这个世界的吧？她只是在和朋友们闲谈时，提到她过去的生活。她的丈夫，她的儿子，她在希尔市的家。我想这是很随意的聊天，毕竟她在这里有五年，今天一句明天一句的，会给人留下印象不是正常的吗？只不过她离开得太突然，我出现得更突然，他们才会把对她的惋惜，移情到了我的身上。"

南希看他一眼，"你时常想起她？"

"从没忘记过。"常山惆怅地答，"我和苏瑞在父亲的墓地前诀别，随后我就回了家，就在马路对面，看着你和苏瑞回来，看见鸡场的小卡车来运了鸡走。你们知道那个时候我就在离你们一条马路外的地方吗？你们那么狠心，铁了心不要我，完全不管我是不是伤心难过。我虽然是他们领养的，但和一家人有什么区别？南希姨妈，你现在有多讨厌我，我那时就有多恨你。"

南希刚软下来的态度重新变得强硬，她忍住愤怒问："那你打算怎么样？"

常山说："她给我什么，我接受什么。她当年遗弃我，我除了接受，没有别的办法。如今她想补偿我，我同样接受。她是我母亲，她怎么对我，我都毫无怨言。我如果拒绝接受她的恩惠，那就是拒绝她对我的好意，那等于我是在和她赌气。南希姨妈，我为了等到她的原谅，不惜跪在鹅卵石上，和上帝交谈。上帝一定是听到了，他带走她时，留给我她的爱。你不会知道母亲这个词对一个孤儿来说意味着什么。她给我她所能给我的，我的原名，她的

天堂里的陌生人

财产。这等于说我不再是一个无根无凭的漂流木,我有名字了,我可以溯源直上,找到我是谁,我的生身父母是谁。她还把她的财产赠与我,这说明她承认我是他的儿子。"

常山一口气说了这么多话,这是极少有的。也是因为一下子接受到太多的信息,心情激荡才导致语言失控。他意犹未尽,继续说道:"今天对我来说是个好日子,我等于是在今日又重生了一回。谢谢你,南希姨妈,你告诉我这么多,让我的生活再没有遗憾了。就算我查不到我的身世,就算你不给我10%,就算我明天就会死,我也可以含笑离开。"

常山说完,不等南希有什么表示,就径自走下露台,加入到跳舞的人群当中。他高举起手臂,拍着手,跟随着音乐的节奏,踏着步子。他笑容满面,舞步轻快,像甩下了一个五十磅重的包袱,像在沙漠长途跋涉后终于到达了梦寐以求的绿洲。绿洲上有棕榈树,树下有清泉。他喝饱了清水,洗去了沙尘,靠着树干休憩,做一个梦,梦中是他可爱的、蒙着面纱、脚铃叮当作响的新娘。

送酒水的酒保在经过他时朝他笑,递给他一杯酒。他接过来一饮而尽,搂着酒保的腰跳了两个舞步。酒保笑着摇头,意指他在工作。常山大声在他耳边说谢谢,从他的托盘上拿了一杯酒,继续寻欢作乐。

他不记得他喝了多少杯龙舌兰酒,也不记得他跳了多少支舞曲。只知道他和所有的餐厅女侍都调过情,夸她们长得美,笑容可爱。问等她们下班以后,是不是可以和她们私奔。女侍们咯咯笑,都说苏瑞的儿子真可爱。

舞会在继续,笑语歌声几乎要掀起屋顶。闹到近午夜,餐厅熄了火,大厨洗净一手的油腻,换下白色的厨师服出来,拉了常山再喝几杯。几杯下肚,大厨吐露心声。

"我追求过苏瑞,要她嫁给我,回到我的家乡牙买加去,买一个小农庄,种香蕉和咖啡,一定比在这里过得好。可惜苏瑞那个死脑筋的就是不同意,白白生了病丢了性命,没有享受到我想带给她的美好生活。"大厨惆怅地说。

常山大着舌头说:"她不会嫁给你的,她和我父亲感情好得很,她要我把骨灰带回希尔市去葬在他身边呢。你献殷勤找错了人呢。你不如去追求我的南希姨妈,她像是没在怀念着什么人。"

大厨对他的建议嗤之以鼻,"南希·佛斯特吗?这个女人的眼睛冰冷得足以让男人的那玩意儿冻得硬不起来。"

常山哈哈大笑，大厨也哈哈大笑。

他后来是怎么回的房间，他记不起来了。睡到凌晨，清凉的海风吹进他的窗户，让他做起梦来，这次梦见的不是云实穿着肚皮舞娘的纱裙脚踝上缠着铃铛在妖冶地跳着舞诱惑他，而是一个女人在白雾中对他微笑，说：常山，我的儿子。

常山在梦中泪流不止。是常山，不是 Shan Chang，她的亲生母亲已经告诉了他的名字，只是这个名字对他而言没有印象，在飞机上梦见她时，听她说出这个名字不知其意为何。等到南希告诉他，苏瑞在拍纸簿上写下 Chang Shan 这一串字母时，他终于知道了。他的两个母亲，用不同方法，告诉他，他叫 Chang Shan。

常山现在最想做的一件事，是马上飞到希尔市去，打开锁在中央银行保险箱里的东西。那一定与他的生母有关。他有这个预感。

Chapter 6　马黛茶

早上常山在陌生的床上醒来，看了看周围的环境，过一会儿才想起他是在詹姆斯敦的牙买加客栈，而这个房间，原来是他养母的房间。他的养母已经过世，今天要做的事，是等殡仪馆开门了，就去把养母的骨灰领出来。还有一件事，是去银行开启一个保管箱，取出一把钥匙。

常山觉得苏瑞这个举动就像是在布置一个寻宝游戏。留一个信箱，找一把钥匙，再到一个地方，去开另一个信箱。在他小的时候，苏瑞曾经念《汤姆·索亚历险记》给他听，现在他要自己去亲身经历一遍了。

他相信他一旦拿到那个保管箱里的东西，一定有需要去揭秘的过去在等待着他。一个人会把重要东西存在银行保管箱一放就是几年，如非必要，不然不会这么做。

常山在晨曦中起身，铺好床，洗澡刮脸，取出一件黑色的 T 恤和一条黑色的牛仔裤来穿。他没有参加葬礼用的黑色衬衫和西装，只好用一件黑色 T 恤代替了。

当他穿了这一身黑衣下楼去餐厅吃早饭,中年女侍者和他开玩笑,"哟,小肯扬,你的职业是跳弗拉明戈舞的?"她笑嘻嘻地问,"怪不得昨晚跳得那么晚,迷住了所有的女招待。"

常山哈一声笑,问:"我像吗?"

"像。瞧这弹力十足的屁股。"女侍者说着在常山的臀上拍了一下,又捏一下他的胳臂,"还有这壮观的二头肌。"

常山嗷了一声,说:"雪莉,你丈夫看见,会杀了我的。"

雪莉朝他眨眨眼说:"我会保护你的。"拍拍他的肩膀,让他坐下,转身就从厨房端出一大盘早饭放在他面前。煎得脆脆的培根,香喷喷的单面煎蛋,烤得金黄的面包片,淋上了厚厚的枫糖浆。还有裹炸的香蕉,油煎绿西红柿,切得极薄的腰子片,撒上杏仁烤得微微卷曲。常山已经吃不下了,捧着香浓的热咖啡喝。谁知过一会儿,雪莉又送上一块甜的法式薄饼,薄饼又香又脆自不必说,上面还浇了焦糖苹果。

常山从未吃过如此丰盛的一顿早餐,"这里面有多少卡路里?这么吃下去,我会变成二百磅重的大胖子的。"他对雪莉说。

雪莉拿了咖啡壶来给他添加咖啡,"不要紧,你现在这个年纪,这一顿吃下去,两个小时就消化掉了。你不是跳弗拉明戈舞的吗?几个蹦跳一做,又可以吃一张薄饼。"

常山扶着胃部说:"实话告诉你吧,我其实不是跳舞的。"雪莉睁圆了眼睛哦一声,常山一本正经地说:"我是个卡车司机。"

"我相信。"雪莉捏捏他的上臂,说。

常山站起来,说:"我吃得太饱了,要出去走走,等殡仪馆开门还要两个小时呢。"

雪莉收起笑容,"去吧,沿着这条路一直向下,就是海边,去海边走走,早晨的海风会帮助消化的。"

"谢谢你的早餐。"常山说。

"我会记在你的账上的,不用谢我。"

常山在雪莉面颊上亲了一下,说:"谢谢你。有你们这么好的人在苏瑞身边,她一定过得很愉快。我代她谢谢你们。"

雪莉在他背上推一把,说:"走吧,好好玩。詹姆斯敦的风景还是很值得一看的。"

常山收拾起他的嬉皮笑脸，走出牙买加客栈，沿着雪莉指点的路往海边走。早晨的风很清凉，他的短袖T恤在这个早晨显得太单薄了，露在外面的手臂起了小疹子，一粒粒站着，在海风中叫着寒冷和孤独。

他们所有人对他的好，都是看在苏瑞的面上，不然，他要是真的是一个陌生人，来到这里旅游，得到的服务，将只是和他付出的小费数目均等。他为苏瑞感到庆幸，在身后还有这么多人善待她的后人，可见她做人的成功处。她和维于德先生一样，因本身的善良，在身死之后，遗泽仍然惠及他。

走不多远，便到了海边。清晨的海边没有几个游人，只有晨练的人带着一只狗在沙滩上踩着雪白的浪花跑步，那个人穿着灰色的连帽运动衫、只到膝盖的运动裤，狗在他身前身后欢快地跳跃。常山也想跑起来，但他的一身衣服束缚着他，让他摆动不起手臂提高不了大腿。

海滩的礁石后面不知是谁扔了一艘小船在那里，常山四顾无人，忽然大胆起来，他脱下鞋子扔进船舱，卷高裤腿，把船推进海里，坐上船，操起桨划起来。他划得很用力，不多时就划出老远，他的双臂结实有劲，背肌和胸膛开合得力，腰腹起伏自如，呼吸深达肺腔。清冽的带着海洋味道的空气通过他的运动充溢他整个身体，他需要这样激烈的运动来消耗他的精力。

郁结在心头的烦闷随着汗水消散在海风中，他的心情平静下来，等晨雾彻底散去，他把船往回划，拖上沙滩，放在原先发现它的礁石后面。他这一程消磨，足有一个多小时，而船的主人始终没有出现。詹姆斯敦确实是一个好地方，这里的人有君子之风。常山摸出五美元，夹在一张纸片中，压在桨下，作为租船的费用。

他回到牙买加客栈，值夜班的大堂前台已经下班了，现在是莎拉·莫西在，见他一身活力地走进来，笑着招呼说："去哪里了？一大早的，吃过早饭没有？"

常山上前去亲亲她的面颊，说："吃过了，雪莉把我喂得太饱，最后一张甜法式薄饼是站在我的嗓子眼上的，我只好去海里划了两个小时的船，才把早饭转换了一半。"

"你成了雪莉的小甜心了。"莎拉·莫西说。

常山笑嘻嘻点点头，"莫西女士，我想知道苏瑞在这里的情形，你能告诉我吗？"常山突然说，"我想我可以从你这里得到一些我想要知道的。"

"哦，是吗？"莎拉·莫西意味深长地看了常山一眼，"为什么你会这么认为?"

"你的语气和态度,无一不是在告诉我这样的信息。"常山带点无赖气质地说,他在这里,不知为什么会有如鱼得水的感觉,他可以使一点小坏,撒一点娇。他可以表现得比他的实际年龄和心理年龄都要小一点,好哄他们开心。他们因为苏瑞的离开,想对她的孩子好一些。这些人——大厨、女侍,包括这位前台经理,他们见了他都用一种亲昵的方式对待他,好像他是他们熟识的朋友,是这里的员工,他们可以和他开玩笑,可以捏他的二头肌拍他的屁股,他是他们全体人的小男孩。这里头的原因,不言而喻,那是苏瑞的功劳。

就像维方德先生去世,他的上司霍华德先生会主动来照顾他的养子一样,苏瑞离开后,她的影响力惠及了他。她一定是在他们面前经常提到他的名字,以至这些人早把他当成了自己的孩子。而莫西女士惊喜的口气和神情,在常山看来,更显示出她和苏瑞的亲厚,与别人更加不同。

"你真是一个聪明的孩子,"莎拉·莫西说,"苏瑞说得一点没错。我以为我已经够克制了,还是被你察觉了。我本来想,如果你不问,可见你不怎么关心,或者没怎么困扰你,那我也就维持缄默了,虽然心里会遗憾。"

常山在这些年,已经很能控制自己的情绪了,虽然他内心如沸腾的热泉,但表面上却笑嘻嘻地说:"如果我不能领会,那我就错过你的好感了。何况这样的好感来自一位可爱的女士,如果错过了,岂不是罪过?"

莎拉·莫西被逗笑了,"你比苏瑞说的还要可爱。"

在苏瑞面前,他可不敢这么轻佻。老实说,常山对苏瑞,尊敬多过亲昵。

"苏瑞不生我的气了是吗?"常山问。既然莎拉·莫西有话要说,他不妨先说出他的秘密,以换得她的信任和好感。何况苏瑞的秘密在他看来是秘密,在别人看来是秘密,在莎拉·莫西看来,就什么都不是。苏端在维方德先生过世后对他态度的转变是他长久以来的一个巨大的疑问,这个谜底,也许莎拉·莫西知道。

"想喝马黛茶吗?"莎拉·莫西不直接回答,而是动手准备一壶茶。

"著名的阿根廷马黛茶?"常山闻到一股清香,"没喝过,很想试试。"

他越过柜台,拉过一张凳子坐下。"不打扰你工作吧?"他假装礼貌地问,其实他才不管是不是打扰了她,他就想知道关于苏瑞的疑问。"我听说喝马黛茶是要泡在葫芦做成的容器里,一群人用吸管共饮一壶,你的葫芦呢?"

莎拉·莫西泡茶的容器是一只寻常的瓷壶，阿根廷风情减去了一大半。她笑着倒一杯出来递给他，"你知道的倒不少。"

"我只听说过，没喝过。"常山喝一大口，"很香，不苦。我听说马黛茶味道很苦，这个倒没觉得。这家旅店很有趣，在老南方的旅店里，吃牙买加菜，喝阿根廷茶。将来我会怀念这里的。"他跟着云实在云家早就学会了品尝中国茶，云家是杭州人，惯喝龙井，他对不是封在茶包里的茶早就习惯了。

"不挑剔的孩子真好养。"莎拉·莫西说，"这是加了蜂蜜和柠檬的，真正的马黛茶要苦很多。苏瑞说你从小就是个听话懂事的孩子，没有给她带去多少麻烦。"她一句话，就把话题从阿根廷的茶叶拉回到他们的重点来。

"苏瑞说过什么？"常山捧着茶杯问。

莎拉·莫西把眼睛从常山的脸上移开，看向大堂墙上的一幅抽象画。"苏瑞说抱歉。"她喝了两口茶，慢慢地说。

常山愣了一下。

"有一次她喝了一壶我的马黛茶，她不知道我在茶里经常添加些别的东西，有时是蜂蜜和柠檬，有时是牛奶，有时是柳橙皮，有时是威士忌。她喝了一壶威士忌马黛茶，对我说，维方德先生是个圣人。"

苏瑞是个家教很严格的人，平时从不喝酒，她一下子喝下这么多的威士忌，一定让她情绪失控。常山想，维方德先生是个好人，这一点毋庸置疑，可是圣人……

"南希姨妈曾说我父亲维方德先生是个愚蠢的人，以我的体会来说，这两者相差还是有一点的。"常山笑一下，"我不知道维方德先生做过什么，让南希姨妈这么说，而圣人的标准，一般人也不容易达到，苏瑞的依据是什么？有我不知道的是吗？"

"聪明的孩子。"莎拉·莫西说，"苏瑞说艾伦曾经对她提过，想替你付全额的大学费用。"

Chapter 7　结婚戒

常山啊一声,这下是真的惊呆了。一般的中产家庭都很少为子女付大学费用,何况是全额,更何况是对养子。并且,艾伦·维方德还不算富有的中产,只是极普通的中产阶级。如果是这样,那南希和苏瑞的态度就说得通了。

"明白了?"莎拉·莫西说。

"是的,我明白了。"常山低声说,"叫我以何为报?可怜的父亲,可怜的苏瑞。"怪不得南希说维方德先生是个愚蠢的人,而苏瑞在回忆起丈夫时,说他是个圣人。只有圣人才会对一个孤儿这么好,就像著名的《悲惨世界》里的冉·阿让,养大一个孤女,给她一个家,留给她全部的财产,还救了她爱的人。他靠他一人之力,为她搭建起一个玫瑰色的天堂,成为她的整个世界。

可是,艾伦·维方德为什么要这么做呢?常山提出这个疑问,莎拉·莫西说:"苏瑞说,她当时极力反对,但维方德先生显然没有被说服,不久,他就去世了。苏瑞……"

苏瑞带着维方德先生的所有财产,离开了希尔小城,没有留一毫给养子。她当时如此决绝,是带了怨气的吧?他曾经想把他的一部分财产白送给养子,他没有和她白头到老,要是维方德先生还活着,这些都不会成为问题,最多两人再多一些争执,苏瑞一定会作出让步。她虽然会嘀咕几句,但阻止不了维方德先生的决定。

也只有在极端的情绪之下,才会做出极度反常的事。苏瑞就那么做了。

"苏瑞就没有说为什么维方德先生会有这样的想法?"常山平静了下来。他问的这个问题,想必在当时,也曾困扰过苏瑞。

莎拉·莫西摇摇头说:"苏瑞说,维方德先生是个圣人,在那之前,他是个教徒。他坚信是你的到来,让他的生活发生了变化,你就是他的守护天使。是因为他的信仰,让上帝派了你来到了他的生活中。"

"苏瑞是不是弄错了?她喝醉了酒,脑子糊涂了,把关系搞颠倒了。"常山说,"她和父亲,才是我的一切。"

"我想不,苏瑞说得很清楚,她说维方德先生说过,肯扬是上帝派来的。"

常山摊一摊手,"我不知道,上帝他老人家没有对我说过我的使命。"

莎拉·莫西笑了,"苏瑞说,那个时候,维方德先生正失业,他们两人的关系也变得隔阂,经常争吵,几乎要到了离婚的地步。她回娘家去诉苦,她的母亲和姐姐都劝她离婚,她也曾动摇过。是你的到来,挽救了他们的婚姻。他们有了你之后不久,维方德先生就有了工作,还升了职,搬到了好房子里,得到了社区和公司里的人的尊敬。苏瑞说,维方德先生对她说,正是因为他的这一点善念,得到了上帝的原谅,这才让他的生活变得美好。他们应该有感恩之心,他们的一切因肯扬而来,那也应该归于肯扬。为肯扬付全额学费,不过是把上帝的归上帝,恺撒的归恺撒,肯扬的归肯扬。"

"一个圣徒。"常山喃喃地说。

"所以苏瑞说维方德先生是一个圣人。"莎拉·莫西同意常山的感慨。

常山沉默了好一阵,心里默念了几句上帝保佑我在天上的父亲和母亲,抬起头,问:"苏瑞原谅我了是吗?"

"我的结论是,你没有需要被原谅的地方,这一切都是他人的想法。"莎拉·莫西说,"要说与你有关,那也是你的存在,让维方德先生心怀感恩,这是神谕。"

"你真会安慰人。"常山说,"苏瑞这几年,心情不会好。我应该来这里看她的,是我做错了,我应该不管她怎么说,都坚持她是我的母亲。儿子来看母亲,不需要得到她的邀请。"

"你把这一切都看作上帝的意志吧,并不是所有人都可以被称为圣徒。维方德家出一个就够了,出两个难免太多。"

常山听到这句,哈的一声笑了出来。"莫西女士,你真是一个天使,苏瑞有你做她的朋友,对她来说是一个安慰。"

莎拉·莫西耸一耸肩,"我喜欢她,她身上有一种脆弱的气质,这种气质惹人同情,不具侵略性,我喜欢和这样的人做朋友。"

而不是像南希·佛斯特。常山明白她的意思。"南希姨妈的办公室在哪里?"

"二楼203房间,你去吧,每天这个时候,她都已经在办公室了。"

"谢谢你,莫西女士。"常山说,"那我去见我亲爱的姨妈了。"

"去吧,祝你好运。"莎拉·莫西说。

常山谢过莎拉·莫西,朝二楼走去。与莎拉·莫西的谈话,让他压在心里好几年的石头被搬走,他整个人都轻松了。不是因为他不够好,让苏瑞厌弃他,这比什么都让他放心。同时他还有一个圣人般的养父。有了这些认识,他不打算为难南希了。

他知道南希是个好老板,这间客栈,是她的心血,她不会允许苏瑞一时感情泛滥把她的宝贝客栈肢解分拆。常山在二楼找到钉着203房牌的房间,敲敲门,等南希说了请进才推门。

晨光里,南希在给一盆茂盛的波士顿肾蕨浇水。阳光穿过窗户照在绿色的植物上,喷壶的水雾落在羊齿状叶子上形成细小的水珠。南希的办公室在这个秋天的早晨显得舒适大方。房间并不大,却布置得简洁明快,像银行经理的办公室,没有过多的女性饰物,除了那一盆肾蕨青翠碧绿。

常山也站在肾蕨的前面,欣赏它淡雅宜人的美丽。"南希姨妈,这间牙买加客栈有这样的规模,出乎我的预料。"他认真地说,"当年你真的需要苏瑞的财产来投资吗?不能向银行抵押贷款?"

南希放下喷壶,回到办公桌后面坐下,回答他的问题。"当年这间客栈只有右边这一翼,我花了几年时间经营,买下了房产,然后用这半边房屋向银行抵押贷款,买下了左边这一翼的房产,还有后面的花园和附属的小楼。我的钱全部套死在了这些不动产上,还欠着银行不低的利息。而客栈当时面临的迫切问题是装修,我已经筹不出钱来了。这个时候苏瑞来电,说请我过去陪她,我当即飞到希尔市,在观察之后,做出决定。我需要苏瑞的钱来完成客栈的装修,而苏瑞需要改换环境让情绪得到安定。这间客栈的事务,转移了苏瑞的视线,她没有太久沉浸在伤痛中,而是马上投入精力,和我一起找设计师,找工程承包商。在基建的过程中,我们四处选购家具、床品、卫浴、毛巾,还有餐厅的碟盘酒杯,选择合作的酒庄,确定餐厅的风格,找厨师,招工作人员。在这个过程中,我们都合作得很好,三个月后客栈开张,我们请了旅游节目的主持人来下榻,还请了报纸和杂志的旅游版记者来试餐。牙买加客栈刚开张就得到肯定,这个定位十分巧妙和有趣,客人们都喜欢在一个悬疑恐怖浪漫不羁充满罗曼蒂克风味的客栈里品尝异国的美食。我们做得很成功。"

南希回想当初那一段艰难的时光,仍然为她果断的决策和卓越的眼光而自豪。"客栈经营步入日常化阶段,我和苏瑞的工作也不再那么繁忙,而这个时候的苏瑞却忧郁起来,刚来时的劲头不知去向,她经常一个人发愣,账面上也出现好几次错误,幸亏我发现及时,才没有造成损失。我那个时候就发觉她有问题,让她接手客栈的管理工作,账目由我来负责。她的日常管理做得不错,和员工们相处融洽,他们全都喜欢她。你也看到了,他们把对她的喜欢转移到了你的身上,他们有多欢迎你,他们就有多喜欢她。"

常山当然知道他在这里受到的欢迎,全部来自苏瑞的亲和。中国人说前人栽树,后人乘凉,用在这里恰恰合适。苏瑞就是那个栽树的人,他就是来乘凉的那个人。

"不知从什么时候开始,苏瑞变得对我冷淡起来。她在他们面前越亲切,就在我面前越乖戾。我以为她累了,劝她去度假。她却笑说,这里就是度假的地方,我还能去哪里度假?这里已经是天涯海角了,我还能去哪里避世?从那以后,我们的关系就开始恶化。我不明白她出了什么问题,她也不说,只是不再快乐。"南希说到这里,忽然停顿下来,问常山,"你说,她这是怎么回事?我完全摸不着头脑。"

常山听得感慨不已,听南希问,便说:"南希姨妈,她得了抑郁症。她当年没有足够的时间来悼念我的养父,那么突然的打击、那么大的伤痛全都郁结在心里。刚开始的时候她是想通过疯狂的工作来忘却,但是这样的伤心并不是通过工作就可以医治得了的,其实那个时候,她需要的不是工作,而是家人的安慰,我们需要抱成一团来互相取暖。你把她硬生生地带走,让她没有痊愈的时间。那些伤痛结成了痂,变成了痈,埋在了她的身体里,时间到了,它就破裂了。南希姨妈,你自己婚姻不幸福,你不明白相爱的夫妻失去一方,那种打击有多大。你让她连凭吊的地方都没有,不能去墓地诉说,不能在他们共同生活了十年的房子里缅怀过去。南希姨妈,你为了你的事业,害了她。"

南希用冰冷的眼光看看常山,她不能接受这样的指控。

常山继续说:"你不能因为我们没有血缘,就否认我们有感情。我们是母子,我们需要对方的关爱。"

"当年她那样对你,你一点都不记恨她?"南希故意问一句。

常山摇头。在和莎拉·莫西谈之前,他还有一丝遗憾,现在就只有尊敬了。"她是我母亲,我爱她。我是她的儿子,她爱我。你让她在失去丈夫后又失去儿子,她的心变成空洞,她不抑郁,谁抑郁?说到底,我母亲是一个以家庭为中心的家庭主妇，她不是你这样的职业女性，她需要在家里洗洗晒晒，养一个孩子和几只鸡。她在牙买加客栈装修期间的全情投入，近似于母鸡的筑巢本能。她需要像鸟儿筑巢一样，一根一根衔来树枝搭成窝巢，那是雌性激素在促使她那样做。等巢筑好，却没有蛋可孵，你让她怎么办？"

南希皱了眉头说："你这孩子，简直是个魔鬼。"

"不，南希姨妈。我是学生物的，我不过是在阐述人类的生物本性。"常山说，"有什么东西抗拒得了 DNA？"

南希看他一眼，不再说话。两个人沉默了一会儿，南希从抽屉里拿出一个盒子，放在桌子上推出去，"喏，你的。"

"是什么？"常山问。

"苏瑞的戒指，她从她的手指上褪下来，交给我，说'给肯扬'。"

常山默默地接过，打开来看。这枚戒指对他来说是一点都不陌生的，他从小见惯，一直戴在他养母的手指上，从来没有摘下来过，一直到她死的那天。而她在最后的时刻摘下来，交给南希，再传给她的养子。

不过是一枚普通的结婚戒指，但对每一对因相爱而结婚、在教堂发誓要相伴到老的夫妻来说，却是不一般地重要。常山收起戒指，想我将来可以拿着这枚戒指，去向云实求婚。没有比这个更好的纪念了。

对于一个孤儿来说，任何一件来自父母的遗物都是弥足珍贵的，它就像是来自父母的自然馈赠 DNA 一样，带着与生俱来的感情遗传。

Chapter 8　骨灰盒

银行十点钟开门，常山和南希在九点半的时候就离开牙买加客栈，一路步行过去。南希说银行离得不远，散步权当运动了。常山笑说他早上已经在海里划了两个小时的船，早运动好了。南希摇摇头，说中年妇女哪里能和年轻人比。

这两个人居然心平气和地聊起天来，颇让人觉得意外。莎拉·莫西在大堂前台的柜台里面看见两个人客客气气从楼上下来，脸色平和，言谈亲切，倒叫她吃了一惊。常山跟她打招呼，说跟姨妈去银行办事，回头见。莎拉·莫西有点尴尬地朝南希笑了一下。

常山推开胡桃木的大门，请南希先走，又在她身后仔细合好门，以防门打回来时撞在她身上。南希从来没有享受过男性子侄辈的殷勤，她一直只知道要做得比男人更好更累更苦才能和男人一样成功，她有意识地模糊掉她的性别特征，但在常山这里，第一次觉得，有个儿子也是件不错的事情。

路上不长的时间里，南希再一次感觉到这个男孩的可爱。他总是走在她的外侧，赞美这个岛这个镇，气候适宜风景美丽城市优美海岸干净沙滩洁白，他不冷场，也不絮叨，只是恰到好处地那么说一两句，让人听后不觉心情愉快起来。

南希忍不住说："我以前怎么没发现你是个可爱的孩子？"

常山笑一笑，说："因为时间不够。我们还没来得及发掘彼此的优点，时间大神就把我们分开了。他总是嫉妒人们过得太好，一定要用他超自然的神力把相爱的人分开。"

南希情不自禁笑出声来，她不知多久没和讨喜的男人打情骂俏了。笑了一阵儿，她说："苏瑞把你教得很好。"

常山同意她的判断。

到了银行，南希找到保管箱主管。她是银行的常年客户，人家自然会派出专人来听令行事。南希拿出身份证和取件的凭条还有保管箱钥匙，银行办事人员核对了用户名，问还有一个联名的用户呢。常山把自己的驾照拿给他看。银行办事人员看过登记和开箱必需的条件之后，让两人在登记簿上签上名，带他们去保管箱库房。

保管箱库房里全是一格一格的金属抽屉，抽屉面上是号码。银行办事人员找到苏瑞的那一个箱子，用钥匙开了，让到一边，南希再用钥匙打开。抽出抽屉，里面只有一个牛皮纸的信封。银行办事人员把信封交给南希，南希看一眼，交给常山。常山接过来一看，信封只有一个名字：Chang Shan。其他什么都没写，信封的开口处封着火漆，从信封的纸张看，已经有些年头了。

常山强忍住内心的激动，面无表情地把信封放进裤子口袋里，说声谢谢。

南希问："东西已经取出来了，这个保管箱可以收回了，租赁费用付清了吗？"

银行办事人员看一下登记簿，说："付清了，付到今年年底，还有一个多月的时间。佛斯特女士有什么物品要委托银行保管,可以继续用这个保险箱。"

南希说不用了。然后又问:"这个保险箱,是一年一付吗?"

银行办事人员回答说,是的,一年一付,每年年末一次性付清下一年的费用。

南希说声谢谢,和常山跟随银行办事人员离开保险箱库房。

出了银行大门,南希苦笑了一下说:"不知希尔市的保管箱是怎么支付费用的?每年寄圣诞卡的时候附一张现金支票?苏瑞来詹姆斯敦有五年了,我从来不知道她在这里租了个保管箱。我有这么不可信吗?还是她的宝贝东西放在她房间里不安全?"

常山慢吞吞地说:"我想她这么做,是对我的生母做一个承诺。"

南希愕然,转头看他一眼,条件反射般地问一句:"你的生母?"

常山脸上浮起神秘的笑容,说:"生母。这个信封是我生母留下的。她们肯定说好,在适当的时候交给我。哪怕苏瑞遗弃了我,搬到美国的天涯海角来,她都没有忘记她的承诺。她信守誓言直到她死的这一天。我们这就去殡仪馆吧,我迫不及待想领出骨灰乘上飞机回到希尔市去,葬了苏瑞,去银行打开另一个保管箱,开始我的寻根之旅。"

南希动了动嘴唇,忍不住还是问了,"你怎么知道这不是苏瑞留给你的,你从哪里知道你生母的事情?"

"啊,南希姨妈,信封上写的是 Chang Shan,不是肯扬。我想苏瑞是不会拼写这个中文的拉丁字母注音的。而苏瑞临死前,在拍纸簿上写的这一串字母,是背熟了才能写下来。它们明显不是出自一人之手。苏瑞的笔迹我认识,而信封上笔迹我完全陌生。写这一手字的人,更像是一个握惯笔的人写的,它们出自一个学者,而不是家庭妇女。这行字母,带有浓重的书卷气。它比我那些读到硕士的同学们写得更流畅更漂亮,更像是我那些教授们的字。"

南希再一次盯着常山看,常山笑问怎么了。南希说:"你才看了一眼,就得出这么多的结论?如果真是你生母的东西,你是不是表现得太过平静了?"

常山摇头笑,说:"姨妈,我是一个中国人,我血液里的东方基因比后天培养我的美国精神更加强大。我们遇事不张扬,而是躲在旁人看不见的地方伤心流泪。"

南希哦一声,"那就是说,你在来银行的路上是一个美国男孩,见到女性就习惯性地献殷勤调情赞美,从银行出来,你就成了一个中国少年,沉默含蓄不张扬彬彬有礼?"

常山再次调换成美国男孩,调皮地捧起南希的手来吻一下,说:"佛斯特女士,你真了不起。"

南希被他捧得直笑,又说:"你这么迷人,一定有很多女朋友。有吗?"

常山摇一摇手指,"不,姨妈,我只有一个女朋友。我们青梅竹马,相识快有十五年。你见过的,就是在维方德先生的葬礼上来过的那个中国女孩。"

南希使劲想一想,依稀像是有那么一个人出现过,不过面目如何,已经想不起来了。"那我祝福你们。"

"谢谢你,姨妈。"常山由衷地说。他知道他们两个能走到这一步,有多么不容易。

从银行又转去殡仪馆,同样由南希出面,领回了骨灰盒。常山先朝骨灰盒行了三鞠躬的礼,再用殡仪馆提供的黑布把骨灰盒包起来,捧在手里。

这一路两个人都沉默了,不再说话,想起过去种种,不胜感叹。

回到牙买加客栈,常山收拾行李,给前台的莎拉·莫西打了个电话,请她帮忙订一张机票,最早一班飞尔市的。莎拉·莫西问,这么快就走?常山说,我想尽快把苏瑞安葬了,我们中国人相信入土为安。逝去的人,只有归于尘土灵魂才可以得到安宁。

等把东西都收好,莎拉·莫西的电话也打来了,说,机票已经订好,下午一点,会不会有点急?常山说,不急,正好。谢谢你。莎拉·莫西说,那你的午餐在哪里吃呢?常山说,早上雪莉的早餐还有一半在胃里呢,——可以再请你帮我叫辆车吗?莎拉·莫西说,这本来就是我们的分内工作。你下来,车就会候着了。

拎好行李下楼,常山先去二楼南希的办公室跟她说再见。南希看他拎着一个大包,惊讶地问:"这就要走?"常山说:"事情都办好了,当然就走了。"南希欲言又止,常山问有什么话尽管说。南希点点头,问:"那苏瑞给你的一半遗产,你打算怎么安排?"

常山上前亲吻一下她的脸颊,笑道:"有你替我打理,我又何必操心?"

"那你是要年底分红利?"说到生意,南希重又回到精明的商人角色中。

"我目前的收入够用的了,这几年我都过来了,将来也不致缺乏。也许等我毕了业,找不到工作,就会回来和你一起经营客栈呢!"

南希松了一口气，又怕常山误会，解释说："我这里真的暂时提不出那么多现金来给你。客栈只是在运转中，银行的贷款还没有还清。如果你一定要分遗产，我除了把客栈的股份卖掉一部分，实在想不出别的法子。我很抱歉，你昨天来的时候我的态度很不客气，我没想到你是这么通情达理的人。"

"你以为我是来跟你抢遗产的？"常山笑嘻嘻地说。

"我以为你恨我。"南希说出她的恐惧。

"中国有一句古话：得饶人处且饶人。"常山从云家学到的来自中国人的哲学观无时无刻不在左右他的思想和行为。

南希再一次说："你是个好孩子，我为苏瑞自豪。她有一个好儿子。"

常山笑一笑，她这么说，等于是承认当年她的仇恨来得毫无道理。常山与她吻别，说我下次带我的新娘来，这个地方，非常适合度蜜月。

"那苏瑞的房间，翻新一下，可以做蜜月套房。"南希眼睛一亮。

常山哈哈大笑。南希是一个天生的商人，有着敏锐的商业嗅觉。她的成功，并非偶然。

这一在南希的房间里耽搁，下楼时，莎拉·莫西叫的车已经等在门口了。他把行李放在车上，说等一下，我去道个别。轻轻拥抱了一下莎拉·莫西，说："谢谢你。替我跟别人说声再见。"又问，"我的账单是多少？"

南希在他身后咳嗽一声，"这里就是你的家，回家住一天还要付房钱吗？"她大方地说。

常山也就大方地说："那我就不客气了。"

南希露出难得的笑容，说："以后有空常来，带上你的新娘子。"

南希·佛斯特居然在笑。莎拉·莫西恨不得马上跑到后院，把刚才见到的跟别人讲。

第三部

海洲

> 人的命运都写在了脸上，就等着有慧眼的人去解读。

Chapter 1　江湖郎中

常山乘飞机回到希尔市，第一件做的事不是去中央银行，不是回云家，而是叫出租车去了墓地。他把苏瑞的骨灰盒寄存在了那里，和工作人员定好安葬的地点和时间，才拎了行李坐上停着等他的出租车去云家。

下了飞机在排队等出租车的时候，他打了个电话给云先生说，已经回到希尔市了，办完一些事情就回去。云先生说一切还顺利吧，常山说，都顺利，我把我养母的骨灰盒带回来了。云先生说，你做得很好，我会早些回家，在家等你。常山说谢谢云先生。

他不可能把苏瑞的骨灰盒带去云家，因此下了飞机直奔墓地先办这件大事，而中央银行在那里几十年了，一时半会也不会遭遇龙卷风地震恐怖分子的袭击，它不会消失，已经等了这么多年了，再等半天也不要紧。

回到云家，果然云先生已经从公司回家了，常山一进屋就闻到一股豆子的甜香。他每年都要回云家几次，又是从小就走动惯了的，回云家就像回自己家一样自在。进屋后先叫一声云先生，说我回房间去放好行李洗个澡就下来。云先生说，好的，等你下来，就有好东西吃了。

常山就问在做什么好吃的。云先生在厨房里说："给你熬一锅红豆沙。"

常山觉得奇怪，问，为什么要熬红豆沙？

云先生边搅边说："我们老家的风俗，从墓地回来的人，都要喝一碗红糖水或别的红色甜汤，具体什么原因，年深月久，也就不知道了，就算是祛邪吧。城市里的人，自从有了可口可乐和百事可乐，就把自己家里熬红糖水的风俗都给替换掉了，倒一碗可乐给去祭奠的人就算走过形式了。"

常山听了大笑。

云先生接着说："可乐不就是红色糖水吗？人民群众的智慧是无限的。不过我这个年纪，再为你倒一碗可乐就有点不像话，正好她妈妈昨天说起想吃红豆沙了，我就提前回来煮一锅。"

常山问："红豆不易烂，是用电压力锅吗？"云先生说："当然，不然这东西，熬上三个小时，也未必吃得上。你快去洗洗换件衣服吧，这两天也够你辛苦的了。"常山说那我就上去了，谢谢云先生。云先生挥挥手，意思是别说客气话。

等他洗好澡，换了干净衣服，又把这两天攒下的脏衣服都带到地下室的洗衣间洗了，回到厨房，见云太太也回来了，他叫一声云太太，嗓子就发梗。

云太太心疼了，"这两天你怎么熬下来的？眼睛都眍了。和囡囡联系过了没有，她昨天晚上跟我视频连线，我对她讲了苏瑞的事，她很担心你。"

常山低下头，过一会抬头笑着说："等她下课了上线。我这两天都没和她打过电话。"

"不要紧不要紧，才两天而已。何况越洋电话那么贵，没必要浪费。来，喝一碗红豆沙，按道理来说，你应该在进屋之前喝才对。"云太太理解地说。

云先生端了三只碗过来，一人面前放一碗，笑说："那是不是也要一手拎一把晒干的芝麻秆，一手拎一把菜刀？"

"为什么要晒干的芝麻秆和菜刀？"常山问。

"其实不是一手一把，而是放在一只竹篮子里。芝麻在中国象征节节高，至于菜刀，我还真不知道。"云先生说。

"节节高和葬礼有什么关系？"常山把一碗红豆沙喝个精光，自己又去盛了一碗，回到餐桌边坐下，这才拿了勺子慢慢舀着品尝，听他说得有趣，不免好奇。

云先生失笑，"中国人什么都会想到高升、高就、步步登高，哪怕是葬礼，也要求故去的先人给后代子孙带来好运。选墓地讲究风水学说，要的也是旺子孙。高寿长者的葬礼上用过的碗会让来参加葬礼的人带回家去,意思是向长寿者讨点福气,家里有小孩子的,用了这个碗,可以考中状元。"

当听到用了去世的人用过的碗,可以让小孩子考中状元这一说,就算心事重重的常山都忍不住笑了。

云先生笑说:"这意思是告诉子孙,你要知道,你为什么有现在的好运气?那是长者的修行,福泽后世子孙。这么一来,子孙当然会敬仰先祖。中国历来以孝治天下,所以才有这么多风俗。这都是老皇历了,也就乡下还这么做,城市里早就废弃了。所有的规矩,能废则废,就留了喝红糖水这一条,大概是因为方便。不然你让城市里的人上哪里去找一捆芝麻秆?"

云太太也笑了,嗔道:"不是你先熬的红豆沙吗?既然做戏,就要做足全套。芝麻秆没有,院子里有我种的芝麻菜,可不可以代替一下?"

云先生哈哈一笑,反问道:"芝麻菜我觉得可以。还有其他呢,你还记得有哪些?"

云太太边想边用勺子在碗里画圈,想起一个说一个。"先是要搭个香案,烧个火盆,一边一根红蜡烛。"

常山插嘴问:"为什么要红蜡烛?红色不是结婚才用的吗?我以为丧事都是用白蜡烛。"

"白蜡烛那是西方的习惯。他们丧服是黑的,蜡烛倒是白的。我们丧服是白的,咦,我记得蜡烛也应该是白,白衣素烛嘛。红蜡烛是什么时候用的?"说到后来,连云先生都觉得说不下去了。

云太太也笑,说,我想不起来了,也许是喜丧用红烛?

常山又不懂了,问什么是喜丧,云先生说,过了八十岁的都算喜丧。人生七十古来稀,活到那岁数太不容易了。

常山颇有感触,低声说:"是的,活到七老八十真是太不容易了。我养父去世的时候才五十二岁,养母也才五十三,养父死于心脏病,养母死于动脉血管瘤。都是心血管方面的病。还有我父母,他们又不知是怎么死的。"

他不过沉浸在自己的思绪里,才发了两句感叹,一看云先生云太太都是一脸的不忍,忙说:"这也是现代城市人的通病了,吃的食物太偏高热量,运动又少,美国胖人这么多,一半都是饮食不良造成的。东方的膳食结构比较科学,粗纤维和谷物吃得多,像这个红豆沙,虽然是甜食,却是健康食品,多吃两碗都没问题。一会我对露丝说,我在吃你爸爸煮的红豆沙,她一定馋得流口水。"

云先生听他把话岔开，也就不再提刚才的丧事风俗，而是接他的话题说："是的，运动太少，吃得太好，人就容易得富贵病。我们那边也说，想要小儿平和安，常带三分饥和寒。其实对大人来说，也是一样。常吃七分饱，少病少痛到终老。"

云太太嗤道："听你这一套一套的，倒像个江湖郎中。你今天是开中药铺子了？"

云先生笑一笑，转过话头说："肯扬，正好你在这里，我们有事要告诉你。"

常山一惊，以为有什么不好的事情，敛声屏气说："是什么？要不要紧？"他实在是听噩耗听得怕了。

"不是不是，不是什么要紧的事。"云先生忙说，"其实也算要紧，不过是好事。我升迁了，两个月后要去芝加哥总公司赴任，作为公司合伙人，进董事会。"

常山一听大喜，握住云先生的手，连声说："恭喜恭喜，露丝知道了吗？那就是说马上要准备搬家了？看好芝加哥的房子没有？要带什么东西过去？那就是说这幢房子也要卖了？哎呀，太可惜了，这里门框上还有我和露丝从小到大量的身高线呢。这可怎么是好？"他一边说一边笑，忽然眼圈一红，自己先不好意思了，一转头，叹了口气，把眼泪硬生生忍回去了。

等这一阵儿的激动过去，他才又真诚地说："这真是件好事。希尔市太偏僻太乡村了，凭云先生的工作资历和能力，早就该升到总公司当合伙人了，在这里，真是埋没了你的才能。"

云先生淡淡一笑，"什么才能，也就是有点资历吧，到底在这间公司做了十多年了，公司在中西部以希尔市为中心的诸多子公司里，我是先来这边打江山的元老而已。虽然业绩摆在那里，可是白人的公司，谁会让一个华人担任重要职务呢。这次把我升到总部，是因为公司下一步要加大对华贸易，这才想起我这个华人来。"

他的话里，多少透出些不满和不得意来，云太太嗔一下，轻声说："在孩子面前，说这些干什么？我们在这里生活得又不是不快乐，大城市有什么好？光是汽车尾气就让人没法呼吸，还有那高昂的生活费用，要勒紧人的脖子。我在希尔市过得很愉快，有朋友有同事，周末一起 BBQ，在家里做烟熏腊肉都没消防车来救火,你搬到纽约芝加哥试试看,马上邻居就要来举报你。"

云先生看着云太太,声音里流露出些心疼来,说:"你都没多少机会穿漂亮衣服,买衣服只能看商品目录,看见心动的,就说买了有什么用,又没地方穿了去秀。等我们到了芝加哥,我陪你去马歇尔·菲尔德百货公司挑几条漂亮裙子,穿了去核桃厅吃晚餐,然后去歌剧院看音乐剧去,我们去看《芝加哥》,嚓嚓嚓!"说着还跳了一个踢踏舞的动作。

云太太看得大乐,说:"有心了,我可记得你的许诺,到时候可不许赖。"

"一定一定,我绝对不会赖。"云先生手握拳,放在胸前,做一个发誓的动作。

常山看着这两个人在一起有半辈子了,还这么恩爱,心里实在是羡慕不已。

Chapter 2　寂寞容颜

常山直到两天后葬了苏瑞,才去银行开保险箱。当然他去安葬苏瑞,没有带晒干的芝麻秆,也没拿菜刀。路上他还想,这菜刀要是拿在手上招摇过市,只怕马上就有人打电话给警察局,以妨碍公共安全罪的嫌疑把自己带走了。不知道在遥远的中国,披麻戴孝手挽竹篮内装干芝麻秆和菜刀走在路上,是不是真的没人管。

云先生和云太太问要不要陪他去墓地,他谢绝了,说他一个人就可以了。苏瑞在异乡去世,本地熟人都不知道,也用不着去打扰他们。他把苏瑞的骨灰带去和维方德先生合葬,想和他们说几句话。云先生听他这么说,也就不坚持了。

常山确实有话要和维方德夫妇说。墓地工作人员在维方德先生的墓地旁边另挖一个小坑,把苏瑞的骨灰放进去,竖好墓碑,补上草皮,收拾好工具离开。他把带来的白色香雪兰放在两个墓碑前,退后三步,站着深深地鞠了三次躬。

他在心里说,"爸妈,谢谢你们抚养我长大,让我有幸福美好的童年和少年。因为你们,我知道了家庭意味着分享,责任就要不弃。我以做维方德家的孩子为荣,我永远是你们的孩子。但从今天起,我要去寻找我的生母的故事,还有我的生父,他是在还是不在了,是知道有我还是不知道?是什么原因让他和我的生母分开。

"苏瑞临死前把钥匙交还给我,那就是让我自己去寻找答案,而我的生母把钥匙交给你们,又曾经说过什么?你们知道多少?还是只是受人之托?是怎样的一番周折,才把我交到你们手里?你们应该见过我的生母,不然钥匙从何处来?信封上的拉丁文字拼音又是谁写的?如果只是社会福利局在我的身上发现了这些东西,又转给了你们,苏瑞是怎么知道那一串字母就是我的名字?还是只是社会福利局的人员在把我领到你们面前时,说这孩子身上有一个信封,上面的字有可能是他的名字?

"苏瑞到临了也没有把当时的情况告诉我,是在惩罚我吗?还是我是天生的天煞星,克父克母。养父死于暴病,养母死于绝症,明明有可能说出来的故事,硬生生成了秘密。如果真的成了秘密也好,我就当我是一个无父无母的孤儿,有幸被你们收养,但却又留下一把钥匙,要我去开启身世之门。我要是置之不理,对不起我的生母和苏瑞这么多年的沉默,我要是去挖掘真相,真相又是不是那么容易得到?

"中央银行的保险箱里该不会是只有一封信,上面写着,Chang Shan,我们是你的父母,我们因无力抚养你,决定把你交给维方德夫妇,他们无儿无女,他们会善待你。那这样,社会福利局又是怎么回事?每个月的支票又是谁寄出?是不是需要把信锁在保险箱里,安排这一场寻宝游戏?

"爸妈,我作为维方德家的孩子,责任已经尽了,我这就去按照苏瑞妈妈指的路,去寻找生母的故事。不管结局如何,我都是你们的孩子。我是肯扬,肯扬·维方德。

"再见,艾伦爸爸。再见,苏瑞妈妈。我爱你们。"

常山在墓前和养父养母道过别,离开墓园,先前送他来的出租车依他的吩咐还停在那里等他,他上了车,说到市中心的中央银行去。

到了银行门口,他付过车资,转而向银行司阍询问保险箱业务由谁负责。司阍让他在查询机器上拿一个号,然后去二楼的租用保险箱业务部排队。

希尔市不大,人口在三十万左右,银行有好几间,中央银行作为本地最大的银行,银行大楼也足够宽敞。他上到二楼,找到租赁部,看看他的号前还有几个人，便在长椅上找一空位坐下来，等着叫号。

在等待的这段时间里，他的心跳得像要从胸膛里蹦出来。他从来没有想过像他这样的普通人有一天会开始寻找身世之谜。也许这一切都是出自他的想象，也许保险箱里什么都没有，只有他生母的一枚结婚戒指。

半个小时后工作人员来问有什么可以帮忙的，常山出示他的身份文件，还有那枚从詹姆斯敦辗转来到他手里的钥匙。

"我想打开这里的一个保险箱。"他说。

那名工作人员看了一眼这枚钥匙，"你等一下，我去请威斯利先生来帮助你。"他说。

常山谢过他，坐下继续等着。过了一会儿来了一位头发已白的年老先生，对常山说："你好，我是威斯利。你就是维方德先生？"他神情有些激动，"哦，原来是这样。你好。我们等你很久了。"

常山听了一愣，跟着说声你好。又问："你认识我？"

老威斯利先生摇摇头，取过他的钥匙看了看，饶有兴趣地看着常山，笑眯眯地说："我在这间银行工作超过三十年，下个月就要退休。现在终于可以在我退休之前，把最后一个服务年限超过二十年的保险箱业务结束，这让我完成了我的工作，可以毫无遗憾地去佛罗里达州钓海鱼了。维方德先生，我们等这个保险箱打开已有很多年了。"

常山被他说得好奇心起，按下激动的心情，问是什么原因。

"来，我们边走边谈。"威斯利先生说。

"好的，"常山说，"请带路。"

"现在的保险箱已经是用太空材料制成了，所有资料和归档工作则早就由电脑完成。"威斯利先生带着常山往地下室走，"银行业务比这间大楼新建时扩大了无数倍，早年的许多设施都已经更换完毕，只有一组保险箱原封未动，还同从前一样。而这组保险箱在近年来也陆续结束了出租业务，只余下你这个编号为W8277-C的保险箱从来没有开启过，而租金却在第一次租用时就一次性付清了。"

常山想与我推测的差不多，那一定是我生母租下并付清了租金。"那是什么时候的事？"他问。

声音在地下室里传来回声，像是有一个人在遥远的地方问：那是什么时候？是在哪一年？

"那是整整二十一年前,有一位美丽的女士来租用了这个保险箱,一次性付清了二十年的费用,那在当时,是一笔不小的数目。"威斯利先生说。他的声音带着感情,像是陷入回忆中。"那是一位东方女性,黑发,梳一个髻。她有着我所见过的最寂寞的容颜,就像是从一幅油画中走出来,神情还停留在画中。"

威斯利先生显然是一位诗人,描述起二十年前见过一面的女士来,语气带着太多的感慨。"她穿一件黑色的大氅,衣服很宽松,腹部隆起。"

常山一愣,疑惑地看了威斯利先生一眼。

威斯利先生笑一下,接着说:"我当时以为她怀孕了,就要分娩。可怜的女士,她的脸色很不好看。我伸手想扶她一下,她说谢谢你,我很好。她的英语是标准的学院派,不带一点口音。就算是真正的美国人,也会带上自己的地方口音,何况是一位东方女士。她的口音是那种在学校接受标准训练的口音,她一定在一间好的大学里接受过良好的教育,她的举止无一不给人这样的感觉。"

常山辛酸地笑。他生母的音容笑貌,要靠一个完全陌生的银行老职员来告诉他。

"这时我听到有轻轻的婴儿呻吟,那位女士哦哦地发出哄婴儿睡觉的声音,我觉得奇怪,分辨声音来自哪里。那位女士揭开一角大氅的衣襟,露出一张婴儿的脸,一张东方婴儿的脸。你知道在二十年前,这个小城东方人很少,我想那一定就是你。"

常山听到这里,似有一股热流像箭一样射中他的心。

威斯利先生朝他无奈地笑,"是你吧,小男孩,我在二十年前见过你一面,你那时睡在你母亲用一块绸缎做的褴褓里,挂在她的身前。那是一个冬天,外面天气寒冷,她不想把你放在她看不到的地方,她像一个农妇一样把你捆在她的身上,用羊毛大氅盖住你。她很瘦,很弱,她看上去身染重病。"

威斯利先生来到地下室,在明亮的灯光和雪白的走廊里,在一扇用不锈钢包裹起来的门前停下,按下门边的号码键,门向外弹开。他领着常山进去,一排排锃亮的金属抽屉门上全是编号。威斯利先生走过这些先进的箱柜,来到一个木制文件柜前。这个柜子就像中国城里的中药铺里放中药的小抽屉柜,每一个抽屉门上有插卡片的铜框。所有的铜框都空着,只有右边偏下有一个铜框上插着一张发黄的卡片纸,上面写着"W8277-C"的字样。

常山几天前才去过詹姆斯敦的银行保险库开过一个保险箱，取过一把钥匙。他看到这个木制文件柜，心里在惊讶它的陈旧和不保险。这样一个木头柜子，换了是他，随手拿一把螺丝刀就可以轻易撬开，要它来保管一件物品，也实在太可笑了。当然他也知道，保险箱本身在银行地下室这么安全的地方，就算不上锁，也是一样安全。

　　威斯利先生举起钥匙说："这是一个古董柜，有一多百年的历史了。银行董事会早就想把这件古董文件柜捐给本市历史学会，搬到市政厅去做展示。只是因为还有一个租位在，它就只能待在这地下室里。"钥匙捅进钥匙孔，轻轻一转，便听到咔嗒一声响，那锁轻而易举地就开了。威斯利先生把抽屉整个取出来，放在屋子中间的一张桌子上，说："请，维方德先生。"

　　常山朝他点点头，哑着嗓子说："谢谢你，威斯利先生。"

　　他看向那只一英尺长半英尺宽的小抽屉，里面只有一个牛皮纸信封，上面写着一行娟秀的中文字：给我儿常山。

　　常山拾起那个信封，看着自己的名字，几乎要痛哭失声。在活了二十三年后，他终于知道他的中文名字是常山。

　　他那美丽的母亲在离世前留下遗物，把他交给一对可靠的白人夫妻，让他们看管她留给儿子的信，直到他成年。"给我儿常山"，她何尝遗弃过他，她为她的儿子做了最好的安排，不但给他安排了成长的家庭，还记得安抚他的心灵，让他知道他不是被遗弃的，而是上帝召唤她前去，而临走前，她依依不舍。

Chapter 3　　有字天书

　　常山当着威斯利先生的面打开信封。他想有必要让这个老人知道他看护了二十年的保险箱里是什么，这位老人告诉了他母亲的最后生活状态，他感激他深刻的记忆，不然，他从哪里知道他的母亲曾经那样怀抱着他，不忍和他分开哪怕短短一个小时呢。

　　信封里有两页纸，纸上写满了中文字，他这个时候眼睛充血，没法看那么密密麻麻的中文。折叠起来的信纸里夹着两张泛黄的照片,上面一张是三英寸见方的黑白照片,上面有一男一女,一左一右地倚在一座庙宇的石头建筑前面。男的一件白色衬衫,英气逼人,剑眉朗目;女的穿一条裙子,窄肩细腰,长发呈波浪状垂在胸前,面容秀丽清婉。两个人都朝着镜头在笑,身体倾斜的方向朝着对方。

这显然是一对正在恋爱的男女在游览风景区时留下的合影。常山不知道他们身后的庙宇是何处,却能从他们的站姿中,看出他们在相爱。有的时候,身体语言比语言本身还要可信。人会说谎,身体不会。这一对男女,他们分开站着,却在两个人的中心线上相触,他们的肩向彼此倾斜,他们的头向彼此偏侧,女人比男人要矮上半个头,那让她的头,几乎要搁在男人的肩膀上。男人的一只手臂曲起撑在石头上,因此那个女人,就像是靠在了他的臂弯里。

常山把照片递给威斯利先生。

"可以吗?"威斯利先生又惊又喜。

"可以,请。"常山说,"你看照片中这位女士,是不是来租用这个保险箱的人?"

威斯利先生摸一摸衣袋,"啊,好的,不胜荣幸。"他取出老花眼镜来戴上,仔细看着照片中的男女。"没错,就是这位女士。她比我见到的时候要年轻许多,又健康又美丽。维方德先生,你母亲是一个美丽的女人,你父亲同样出色。"

常山感激地朝他笑,"你确定他们是我的父母?"

"我能确定,你和照片上的这位先生长得太像了。从照片上看,他比你现在要年长一些,清瘦一些,但你们有十分相似的面部骨骼。"

常山又拿起另一张照片,这次是一张五英寸的彩色照片,上面是一个幼儿,站在一片鲜艳的花坛前,大约两三岁的样子,穿手织毛衣,毛衣上绣了一只白兔子。他严肃地看着镜头,拧着眉,闭着嘴唇,万般不情愿的样子。常山一看之下以为是自己,但仔细一看,又觉得不像。他从来没有在自己的照片簿里见过这张。也许是来美国前,在中国拍的?

他用手指着幼儿问威斯利先生,"你看这孩子是我吗?你当时见我的时候,我就是这么严肃?"

威斯利先生拿起照片看了又看,又看看常山,摇头说:"看上去很像,不过我不能确定。我看见的你在沉睡中,在我的印象中,你那个时候还要瘦小一些。"

常山点点头，也许他初到美国，饮食不习惯；也许他母亲病了一个时期，也许财力有限，不能购买足够多的食物，因此他在照片里和在威斯利先生记忆里有少许出入。

威斯利先生把照片还给常山，常山连同信纸一起放回信封里，收在衣服口袋里。他向威斯利先生伸出手去，说："谢谢你，威斯利先生，非常感谢。你的帮助使我得知我母亲生前的点滴，我一直以为我是个孤儿，听了你的讲述，我才知道我有一个如此爱我的母亲。这将使我终生无憾。"

威斯利先生握紧他的手，"应该的，我为这间银行工作，便是为所有的银行客户工作。你能在我退休之前出现，打开这个保险箱，我也同样无憾了。"

"再见，威斯利先生。"常山再次感激这个亲切的老人。虽然他是个孤儿，但在他的生活中，伸出援手的陌生人实在太多，他无一不抱有敬意。

"再见，维方德先生。"威斯利先生带着和蔼的微笑说，"今天肯定是一个值得纪念的好日子。你一定急着想看这封信，我就不打扰了。你先请，我还要留下来锁门。"

常山放开老人的手，"再见。"忽然想起一事，又问道，"如果超过了付费的年限，那这封信会有怎样的命运？会不会被销毁？"

威斯利先生摇摇头，"我无法回答这个问题，我不能预知我不知道的事情。我想也许会随着这个文件柜一起被搬走，放在市政厅？不过你可以放心的是，这间银行不会销毁一件托管年限超过二十年的物品。"

常山放心了，"那就是说，我只需要多费一番周折，还是可以得到这封信的。谢谢。"

他匆匆离开银行大楼，在楼前的一棵树下找到一张长椅坐下来，把手压在胸前，手掌感觉到两层棉布下那封信的存在。

他就那样坐着，信封压着他的心脏，几乎要窒息。他大口呼吸，几百种情绪来回在他脑中狂奔，让他平静不下来，他想找一个安静的地方读这封信。这时有一辆出租车停在银行门口，下来一位老年妇女。他快步上去，扶她走稳，然后坐进车里说："去埃莉诺湖。"

埃莉诺湖是希尔市边上的一个人工水库，水面不大，湖中心有小岛，堤岸上种满了红栌。秋天的时候，红栌树叶转色，一片金黄深红，向为希尔市人喜爱。希尔市的中学校举行校际的赛艇比赛，也在这里。常山这时想找个安静的地方看信,想来想去,只有那里了。

他不能在繁忙的银行门口看生母的遗言,也不能在云先生家读信,万一他控制不住自己痛哭起来,他不想有人看到。如果是云实在,他可以毫无顾忌抱着她让她安慰他,但不是别的人,云先生云太太都不行。他在希尔市没有自己的家,连那部"老爷车"都留在学校,他没有自己的秘密空间可供他哭或者笑。他只能找一个人少的幽静的所在,而埃莉诺湖是他唯一能想到的。

出租车把他载到湖边,他付了钱,往记忆里僻静的地方走。这里多少年没有变过,他在湖边的斜坡上坐下,身后是树,头顶是树枝,耳中是鸟鸣和穿林而过的簌簌风声。这里安静得没有一个人,他放心了,摸出信封来看。

信封上是"给我儿常山",他想,我是姓常吗?常遇春的常?他看过讲明教教主的那本书,知道有常这个姓氏。又想,是父亲姓常,还是母亲姓常?

他再也抑制不住好奇心,从信封里抽出信纸来看。

信纸上的字迹娟秀美丽,就像那张照片,他忍不住又看了看照片。照片中的女子与他现在差不多大,安静文雅,像好莱坞黑白电影时期的大家闺秀。

他把照片放在信纸下面,吸一口气,开始看信。

信纸上满篇的中文字,让他不由得感谢云实。如果不是她出现在他的生活中,他会不会去学习中文?如果没有,那他现在拿着这封中文字的书信,跟看有字天书有什么区别?他得去找一位懂中文的同学,请他译成英文念给他听。难道他的生母就完全没有想过有这个可能——她留下的中文信,他看不懂?

他带着这个疑问读信。信的第一段写道:"常山我儿,你也许看得到这封信,也许看不到。我不知道让你看到好,还是让你不知道你是如何来到这个世界的为好?我并不能肯定你能看到,我甚至不能肯定你能活到能够打开这封信的时候。我将不久于人世,这使我深深怀疑,这么幼小的你,是否可以长大成人?"

才看完第一段,常山的眼睛就湿了。写信人的口吻里,有太多对生命的怀疑。

"我已将你交给一对夫妇领养,他们姓维方德。你如能看到这封信,那么,代我致谢,他们不负所托,养大了你。并且遵守诺言,在二十年后,才让你来打开这封信。那时,你将有二十三岁,有足够的能力,完成我之愿望。常山,你有一个哥哥,名叫海洲,去找到他,与他相认。"

常山看到这里,吃了一惊,猛然想起那张幼儿照片,忙从信纸下面拿出来,仔细看去,那幼儿果然不是自己。他此前想也许是在没到美国时拍的,那显然是错的。连威斯利先生也认为,他见到的小常山,比照片中的幼儿要瘦小一些,那就是说,年纪要小一些。那么,照片中这个幼儿,就是他的哥哥海洲了。

　　只是,为什么他叫常山,而他的哥哥叫海洲呢?难道他不是姓常,而是姓海?

　　他收回照片,继续看信。

　　"常山我儿,你将在一个陌生的美国家庭长大,他们领养你,我相信他们会爱你如子。艾伦·维方德是一个好人,他在我危难之时伸出援手,我相信依他善良之心,必会善待于你。他的妻子苏瑞,我也见过,是一个能干的家庭主妇,有她照顾你,你将衣食无缺。

　　"而你之兄长海洲,我此生愧对他。他自出生之日起,我就没有哺育过他,此后又被带离我身边。我太想他,所以我有了你。我看着你,就像看见了他。因为你们是同一个父亲的孩子。"

　　常山读到这里,放下信纸,眼睛看着平静的湖水,胸中却如掀起巨浪,百般滋味杂陈。

　　他母亲的信里,似乎透露出这样一个信息:他的存在,只是因为他的母亲想念她的长子——那个名叫海洲的孩子。他怕领会错了,再把这一段重读两遍。没错,是这个意思。他的母亲因为不能亲自抚养那个名叫海洲的孩子,思念不已,为了能看到他,她与海洲的父亲再一次孕育了一个孩子,因为同父同母的原因,两个孩子必然会面目相似。这样她看到这一个,就如同看到了那一个。她看到一个,就等于看到了两个。他只是他哥哥的替身。他母亲爱那个名叫海洲的孩子,多过爱他。因为显而易见,他母亲的信里写明一件事,让他去找到海洲,与他相认,告诉他,她有多爱他。这个名叫常山的孩子的出生,是为了安慰她那一颗想念儿子的心。

　　常山想到这里,不知是该为自己愤怒,还是该为自己的出生感到悲凉。显然他的出生是一个计划,无关爱情,也非激情。也许连海洲的父亲都不知道,他除了有一个名叫海洲的儿子,还有一个儿子名叫常山。

　　想到这一点,常山又激动了。既然他和海洲有同一个父亲,并且在孕育他的时候,他们的父亲还在,为什么他们的父亲不能迎娶他们的母亲,为什么任由她独自离开,一个人在美国生下他们的另一个儿子?

常山再次重看那张一男一女的合照,照片中那个男人,面目英俊,眼神正直。到底是什么原因,让他不能和他身边的女子结婚?是他父亲另有妻子?而他美丽的母亲,无意中做了别人的插曲?

常山迫切想知道答案,他拿起信继续往下看。

Chapter 4 远离尘嚣

常山放下照片,这次把信一口气读完。

"常山我儿,你与海洲之父,名叫甘遂,他是一名军人。我与他在上海相识,同游南京。孝陵神道前,留有我俩合影。其后分开,京杭两地,鸿雁传书。我告之我已有孕。他接信自北京赶来,与我重聚。谁知他候我产子,不告而夺我骨肉,弃我而去,令我产褥期思儿欲狂,缠绵病榻几达半年。

"三年后,我因学术研究需要,往宁夏一保密部门计算参数数据,竟遇甘遂。他告我当年之事,乃事出无奈。他之事,我不欲再知。而我与他之子海洲,已归他父母抚养,爱如珠宝。我虽思儿心切,然念儿处境,又何必扰乱现状。儿不知有我,未必不是幸事。他赠我照片一张,慰我思儿心苦。

"其时我已获赴美国签证,心知今生再无见我儿海洲一面之机会,遂共赴沙湖一游。到美后即知有孕,欣喜不已。唯身体不适,未到孕期届满,便要分娩。时驾车外出,恰遇艾伦·维方德经过,送我就医,诞下我儿。因上次生育时遗下弱症,二次产子后旧病复发,将不久于世。

"我为你取名常山,乃因你兄长名海洲。海洲之名,你父为他取之。人生如梦,种种美好,不过海市蜃楼,皆幻觉耳。而我儿之名常山,依海洲而得之,你弟兄二人,同根连枝。如真有此日,我儿告之,我思他至苦。

"我在美国无亲可托,只得将你交给维方德夫妇收养。我有一枚红宝石戒指,乃我母遗物,已赠维方德先生,以此抵换你的抚养费用。

"常山我儿,我半生行事,痴情任性,不计后果,累及你弟兄二人。今自知命薄,留信于你,望我儿见谅。母茵陈绝笔。"

海洲

  常山才读两行，就被他母亲写的内容震惊，他飞快地读完信上的内容，一时没弄明白是什么意思，匆匆看完第一遍，马上再读第二遍。他母亲写信时，想必字斟句酌，有些话不能写得太细，却又要留下足够的信息，因此晦涩难懂。这封信的后半，几乎半文半白，让常山读来，好不费力。他看到最后一行，写着"母茵陈绝笔"，想，原来我母亲名叫茵陈。

  知道了母亲的名字，再看那照片上的女子，他想，这个名字是多么适合她呀。别致有趣，还带着书卷气。在她和父亲通信的时候，他父亲在信纸上写下"茵陈"两个字时，心里一定有一道清泉流过，就像他在心里默念"云实"这个名字。

  他对着照片细看。这次是念着他们的名字看。

  甘遂。茵陈。

  真正人如其名。甘遂就该是一个军人的名字，就该是像他父亲那样英俊的军人才有的名字，而茵陈，就该是他母亲的名字。只有这样美丽的中文字，才配得上他美丽的母亲。

  看完信，他先前那一点点愤怒和悲凉都消失了，余下的只有对母亲的同情。这个故事如此普通，但发生在自己身上，就不同于听到的和看到的，所谓感同身受，才会有切肤之痛。这样的故事千百年来一再发生，他在哈代的小说里读到过，他在苏瑞的摇篮曲中听到过。那发生在遥远英格兰乡村的《远离尘嚣》般的故事，那《绿袖子》里吟唱的断肠句子：

    我思断肠，伊人不臧。弃我远去，抑郁难当。
    我心相属，日久月长。与卿相依，地老天荒。
    我即相偎，柔荑纤香。我自相许，舍身何妨。
    欲求永年，此生归偿。回首欢爱，四顾茫茫。

  一个美丽的姑娘，遇上一个英俊的军人，一起出游，能发生什么事情，猜也猜得到。一个血气方刚，一个美丽多情，他们相遇相爱，是生命本身赋予他们的本能。而后，因为世俗的原因，他们分开了，永远是姑娘去承受苦难。

  常山想到此处，又把信读一遍。这一遍读得字字如刀刻在心上，令他痛不可当。他母亲信中所言，何等令人绝望。一个刚生下孩子的母亲，被活活抢去了孩子,抢孩子的人,还是当初倾心的人。除了恨自己没睁大眼睛看清人,还能说什么?

所以他母亲信中,没有辱骂他父亲一个字。要他做的,也只是找到海洲,兄弟相认,没有提到要他去见父亲。对那个带给她无穷痛苦的男人,她宁可选择遗忘。她临终前只想到了她的两个孩子,她不忍心让他们两个亲兄弟,远隔重洋,彼此不知这世上另有一人与自己是骨肉同胞。

只是,光凭着海洲二字,让他怎么在世界第一人口大国里找到他?他母亲连他父亲工作的地方都没写,自然无从知道那家对外保密的研究所叫什么名字。

常山的心情彻底被这封信打乱。他想从信中再找到一点线索,这次看到了"我有一枚红宝石戒指,乃我母遗物,已赠维方德先生,以此抵换你的抚养费用"这句话,心里一凛,忙从衬衫口袋里取出那枚南希交还给他的戒指。

他一直以为这是养母的遗物,却原来是生母的家传之物。茵陈从她母亲处继承得来,交给艾伦·维方德,以代他十八年抚养常山的费用。艾伦·维方德没有变卖这枚戒指,而是转送给了自己的妻子。而苏瑞不知是知道,还是猜到了戒指的来历,她在病床上摘下来,让南希还给常山。这枚戒指兜了一个圈子,如今又回到了它的主人手里。

常山的手指轻抚戒指的宝石面子。他从来没有想到,自小在他养母手上见惯的戒指,会有这么一个故事。

他把戒指和信还有照片都收起来,徒步往城里走。他的思绪太乱,只有靠长途步行来缓解。待走到城市边缘,他看看四周,记得奥尼尔夫人的屋子就在这附近,而他已经十分疲倦了。他折向奥尼尔夫人家,在马路对面就看到他当年一手翻新的屋子,现在不知被谁租了。车道边上他当初种下的藤本月季,如今疯长得藤蔓已经爬上了二楼。

他过去敲奥尼尔夫人的门。过了一会儿,门上玻璃窗后面的花边布窗帘掀开一个角,露出一张满是皱纹的脸,眼睛里带着警觉地朝外看,一见是他,那张核桃般的脸上绽开了笑容。

门被打开,奥尼尔夫人张开双臂欢迎他,"快进来,我的孩子,你怎么会在这个时候回到希尔市?"

常山进去把这个老妇人轻轻拥在怀里,低头吻她的白发。她的头还不到他的胸口,这几年,她像是又缩小了好多,小到无可再小。

奥尼尔夫人显然不习惯他这么感情流露，咳了两声，手拄着金属拐杖退开两步，用研究的眼神盯着他，严厉地问："出什么事了吗？是不是闯祸了？我就知道男孩子总有一天会闯祸。他们就算乖得了几年，也藏不久他们那浣熊的尾巴。"

"哦，奥尼尔夫人，你要是我的祖母该有多好。"常山说。这样他就不用被陈年往事所纠缠，心乱如麻，却找不到人倾诉，只好去一个做过他两个月房东的老太太处寻求一点温情与安慰。

奥尼尔夫人瞪他一眼，"我要是有孙子，才不会允许他哭哭啼啼。进来，告诉我发生了什么事？你的小女朋友不要你了？"奥尼尔夫人笃笃笃地往前走，金属拐杖下的橡皮头子敲着地板。转头命令他说："去烧水，泡一壶茶来。"

常山掩上门进去，"我累了。我刚从埃莉诺湖走过来，花了一个小时。"他抹一下脸，颓然坐倒在奥尼尔夫人镶了花边的拼布垫子上。"我给你看一样东西。"他把信封从外套内袋里取出来，拿出照片给奥尼尔夫人看。然后起身到厨房去，往一把小水壶里加满水，放在炉子上烧着，一边在奥尼尔夫人的餐具柜里拿出一把绘了玫瑰花的茶壶。

小小的水壶不多时就发出蜂鸣声，常山泡好茶，放在托盘里端到客厅去。顺手拿起手缝的有着玫瑰花图案的茶壶罩盖上，无聊地玩着罩子上的一个布做的花苞。

奥尼尔夫人放下眼镜，唔一声说："很相爱的男女。"

常山哈一声，"你要是知道整个故事，就不会这么说了。"把信展开，在心里把中文译成英文，再读给奥尼尔夫人听。奥尼尔夫人一言不发地听着，把泡好的茶倒进杯子里，回手从沙发边上的小圆桌上拿过一只密封的马口铁皮的罐子，里头是手工烤制的黄油饼干。她倒了一些在茶杯碟子上，示意常山吃。

常山摇摇头，直到把信念完，放下信纸，才伸手去拿。

奥尼尔夫人凝视着常山，喝口茶。"你想从我这里听到什么，孩子？很显然这是你的隐私，你找不到可以倾听的人，就来找我这个老祖母了。"

"我不知道我想听什么，我只是想和人分享，我一个人承受不了这么强大的冲击。你刚才问我怎么会在这个时间回希尔市，我就是为这个事情回来的。我的养母过世了，我回来处理她的身后事。她给我留了一个银行保险箱的号码，我去打开，结果就是，我知道了我的身世。"

常山一口把茶喝光。他走了一个小时，早就又渴又饿了。"我有一个哥哥被留在了遥远的中国，而我的母亲像是从狄更斯的《雾都孤儿》里走出来，当然我比奥立弗·特威斯特要幸运，没有在孤儿院里饿肚子。我母亲把我安排在可靠的人家里，让我有完美的童年和少年。这户人家很善良，使我不必像《悲惨世界》里的珂赛特那样受到虐待。"

"孩子，你一个世纪前的旧书看得太多了。"奥尼尔夫人说，"我一直觉得男孩子不该像你这么沉默，你应该像他们那样去街头打篮球唱 RAP 穿肥大得拖到地面的裤子，而不是帮一个无亲无故的老妇人整修车库。我刚认识你的时候，你刚失去父亲又被母亲冷落，但那时你的心态要好过现在许多，现在的你有些自怜自艾。这是为什么呢？你和维方德先生的感情深度，显然要超过你的生母。那时的你可以忍住眼泪，开始计划将来的生活，为什么现在反而这么烦恼？"

Chapter 5　　俄狄浦斯

常山把玩欣赏着茶杯，说了句没头没脑的话。"你无亲无故吗？那奥尼尔先生呢？没有小奥尼尔吗？那将来这么美丽的茶杯会传给谁？本市的历史学会吗？你看，"他放下茶杯，又从衣袋里掏出那枚戒指，"这是我生母的，现在到了我的手里。如果没有我呢，它也许就和我生母的骨灰埋在一起了。如果没有我，她的悲伤谁去体会？"

奥尼尔夫人伸出手，常山把戒指递给她，她看了看，对着斜射进来的夕阳照一照，"很美的红宝石，它确实不该被骨灰掩埋。你可以拿着它去向你的小女孩求婚了。"奥尼尔夫人伸出自己那双骨节突出皮肤松弛的手来，上面有一枚蓝宝石的戒指。

"这是奥尼尔先生家传的戒指，有好几代了。当初第一代奥尼尔先生从爱尔兰搭船来到纽约，买的是最便宜的底舱的票，路上只有一个干面包。到了纽约什么活都干过，宰杀牲畜、清倒垃圾，当然也包括偷窃。修铁路的时候随铁路一直往西,在一个寡妇家里偷面包时被逮住,后来就娶了这个寡妇为妻,留在了这里。这寡妇有一小块地,继承自她的亡夫,于是老奥尼尔先生成了一个农夫。这个寡妇大老奥尼尔先生十岁,有一个儿子,儿子却是另一个牛仔的,那个牛仔在抢夺蓝宝石戒指的决斗中死了。老奥尼尔把自己的姓给了他,养大这个孩子,这个孩子用牛仔留下的戒指娶了一个小杂货店主的女儿。大萧条时杂货店倒闭了,他们搬回了农场。二战时他们的孩子失去了一只手臂,从战场回来后做不了农夫,只好把地卖了,再次搬进了城里,开了一个加油站。他在四十岁时娶了一个患小儿麻痹症的十六岁少女为妻,十五年后他死了,那个女人一直活到现在。"

"没有小奥尼尔?"常山问。谁家的故事都是一本家族史,讲起来都可以有一本书那么长。奥尼尔夫人轻描淡写地讲述她的家族史,他无法想象一个十六岁少女和一个四十岁男人怎么生活。

"有。在加拿大,十年没有回来过。"奥尼尔夫人把红宝石戒指还给常山,"遇上什么人,身不由己。也许这些都是上帝的安排,我们只有接受。你的生母是一个了不起的女人,我很欣赏她。你身上显然有她那种坚韧的气质。"

"你说她的一生,不到三十年吧,有过快乐幸福的时光吗?"常山非常想知道这一点,不然,他的降临,就只是为了海洲吗?

奥尼尔夫人笑了,"我的孩子,她爱他。一个女人不会和一个她不爱的男人生两个孩子。"

"是吗?为什么不是如她信中所写,生下我,就是为了看到她的长子?"常山对这个问题耿耿于怀,不能释然。

"哈哈,你这孩子虽然老成持重,但到底还是个没经历过什么大事情的孩子。你自己回去好好读这封信,多读几遍,就明白了。"奥尼尔夫人笑得很畅快,显然是在笑常山的不明世事。

"可是,"常山还在嘀咕,"你看她信里,没有说要我去寻访一下他的下落,只是要我去找我的哥哥,她对他提都不提,难道不是在怨恨他?他把她害得这么惨,我一想到她身染重病,还把我抱在身上,为安排好我的生活苦心竭虑四处奔波,就不能原谅那个男人。"

"当然她恨他。"奥尼尔夫人笑眯眯地点头表示同意,"你入戏太深了,我的孩子。你以为你是她。你把你的人生感受混合在她的命运里,你在同情她的同时,也在同情你自己。孩子,你不是一个孤儿,你有父母。你的父亲给了你他的姓氏,你的母亲给了你她的爱。你要是再认为你的命运是需要同情的话,那我会说,你是个彻头彻尾的坏蛋,一个忘恩负义的浑小子。我不知道你们东方人怎么看血缘和家庭,在我看来,这是显而易见、不容辩驳的事实。谁给了你姓氏谁养大你,谁就是你的父母,比如老奥尼尔和牛仔的儿子。而信里的两个人,他们给了你生命。这并不矛盾,也不对立,他们可以共同存在。就像上帝创造了这个世界,而牛顿证实了它。我相信一枚香蕉长成现在这个样子是由于多少代的选育,但不妨碍我在礼拜天去教堂听福音布道。"她再次把两个人的茶杯加满,"喝茶吧,趁这茶还是热的。泡得太久,可就苦了。"

奥尼尔夫人像一个哲学家,常山为她的博学折服。所以他来向她求助,寻找心灵的归宿。

他倾身拿起杯子,喝一口茶,又问:"你爱奥尼尔先生吗?"十六岁的少女和四十岁的男人。那个男人还少了一只手臂。这个配对难道不奇怪吗?

"我爱他。他是一个温和的好人。"奥尼尔夫人说,"如果不是他向我求婚,我说不定就一个人在乡间终老了。你知道的,战后男子奇缺,他们十分抢手。而与我同龄的,又一早离开乡村去城市发展了。你也看到了,我的脚有病,走不快,赶不上他们的步子。年轻男孩子没耐心,没有人愿意停下来,等一个相貌普通的女孩子走稳。如果我长得像玛丽莲·梦露,情况当然就两样了。"

常山哈哈大笑,奥尼尔夫人时常具有这样的幽默感,他认识她这么些年了,仍然会被她的犀利言辞惹得发笑。

"你看,我会说笑话,可是他们都不愿意慢下脚步来倾听。"奥尼尔夫人笑着说下去,"我家与他家是原来乡村里的邻居,我的父亲和他是朋友,只是多年没联系过了。有一次我父亲带我进城看独立日的烟火表演,车子停在他的加油站加油,这才重逢了。后来他去我家向我父亲求婚,我父亲揍了他,你也想得到,他少了一只手臂,哪里打得过健康人。"

常山只好闷声笑。

"我觉得他很可爱,就同意了。我父亲气得要和我断绝关系,我母亲只会哭,埋怨自己没照顾好我,让我有了这个病,才让他们的老朋友这么来羞辱他们。"奥尼尔夫人脸上有不忍之意,"我太任性了,完全没有考虑他们的感受。他们觉得没脸见人,周日不肯去教堂做礼拜。要知道四五十年前,在乡村，周日的教堂仍然是人们重要的聚会处。"

"听上去像是在看怀旧影片。一个返乡的退伍军人，向儿时的朋友求婚，迎娶他的女儿。"常山说，"爱情没有模式可言，是吗？"

"是的。"奥尼尔夫人说。

常山若有所悟。"还有一个问题，奥尼尔先生曾经是军人，那你肯定对军人和军队有所了解。不知道我父亲，我是说我母亲信里写的这个男人，他的身份当时是一名现役军人，这是否意味着诸多限制？"

奥尼尔夫人笑一笑，"你母亲能放下这个问题，那已经说明了一切。"

"哈，也许她被爱情蒙蔽了眼睛、热情冲昏了头脑。"常山依然有些不忿。

"如果真的像你说的，能够享受到爱情和热情，那么大多数女性愿意为之付出生命。"奥尼尔夫人恢复她一贯的冷静和刻薄，"你嫉妒了。男孩子大多时候都有俄狄浦斯情结，爱上他们的母亲，憎恨他们的父亲。为了能从父亲手里解救母亲，可以挑战一头狮子。"

常山假意恼怒，"奥尼尔夫人，你太邪恶了，我只是怜惜我的母亲。我想象不出，她一个怀孕的单身女子，来到美国，是怎么生活下来的。她需要租房、找工作、上医院定期检查。又要哺乳、带孩子。连我都觉得没有家庭的帮助没有积蓄没有贷款，要读书要生活很困难，何况是她这样的情形。"常山对自己的生母有无限的怜悯。

"不会比第一代移民更艰难。"狠心肠的奥尼尔夫人说，"你看她有这么一枚戒指都没有卖掉，可见薄有积蓄。"

"你说的也是，我忘了这个。"常山开心起来。

"你打算回中国去找你的哥哥吗？"奥尼尔夫人问，"看起来你似乎想马上起行。"

"当然不。"常山叫起来，"这么大的国家，我从哪里找起？等下个月圣诞节放假，我会去西班牙，向我的女朋友求婚。我现在有一枚家传的宝石戒指了，也许姑娘肯嫁我。"他哈哈一笑，"就像当年的小奥尼尔先生那样。"

"我觉得可能没那么顺利就让你的小女孩同意。"奥尼尔夫人带着点预言色彩地说，"你的一生足够幸运了，磨难太少，时机还未成熟。"

"你有水晶球吗？"常山这次是真的恼怒了。

"孩子，"奥尼尔夫人直言不讳地说，"人的命运都写在他们的脸上，会看的人，一眼就能明了。你前途尚辽。你以为你受了点刺激，迫切想现在就安定下来，于是带了戒指去求婚，未来五十年就不会变了吗？依我看，你还有一大段路要走。"

常山听这话似极耳熟，一时却想不起在哪里听过，脑子里拼命回想，就是想不起来。

"孩子你今年多大了？"奥尼尔夫人问。

常山抬起头，"二十三。"

奥尼尔夫人一笑，不再说话。

常山也觉得荒谬，他岔开话题。"奥尼尔夫人，我想这是我们最后一次见面了。"

"怎么，有人在传流言蜚语了？"奥尼尔夫人开玩笑。

"是的，我情不自禁，爱上了您。"常山笑，然后收起笑容，"云先生马上要调到芝加哥总公司工作，这里的房子就要卖掉了。我这几年回到这里，是陪露丝回家看她的父母，他们搬去芝加哥后，露丝放了假也是去芝加哥了。我以后没机会再回到这里来，不会有机会再见到您。我今天来看您，除了说说心事，也是来和您道别的。再见了，奥尼尔夫人，你就是我想要的祖母，严厉又亲切，睿智又冷静。我被养母抛弃后，有幸住到您这里，让我觉得又有了一个家。就像你刚才说的，我真是足够幸运，没有了生母，有养父，没有了养母，又有了您。您都不知道您对我有多重要，您让我觉得，我还有家，希尔市还是我的故乡。不然，我就真的跟一块漂流木没什么两样了。"

奥尼尔夫人从衣裳口袋里拿出一块手绢来擦眼泪，"你真是一个魔鬼的孩子，我都多少年没有流过泪了，你让一个老祖母流泪，太不应该了。"

常山过去拥住她，把她雪白的头温柔地搂在胸前。"再见，夫人。你一定要活到一百岁，将来美国举办为尚在世的二战老兵的遗孀佩戴勋章的活动，你将是希尔市的荣耀。"

"我的孩子，活到那个岁数，未必是一件好事。我这把老骨头，怕是撑不了多少时间了。"奥尼尔夫人为他的温柔感动，流露出一些伤感来，这在她是很少有的。

"不。"常山固执地说，"您一定长寿多福。"

Chapter 6　青梅竹马

常山离开奥尼尔夫人的家，临走时帮她换了两盏灯泡，修了炉灶开关，他刚才烧水的时候觉得有点卡。洗了茶壶杯碟，又问她还有什么地方需要修理。奥尼尔夫人说没有了，你暑假回来时都修过了，这才两个多月，哪里就这么容易都坏了？常山点点头，在门口站住说，你一个人，我很担心。奥尼尔夫人跺跺金属的拐杖，说，我还没老到打不动流氓。常山说那我就走了，你多保重。

奥尼尔夫人挥挥手让他快走，常山看见她眼睛里像是有泪光在闪，不想让老妇人太伤感，狠狠心掉头走了。

回到云家，云先生问他这一天过得可好。他说很好，离开墓地后，他想一个人静一下，就去了埃莉诺湖，那里还真是一个人都没有，在那里坐了半天，回想一下在希尔市度过的十多年，将来就没机会再回来了。

云先生也有同样的感触，说他在这里住了十来年，早把这里当成他的家了，本来都打算在这里买墓地，谁知还会有离开的日子。这把年纪了再换城市，都不知是否能够习惯。希尔市虽然小，但住久了，仍不失为一个可以安居乐业的地方。

"只是住久了就变成乡下人了。"云太太笑。

云先生回答说："美国中西部，本来就是个大乡村。"

云太太招呼常山吃饭，常山过去帮忙摆餐桌，一看菜式，是清蒸鱼，忙说这个正是我想吃的。他在学校附近租房住，和其他几个学生分租一间公寓，不方便做菜，云实又不在，他也没时间去农夫菜市买新鲜的鱼，这道清蒸活鱼若不是上中国馆子，轻易吃不到嘴。而云先生云太太显然是特地为他准备的。

云先生说："知道你在学校吃不到，来，快趁热吃吧。"

餐桌上还有白灼芥蓝，上面只浇一点蚝油，沾了吃。菜新鲜，就这么简单的做法，也让常山吃得停不住筷子。

云太太看着常山狼吞虎咽的吃相，感叹地说："看了肯扬吃饭，我自己都可以多吃半碗。有孩子在家就是好，要是囡囡也在，就好了。"

云先生笑说："你那是觉得自家孩子好，就什么都觉得可爱了，哪怕是吃个老母猪不抬头。"云太太也觉得好笑，哂道："哪有这样说孩子的。"

常山倒也还记得红楼梦里这个段子，他抬头一笑，继续埋头苦干。

云太太只盛了半碗鸡汤喝，对云先生说："你这话说得可太对了。我小时候，去外婆家小住，我的表姐，那时候有二十多岁了，家里给相了亲，那个男青年对我表姐很有好感，一到周末就来家里，到了吃饭时间坐下就吃。来了两次后，我大姨有一天等他走了之后说，一来就吃两碗饭，饭都给他吃光了。"

说得云先生和常山大笑，云先生说："不是啊，我记得你大姨很大方的，我们结婚的时候她不是来了吗，礼金一送就是多少来的？我记得比别人都多。"

"你就记得收了多少礼金了。"云太太嗔道，"看谁不顺眼，就连多吃一碗米饭都是错的。后来那男青年也不来了，估计是我表姐表态了。其实人家很大方的，总是带糖给我吃。"

"那你也没帮着说点好话？"云先生笑问。

"我那时候小，哪里知道是大姨不满意他呢？觉得他要吃两碗饭，也确实多了点。我们都是吃一碗的。"

常山刚把一碗饭扒拉下去，可怜巴巴地捧着空饭碗问："我可以再吃一碗吗？"

云先生云太太闻言笑得肚子痛，云先生手指着云太太笑得说不出话来。云太太作势要打他。

常山笑着去盛了饭来，放下后，摸出戒指说："我想跟露丝求婚，想先征得你们的同意。这是我母亲留下来的，可以吗？"

他并没有说是哪一个母亲，含混地希望他们不要深究。如果他们要问，他不会说假话骗他们，但他在这个时候，还不想告诉他们。他可以把一切对奥尼尔夫人和盘托出，却不愿告诉云先生和云太太。他想在他们面前保留一点隐私，他愿在他们面前就是一个阳光大男孩，没那么复杂的家庭背景和父母恩怨。

云太太哟一声，接过来看，又示意云先生也看。两个人都带着惊奇的表情看这枚戒指。云太太忽然一拍脑门说："我想起来了,有几次见到你母亲手上戴着这枚戒指,原来还是给你了。用家传的戒指求婚,这太美好了。唉,我想哭了。"用手盖在脸上,偏转头饮泣。

云先生把戒指还给肯扬,回手拍拍妻子,"哭什么?我当年向你求婚也没见你哭。"对常山说:"我们当然没意见,你和囡囡青梅竹马一同长大,我们早就等着这一天了。难得现在还有男孩子在求婚之前先去征得女方父母的同意,这简直可以算是古风了。"

"像回到了简·奥斯汀的小说中。"云太太抹去眼泪,"班纳特先生就专门坐在书房里等着青年们来向他的女儿们求婚。没问题没问题,我们这里肯定没问题。你尽管去和囡囡求婚,你在我们这里,一顿吃三碗饭都没问题。"

这一句,马上又把三人都说笑了。

"你这前一句和后一句都不挨着,大概真是乐糊涂了,语无伦次的。"云先生也高兴得不知说什么了。

常山看着云先生和云太太,实在觉得很幸福。虽然他是个孤儿,但有维方德夫妇做他的养父母,有云家做他的精神家园,云先生云太太塑造他的东方情怀,他的人生实在很丰富。他等于有三对父母,这在一般人那里可不是能随便拥有的。

吃完饭,常山按原来的习惯把碗送进洗碗机,厨房收拾整洁,洗净手,跟云先生云太太道过晚安,回到他在云家的客房去。他每年都要回云家好几次,这间客房几乎就是他的房间了。而来云家住宿的朋友并不多,因此这间房里,有他好多东西,都是历年来留在这里的。

房间里有书柜和书桌,有电脑和打印机复印机,在这里做功课看书上网十分方便。他打开电脑连上网,给云实留了话。这个时候,西班牙应该是凌晨了,明天云实要是早上起来没课,一开机就可以看见了。

他取了衣服去洗澡。洗完澡,又把洗好的衣服从干衣机里取出,插上熨斗,把衬衫熨平整。云太太经过洗衣房时看见里面有灯光,伸头看是他,摇头说,真是模范先生,将来我家囡囡可真是要享福了。常山抬头笑,说应该的嘛,哪能让她做这些事,她是艺术家,就要不食人间烟火。云太太哈哈一笑,说那你早点休息吧,今天也真够你受的了。常山说好的,做完这些就去。又说晚安。云太太也说晚安,上楼回房去了。

常山把牛仔裤也熨挺括了,搭在手臂上,拔下插头,关了灯,回到客房去，把裤子挂好，衬衫叠起，坐下来在网上订机票。他实验室里的小白鼠由同学代养着，出来有好几天了，他应该回去了，虽然实在不舍得云家的家庭气氛。

订好机票，在网上浏览了几家学术期刊的电子版，临下线，又给云实留言，说有很重要的话要对她说。说你什么时候上线呢，我明天就回学校了，今天和你爸妈商量了一件大事，他们有个重要消息要告诉你，你听了一定会吓一跳的。

他的这段话里，其实是有两个讯息。一个是他跟云先生云太太求婚了，一个是云家马上要搬到芝加哥去了。也许确实是这一天过得如坐过山车，情绪起伏波动太大，提起求婚又兴奋了，说话同样语无伦次，没有要点。

留完言，他就去睡了，电脑仍然开着，在下一个游戏副本。虽然他是个少年老成的孩子，但同龄人玩的各种玩意儿他也没落下，还是个游戏高手。偶尔卖掉几件装备，够他在网上买电子版的书了。

半夜电脑屏幕忽然亮了。他迷迷糊糊的，觉得眼前有光，便睁了睁眼。电脑屏幕里不知在放什么图片，也许是屏幕保护图片，图片上有美丽的雪白婚纱的裙裾在闪。他心里哈地笑了一下，想他一定是做梦了，居然觉得屏幕上那个新娘的身影很像云实。可见是云太太常说的，日有所思，夜有所梦，他白天想着要向云实求婚，晚上做梦就梦见她穿婚纱了。这个梦明天可以讲给云实听，将来可以讲给他们的孩子听。

也不知是不是梦，他才想了这么两秒钟，便又沉睡过去了，早上起来，把昨夜梦中所见所想忘个精光，蒙头蒙脑去瞄了一下电脑，副本早已下好，给云实的留言仍然没有回音，他想她一定是去上课了。到卫生间洗漱完毕，下楼去厨房做早饭。

云家的厨房他十分熟悉，米在哪里面粉在哪里早就一清二楚。他煨了粥，去屋子外面的花园采了云太太种的黄瓜和小番茄回来，黄瓜切成薄片拿盐腌着，调了面粉和了鸡蛋，把黄瓜里的水分挤去，从冰箱里取出腌黑橄榄切成小片，放进黄瓜里，小番茄对半切了撒在上面，浇上橄榄油，下粥的小菜就做好了。回手把面粉鸡蛋液再搅拌一下，让面粉里的小疙瘩消失，又煮上了咖啡。

他在厨房这一通操作，早惊醒了云先生。云先生披着睡袍下楼来，到门口去捡了报纸，坐在餐桌边看。常山给他倒一杯咖啡，他唔一声，取了杯子就喝，没头没脑地说了一句，"老太爷了。"

常山嘿嘿地笑，打火做煎饼，做了三张煎饼，关了火，两人一人一杯咖啡一张报纸一张煎饼，边吃边看，连话都不说。

稍后云太太打扮齐整了，穿着上班的职业套装挽了包下来，常山恭恭敬敬盛好粥递上去，拌好的黄瓜放在她面前，云太太放下包拿起筷子吃粥，忽然说："这日子多好，真没必要去什么芝加哥。"

云先生头也不抬地说："明天就没人侍候你吃早餐了，别以为将来都是这样的好日子。等过两年，孙子生下来，还要你去看的。你还是趁有力气去芝加哥多赚点奶粉和纸尿裤的钱吧。"

云太太白他一眼，对常山说："别理他，他是下床气。"

云先生放下报纸，也吃起粥来，对云太太说："太太，我是给你打预防针，等过两年，你就是奶奶了，我也是爷爷了。我昨晚一想到我要成为爷爷，你要成为奶奶，就醒了大半夜。本来现在还可以装是中年人，女儿嘛不在身边，职务嘛马上要升级，觉得意气风发的，还可以大干一场。这爷爷奶奶一当，要装也装不成了。唉。"

云太太听了他这一番话停住筷子发愣。

"这下你回过味来了吧？感觉到害怕了吧？我的孩儿他奶奶！"云先生说。

云太太转头问常山，"你和囡囡……你们不会马上要孩子吧？"

常山被他们两个的过激反应弄得哭笑不得，忙说："不会的吧。我们都是学生呢。怎么也得读完硕士再说。不对呀，我昨天才说求婚，还没说到结婚呢，哪里就轮到生不生宝宝这个问题了？"

云太太笃定地说："我就知道肯扬是个稳重的人，不像你，说到风就是雨，才说要求婚，你连奶粉尿布都操心上了。"

"我这叫未雨绸缪。"云先生吃完早餐，脸色好了一些，说，"我上去换衣服，等下我送你上班，你把车留给肯扬用吧。他今天可能会有需要。"

云太太说好，又问，那我下班呢？云先生已经走到了楼梯上，大声回答说："当然我去接你，我们去看电影去吃饭，我要抓住中年的尾巴。"

常山摇头，笑着收拾了餐桌，对云太太说："你和爸爸的生活就是我的理想，我等不及三十年后，也为同样的问题而烦恼。"

"他受惊过度了，男人的中年危机啊。"云太太吃完了粥，喝一口咖啡提神，"说实话一个孩子真的是太少了，我当年要是在囡囡刚走路的时候再生一个孩子，现在也不至于这么寂寞。你们都离开了，剩下父母在家，像是被遗弃了，日子真难过。"

常山只好说对不起。云太太说："这又不能怪你们，整个社会都是这样的。其实女人也有中年危机，不过我们比较能自我排解，买件新裙子，去塑身锻炼，重拾青春。男人们就算买件新衣服，也不过是穿了八百年的西装，一点新鲜感都没有。所以，时不时就有婚外情了。也不过是想在死气沉沉的生活中找到点新鲜感罢了。"

常山一惊，忙说不会的。云太太回过神来，笑说："没有没有，我没有那个意思，我只是泛泛而言。"

云先生换了西装拎了公事包下楼，又变成一个事业成功的中年男士了。他示意云太太出门，对常山说我们就不管你了，你要是今天的飞机，离开前把门锁好。常山说我会的。云先生的脚已经迈出了大门，忽然又回头说："肯扬，欢迎加入云家。"

常山感激地点点头，说："谢谢，爸爸。"

Chapter 7　婚礼照片

常山的机票已经订好，他收拾完行李，叫了出租车，临走前想看云实是不是下课了，留言是不是回复了。上去一看，云实还没有回来，只好留言说他马上要乘飞机回学校了，到了就跟她联系。她要是上线了，就留句话，不然，他说不定不能等到圣诞节放假，就趁复活节的假期去西班牙看她去了。

坐在去机场的车上，心里想着其实这个主意也不坏，刚才就不该写这么一段，应该偷偷买好机票飞到马德里，突然出现在她的面前，然后拿出戒指，跪下来，请她嫁给他。女孩子都喜欢浪漫的出人意料的求婚方式，这样将来他们对着儿女，也可以自豪地说，看，你们爸爸在年轻的时候，也曾是风流人物。

常山笑眯眯地坐上飞机，一路上都心情愉快。到了学校，放下行李，已经是晚上了。先去实验室，看看他的小鼠长得如何，再打开电脑，然后打电话告诉导师他已经回来了。导师安慰了两句节哀顺变的话，又交代了他不在的这几天的一些课业，常山一一记下。

喂过了小鼠，记录了数据，觉得肚子饿了，打电话订了比萨。等比萨送到，他一边吃一边在电脑上看课程，一边等云实上线，一边还和人在互联网上打游戏。

一局打完，游戏的那一方输了，对方愤愤地在对话框里问：游戏打得不错，你有女朋友吗？

常山笑。他知道美国有许多游戏儿童，整天在家里打游戏，从不出门，日常生活就靠两样东西解决，一个是外卖比萨，一个是充气娃娃。对面的孩子估计正好是一个这样的游戏儿童，才会不忿地挑衅问他。

常山说我有女朋友。对方又问那她会做饭吗，常山笑得差点从椅子上摔下去，他回答说，她不会做饭，都是我给她做。对方停了一下，问，你都会做什么？不会是三明治吧。常山说，我会做柠檬鱼，女孩子们都喜欢。对方说，你为什么不说即时贴是你发明的？常山打上一串哈哈大笑的字母，那我要怎么证明？

对方也狡黠，说，你就说说怎么做吧。你要是复制菜谱，我是看得出来的。

常山说，我的私房菜，不怎么想告诉别人。不过你既然问了，那我透露一点。去超市买来三文鱼块，放上胡椒和白兰地去腥，少许海盐，放在锡纸里，上面放三片柠檬片，一片黄油。放进烤箱，上下火都调到200度，烤15分钟。打开锡纸再烤五分钟，上色。

对方沉默了一会，说听上去很简单。常山说，本来就不难。练好这一手，什么样的女朋友没有？一个个吃得不想离开，留下来洗盘子都肯。对方说，哼，你还是在吹牛。然后就下线了。

常山闷声发笑。如今的女孩子多数不会做菜，而会做菜的男孩子就更少，像他这样做得一手中西美食的男生，在学校一直很受欢迎。就算他一直有云实在身边，也不能阻止有女同学来表示过好感。

一直没有等到云实上线，他很晚才离开实验室。自从他接到云先生的电话，到詹姆斯敦去处理苏瑞的丧事，就没和云实说过话了。他算了算时间，也不过才四天，便释然了。这件事在他，像龙卷风过境一般具有摧毁一切的能力，而对旁人，不过是几天日常不变的生活，波澜不惊，感觉不到时间的流逝。何况云实在西班牙，和他正好日夜颠倒。也许她正好出去到一个小城小镇什么的，不方便与他联系。云实又颇有艺术家的气质，想去哪里，拿上钱包就走，连背包都可以不打。

不过，他真的是很想她了。想和她说话，想听到她的声音。想她那些温柔贴心的关怀。常山觉得这个学期过得太慢了，什么时候才能放假呢。

第二天去了教室，和同学打过招呼，和导师交流完，又回到日常的生活中。他出去买了点菜，回到他租的房子，炖上一锅牛肉后，打开电脑。电脑显示他有邮件，他点进去看，是一个有超大附件的信，发信人正是云实。他心头一松，心想看来她是出去玩了，也许是学校安排的课程。这个邮件就是她拍的照片。他上线，呼叫她。云实没有出现。

邮件大，好一会才打开，他一张一张看那些高清晰的大图，每一张都有300KB大小，照得异常美丽。照片里都是云实，她穿着白色的纱裙，手里握着一束花，花是纯白的小朵小朵的玫瑰花蕾，扎成一束。她握在手里，每一张照片里都握着。他想提醒她放下花，换个姿势。一想她又听不见，就笑了。

笑着笑着，忽然脑子里灵光一闪。这些照片，不会是云实在拍摄艺术照或替什么杂志当平面模特吧，不然，为什么打扮得像个新娘？

他一张一张地看照片，前一部分还只是云实的个人照片，后面照片里出现了一个男人。那是个黑头发棕色眼睛的南欧人，皮肤晒得黑黑的，一眼看上去就是一个西班牙人。他留着连鬓的小胡子，头发卷曲着，披到了肩头。他穿的是白色的带褶皱花边的古典式衬衫，一只耳朵上有一只耳环。他在照片里，不时出现在云实的左边、右边、身后，有时抱着她，有时拥她在胸前，有时在吻她的脸，有一张甚至把云实横抱在手里。

常山看得胸口发闷。有一张，云实和这个西班牙男人手牵手在街道上走，两人在接着吻。身后是过路的行人和随意停靠在路边的车辆，稍后的背景，是马德里著名的建筑。

这是在给什么杂志做模特吧，也许是婚纱广告，也许是她的功课，也许是她的副业。常山迫切想知道这一组照片的拍摄目的，他放弃一张一张细看，飞快拉到邮件的尾端，那里写着一行字：再见，肯扬。

常山盯着这行字发呆。他想云实这是什么意思呢，为什么要说再见？

他又回去从头看，这次看得仔细，他看到云实的左手无名指上，有一枚细圈的白金戒指，上面有大颗的闪亮的石头。

当那个男人出现的时候，他看到他的无名指上同样有白金戒指，素圈的，没有任何装饰和点缀。他想，你看，不是一对，显然是拍摄道具。他一张一张往下看，看一张点评一句，看到有一张云实露出脚上穿的裸粉色的芭蕾平底鞋。常山说，露丝，你个子娇小，还是穿高跟鞋吧。穿高跟鞋的女人才算女人，你穿这么一双芭蕾鞋配婚纱，还是在走秀的吧？哪家公司赞助的？你这是给婚纱做广告，还是给鞋子做广告？还是给钻石做广告吧，多好，钻石恒久远，一颗永留传。

不知不觉地，他有点酸溜溜的。

从衬衫衣袋里摸出那枚红宝石戒指，他说，你看，我也有的。是家传的，比你那枚道具戒指有价值多了。云实，你都不等我，一个人去拍什么婚纱照。

他拨她的手机，再也不去算越洋电话要花多少钱了。云实的电话传来一个机械的声音，说你拨打的电话号码已经取消。他再打她的宿舍电话，过了一会儿有人来接，他用刚学了几句的西班牙语问，露丝玛丽云在吗？那边一个女孩子的声音回答说，露丝玛丽云前天结婚了，现在去加泰罗尼亚度蜜月去了。你是接到她的通知了吗？常山用他掌握的少数几个西班牙语单词理解了她话里的意思，他木然地说，是的，是的，我明白了。

他收起电话，望着电脑里的云实的笑脸，一颗心麻木得像被十吨重的冰冻住了。

过了很久，他又拿起电话，拨通云先生办公室，云先生正好在，接了电话。常山说："云先生，我是肯扬。"

云先生听是他，沉默了一会儿，才说："肯扬，我们也是刚知道的。"

常山不解，他问："云先生，这是为什么？"

云先生说不知道。他说："肯扬，我和她妈妈是真的不知道为什么会是这样的。你和囡囡从小青梅竹马，我们早在好多年前，就把你看成我们家的一员了。你说要向囡囡求婚，我和她妈妈高兴了好久，我们在私底下说，这下好了，肯扬总算开口了，我们就算明天不在了，囡囡下半辈子有了肯扬，我们也不担心，去了天堂都不用挂念她。"

云先生停了一下，常山不知怎么接口，只是闷闷地答了一声。云先生接着说："昨天晚上她在电脑上跟我们说，她结婚了。还把结婚照片传给我们看。我问她，你这样做，肯扬呢？她说，肯扬是肯扬，云实是云实，就算和他熟点，也没什么关系吧？他就像一个哥哥。"

云先生再叹一口气,"囡囡说,她一直想要一个姐妹或兄弟,你们认识后,她就把你当成了哥哥。你就像哥哥一样照顾她,无微不至,可是也管得她不自由。她要是再和你生活读书都在一起,永远也离开不了你的影子。因为你,她说她连恋爱都没谈过,青春空白得像蒸馏水。总算借交换生的机会到了西班牙,才知道天地这么大。"

常山嗯了一声。

云先生又说:"她说她要从现在起彻底改变过去一成不变的生活。她妈妈听了都哭了,说让她怎么对肯扬说。那傻孩子拿着他妈妈留下的戒指,跟我们说要向你求婚呢。"

常山啊了一声,说:"是啊,我正准备向她求婚。还好她决定下得早,不然,还要让我想话来拒绝我,一定难为死她了。这样也好,免得为难她了。"

云先生听了好生难过,说:"肯扬,对不起。"

常山说:"没有没有,跟你们没关系,是我不好,以她的男朋友自居,对她管头管脚,她一定不自在了。她是艺术家,最受不了拘束。唉,是我不好。"

云先生不知说什么,在电话里,又不好像在家聊天似的,可以半天不说话。只得说:"肯扬,你走的那天,我在家门口对你说,欢迎加入云家。这话永远有效。就算你不能成为云家的女婿,我和她妈妈,仍然当你是云家的孩子。"

常山无奈地想,我还真和"别人家的孩子"这个词有缘分,都是别人的家,都不是他的家。

常山跟云先生客气地说:"好的,云先生,我记下了。我会继续把云家当成我的家。云先生,我上课时间要到了,我要挂电话了,再见,云先生。"

云先生不确定地问:"肯扬,你还好吗?"

常山说:"我很好,我没事,就是觉得有点难受。"

他挂断了电话,捂着胸口,觉得心脏被谁给揪住了,钻心地痛。

奥尼尔夫人说过,人的命运都写在了脸上,就等着有慧眼的人去解读。她当时就说了,他的求婚不会顺利,而他不相信。

他忽然想起就在奥尼尔夫人说完预言的那天夜里,他在云家的客房里睡觉,电脑上开着外挂,他在下一个游戏副本。半夜,电脑的亮光闪着他的眼睛,他蒙眬间像是看见屏幕上有谁的白色纱裙在飘。当时他以为他在做梦,以为是日有所思夜有所梦，白天才想着要向云实求婚，晚上就梦见她穿上雪白的婚纱了。

这时他才明白，那不是梦。那是云实换好了婚纱，在视频的镜头前向他道别。她在那里，一定可以看得见他在她家的客房里睡着的样子。他们彼此见惯了对方沉睡的姿势，早就没了神秘感，他们一早就是兄弟姊妹了。

云实在结婚的前一刻，还记得打开电脑的摄像头，向陪她一同成长的兄长道别。她何尝忘记了他。她只是爱上了别人，抛弃了他。她长大了，而他还留恋过去不肯放开。她狠下心斩断与他的情愫，她要独自飞翔。

Chapter 8　蓝调情人

常山用云实的婚纱照做了电脑的屏幕保护，当然是只有她一个人的。每天写累了功课，在休息的时候，电脑就会自动播放云实美丽的笑脸。常山看着这些照片，并没有云实已经嫁人的真切实感，他就像是在看普通的美图，抱着欣赏的心态。他偶尔捧着盘子，在吃饭的当儿，也会冲着屏幕问一声：你好吗，露丝？好久没见了。

圣诞节已经过去了，他没有如学期刚开始时计划的那样去西班牙。他也没去芝加哥到云家去过节。云先生云太太卖了希尔市的房子，云先生供职的公司在芝加哥替他们租了一层公寓，委派了很得力的搬家公司来为他们打包运输，他们只收拾了几个随身的衣物细软包就起程了，等他们到了芝加哥，在酒店住了一个星期后，公寓已经布置得如同酒店一样完美了。他们这个家搬得轻轻松松，不用常山去帮忙。

到圣诞节前夕，云先生订了机票和云太太飞去马德里看云实。临去打了个电话给常山，问有什么话要带给囡囡。常山愣了半天，才说，替我祝她幸福吧。

他想不出有什么话可以跟云实说。他以为他们之间一早有了默契，他非她不娶，她非他不嫁。他爱她爱了那么多年，从第一次见面，云实留着盖住脑门的童花头，只露出一双漆黑的眼睛，看着他，对他说出"云实"这两个中文字的时候，他就知道他爱她。这种爱如涓涓细流，滋润着他荒芜的心灵。他在她身上找到了源头，她给了他所有在生活和精神上欠缺的，他绝望地渴望她。在他以为他可以拥抱她的时候，她舍弃了他。

常山一点都不怨恨云实，他想云实的生活中，有什么缺少的呢？恩爱的父母，完美的家庭，美丽的容貌，温柔的性格，上佳的学业，出色的人才。她唯一缺少的，正如她说的，是一份可以激发她冲动行为的爱情。她唯一缺的就是爱情，常山的爱情是兄长般的爱情，她觉得太平淡了，而一个西班牙的拉丁情人的热烈爱情，一定可以点燃她的激情之火。

他想起他读过的那本武侠小说，那个名叫令狐冲的大师哥，因为同样的原因，失去了他的小师妹。人类的情感过了多少年都没有改变过，两千年前是这样，两千年后的人会为同样的感情烦恼痛苦着。《诗经》里的爱情篇章，在现下，仍然有人感同身受。如同那首苏瑞唱的歌：Alas my love, you do me wrong, to cast me off discourteously.

我思断肠，伊人不臧。弃我远去，抑郁难当。所有现实生活中的感情，都可以在小说里找到投影。

因此他不愤怒。除了悲伤，就是希望她幸福。他的悲伤，也许一辈子都无法痊愈。三十年后，他会对着云实那如花似玉的女儿说：囡囡，舅舅送你一枚宝石戒指，带着它去嫁一个自己喜欢的人吧，就像当年你妈妈那样，好让自己的人生无憾。

常山一个人在宿舍过了一个寂寞的圣诞节和新年，他再一次无处可去。一个人煮，一个人吃，一个人看着电视里纽约时代广场的水晶球落下，一个人看远处天空上的烟花，在黑色夜空的衬托下，绚烂无比。过了午夜，仍然睡不着，他披上棉袄，到学校的小教堂去做祷告。他并不十分信教，只是在这样的冬夜，也就这里还有人，可以让他跪下，向天上的慈父寻求一点温暖。

只是他再一次无家可回。希尔市于他，已经没有任何关系了，云家住了十五年的房子都卖了，而芝加哥的新云家对他来说，有什么去的理由吗？他和当年苏瑞卖了房子搬去詹姆斯敦一样，每年复活节感恩节圣诞节给云先生寄卡片，云先生收到后，总会打个电话过来，问他要不要回家过节。云先生说的是回家，这让常山很感动。但他说不必了，不必给节日期间繁忙的航空运输增加压力了。云先生也就不再说什么了。而他，正好趁节日期间三倍的薪水去百货公司打工，那里人气足，可以让他忙到忘记他一个人的孤独。

常山沉默地读完了硕士课程，继续攻读博士。他在一本学术期刊上发表了一组有关 autism 问题的论文，得到颇多的肯定。同时他在一张报纸上写专栏文章，用的是笔名常山·诺温——Changshan Nowan，Nowan 就是 no one，常山谁也不是。

专栏文章的稿费收入很好，他早就不用去打三份工挣足生活费了，他租了一个好一点的房间，不用和人合租，有可以供他煮出美食的厨房，还有整洁的卫生间。他甚至交了一个女朋友，一个美丽的红发女郎。红发美人儿如她们的头发和传说那样，一贯脾气火暴，性格刚烈，过了三个月，嫌诺温太温吞，和他吻别后，转而搬进了另一个德州男子的宿舍。

常山待她走后，大大地松了一口气。他花了三天的时间彻底清洗了房间的每一个角落，就像他当年为奥尼尔夫人翻新房子一样。卫生间的瓷砖用牙刷刷过，卧室干脆换了全套床单和枕头。就算这样，过了好久，他都还能在窗帘下面发现一两根红色的长发。她的红色长发掉得到处都是，他想不出为什么一个人可以掉那么多头发。只有厨房，他不用怎么费力清洁。那个地方，红发美人儿根本不进去。

有过一个女朋友，常山彻底死了交新女友的心。他知道他再也不可能爱上别人，勉强自己毫无意思，他宁可在心里为云实留着一块空间，也不愿让一个不相干的人来填满他身边的空隙，吵吵嚷嚷，喋喋不休，诸多要求，无理取闹。

他在想，少女时期的云实是多么可爱。那个中学毕业舞会的晚上，云实穿一身纱裙，偎在他的身前。

啊，那个时候啊，他们就像所有童话故事里的少男少女，像所有言情小说里的小情侣，美好得像是圣诞节的雪花玻璃球，透明、清澈、单纯、温情。摇一摇，雪花儿漫天飞，小人儿在里面翩翩起舞。而他们的时间，就定格凝固在那一刻，那以后发生的事，都是 autism，都是出自他的想象，是他的"幻想世界"。

在写了一阵专栏后，本地报纸对他进行了一次报道，说是年轻的心理学博士常山·诺温将担任一所大学的讲师，这是该学校最年轻的心理学讲师。

那篇报道配了一张他的照片，是他的博导林登教授和他的合影。林登教授是这个领域大名鼎鼎的人物，专著写了好几本，每年去各个大学演讲的出场费就是一大笔收入，何况还有版税的收入。林登教授口才很好，每年拉来的科研经费有很多，常山的博士课程读得很轻松。两个人相处得也很好，常邀常山到他家去过感恩节、复活节还有圣诞节。

林登教授有个女儿，在纽约工作，过圣诞节的时候回家来，发现家里有这么一个年轻人，顿时生了好奇之心。她刚和纽约的男友分了手，正找新的后补，常山恰好合适。

常山对热情外向的洋妞不太感兴趣。在他心里，云实已经长出了翅膀，停在了他心室的屋顶角上，化作了石膏像的天使。两人的关系，要到常山毕了业，在这间大学找到了教职，才亲密起来。期间林登小姐又换了好几任男友，但谁都不如常山让她觉得可靠。再嬉皮的女孩子，在年纪稍长之后回归到传统世界，又把可靠当作了一项优良品质。

学校里有不少热情外向的女学生，为了分数会向男教师们抛媚眼示好，甚至投怀送抱。常山于是邀请林登教授的女儿来他的学校做客，说是要烧他的拿手菜牙买加菜请她试吃。在这些年里，常山和这个洋师妹熟稔了不少，经常通通电话，发发电子邮件。他已经习惯身边有个年轻女性让他去照顾去关心，一如当年他照顾关心云实。

说起来莱切尔·林登还真是他的师妹，比云实这个小师妹要正宗得多。可惜莱切尔不懂师妹这个词的衍生意义，他悟到了这样的妙语，也没人可以分享。可见同文同种是多么重要。要怎么才能跟一个纽约客讲清"小师妹"这个词里有多少的怀念和伤感呢？常山但愿云实在身边，可以和他一起分享他的心得。

在烹饪羊肉的时候，他写了一篇文章，讲的就是"师妹"这个词的心理安慰。等羊肉烤好，文章也写完了，用电邮发给他的责编，然后开车去接莱切尔。

莱切尔穿着时尚，美丽知性，在一间广告公司供职。和时尚圈子里的男人打过太多交道后，还是觉得像他父亲那样的学术男性更靠谱，于是不理会一打以上的邀请，专程飞到这个小城来和常山过复活节。常山接到她，问她林登先生可好，莱切尔说，他去密西西比了。

常山听到这个遥远南方的名字，忽然想到同样是在南方的弗吉尼亚州的詹姆斯敦来了，也许他可以去那里过圣诞节？这几年他过的都是白色圣诞，换一换环境，出去度个假，到温暖湿润的南方去，享受那里正宗的牙买加菜。

他想到这里，便问莱切尔，是否过过一个热带绿色圣诞。莱切尔问哪里，常山说詹姆斯敦。莱切尔笑他,去接受童子军爱国主义课程吗?常山笑一笑,说:"我有一个姨妈,在那里经营一间度假酒店,我有多少年没和她联络过了。"

莱切尔好奇,说她从来不知道他还有亲戚,她以为他一直都是一个人。

常山说:"啊不,我有好多亲戚,只不过他们都离开了。有的去了天堂,有的去了外国,有的去了别的城市,而我,来到了这里。好多年过去了,他们从没想起过我。"

他惆怅了片刻,然后向莱切尔微笑说:"除了你,亲爱的,只有你还惦记着我,大老远来看我。"

"我是惦记着你的牙买加菜,我的蓝调情人。"莱切尔说。

常山哈哈一笑,将车子驶入他的停车位,背起莱切尔的背包,请她上楼。

莱切尔把行李袋往常山的卧室一扔,也没说把衣服挂出来。两个人生活习惯上的不同,在这一点上已经显露出来。莱切尔随性洒脱,颇为不羁。而常山,则早一天就把他的床单换洗了,还买了一个新枕头给莱切尔用。原来他枕的那个拿出来,他打算睡客厅的长沙发。

等莱切尔换了衣裳,常山已经把菜端上桌,倒好了酒,请她入座。莱切尔说,看上去真不错,这叫什么?

"这叫'鲜'。"常山说,"开胃菜是火腿芝麻菜羊乳奶酪色拉。复活节嘛,总是要有火腿和羊肉的。头盘是罗勒柠檬番茄烤鲷鱼,第二道菜是煎烤羊膝肉配百里香洋葱炖土豆。这在中国,合起来就是一个字:鲜。"

莱切尔对这个"鲜"字没有什么体会。常山放下酒杯,顺手在刚进门时取来的一叠报纸上抽了一广告页,挑空白多的地方,用一支笔写下"鲜"这个字,然后在旁边画了一只羊和一条鱼。莱切尔仔细研究了一下这幅图画,摇摇头说:"我明白了,就是很好吃的东西,又有鱼又有羊。"

常山笑着点头,说:"这样领会也不错。鲜确实是好吃的意思。谁要是赞美说这个菜很鲜,那就是告诉旁人,这个菜很好吃。"

他发"鲜"这个字的音时,用的是中文,莱切尔听不懂,放弃了再讨论鲜不鲜的问题,本着广告人的职业敏锐,对鲜字旁边那个广告发表起了意见,说:"这个广告做得不好,看上去很淫荡。"

常山好奇什么广告会很淫荡。隔着桌子把报纸取过来一看,原来是一个名牌牛仔裤广告。照片里那条牛仔裤只有大腿上面一段,变形折叠成一朵玫瑰花的图案，长长的花茎上有两枚刺，标牌也化身为刺，钉在花茎上。常山一看这广告就笑了，说："确实有点。臀瓣如同玫瑰绽放。"

莱切尔点头，说："这是性暗示，这是在用女性的性别特征来暗示，在诱惑。这是一个男权社会，女性是被用来消费的。"

常山并不是一个男权主义者，不过他也不喜欢女性主义者随时都攻击男性。他把报纸翻了一面，扔在一边，继续吃盘子里的鱼肉。

莱切尔瞄一眼报纸，问："你的照片又上报了？这次是因为什么？"

常山不解，说："没有啊，我很久没上过报纸了，上次上报，还是借你父亲的光。"

莱切尔用餐刀指一下报纸，说："那不是你吗？不过这记者拍照技术不好，把你拍老了。"

常山听她说得像真的一样，好奇心起，拿过报纸来看。果然那一版上有一张照片，有一个长着亚洲人脸的男性正和本地一个科学组织的负责人见面。那张照片就是这两个人会晤时拍的。那个亚洲人的脸，常山看上去也觉得眼熟，眼熟到他第一眼看上去，以为是自己。他歪头看了看厨房门上的玻璃，在他的角度，玻璃正好可以充当一面镜子。他在镜子里看到自己的脸，再对比一下报纸上照片里的亚洲人的脸，惊奇地发现，居然有八分相似。

只是那张脸看上去比他要年长一些，所以莱切尔说，记者把他拍老了。常山十分肯定那不是他，也许五年后他会是那个样子，但既然目前人类还不能穿越时空，那照片里这个人就不可能是他。

可是两个人的脸相似度有八成，那也实在说不大过去。

常山仔细把那条新闻看了一下，那上面说，来自中国的优秀遗传学学者来本市参加一个行业会议。文章里介绍这名学者时用的是拼音字节，不是常见的美国人名。常山是先排除了人名，然后才确定那是拼音。他用他快遗忘了的汉语拼音拼法念出这个人的名字，从他嘴里发出的音是 Zhou Hai。

"这个人叫周海。"他说。在这一刻，他先是觉得心脏被针刺似的痛了一下。这种拼音的拼读方法，还是云实教他的。

过了足足有五分钟，在莱切尔已经就别的问题发表过好几轮的评论后，他才意识到，那两个读音，是不是应该掉过来念。

写下来，也许是，海洲。

Chapter 9 小丑帽子

常山重又拿起那张报纸来看,半天说不出话来。莱切尔看着他发呆,好笑地把手放在他脸前晃了两晃。常山回过神来,把报纸放下,用叉子叉起一块鱼肉,送进嘴里,"那是我兄弟。"他平静地说。

"你是说你身边的那个人吗?"莱切尔惊奇万分,"可他和你不像啊。难道是你的神秘亲戚?就像你那个在詹姆斯敦镇突然出现的姨母?"她显然认定图中那个亚裔男子就是常山,而他们在谈论的,当然是站在他旁边的白人男性。

"不,我说的是你说的身边那个人的身边那个人。"常山说的连他都觉得表达不清,"那个你认为是我的人,其实不是我,是我的兄弟。"

莱切尔这下是真的惊讶了。她又把报纸看了看,"我没听你说过你有兄弟。"

"你也没说过你没有姐妹。"常山狡狯地说。

"那是因为我没有。"莱切尔放下报纸,吃盘子里最后一块鱼,"你很神秘,我要是今天不来,不知道你有亲戚。这个兄弟,也是你那些神秘亲戚中的一个吧?是几等亲?"

"是亲兄弟。"常山看她吃完了,站起来收走盘子,送进厨房,取出羊膝肉来,分进两人的餐盘里。转身又拿出一瓶红葡萄酒,连杯子都换了,替两人倒满。他坐下来,忽然很想说话。

"他是我哥哥,他叫 HAI ZHOU,中文名字是海洲,中文意思是海洋中的岛屿,或者是海边的城市,甚至是海市蜃楼。而我的中文名字是常山,意思是山。在中国,这还是一个城市的名字。我有一阵对我和我兄长这两个名字产生过强烈的好奇心,买了大比例尺的中国地图查找这两个名叫海洲和常山的城市。"

常山开始讲,像是在讲别人的故事。这个故事在心里酝酿了好多年,他早就烂熟在心,他本待把这个故事讲给云实听的,但云实没有兴趣再关心他的心思。

好在有林登师妹，他总能找到一个女性倾听他的心声。即使在从前，他有话不想和云实说的时候，还有奥尼尔夫人。

"结果呢？"莱切尔问。

"结果是没有结果。"常山喝一口酒，"好像在中国，任何一个海滨城市都可以叫海洲，或者任何一个海岛。这个词还可以入诗。你知道中国是诗歌的国度，什么都可以写进诗里。"

"哦，我知道，有个有名的诗人叫李白，他写过一首描写寒冷的山峰的诗。'人们打听通往寒山的道路，却一无所获。'很有意境不是吗？"莱切尔眉飞色舞地说。

常山失笑，解释说："李白是中国最有名的诗人，但这首诗不是他写的。这是一个名叫'寒山'的和尚写的，原句是'人问寒山道，寒山路不通'。"

莱切尔耸耸肩，并不为自己记错了而不好意思。"都是山。和你名字的那个山有关系吗？"

"没关系。"常山苦笑，"我找到过两首诗，里面都用了'海洲'这个词。宋朝有'青天霜干垂今古，素枝寒光照海洲'。清朝有'山鬼含睇帝子怨，海洲忽近吴天荒'。你看他们名字多么美，甚至你刚才说的李白，也曾在诗里写'海客谈瀛洲'。不论是海洲还是瀛洲，都是海上仙山的意思，是神仙住的地方。"

"这个神仙，是天使吗？"莱切尔好奇，"那你的那座山是什么意思？"

"有些像。"常山再次苦笑，"我的那座山则平凡不过，一个小小的城市，和我来的地方希尔市差不多那种，远离大城市的小城镇。"

莱切尔做了手势，表示听懂了，她很无奈。她甚至有一点理解了，她说："雅各和以扫。"

常山点点头，他知道她听懂了，并且这个类比比得很恰当。其实说穿了，不过兄弟两人待遇不公平，就像以撒和利百加的两个儿子，一个受尽父母的宠爱，一个只能吞下眼泪。

"这还不是重点，就算他是天使，住的地方是仙岛，我是中西部的乡村，我也没办法。但是我后来才发现，所谓的海洲和常山，并不是我以为的天使海岛和农民乡村，而是海洲常山。这不是两个地名，而是一个名词。中文叫海洲常山，英文叫 Harlequin Glorybower，小丑帽子。"

"小丑帽子？"莱切尔越听越觉得古怪，"你们的妈妈是个奇怪的女人，为什么要为自己的孩子取'小丑帽子'这个名字呢？"

"不知道。我没见过她。不，我见过她，但我不记得了。"常山觉得莱切尔对他母亲的评语很恰当，茵陈确实是一个古怪的女人，"我很小的时候，她就去世了。她在临死前，把我交给我的养父母，我的姓氏维方德就来自他们。而我的哥哥海洲，则生下来就没见过她。"

"为什么？"莱切尔睁大眼睛。

常山把盘子往前一推，背靠在椅子背上，他已经没有胃口吃他精心烹调的美食了。"我父亲，就是我和海洲的父亲，不知是什么原因，认为他不能娶我们的母亲，却又觉得她不应该以未嫁女子的身份抚养一个婴儿，海洲在刚生下来时，就被我们的父亲抱走了。"

"这个我能理解，"莱切尔抢着说，"在一些古老的地方，未出嫁的女孩子生下私生子是要被烧死的，你们的父亲考虑得很周到。他把海洲带走，你母亲才可以体面地活下来。后来呢？"

在莱切尔的想象中，古老的东方显然如同赤道几内亚的食人部落，因此未婚女性不能抚养孩子，在她看来，也就没什么奇怪的了。

常山瞪着她，为她的轻描淡写愤怒。"他把一个婴儿从刚生产的母亲身边带走，你不认为这是错误的吗？"

莱切尔吃完了，把刀叉放在盘子里，用餐巾擦擦嘴，喝一口酒说："我是说我能理解，没说他做得正确。"

"不，你的意思就是他做得正确，只是你没明说。我很惊讶这句话是从你的嘴里说出来的，而你，在十分钟前，还在为一条牛仔裤的女性意识不忿。这难道不矛盾吗？"

"这一点都不矛盾。正是我对女性的处境有深刻的认识，才会，第一，对男性社会消费女性的心理需求不满；第二，正因为这是事实，我更明白女性在这个男性为主导的社会上生存有多么艰难。我当然不支持他的做法，在美国，你的母亲可以起诉他。但是，你确定那不是发生在美国对吧？好吧，我建议你设想一下，你的古老的中国，记住，不是美国，也许在那里，你母亲所面对的，比你想象中的要困难。既然你们的父亲这样做了，他肯定是想清楚了后果。"

她做了个手势，阻止常山意图打断她的话，"他一定不会是个坏人，他不是为了要抢一个女人的婴儿而抢,就像你说的,他认为一个未出嫁的女孩子不方便独立抚养她的孩子。而你母亲也原谅了他的做法,后来他们不是又生下了你?"她笑一下,"你看,他们是相爱的。"

"哈,相爱!我看不出他们哪里相爱。我只看到一个自私无情卑鄙的男人和一个愚蠢的女人。为了他们的私欲,不负责任地把海洲和我带到这个世上,让我们孤苦一生。"常山冷笑着把餐巾扔在桌子上,"如果有人把你的新生儿抢走了,你会怎么做?"

莱切尔哈一声,"我会拿把枪去把他杀了。"

常山不说话,看着她。

莱切尔解嘲似的一笑,"理论是理论,现实是现实。"

常山哼一声,"都是有嘴说人,无嘴说己的。事情真要发生在自己身上,哭得比谁都厉害。"

莱切尔摇摇头,走到常山面前,抱着他的头说:"告诉我,你不是这样想的。"

常山在她脸上吻一下,"谢谢你。我只是一时气冲上来了,我真的不是这么想的。我爱她,她对我很好。"

他想起那个年老的银行职员,他曾经告诉过他,她是怎样小心地把他用襁褓捆在身上,那么虚弱病瘦的身体,那么美丽绝望的眼神。她的寂寞容颜让一个男人记了二十年,念念不忘,直到见到她怀抱中的幼子长大成人来寻找身世之谜,好告诉他,那个女人有怎样的哀愁。

莱切尔在他额上吻一下,靠着餐桌抱臂而立,问他,"后来呢?'小丑帽子'怎么了?"

常山笑。"后来我才发现,因为海洲叫海洲,于是我就叫常山,好让我时刻不忘我们是一个整体。她要我去找到海洲,告诉他我是他的兄弟。她觉得她有愧于海洲,她把他留在了中国,而我却在美国。好像在她心里,海洲永远是那个刚出生就被带走的婴儿,而我却是取代了以扫长子名分的雅各,我要负起照顾他的责任。我们是兄弟,要像手足般亲爱。"

"这有什么不对吗?"莱切尔不解,"你在她身边长大,还有了她信任的养父母,你将在一个富有民主的国家和相亲相爱的家庭里长大,而她留在中国的那个儿子,她不知道他会遇到什么。她对那个国家抱有恐惧,她对他的未来存有怀疑,她要你去找到他、照顾他,不是很对吗?因为你们是兄弟,你们应该互相帮助。有能力的帮助能力弱的,既然雅各和以扫的长次名分都能调换,那能力强弱也不是由谁是哥哥谁是弟弟来决定的。"

莱切尔拿起报纸来细看上面的照片,"她只是没有预料到海洲会强大到不需要你去照顾,那些让你受伤的感觉,全是出于她的恐惧。"

常山坐在椅子里,仰望着她。"你不愧是你父亲的女儿,你分析起我的心理来,丝丝入扣。"

莱切尔哈哈一笑,"我从小就被他拿来当分析的病例,他这一套,我太熟悉了。所以,我才不要学他的学科,继承他的职业。我要离他远远的,才可以开始自己的生活。"

常山听了这话,心念一动。云实当初的想法,也是这样的吧。只有离开那个爱自己爱得令人窒息的人,才能自由呼吸,开始她要的生活。

他已经很久没有想起过云实,这时忽然一个闪念里闪过她,那心里,仍然微微在抽痛。

"既然海洲不用你去寻找,他自己来到了你的面前,你什么时候去找他,与他兄弟相认?"莱切尔跃跃欲试,兴奋不已,"太刺激了,等于有一本小说放在了我的面前,就等着我去翻了。"

"来,给他打电话吧。说,我是你的兄弟,我奉母亲之命,前来认你回家。"莱切尔拿起挂在墙上的电话,递给常山。

常山苦笑,接过电话挂回去,站起来收拾餐桌,淡淡地说:"我没有他的电话号码。"

莱切尔笑出了声,她点穿他的谎言说:"这么一个会议,要去问一下在哪里举行,只怕还不算困难。你是不是没准备好?"

常山把头从厨房伸出来,大声回答说:"是的,林登医生,我没准备好。我在一顿饭前都不知道他已经出现在了我的身边,马上要闯进我的生活,我面对这个重大的消息不知所措。亲爱的莱切尔,你让我一个人想一下。"

莱切尔摊一下手,"随便你,我只是担心他不知什么时候就回去了,你们将失之交臂,那样的话,就太可惜了。你要后悔的。"

常山把他没吃完的鱼和羊膝骨倒掉,开大水龙头冲去盘子上的汤汁,借此掩盖掉他的声音。他一个人在嘀咕,其实这些话,当年奥尼尔夫人就曾经劝慰过他,而他过了这么多年,仍然放不开对母亲的怨念。

他见了海洲,该说什么?说,嗨,哥哥,我是你失散多年的兄弟,如今来把你找回来。

海洲要是听到,会是什么表情?肯定当他是个疯子吧。

Chapter 10　诺温博士

莱切尔说,一定要介绍海洲给她认识,她要知道这个故事的结局。

她说:"你难道不想从海洲和你父亲的角度去知道这个故事的全部吗?你知道的,不过是你母亲告诉你的一点点,那不过是冰山一角,大部分的故事,还隐藏在海水下面。你心疼你的母亲,所以站在她的角度看待这件事,你已经在心里为你父亲判了罪。而海洲知道的,则是从他父亲的角度来讲的这个故事。如同一个硬币有正反面,一个故事也有多种讲法,你不想知道全部吗?这是多么难得的机会,这是上帝恩赐给你的。你甚至不用去找,他已经到了你的面前。这是你母亲的遗愿,你不去替她完成?"

常山听了不胜其烦,威胁说:"我在替你未来的丈夫担心,你这么多话,会把他赶到酒吧去的。"

莱切尔听了这句话,发怒了,咣当一下把门关上,说:"我累了,我要休息,不要来打扰我。"

常山对着摔上的门发愣,不知哪里说错了,惹得她发这么大火。他收拾干净厨房和客厅,打开电脑看邮件,过了好半天,才明白问题出在哪里。他站起来走到卧室门口,敲了敲门说:"对不起。"

莱切尔并没有睡觉,她在里面回答说:"你得到原谅了。"

常山笑一笑,回到电脑前。常山想,我潜意识里没有把这个师妹当成我的情人,所以才会说出那样的话来。和云实在一起的时候,他就从来没有说过类似的话,他总是说,我们将来如何,我们将来要怎样。

当看到一张美丽的挂毯,他会说,露丝,这个挂我们房间一定好看。看到一株美丽的花,他会说,露丝,将来我们种这个好不好?吃到一个美味的菜式,他会说,等我学会了做给你吃。

在他不停描绘将来生活的过程中,云实一定觉得索然无味。他描绘的生活,和她父母的生活几无二致,她在这样的环境中生活了二十多年,再没有新鲜感,所以她决然而去。而这些对于常山来说,都是一心渴望的。他渴望那样的生活,那对他来说,意味着安定和归宿。就像一个双层牛肉的汉堡包,对饥饿的人来说,是美食,对美食家来说,那不过是有害健康的快餐食物,可以充饥,不值得推荐。在有更好选择的时候,它是第一个被排除掉的。

云实,你弃我就如同放弃一个牛肉汉堡。常山在心里说。

他打开文档,开始写一篇关于心理饥渴的文章。

等他写完文章,莱切尔午休出来,问:"晚上有什么安排吗?你让我来,难道只是让我待在房间里的?如果卧室里有猛男,那又另当别论。"

常山笑着过去吻她的面颊。莱切尔悻悻地说:"本来有人邀请我去拉斯维加斯的。"

"是去秘密结婚吗?谁这么浪漫?这样的人可以考虑了。"常山问。

"一个男模。他替我的一个客户拍内衣广告。"

常山严肃地点头,说:"卧室猛男,确实很诱惑。"

"嗯,我有点心动。要不是正好你邀请我来,我就真的去了。谁知我来了,你却把我当姐妹。"莱切尔说。

"不,是师妹。"常山说。他好像一直有把女性朋友变成师妹的本事。

莱切尔冷笑一声,"是姐妹。你是我的姐妹,我们可以开睡衣晚会,打枕头大战。"她显然已经发现了枕头的秘密。常山的卧室里,床上只有一个枕头。

常山哈哈大笑,"好吧,姐妹就姐妹。"他执起莱切尔的手,吻她的手背,"亲爱的莱切尔,晚上我们去拜访一位遗传学家。"

莱切尔闻言一喜,"你决定了?"

"嗯。"常山点头,"就像你说的,这是一道神谕。我想这是我们的母亲在暗中安排。不然不会这么巧,他来到我住的城市。过了这么多年我没有去执行她的遗命,她不愿意再等,她自己动手安排我们的命运了。就像她安排我的出生一样。"

"肯扬。"莱切尔有点难过,"兄弟姐妹是父母的馈赠,是上帝的恩赐。世上有那么一个人,天生与你有99%的基因相似,这难道不是一件奇妙的事?"

"这么奇妙的事每天无数次重复发生,确实太奇妙了。"常山带着讽刺的口气说,"你愿意做我的女朋友吗?我们一起去见见我的这位兄长。"

"当然。没有比这更好的安排了。"莱切尔雀跃不已。

常山说,"是的,没错,很好的酒后余兴节目。我都迫不及待了。"

莱切尔白他一眼,"电话打过了,你怎么说的?"

"喂,你好,请接通301房间的客人,我是科学协会的诺温博士。好的谢谢我等着。你好,我是诺温博士,在本地报纸开有'没有人'专栏,想和你谈一谈遗传学目前在中国的发展前景。好的,晚上七点在您下榻的酒店餐厅见面,我会订好位子。"常山复述一遍。

莱切尔听了大笑,"诺温博士?好,不错,好的开头是成功的一半。我很期待晚上的会晤,你确定要我参加?"

"我确定。"常山说,"请和我一起前去。我有点紧张。"

"好吧,诺温姐妹,我会作为你的良心而前往。"莱切尔回吻他,"你是个狡猾的坏小子,你想看他的笑话。你已经做好了心理准备,而你的兄长却一无所知。"

"什么都瞒不过你是吗?"常山笑,她一眼就识穿了他的小把戏。其实他是故意卖乖,他总要让她高兴起来,毕竟,他让她失望了。他不打算和她发展成情侣,却邀请她来过节。可以说,他利用了她对他的好感,让她来安慰他的节日恐惧症。

因为会议的原因,酒店餐厅满座,他们到的时候,只能在外面等着。

常山建议到酒吧喝一杯,莱切尔说好。常山吩咐领位员,说我是订好位子的诺温先生,在等一位海洲先生或周海先生,如果海洲先生到了,还没等到位,就请告诉他我在对面的酒吧。领位员说知道了,请稍候,有了位子马上通知你们。

常山和莱切尔到了酒吧坐下,一人要了一杯酒,坐在吧台前闲聊着。莱切尔问:"你见了他打算说什么?"常山嬉皮笑脸地说:"我会说不拥抱一下吗,兄弟。"

莱切尔哧一声笑了出来。

两人举起杯子碰了一下,说复活节快乐。

忽然身边有个声音说:"不拥抱一下吗?兄弟。"

常山一惊,转过头去看他的旁边。在他一拳之隔,坐着一个男人。那个男人有着短短的头发,精敛意定、神完气足,面目十分英俊。常山像是看到那张黑白照片上的男人活了过来,站在他的面前。

眼前这个人,和照片上的甘遂像到十足。酒吧里光线不明,那让一切都褪去了颜色,而眼前这个男人退后定格成了黑白相片,隔着三十年的岁月,看着他,开心地笑。

常山眼睛潮湿,他伸出手臂,和海洲拥抱。

这个时候,他万分感激茵陈的决定。她在去国之前,要为她的儿子留下一个兄弟;在临死之时,为她的儿子留下一个家。在这世上,天生有一个人与他有99%的基因相似,他们不用有任何原因,不用积累各种感情,他们陌生得才见面一秒钟,就可以拥抱在一起。这是他们的母亲给他们的最好的礼物。把弟弟带给哥哥,让哥哥拥有弟弟。一个女人要多爱她的孩子,才会为他设想这么多。

常山放开海洲,他第一个想问的问题是,"你知道我?"

海洲开口,他的英语听上去略有口音,但是很好听。"我们一直知道你,这次来,就是想找到你。没想到你先找到了我。"

"我们?"常山疑惑地问,"你们是指……"

"我和父亲。"海洲的笑容完全像一个大哥,他带着溺爱的笑,就和所有的大哥看着淘气的弟弟那样,"在我们的谈话里,你是一个瘦弱的少年,没想到比我还要壮实。吃牛肉长大的孩子和吃米饭长大的孩子,确实不一样。"

常山再一次蒙了。他本来以为他知晓一切,他做了足够的心理准备,而海洲一无所知,看到面目和他有八分相似的他出现在他的面前,会吃惊到手足无措。谁知他才是那个一无所知的人。他张了张嘴,说不出话来。

海洲却颇为健谈。他越过常山,把手伸向莱切尔,自我介绍说:"嗨,你好。我叫海洲,是肯扬的哥哥。听你们刚才的对话,你已经知道我是谁了。那么,你是谁呢?我弟弟的女朋友?"

莱切尔睁大了眼睛,她没想到她也进入了故事中,她本来是抱着看戏的心情来的。她忙和海洲握手说你好。

"我叫莱切尔·林登,是肯扬的朋友。女性朋友,"她补充一句,"我父亲林登教授是肯扬的导师。"

常山这时才回过神来,哈一声用中文说:"林师妹。"

海洲哈哈大笑,对他的幽默表示欣赏。

莱切尔对这句话没听懂,敲了常山一下,表示了她的不满。他在有第三者听不懂的情况下说中文,是非常没有礼貌的行为。

常山忙说对不起，解释说，我对他说你是我的姐妹。但他没有说姐妹和师妹之间有多少只能意会不能言传的内容。

"你刚才叫他的名字肯扬，"她放过常山的轻描淡写，继续好奇地问，"你知道他的名字？"

海洲点头，他说："我们知道肯扬被一对美国夫妇收养，名字叫肯扬·维方德。"他对常山说，"我和父亲在谈到你的时候，一直都用肯扬这个名字称呼你。我们说，肯扬今年该上小学了，肯扬已经是童子军了。肯扬一定是遗传了茵陈妈妈的智商，这么聪明。肯扬，我的兄弟，这么多年没见，你好吗？"

常山看着海洲，默然无语。他一口喝光杯子里的酒，放下杯子，数出几张纸币放在吧台上，"我很好，你见到了，我十分好，非常好，十分非常好。谢谢你们的问候，代我问候你父亲，再见。"

他转身就走，莱切尔一把拉住他的胳膊，"你还好吗？为什么要走？多么难得的机会，还没说上两句话，你就要离开？肯扬，你是只有十八岁吗？你是永远只肯停在十八岁不愿意长大的少年吗？"

常山拂开她的手，怒道："你可以停止分析我了吗？弗洛伊德博士。"

他推开伸臂想拦住他的海洲，一个人径自走了。

第四部

茵陈

> 她像一只不小心掉进麦芽糖里的小虫子,甜蜜得找不到方向,慢慢下沉,不知死之将至。

Chapter 1　雨花石

　　常山在街上溜达了一大圈,肚子饿了,去麦当劳买了一个汉堡包吃了。想起下午他写的文章,不自觉地笑了。肚子饱了气也消了,回到他的住所,抬头一看,房间的窗户都亮着,窗帘拉着,难道是离开前没有关灯?

　　他急匆匆上楼,用钥匙打开门,却见莱切尔和海洲公然坐在他买的二手双人长沙发上,两人面前的小咖啡桌上放着咖啡杯,还有开心果和山核桃。这原是他买来给莱切尔消遣时吃的零食,还没告诉过她放在哪里,不知怎么就被她翻了出来,还用来招待海洲。

　　他们两个一人坐沙发的一头,慵懒地把头放进扶手和靠背形成的夹角里,姿势随意而懒散。屋子里有音乐在响,桌子上堆着一大堆坚果的壳,两人显然不知在这里坐了有多久了,像是聊得颇为投机。

　　听见门口有钥匙的声音,两个人回头来看。

　　莱切尔冲他打招呼说:"嗨,你好,肯扬。回来了?吃过晚饭没有?我们已经吃过了,就在酒店餐厅里。既然已经订了位,既然已经等到了位子,就不能浪费。我们换了两人座,吃了一顿大餐,是海洲付的账单。他坚持要请客,说我是你的师妹,也就是他的妹妹,我只好听他的了。肯扬,你呢,你吃什么了?"

"双层牛肉汉堡。"常山回答说。他走进屋子,坐在他们前面,看着两个人,"你们怎么来了?"

莱切尔大概是多喝了点酒,有点兴奋,双颊艳红,抢着说:"我住在这里,不是吗?我们吃好了晚餐,海洲问我有什么地方可以走走,我说我也是来做客的,不熟悉。不过既然肯扬不在这里,我们就到他家里去等他好了。我们打了个车,就来了。你刚才给了我一把钥匙,我就用它开门了。"

常山无奈地看着她笑笑,他能对她说什么呢?她代他做了他该做的,又周到细致,又体贴大方,又理智,还聪明。

"谢谢你,"他说,"莱切尔,你是我的天使。"

"当然我是。"莱切尔说,"我原谅你了。你们两兄弟好好谈谈吧,我在一边旁听就可以了。"她得意地笑,转头问海洲,"你不介意吧?"

"不介意。"海洲说,"我很喜欢和你聊天。"

常山拖过一张脚凳,坐在他们对面,他看看海洲,说:"嗨,大哥。欢迎光临寒舍。"

海洲坐正,收起一身的懒散,直视着他说:"肯扬,你觉得被遗忘了是吗?"

"我觉得被排斥了。"常山承认他很受伤,"我一直希望有个家,有家人,有父母妻儿。可是你看,我已经二十八岁了,仍然一无所有。"

就像在酒吧时莱切尔说的,他一直停留在十八岁,不肯长大。因为就在那一年,他失去了他一直小心翼翼努力维系的家庭。因为他从小就知道他是领养儿,所以他那么努力想做得最好,要让养父养母不觉得当初收养他的善良决定是一个失误,他想让他们以他为荣。结果仍然是被遗弃。

一次又一次。

养父蒙主召唤,离开他了,养母极度伤心之下迁怒于他,不肯要他了。因此他巴巴地拉着云实的衣角,想和她组成一个家庭。而云实却觉得他太实际,拍拍翅膀飞走了。

谁能对一朵云寄予希望呢?她生来就该自由自在飘来飘去。

如今,已经过去十年了,他以为他已经强大到可以面对这一切了,不是吗,他甚至选择了这样一个学科来作为他的职业。而他显然还不够强大,在他面对海洲的时候,他的心理准备仍然没有做好,面对他苦苦追寻的真相,他不是迫不及待要去揭开，而是落荒而逃。

他看着海洲。眼前这张脸，与他有八成相似，甚至在有的角度看，相似度更高。他想起茵陈，想起她的思念与痴心。她为了能看到他，不惜与魔鬼共舞，生下又一个那个伤害过她的男人的儿子。

常山在这些年里常想的一个问题是：在茵陈抚养自己的那三年里，她想得更多的是海洲，还是自己？

他想把茵陈和甘遂的照片给海洲看，却又不想让海洲知道，是海洲占领了茵陈的思念空间。那让他嫉妒。那张照片，是他与茵陈唯一的一点秘密联系，他要独占，他不要和海洲分享。转念一想，甘遂那里，一定有同样一张照片，甚至更多。于是他释然了。接着他想到一个问题，他们——海洲和甘遂，是怎么知道他的存在的？几时知道的？

他问，"海洲，你是几时知道有我？"

他看着海洲，不知他会说出什么真相来，真相是不是他能接受得了的。

"啊，这个嘛，我一直知道我有个弟弟，在美国。"海洲却没有他这么激动，也许当谜底不是谜底，秘密不是秘密，就确实没什么好值得激动的。就像他在酒吧里，那么自在地转过身对常山说"兄弟，不拥抱一下吗"的时候，受惊的反而是常山一样。

常山无奈地看着他，他已经被震惊得不知说什么好了。

"父亲一直在打听茵陈妈妈的下落，后来有了消息，却是她已不在人世，但她在离世前生下一个儿子，交给一对美国夫妇收养。父亲当然知道茵陈妈妈的儿子就是他的儿子，他当时就按捺不住了，十分激动地对我说，海洲，你有一个弟弟。"面对常山满脸的疑问，海洲一一为他细说。

海洲管他们两人的亲生母亲叫茵陈妈妈，常山听了，觉得不习惯。他有两个妈妈，在他的心里，他管养母叫苏瑞，用她的名字；管生母叫妈妈，不提她的姓氏。是什么原因让海洲这样称呼他们的母亲？他相信这一定不会是两国的习惯问题，而是有别的个人因素。

海洲则看着常山，"我一直希望有个弟弟，甚至在某些时候，我真的会觉得有个弟弟在什么我不知道的地方。我幼年时候，常常一个人玩，总是幻想有个弟弟在和我说话。我甚至给那个我想象中的弟弟取过一个名字，叫麦克。标准的美国男孩的名字。"海洲笑了一下，解释说，"我小的时候，父亲给我看过一部美国的电视剧集，叫《大西洋海底来的人》，在我的幻想和游戏中，我的弟弟，就是那个从大西洋海底来的人。因为有一集的内容，正好是麦克有个兄弟在陆地上。而他们彼此不知道对方的存在。"

海洲陷入对往事的回忆中，他放慢了语速，"我少年时，是科幻迷。我们一起上天入地，我和麦克。"

常山沉默地听着。他少年时从未幻想过有哥哥，因为他身边有云实，他就是哥哥了。他做任何事，都是和云实一起做。即使偶尔幻想要探险要寻宝，也是他带着云实。据说人在初出现时是一个有着双头四臂四足的怪物，上帝一见害怕了，把这个怪物分成两半，于是这个"人"就穷其一生，寻找他的另一半躯体。也许在海洲，他的另一半生命就是常山，而在常山，他的另一半，他一直希望是云实。

"我知道我有个弟弟后，非常兴奋，问父亲说，为什么他不和我在一起。"海洲继续说，"那个时候你还小，父亲说不要打扰你的生活，你在美国生活得无忧无虑，没必要给你带去太多困扰。他希望你能长成一个纯粹的美国孩子，开朗、阳光、健康。哪怕不知道有父亲有哥哥，也不要紧。"

常山回过神来，想起他少年时在维方德家的无忧无虑，接着又想起他们的父亲对母亲茵陈做过的种种，冷笑道："他倒成了一个体贴的好人了？那他把你从母亲身边夺走，让一个女人失去她的孩子，如此狠心，又怎么说？"

海洲颇为吃惊，说："你从哪里听来这个说法？还是你自己猜的？"

常山瞪着他，觉得不可思议。"他们没有结婚，她没有抚养你。明摆着的事实，何用我去猜？如果不是他硬把你从母亲身边抢走，你想什么样的情况下，一个刚生下孩子的女人会失去她的新生儿？太残忍了。"

海洲却不同意，他摇头说："你不明白当时的情况，还有，国情不同。"

"是吗？难道那是中世纪吗？是黑暗的中世纪吗？是亨利八世和他的情妇们吗？生下的孩子都要被抱走，交给保姆抚养？让一个母亲的乳房被乳汁胀痛，没有婴儿来吮吸，帮助她的子宫收缩，安抚她的神经疼痛？"常山冲他大喊，"这是什么荒谬的世界？"

"肯扬，不是你想的那样。"海洲说，"事实是，父亲是军人，母亲是有海外背景的学者。他们两个，一个涉及国家机密，一个涉及安全问题。父亲因为这个事件被上级处罚，从北京调到了宁夏。你知道宁夏在哪里吗？"

"我知道，一个名叫沙湖的地方。"常山说。他确实知道。在他把茵陈那封信读得几乎能背下来后，他找到了大比例尺的中国地图，把信中提到的几个地名都圈了出来。他知道南京离上海有多少英里,也知道沙湖在哪里。"在我看来,宁夏和北京的距离,不会比从华盛顿到希尔市的距离远。都是中西部,都远离人类文明和城市繁华。母亲她自我放逐,来到美国大玉米地边上一个干燥的小镇上,过着隐姓埋名的生活。"

"肯扬,三十年前的国内情况,不是你能想象的。"海洲无奈地说,"父亲他必需服从命令,他是个军人,有他的职业道德和操守。"

"那他在和母亲制造你的时候,就忘了他的职业道德和操守了吗?"常山讽刺说,"我没听说过有比这个更虚伪的借口了。"

海洲张口结舌,面红耳赤。他辩解说:"这个问题,我们不方便谈。"

常山冷笑一声,不再说话。

场面一时冷了下来,莱切尔正听得入迷,看他们这么一停,着急起来,插嘴说:"肯扬,你带着明显的敌对和抵抗情绪,这不是解决问题的态度。你应该聆听,让海洲讲完他要说的。OK?好了,海洲,请继续好吗?"

两兄弟同时扭头看她一眼,他们都忘了旁边还有一个聆听者。

海洲笑了,说:"很有趣的建议。这种情况下有一个冷静的第三方在,确实是比较好的谈话格局。"

"谢谢你同意我的观点,"莱切尔十分热切,"你的英文很好,我完全听得懂。"

"那是因为我从小就练习,就等着这一天。"海洲说道,"我小时候总听说外国人学中文难,就想过将来如果见了肯扬他听不懂我的话可就糟了,所以我一定要学好英文。"

莱切尔点头,"我觉得中文很难,肯扬教过我说'新年好',可我练习了很多遍,仍然被他取笑。"

她说到"新年好"时,海洲果然笑了。

莱切尔耸耸肩,不以为意。"我就知道会这样。那么,海洲,为什么你们的父亲不能和你们的母亲结婚?"

海洲感激她不着痕迹地拉回话题,借回答她的提问,来解除常山的怒气。"我和肯扬的母亲,当时是杭州一家医学研究所一名同源学教授的学生,而父亲则是某部人类遗传学的科研人员。在一次在上海举办的会议中结识,会议结束,他们趁着周末和会议结束期的空余时间,悄悄去了南京游玩。"

"显然他们彼此钟情。"莱切尔赞叹说,"伟大的爱情,势必要冲破各种阻碍。"

海洲摇头，"这样是不对的，但年轻人大胆起来，什么都敢做。父亲换了便装，携母亲周游金陵故都。时值秋天，栖霞山枫叶红醉。你大概对南京的情况不了解，它离上海很近，乘火车非常方便，却又人口不多。风景很好，有山有湖，还有扬子江。"

"扬子江我知道，是一条美丽的河。"莱切尔总算听到熟悉的名词，找到了切入点，"原来就在扬子江边啊。我很想去看一看，进入故事发生的场景中，会有助于更好地理解这个故事。"

"欢迎你来南京游玩，我可以做你的导游。"海洲开玩笑说，"他们在南京玩了三天，南京著名的地方都去了。后来母亲说，想去看看雨花石，她喜欢美丽的石头。父亲便带她去了六合。"

"六合？那是什么？雨花石，又是什么？"莱切尔问。

"六合是南京旁边扬子江对岸的一个小城，盛产雨花石。雨花石，就是一种玛瑙石，美丽的石头，上面有花纹和图案，通常情况下，会像一幅中国画。你要是喜欢，我回国以后，寄两块雨花石给你。我收集了好多雨花石，养在一只只碗里，每天给它们换清水。"海洲说，"我收集雨花石，是受了父亲的影响，他把他这么多年收藏的石头都给了我，我在他的藏品之外，又积下了一些精品。"

常山早就忘了生气，他想，雨花石。他当然知道雨花石。云实家有一袋子，冬天的时候，云太太会拿出来培在水仙旁边。他和云实从小就欣赏过雨花石上面那些美丽的中国画。像水墨染出的缥缈意境，那曾促使云实去学艺术。

"从南京到六合，又换了一个环境。南京虽然不如上海繁华，总是大城市。而六合，在三十多年前，则几乎是一个小镇。民风质朴，善良亲切。"

原来是这样。原来有个叫六合的小城，成就了一段风月。

茵陈的信中并没有提到六合。常山抑制住打开电脑去查六合在什么地方的冲动，听海洲讲他所知道的那一个故事。对同一个事件，每个人都有自己的角度。海洲知道的，便是甘遂的那一面。正如一个硬币有两面，他已经知道了茵陈的这一面，就等着甘遂的那一面来补充成一个完整的故事。

他想，六合。就是在那样一个远离尘嚣的古老小镇，两个本来没有理由在一起的青年男女，有了亲密的机会。

Chapter 2　紫檀木

茵陈和甘遂结识，是在一次会议上。三十余年前，延宕在中国达十年之久的一场文化运动结束不久，各行各业百废待兴。部队在当时，一直维持着比较稳定的局面，各军区附属的军医大学在学术和医术方面，向来领先于其他的地方医院。甘遂在研究所做纯技术工作有几年了，受到的冲击更少，那让他保持着一种单纯的学者气质，又是军校生，体能和精神两方面都极为出色。

他家是军人世家，祖父是保定陆军军官学校的学生，后来成为黄埔军校的一名教官；他的父亲甘需继承父业，进了由黄埔军校更名而来的中央陆军军官学校，毕业后加入黄维兵团，在淮海战役中随部起义，新中国成立后在军中担任一个闲职。他的母亲樊素珍当时是解放军野战医院的一名护士，在照顾负伤的甘需时彼此有意，后来便结了婚，生了两个儿子。长子继承父业参军入伍，在一次任务中牺牲了，成了烈士。小儿子甘遂在母亲的刻意熏陶下弃武从医，考入第二军医大学就读，临床工作了两年后，遇上了好时机，解放军总医院在1962年停办、1979年经中央军委批准恢复后，他再次进入军医进修学院进修，毕业后进入北京一家研究所工作。

这期间，恰逢在上海举办同学科研讨会，他去参加会议，机缘巧合，遇见了美丽的同行茵陈。

茵陈和甘遂的家庭全然不同。她是中医家庭出身，外祖父是杭州有名的中医，仙风道骨一般的人物，在家穿白色府绸褂衫，留雪白长须，住私家小宅。外祖母是裹小脚的老式妇人，轻易不出门，整日吃斋念佛。他们的独生女儿嫁给了一个西医，西医有个比他年长许多的姐姐，嫁给了国民党一名军官，临解放去了台湾。因为这一层海外关系，西医在"文革"中被打成特务，死于牛棚，独生女儿被剪了阴阳头，批斗回来就跳了井。留下一个小女儿，外祖父取名叫茵陈。

茵陈在外祖父母的身边长大，性格文静，与当时拿起笔作刀枪的红卫兵战士大相径庭。她的头发从来不剪,梳成两条长辫子,直到腰间,洗过头发披散在背上晒干时,发梢轻扫在臀部。当时的女孩子都喜欢作革命状,头发剪短到肩上,梳两把小刷子,戴一顶军帽,扎一根宽皮带,英姿飒爽。

茵陈其实在内心是颇为羡慕她们的,但她更爱美。大家都在"闹革命"的时候,她在家替外祖母抄《心经》。抄完一篇便烧掉,她静悄悄地在两个老人身边长大,乖巧听话,甜美安静,她不想让两个老人伤心。

"文革"后恢复高考,茵陈那年才十六岁。读了五年毕了业,老师推荐,又再读研究生。她的个性,深得老师的喜欢,研究生毕业后,没有去医院做临床,而是被看中直接进了研究所搞研究。

茵陈一身的书卷气,身上没有西医常有的消毒水味道,而是带着一股中医铺的草药香。她喜欢做点小手工,在休息的时候缝几个腕枕颈枕香囊荷包,里面絮塞的是她亲手拣的中药,明目醒脑通气消滞的那一类。

当甘遂看到茵陈的时候,她正在签到处请来宾签到。这本来不是她的工作,她也是来签到的,正好负责签到的工作人员被叫去取赠送来宾的礼物,她的年龄相貌都适合做这个,便来顶班了。

她做什么都细心周到,对来签到桌前的每一个来宾,她都先礼貌地说一声"您好,欢迎"。她的普通话带点南方口音,轻柔低沉,她对每个来签到的人都问,要毛笔还是钢笔。年长的多半要毛笔,年轻的则要钢笔。几个人后,她已经不用问了,看年龄送笔。

会议在上海衡山路东湖宾馆举行,那是英籍犹太人 R. M. 约瑟夫在1925年建造的二层楼的花园洋房,太平洋战争爆发后,这幢住宅被日军占用;抗战胜利后,又租借给美国在上海的驻军,新中国成立后一向是政府接待高级贵宾的地方。这个时候半对外开放,也接待团体会议住宿。这里的整个环境,都带着浓郁的殖民地风情,当茵陈穿着鸭蛋青的春秋装,衣领上翻出的白色丝绸衬衫上还镶了花边,梳着两条长长的麻花辫,笑盈盈地说"欢迎"时,甘遂以为在看他父亲的旧照片。

他以为茵陈是这间宾馆的服务员,年轻男子在美貌姑娘面前,少不得要卖弄,他推开茵陈递上的钢笔,提起毛笔来悬腕写下他的大名:甘遂。用的是毛体。

茵陈看了抿嘴一笑。那年头习毛体字的人不少,这个军官一手毛体字,也太会赶时髦了。她本身是一个远离时代的人,遇上这么爱炫耀的时髦人物,自然觉得有趣。她掩住笑容，正正颜色，送上一份会议日程安排，和一个会议赠送与每个参加会议者的人造革手提包。

甘遂看了那温婉的笑容，心像是漏跳了一拍。他不禁多看了一眼，心说到底是大宾馆，连服务员都这么漂亮，有书卷气，也许是把最漂亮的那一个派出来做接待员，所以在大堂负责来宾签到。

因此后来甘遂在会议期间看到她坐在一群专家中间时，愣了一下。这时他又以为她是某位学术权威的助手，照顾他在会议期间的作息。哪知后来小组讨论时，论证的主题是由她起来发言的。她先作自我介绍，说我是某某研究所研究员茵陈。这一下甘遂是真的吃惊了。这么年轻的女孩子，看上去不过二十岁左右，怎么就已经是研究员了。这个职位按学历来算，至少应该在二十八九岁了。他对她产生了好奇，在她发言时，眼珠子转也不转地看着她。

茵陈读完手里的稿子，坐下时像是无意地瞟了甘遂一眼。甘遂被她抓个正着，朝她笑了一笑。茵陈却心慌地低下了头，拿起笔在讲稿上写记录。

中午吃饭时，甘遂故意跟她一桌，低声在她耳边说："我叫甘遂。"茵陈嗯一声，不说话。甘遂又问："你叫英程？"茵陈嗯一声，甘遂咕哝说："好奇怪的名字，你干脆叫英尺英里算了。"

茵陈转头忍住笑，知道他误会了，但她不去纠正。她垂着头，斜着目光看见他拿筷子的右手，悄悄说："你有腱鞘炎，要注意休息，尽量少用笔。"

甘遂更奇了，问她，你还是骨科医生？茵陈说："不是，我是半个中医。"甘遂便故意考她，说："我父亲膝盖不灵便，是风湿关节炎，西医怎么也治不好，请问中医有什么良方？"

在医学界，西医向来看不起中医，他的母亲更是如此，她只信西药针剂和手术刀。但西药针剂手术刀对风湿关节炎一点办法都没有，甘遂见惯了父亲一到阴雨天就腿痛得走不了路，是以有此一问。

他们谈论中医西医，旁边的同行也插嘴进来，东一句西一句地聊了起来，两个人倒不显得扎眼。吃完饭，离开餐厅时，茵陈走在甘遂身后，在越过他身边时，丢给他一句："用小叶紫檀的粉末做成药包，长期敷在患处。"

"紫檀末？"甘遂追上去问，"为什么是紫檀末？紫檀末是什么？"

茵陈只得停下来解释说："紫檀木锯下来的木屑，研成细末。"

"紫檀？我到哪里去找紫檀？对了，我家有张老红木凳子，我回去拿把木锯锯点木屑下来。"甘遂故意装傻，逗她玩。

茵陈又掩嘴笑,说这个办法不错。

甘遂见了她的笑容,忽然就觉得走不动道了,他认真地问:"为什么紫檀末可以治风湿性关节炎?"

茵陈说:"《本草经疏》里说,紫真檀,主恶毒风毒。凡毒必因热而发,热甚则生风,而营血受伤,毒乃生焉。此药咸能入血,寒能除热,则毒自消矣。弘景以之敷金疮、止血止痛者,亦取此意耳。宜与番降真香同为极细末,敷金疮良。"她背了一段书本上的文字,又说:"记住,是小叶紫檀,如果你家里的凳子是大叶紫檀,就别毁了一张红木凳子,多可惜啊。"

美女也会开玩笑,甘遂越发对她来了兴趣。

会议开了两天后,进入学习阶段,介绍国外的文献和论文,茵陈所在的研究所与国外的机构有联系,材料由她负责翻译,茵陈将油印稿分发到每一个人手里。经过甘遂时,甘遂偷偷递给她一张小纸片,茵陈心一跳,握在手里不敢声张,发完所有讲稿,她坐回自己的位子,过一会儿才把那张小纸片拿出来看,那上面写着"茵陈"两个字。

这次不是张扬的毛体,而是秀气的钢笔字。两个字都写对了,看来是去大会组委会那里查了她的名字。漂亮标准的钢笔字下,是一个随意写的英文单词:why?像是看见她要走过来了,赶紧拿起笔写下他的疑问。

茵陈看了又是轻轻一笑,拿起笔来在两个中文字后面加了一个字"蒿"。字体力求写得和前面两个一样,可惜力度不够,钢笔的墨水颜色也不一样,看上去就像是过了一阵又补上去的,又像是两个中学生在笔谈。

到午饭时,她又把那张字条回传给他。甘遂打开看了一下,仍然不得其解,但他没有再问。吃过午饭小息,他出去到书店找了本药典来看,一查才知道,茵陈是茵陈蒿的简称,而茵陈蒿是一味中药。

看明白了后,他又在那张纸条上写字。在他写的"茵陈"二字前加了"二月",在茵陈写的"蒿"字前加"五月",连起来就是"二月茵陈五月蒿"。那是民间一句谚语,意思是二月采的茵陈是嫩叶,五月采的就是蒿了。二月的茵陈苗做蔬,五月的蒿子秆入药。

中午有一个半小时的午休,足够他忙这些了。回到宾馆,已经是下午的会议时间,他在走廊里稍站一站,就见到茵陈和她同屋的另一位女士从房间里出来。茵陈见了他,便对同屋说,我回去拿支笔。借口又回房间,再出来时,走廊上除了甘遂已经没有别人了。

甘遂也不说话，只把那张对折起来的纸条再递给她，返身进了自己的房间，拿讲义稿子笔记本什么的。

茵陈打开纸条来看，对着那句"二月茵陈五月蒿"笑了，知道他去做过功课了。纸条里面还夹着一张更小的纸条，上面印着"衡山电影院"几个字。

那是一张电影票。

Chapter 3　茵陈蒿

茵陈上大学的时候，只有十六岁，而她的大学同学，年龄大的有三十多岁，几乎是她的两倍。有的结了婚，有的有了孩子。像她这么小的，只有她一个。她是罕见的没有任何社会阅历的应届生。可就算是应届生，十八十九的也有那么两个，因此她在那个班级里，完全是个另类。所有的人都把她当小朋友，管她叫小同学。班级里有任何事都想不起她，选班长选年纪最大的老大哥，选舍长选年纪最大的大阿姐，她那尴尬的小年纪让她挤不进他们的圈子。当那些上过山下过乡插过队落过户的同学说起这十年的感受时，她连听都听不懂。茵陈在大学期间，过得像个学校的局外人。

那些年纪大的同学，记忆力注意力都不比不上她了，五年本科读完，他们已经面临而立或干脆直奔不惑，他们最迫切的需求是要工作、发工资、分房子、找对象、结婚生孩子，他们要加速做完已经拖延了十年的私人生活，他们没有闲情逸致和一个小他们太多的小妹妹谈一场风花雪月的爱情。他们毕了业，忙忙地奔向了社会，因此到保研的时候，只有茵陈得到了导师的青睐。

难得有这么年轻的学生，这么好的苗子。面对一批中年面孔的老学生，茵陈的学生腔在这个时候占到了上风。几乎所有科目的老师都喜欢她，她在课堂上可以从头到尾坐正一动不动地抄写整整一堂课的笔记，年龄大的学生很难那么长时间保持专注，茵陈用她的少年好学，打败了那些社会经验丰富的大哥大姐。

她顺利读了研。她的导师带的几个学生，又是比她大出好多岁的大年纪学生，有家有室，她于是又重复了大学五年的状态。茵陈在这样的环境下读书，没有一个男生追求过她。诚然她很漂亮，大眼睛长睫毛雪白皮肤鹅蛋脸，但她比他们小那么多！她可以管他们叫叔叔！

茵陈的本硕连读读得波澜不惊。她本人也不急，一来小，对男女之事并不关心，二来被老大哥们衬得更小，连他们都没完成终身大事，她急什么呢。一直到她进了研究所工作，单位的阿姨们见了这么一个人儿，都惊呼：这么乖的小囡，怎么可以没有男朋友呢？一个个赶着给她介绍，而男士们一看这姑娘这么高的学历就都退却了。这样的仙女娶回家去，是她侍候我还是我侍候她呀。又听说女医生们都有洁癖，喝水都要喝蒸馏水，筷子都要用酒精棉花消毒。仙女还是看看比较好，真要娶回家来了，谁都吃不消的。

茵陈分到研究所工作两年了，男青年见了几个，人家都嫌她条件太好，自惭形秽，不肯谈下去了。听得阿姨们直跌脚，眼睁睁地看着这一朵玫瑰花开放着，却没人去摘。二月的茵陈嫩苗，慢慢快成五月的陈蒿了。

甘遂却恰好在这个时间出现了。茵陈看到那张电影票，心怦怦直跳。歌德先生曾经说过："哪个少年不善钟情，哪个少女不善怀春？"甘遂的出现，彻底打乱了茵陈心中的一池春水。

这是第一个明显表现出对她有兴趣有好感的青年男子。他的好感表现得那么明显，她都害怕一起开会的同行们看出来。他总是想办法和她一桌吃饭，找她说话，朝她微笑，对她长时间凝视。茵陈第一次感觉到了爱情在向她微笑，而她，怎么会忍得住不回报以微笑呢。她等它的降临等了那么多年，几乎怀疑它会错过她，就像在大学里那样，因为她的渺小和安静，它把她遗忘在了人群里。

她把那张写了两个人的字的纸条夹在她的笔记本里，偷空就去翻开来看一眼。那一个下午，她已经投身在爱情里了，就像一只不小心掉进麦芽糖里的小虫子，甜蜜得找不到方向，慢慢下沉着，不知死之将至。

下午六点三刻，茵陈换了一件刚洗净晾干的粉色朝阳格子的衬衫，让领口的小花边翻在淡青色春秋衫的外面。她洗了长发，一时没干，拿块小花手绢松松地系在脑后，那是大多数爱美的年轻姑娘在夏日沐浴过后喜爱的打扮。随意、轻松，带着一丝慵懒和家常。

东湖宾馆离衡山电影院很近，她慢慢地朝那边走，却在刚过马路后就看见了甘遂。他换了一身便装，雪白的衬衫束在深色长裤里，腰里仍然是军部里的那种牛皮宽皮带,肩宽宽的,腰背笔直,站在老法租界粗大的法国梧桐浓密的树荫下,清爽得让路过的行人忍不住注目。

茵陈在心里赞叹,心想他真好看。又想男人不能说好看的吧,应该说英俊。甘遂身上既有军人的英气,又有书生的文雅,还有医生的冷峻,三种气质加在一起,让茵陈这样没有经验的姑娘一见便即倾心。

甘遂见她娉娉婷婷地来到面前,含羞带娇地看他一眼,垂下头说:"你在这里啊。"甘遂说:"本来想在宾馆门口等你的,怕影响不好,就在这里等着。这里拐了个弯,他们看不见的。"

茵陈嗯了一声表示赞同,心里说你想得真周到。虽然一起来开会的人过了这几天就要回到各自的单位去了,谁也不会干涉到她的生活,但她一向不爱引人注目,还是觉得不好和偶然聚在一起开会的男青年有什么来往。

甘遂做个手势,请她和他一同走。"电影是《逃往雅典娜》,你喜欢吗?"

茵陈摇头,说:"不知道,我没看过。"

"我也没看过,是一部译制片,我中午路过时看见了,觉得机会难得,就买了两张票。你能来,我太高兴了。"

茵陈低头一笑,说:"你也没问过我来不来。我要是不来,你这张电影票不就浪费了?"

"电影院门口会有等退票的人吧?再说,你为什么会不来呢?我没想过你会不来。"

茵陈把手挡在鼻子尖前笑了一下,嗔说:"你不是说,我能来你很高兴。那我就有可能不来的吧?"

甘遂嘿地笑一声说:"我那是客气的说法,你还当真了?"

茵陈抬眼看他,疑惑地问:"为什么我要不当真?"

甘遂不知怎么回答,他第一次遇到这么认真的姑娘,只好说:"我还真怕你不来。我乱写你的名字,你不生气吧?"

茵陈摇头,说:"不会呀,你还特地去查了书,我怎么会生气呢?"

甘遂这才发现这姑娘单纯得令人惊奇,她不像他以前认识的别的女人,有各种目的有各种心机,她像一滴蒸馏水一样纯净。他带着疼爱的口气问她,为什么会叫茵陈这个名字呢?是姓茵名陈,还是有别的姓。茵真不是常见的姓氏。

茵陈不好意思地笑一笑说:"我外公是中医,我这名字是他取的。姓茵,就叫茵陈了。"

甘遂惊奇地说:"真的是姓氏啊,我还以为是学外国人,姓和名颠倒过来的。"

茵陈笑一笑,说:"我是小姓,自然不如姓周姓张的人多。不过中国古代姓氏有几万个,常用的现代汉语字典也没收录这么多字,也就是说,字典上每一个字,都会是一个姓氏。"

甘遂点头,说:"你说得对。"又笑道:"你肯定遇上过很多人这么问你。"

"习惯了。从小学读书开始就有人问,还有老师固执地叫我陈茵。每当点名时点到我,说,陈茵,陈茵来了没有?我就慢吞吞站起来回答说,老师我叫茵陈。"

甘遂听得哈哈大笑,说:"都跟我一样少见多怪。"

茵陈耸一耸肩,表示习惯了。

眼看电影院就在前面,甘遂问:"要不要我买些零食带进去?"

茵陈忙摇头说:"不用了,我没有吃零食的习惯,从小我外婆就不让我吃零食。再说刚吃过晚饭,吃零食对肠胃消化不好。"

"其实我也不吃零食,军营里没有吃零食的习惯,我以为你们小姑娘会喜欢。"甘遂解释说。

"我不是小姑娘。"茵陈嘟囔一句,她最恨人家说她是小姑娘。

甘遂看出她不高兴,轻轻啊了一声,问:"怎么了?我说错了?"

茵陈忙说:"不是不是,是我不喜欢人家叫我小姑娘。我在大学里老是听到这个词,听了有一辈子那么长了,他们一直都当我是小姑娘。"

甘遂停下脚步仔细看着她,赞同说:"对,你是大姑娘。"

茵陈不好意思笑了起来,也为她莫明其妙乱发脾气而觉得不好意思。

甘遂好奇,忍不住问:"你到底是多大的姑娘了?我按你的学历,再算一算你的年龄,你怎么也应该有二十七八了,不仅是大姑娘,差不多是老姑娘了。对不起,我又说错话了。"

茵陈这下没生气,她只笑说:"二十七八岁,肯定是老姑娘了。"

甘遂看她娇语俏言地说笑,确实没有生气的样子,追问说:"那你到底多大?"

"二十五。"茵陈说,"离老姑娘的标准也不远了。"她一笑,丝毫不为那个老字而担心。

只有真正年轻的人才这么不介意那个老字，她把别人的少女时期并到了青年，又把青年时期拉长到半生这么久，她对她整个青年时期已经厌倦了。她白担了青年的名头，一点青年的好处都没得着，眼睁睁就要奔向老姑娘的行列了。她自己也觉得荒唐滑稽，是以用一种荒诞的口气说了出来，带着些自嘲的意味。

甘遂却没想那么多，只是又为她的年龄吃惊一下，他惊叹说："原来你是天才少女，十六岁就进医学院了？"

茵陈存心要吓他，纠正说："其实是十五岁半，我小年生的，九月份开学时，还没满十六岁。"

"那你几岁上小学？"甘遂光顾上吃惊了，一点没注意他在探究她的隐私。难道五岁就进学校了？

"我六岁开蒙，五年小学读完，十一岁进的中学。跟大家一样。只是年纪大的学生运气不好，他们该上学的时候都上山下乡去了，学校没人教课，我初中毕业后就在家自学高中课程。正好大学恢复考试，我试着去一考，就考上了。我们班里的大同学，有比我大一倍的。"

"哦，这么算下来，也没怎么跳级，不算天才少女。"甘遂笑，"不然，我跟你说话太有压力了。"

茵陈不好意思一笑，说："你也不大呀，不也一样是研究生毕业。"

"部队不一样，没那么乱，我们一直有书读。"

"那你是军人世家？"茵陈问。

甘遂点头，把他家的军人传统讲了一遍，还说在我们家，我都算出格了，没当职业军人，而是学了医。主要是我母亲是军医，不然，我也要上前线的。

"军医也有可能上前线的吧？"茵陈对他的生活很好奇。

甘遂嗯一声，说："我是搞研究的，不算医生。"

茵陈说，我也是。

两人相视一笑，停在衡山电影院门口，各自从衣服口袋里摸出电影票来，让验票的人撕了票根，甘遂落后一步，护着她进去。

两人在路上的交谈，让进场和开映时间从他们的脚步下溜走了，两人才一进剧场，灯就暗了，眼前一片黑，茵陈被进场口那厚厚的幕帘绊了一下，就要摔倒。甘遂依着直觉和本能飞快伸手拉住了她，用力稍大，茵陈回身一跌，撞进了他的怀里。

甘遂一愣，他没有正人君子式地推开她，而是就势一回臂，揽进怀里。

　　茵陈霎时间脸上发烫，她想避开他，却被他紧紧握住了手腕。这时有工作人员过来，拿着手电筒问，几排几号？甘遂把自己的电影票给工作人员看，工作人员用手电筒照了一下，领头往前走，甘遂拉着茵陈跟在他后面。

　　茵陈挣了两下没挣脱，又不好太大动作，只好让他握着。直到坐下来，甘遂都没放开，茵陈小声说："放开。"甘遂转头贴在她耳边说："不放。"

　　茵陈发出一声"你……"，就没了下文。

　　甘遂说："不放。"他不但不放，还把手从她的手腕上滑下，握住她的手掌，与她十指相扣。

　　茵陈的脸上一阵阵地发烧，小声问："你这是什么意思？"

　　甘遂趁前面的大荧幕上亮起、开始打电影片头的光线侧头看着她，"就是这个意思。"

Chapter 4　天堂鸟

　　那场电影讲了些什么，茵陈看得云里雾里，她只觉得手心出汗，那让她觉得难堪。出汗这种事，怎么能让这样一个男青年知道呢。她借着汗湿，把手从他的手掌里滑出，伸进衣服口袋里，悄悄在手绢上擦干。过了一会儿，又取出来，像是无意地放在了椅子的扶手上。

　　她怕他以为她不愿意让他握着，可也不好意思主动再去握他的手。

　　甘遂却没那么多的前思后想，他看见了，伸手把自己的手掌盖在她的小手上面，他的手掌比她的大出好多。

　　她慢慢翻转手腕，让掌心向上。甘遂再次握住，还紧了一紧，低声说，就是这个意思。

　　"执子之手，与子偕老。"茵陈是这个年代少有的读过《诗经》的年轻人，她想到这一句诗经名句，情不自禁地在嘴角露出微笑。爱情来临的时候，就是这么突如其来。

　　后来电影进行到脱衣舞表演，看得茵陈百般不自在，在座位里动了一下，垂下了眼睛。甘遂也觉得不好意思，忙说："我不知道有这些，我没看过这个电影。"

茵陈嘘一声说："我知道了。"说完就哧哧地偷笑。

好在这个情节三分钟后就结束了，那个风趣美丽的脱衣舞娘也就是脱掉了外面的衣服而已，与外衣同样花色的胸衣和短裤都好好地穿在她美丽的身体上。电影本身很精彩，后面的结局也轻松，有关二战的故事可以用这种方式来拍，让两个人都觉得很神奇。

电影演完，随着人流走出电影院，一边小声讨论剧情。他们牵着手，在人多的情况下，不想被人流挤散，因此更有理由握着，不肯放开。

走到马路上，看电影的人已经散开了，甘遂仍然拉着茵陈的手，他问："电影好看吗？"茵陈老实地说："前头的没看明白。"至于为什么没看明白，他们都心里有数。

甘遂说："那明天再来看，我明天中午过来买票。"

茵陈没有回答。

甘遂偏过脸去问她："好不好？"

茵陈把脸转向另一边，咬着嘴唇，生怕笑容泄露她的心思。

甘遂弯腰把脸凑到她面前，抬眼看着她，等她答应。

茵陈犟不过他，只得轻轻嗯了一声。

甘遂十分满意她的答复，他举起手，让她的手在自己的脸上擦了一下。

茵陈心跳得要跳出胸腔了，她悄声说："你别这样。"

甘遂哪里会听她的，反而握着她的手，放在自己嘴边亲了一下。

茵陈被他的举动吓着了，完全不知道该怎么回应他疯狂不知礼数的行为。甘遂看她发愣的样子觉得实在可爱，竟然倾身前去，在脸上又轻吻了一下。这不过是轻轻一触，嘴唇碰到了她的脸而已，但在茵陈却是从未经受过的。她再也想不到有人会在第一次约会的时候，就做出这样的冒失之举。

她又是难堪又是心跳，又是欢喜又是惶恐，她垂下头，用细不可闻的声音说："你怎么能这样啊，这……这是在大马路上。"

甘遂看一眼四周，嘴唇贴着她耳朵说："没有人。"他亲亲她的耳朵，那耳朵烫得让他忍不住把脸挨下去。他把她轻轻拥在怀里，耳语说："小姑娘，学着长大吧。"

茵陈心里其实是开心的，她也默许他这样的行为，她自己也觉得她应该长大了,应该品尝她这个年龄应该发生的事情。她靠在这个男人宽阔的胸膛上,把头埋在他的气息里,轻声说:"我有点怕。"

"怕什么?"甘遂低头吻她的脸。

"像是在做梦一样。"茵陈梦呓一般地说,"刚出来的时候,我不知道会是这样的。你是认真的吗?你想好了是吗?你是真的喜欢我,还是只是想……亲一下?"

甘遂笑了一下说:"不喜欢会想去亲吗?"

"是不是太快了?我们认识还不到一个星期。"茵陈问,她仍然不敢相信这一切是真的,怎么就发展到这个地步了?

"那你认为应该怎样?等会议开完我们各自回去,然后我给你写信,说茵陈同志你好,在开会期间得到你的帮助受益匪浅,我有一个问题不明白,想向你请教。"甘遂拉下她束发的手绢。一场电影看完,她的头发已经干了,他把手指插进她的长发里,吻她的脖子。"茵陈同志,那样的话,我们什么时候可以谈到这一步?"

茵陈仰头看他,让长发披散在腰下。她说:"也许永远不会到这一步。我一个人的时候,会让理智占尽上风。我会想出我们之间的各种距离,找各种借口。"

"那么……"甘遂的手沿着她的长发往下梳,然后停在她的腰里,他搂紧她。问她,"你要那一种结果?"

茵陈闭上眼睛,说:"吻我吧,还没有人吻过我。"

我不想做一个二十八岁老姑娘,她心里说,趁我还在青春年华,趁我的头发还乌黑发亮,容颜还娇美,还有勇气接受一段来势汹涌的爱情。不管结局如何,让我知道在一个可爱的年轻男人怀里被拥抱被亲吻是一种怎样的美好滋味。

甘遂得她允许,将她抱紧在胸前,先吻她的耳垂,慢慢滑过脸颊,最后落在嘴唇上。他技巧娴熟地含住她半片唇,让她无师自通地也含住他的下唇。随着他的吮吸,她的战栗一波又一波袭上来,让她双腿发软。

亲吻原来是如此美妙的一件事,茵陈想,如果错过了,我将不知道我失去过什么。她学他的样子深深地吻他,用心感受喜欢一个人会发生什么样的举动。

就像他说的,如果不喜欢,怎么会想去亲吻一个人呢?

从他们相识的第一眼起，他们的眼中就只有彼此。他对她的凝视与微笑，早就让她心动加速。他对她的青睐，让她有一种知遇之感。从她步入大学的那一天起，她就与男生们处在男女挑选的同一个平台上了，可是他们谁也没看中她。

他们只看到她稚嫩的面孔，那让他们觉得距离遥远，他们的目光越过她，放在了与他们更为相配的异性身上。他们没有看到她内心的美好，她的安静，她的娴雅，甚至她的美丽都不足以让他们动心。只有甘遂，只有这个才一见面就对她微笑，才一见面就要在她面前卖弄的男人，他认识了她，对她那么好奇，探究她名字的意思，毫不迟疑地对她发出进攻。他只看到了她的本来面目，年轻，美丽，值得男人倾心。不去考虑任何世俗的因素，哪怕是茵陈自己，都做不到这一点，就像她承认的，如果他给她写信，她会找各种借口，提出他们之间的差距。

茵陈太需要甘遂这样的爱了。好比树林里的两只鸟儿，雄的发现了雌的，发现她是那么好看，那么吸引他的注意。于是雄的就抖开羽毛，亮出歌喉，想尽方法使尽手段去吸引雌鸟的注意，这是一种原始的求偶本能。

天知道茵陈太想要这样的本能了，她被人品评挑选得太久，他们都失去了雄性本能，他们的脑中只有人类商贩的算计，他们不肯付出一点真心和真性情、勇气和果敢。

这个时候的茵陈，像伊甸园中的夏娃，已经吃下了那枚智慧的苹果，甘遂给她开启了一扇情爱的大门，哪怕被逐出天堂的花园，也绝不后悔。

她和他在法国梧桐的茂密树枝下热烈拥吻，她在他的唇间低语，问他，为什么是我？

甘遂吻遍她脸上每一处地方，回答说："为什么不是你？我第一眼看见你，就心跳加剧。你是学医的，知道心跳为什么会忽然变快的，是不是？"

"我知道我知道，那是因为血液循环加快了，涌向心脏的血液增多，心脏要泵出的血液相应也就多了，它在加速工作。"茵陈说。

"你看，这是一种自然现象，它不受人为的约束。一个男人在见到他喜欢的姑娘时，血液会替他做出选择。如果再细看，会发现他瞳孔会放大，鼻孔在翕动，他在接受她发出的讯号，回馈到大脑，血液会呼应，它们冲向心脏。你感觉到我的心跳得快吗？我的小中医，我在这一分钟里，心跳是多少？"甘遂把医学用语说得像歌德的诗歌。

"超过一百。"茵陈说。它超过一百,她心里知道。

"我在你手心出汗时,就知道我没有领会错。"甘遂将她抱得更紧,让她丰满的胸脯贴着他。"所以我就吻你了,我知道你不会拒绝我。"

"不会。"茵陈在心里说。当我为你心脏狂跳手心出汗时,我怎么可能拒绝你?我等你等了那么久。

Chapter 5　疼痛尺

果然第二天他们又去看那个场次的电影,还是那部喜剧二战片,还是《逃往雅典娜》,只是这次他们仍然没有看明白这个故事讲了些什么,怎么就有一个脱衣舞娘去德国人的军营里去跳脱衣舞了。他们买了后两排的位子,甘遂在整部电影放映的时间里,一直握着茵陈的手。两个人用极低的气声断断续续地说着话,随着故事的进行,场景的变化,银幕会忽明忽暗,在那短暂的一黑的间隙,甘遂会借这个机会吻茵陈一下。

茵陈一边害羞着一边躲避着,一面又欢欣地接受着。她要全身心地投入,谈一场她渴望已久的恋爱。电影放到一半,茵陈已经放松下来,在银幕亮的时候,她靠着甘遂的肩看着银幕上的男主角耍着帅,和脱衣舞娘打情骂俏眉来眼去幽默风趣地调着无伤大雅的小情,在银幕黑的时候,她会仰起面,迎接甘遂的热吻。银幕上下都在谈着恋爱。银幕上是英俊的007号情报员詹姆斯·邦德的真身罗杰·摩尔,银幕下是英俊的军医学者甘遂。

又是军人又是医生还是做研究的同行,他三种身份叠加散发出的迷人气质让茵陈倾心不已。职业军人未免粗豪了一些,职业医生未免严谨了一些,纯研究员未免学术气了些。现在,这样三种身份放在了一个人身上,并且这个人还年轻英俊,有一双会笑的眼睛,关键的是这双眼睛是在对她笑。

这让茵陈怎么能不沉迷。

电影放完,两个人没有直接回宾馆,而是沿着淮海西路慢慢往东走。

这条路是上海最具殖民地风情的马路,两边是两层小楼,马路边上是高大的法国梧桐,粗壮的枝干平伸出去,在马路的中间合拢。电影散场,快九点了,马路上行人已稀,他们像所有的情侣一样牵着手在散步。路过襄阳公园时,他们还进去转了一圈,在黝黑的没有人的角落里拥抱在一起。

夜已深,秋风起,梧桐树的叶子在风里沙沙地响。一片叶子落下来,掉在甘遂的肩上。惊醒了他。

甘遂停住他的亲吻,他捧着茵陈的脸说:"我想和你在一起。明天会议结束,我有一个星期的假,我们去南京,去中山陵明孝陵,我们可以从早到晚在一起。南京栖霞山的枫叶这个时候已经红了,我们看枫叶去。"

茵陈一分钟也没犹豫,就说好。

隔天的午休时间,甘遂外出,去火车票预售处买了两张去南京的软座票。他有军官证,买软座不用单位开证明。回来后下午的讨论会间隙,甘遂偷空对茵陈说,票我已经买好了。茵陈刚一听还以为是晚上的电影票,一想心里有点不确定,再一看甘遂的神情,就知道她想错了,他买的不是电影票,是火车票。

茵陈脸色微微有点发红,她强自镇定了,等脸色也正常了,才抬头听主持会议的人致结束词。

这一次的研讨会结束了,会议主办方在发放纪念品。这次是一叠细长的盒子,看样子就是钢笔。

会议主办方这次的流程安排得很周到,上午学习下午讨论,最后一天仍然细心地把这里的房间为他们保留了一夜,方便第二天乘车回家。大多数人下午都去逛南京路淮海路了,甘遂不用再避开旁人,他径自敲茵陈的房间门,来约她。茵陈正在收拾资料,和她同屋的人已经出去了,房间里就她一个人。

她打开门,见是甘遂,心重重地一跳。这是他们第一次在一个无人的私密的房间里,她已经知道甘遂是怎样热情外向,自然有些心慌。好在甘遂只是邀请她出去玩,茵陈问去哪里,甘遂说:"百货商店你也不会感兴趣,不如我们去豫园吧。上海这个园林还是可以看一看的。时间也不多,不然我们可以去苏州。"

茵陈一听是去看园林,倒放心了。她把收拾了一半的资料用一本厚书压住,关了窗户,跟甘遂离开。

到了宾馆前台,甘遂问服务员去豫园要乘什么车,服务员告诉他们,先乘哪一部,乘几站再换哪一部,又问记住了吗。两个人都说记住了,服务员一脸的不相信,他们只好复述了一遍。到了宾馆外面,不远处就是公交车站,两人停在那里等公交车。

茵陈还在为刚才的事情发笑，说把我们当小学生呢，恨不得叫我们拿支笔记下来。甘遂说："你的记性一定很好，学习好的人，记性都好。"茵陈反问说："这是一个问题吗？我想你也是一样的。"

甘遂却说："什么都记住未必是好事，要学会选择性遗忘。有时脑子里讯息太多，就容易静不下心来做事。因此不相干的事，不如忘记为好。"茵陈说："这个说法有趣，那你怎么能正好忘记你想要忘记的？要忘记的话，不是都忘记了？比如一件事，对人的影响肯定是有痛苦也有甜蜜，怎么能只记得甜蜜的，单单把痛苦忘记了？"

甘遂哈哈一笑，"这其实是人的本能，不是吗？不是有句老话说：好了伤疤忘了痛。"茵陈却摇摇头说："不会的，伤疤好了，是不痛了，可是一旦看见，不愉快的回忆就又会回来。并且会产生痛楚感。有些断肢的病人，明明伤口已经愈合，却老觉得失去的那一部分肢体在痛，会痛得人冒汗打滚。这个就叫幻肢痛。如果把疼痛的感觉刻一把尺，有的人的耐受尺的数字大，有的人的耐受尺的数字小。"

甘遂觉得她这个比喻很有意思，笑问："你的耐受尺的数字是大是小呢？"

茵陈沉默了一下，扬脸说："我不知道。我曾经经历过的，和未来也许会发生的，我没法做出比较。因为那是未知的，有太多的不确定因素。你呢？"

甘遂也学她的样子，想了一下才说："我觉得男人的数字应该比较大，才好算是男人吧。刮骨疗伤的可是关羽呢。"

"这个我可不能同意。虽然女人会被针扎一下就哭哭啼啼，但历来含辛茹苦的，都是女人。刮骨疗伤是关羽，可生孩子是女人。生孩子那种痛楚，去产科看一下就知道了。那种疼痛的尺度，男人估计挨不住。可是女人们呢，在过去，是会生上十个孩子的。"

甘遂没法和她争，只能同意她。不想茵陈却又接着说，那种痛楚的耐受尺的数字那么大，可还是会一再去承受，是不是说，真的是好了伤疤忘了痛？甘遂听了哭笑不得，问她，这不是我的问题吗？怎么又到你那里去了？

茵陈也觉得好笑，自嘲地说，我混乱了。

甘遂看着她，嘴角露出一丝笑容。茵陈被他看得不好意思，含笑带嗔地问："看什么？"甘遂说："看你的态度。"茵陈嗯了一声，表示疑问。

正好他们等的公交车来了，甘遂笑一笑，手臂扶在她背后，让她先上车，他跟在她后面。他落后一步,站在公交车的第一级踏板上,就比她矮了一点,那正好让他可以贴在她耳边说话。他低声说:"我喜欢看你研究问题时的态度,你会只探讨问题的本身,而不是争辩谁对谁错。"

茵陈被他这种亲密的行为弄得耳朵发红,甘遂在下面看得一清二楚,他踏上一步,护着她走到窗边,自己站在她身后,手抓在车窗前的横杆上。这个姿势,就像她靠在他的怀里,而他拥抱着她。

上海的公交车上永远是那么拥挤,两个人之间若要站得开点都不可能,人群会逼得人和人之间没有一点空隙。甘遂和茵陈身体贴着身体站着,在人群中间,反而是一种掩护。茵陈回转半边脸看他,甘遂用一只手揽在她腰间,看着她的眼睛。茵陈慢慢在脸上绽开一个笑容。

在车上他们就那么微笑着看着对方,不再说话,到站换了一部车,又乘了几站才到了老城隍庙。不是过年不是节假日,城隍庙却人多得挤过公交车,每走一步都会被对面过来的人撞,甘遂拉着茵陈的手,不敢放开,生怕一个不小心,两人就被冲散。到了豫园门口,买了票进了门,人才算少了一些。茵陈扭了扭手腕,甘遂松开她,茵陈抬起手来看,雪白的腕间已经被甘遂捏得发了红。

甘遂忙说对不起,我怕我们会挤散,没想到我手上有这么大力气。茵陈笑一笑,说没事。甘遂托起她的手腕来看,忽然说:"这么软的手,像没生骨头。"茵陈失笑,把手握成一个空心的拳头,让指关节突出来。笑问:"那这是什么?"甘遂轻拍了一下,"鸡爪子。"恼得茵陈握成拳头在他手臂上捶了一下。甘遂呵呵笑着,换了一边,牵起她另一只手,和她往小径深处走去。

外面的老城隍庙热闹得像开庙会,一道花墙之隔的豫园,居然有安静得没有人声的小小庭院角落。高高的雪白粉墙,墙顶的黑瓦,墙基的青砖,铺路的青黑色鹅卵石,墙角的芭蕉翠竹石笋,每一处都让人恍惚,怎么如此世俗的地方,却有这么安静的园林?

茵陈问:"当初这家的主人怎么会在这样的闹市中心买地建园?不说别的,隔壁人声鼎沸,怎么休息?和城隍比邻而居,怎么也不能算是善宅。"

两人在一处小庭院门廊下的美人靠上坐下休息,甘遂侧耳听一听市声,说:"你听,有这么多的树木和重重院墙,外面的吵闹声还真传不进来。"

茵陈听了听,点头说:"确实,还真不算吵。不过你闻,这庙里的香烛烟火气还是飘进来了。这园林的草木清气被玷污了,可惜。"

庭院里的中间，有一小座假山石，上面种了紫薇和桂树，还有一株矮小的红枫。秋天了，枫叶的叶子转红，紫薇谢桂花落，只有这枫叶像花一样艳。

两人坐着，享受这难得的静谧。过了很久，秋日夕阳转薄，寒意慢慢侵人，茵陈说："这是不是可以算得上停车坐爱枫林晚？我们坐车停下来到这里，恰好有枫叶似火。"

甘遂说："这一株枫树不算什么，等明天我们去了南京，那才好看。你去过栖霞山吗？"

茵陈摇头，"没有，我没去过南京，上海我都很少来。豫园还是第一次进来，没想到会是这个样子。"

"好还是不好？"甘遂问。

"很好，我很喜欢。"茵陈没有看他，眼睛仍然落在那棵枫树上。"虽然比不上杭州的灵隐虎跑龙井九溪，但一动一静，外面是城隍庙里面是园林，这样的感觉很奇妙。有对比，才更显得这里的难得。"

"那我下次去杭州，你做向导。"甘遂说。

茵陈猛回头，盯着他看，问："会有下次吗？"

甘遂说："我要说有，就一定会有。"

茵陈收回视线，想想未来的不可知，回他一笑，算作回答。

Chapter 6　情人墙

作为他们这个时代的青年，少不得知道些"太平天国"小刀会的历史，在豫园的点春堂前欣赏任伯年的《观剑图》时，茵陈随意哼起舞剧《小刀会》里流传最广的一段音乐来。甘遂听了说，这个我也会，随着她哼的曲调唱了两句，"双手捧上酒一盏，献给英雄刘丽川"。

他还没唱完，茵陈先笑得弯了腰。甘遂停下来，问她为什么笑，茵陈说，我没想到你还会唱歌。甘遂说："我们军区文工团来上海取经，学过这个舞剧，有一阵老演这个，听也听熟了。"茵陈说："我知道，我也是这么听熟的。我只是没想到你会唱出来，我总觉得你是很严肃的人。"

甘遂拖了她的手离开点春堂，笑说："我严肃吗？我一直以为，我给你的印象是另外一种。"茵陈偏过头去，问哪一种。甘遂笑而不答。茵陈默然一笑，不再提这个话头。

确实，甘遂在和茵陈接触的这一个星期里，半点都不严肃。一开始就炫耀他的书法，后来又是递纸条又是送电影票，逮到机会就不放手，偷香窃吻、求爱索欢，没有一点严肃的地方。但他外表一脸冷毅的样子，让茵陈产生了这样的错觉。也许女人们都喜欢这样外表冷静内心热情的男人，那让她们觉得，他对别人都冷若冰霜，就对自己热情如火，那一定是我的原因。是我让他这么开心，愿意流露情感。

豫园不大，小半天就逛完了。出了园子，甘遂带茵陈去老饭店吃饭。只有他们两个人，甘遂点了两三样菜，够他们吃就行了。正是秋天，上海著名的大闸蟹上市，甘遂点了清炒虾仁、芙蓉蟹斗，一个冷盘是糟毛豆。都是上海菜里的精致菜点，茵陈每吃一个都说好吃。

甘遂显然是一个点菜高手、常下饭店的人，而茵陈却除了在家吃饭，就是吃学校和单位的食堂，因此在外吃饭的机会不多。最后一个小盅子上来，揭开盖子，是清炖蟹粉狮子头，汤是用的鸡汤，金黄的蟹粉油点缀着粉白的狮子头，边上有两棵小小的青菜心。喝一口，鸡汤香混着蟹粉香，直往胃里钻。

虽然前面已经吃了炒虾仁和炒蟹粉，但这个菜融合了蟹黄的浓香鸡汤的鲜美以及久炖之后狮子头的清甜，味道好得无与伦比，盖过了前面两个小炒。茵陈把一盅汤喝了个清光，直说好吃。甘遂看她吃开心，索性把自己的那一盅推了过来。

茵陈哪里好意思再动他的那一份，忙推说够了。

甘遂说："这个我没怎么动。"

茵陈怕他以为她嫌他吃过了才不肯吃，说："我不是这个意思。你吃吧，你都没吃呢。"

"我知道，我就是看你吃得开心，既然喜欢，就多吃点。要不，我们再要一份？"

茵陈摇头，说："不用了，吃得不够，就说明正好。真要觉得够了，反倒是多了。"

甘遂说："你这句话很有哲理的样子啊。"看一看那盅汤，问服务员要了一碗米饭，用汤泡了，准备吃。

茵陈见了就说："汤泡饭，对胃不好的。"甘遂点头，抬头一笑，说："我也知道，不过这汤太鲜，不下一碗米饭可惜了。"茵陈掩口笑，说："我倒觉得，加了米饭会冲淡汤的鲜味。"

甘遂倾身过来，轻声说："实话告诉你吧，我一向不吃鸡汤的，觉得那个味道太浓，接受不了。也就这个，里面又有蟹粉又有肉汤，拌上米饭，鸡汤味没那么浓，才能吃一碗。"

茵陈看他半晌，才失笑说："早知道，不如我自己吃了。"甘遂说："所以我推给你吃，你又不要，我只好泡饭吃。"茵陈好笑，说："我哪里知道会有人不喝鸡汤。你自己既然不喜欢吃，为什么点呢?"甘遂说："这道菜是这里的名菜，来了总要尝一尝的，我是介绍给你，你喜欢，就对了。"茵陈说："谢谢，我喜欢。"

甘遂扒了半碗米饭，又说："据我所知，不少男人都不喜欢喝鸡汤。"茵陈摇头说："这个我就不知道了。不过经你这么一说，我想起来了，我外公好像也不怎么喝鸡汤，他喜欢炖鸽子汤喝，那个汤比鸡汤要清淡一些。我外婆常年吃素，连鸽子汤都不喝。"

甘遂看一眼她的脸，问："你也跟着两位老人吃素了吧?看你多瘦，你有九十斤吗?"

茵陈扑哧一笑，不回答。

吃完饭，甘遂带她去外滩见识一下著名的情人墙。茵陈也颇有耳闻，传说上海因住房困难，青年男女没有恋爱的空间，不约而同地约在外滩防汛墙前，一对一对地肩并肩，脚碰脚，各谈各的恋爱，各聊各的心事。微有细语过耳，却彼此不干扰。没想到甘遂会带她到这里来。

茵陈到了防汛墙前，虽然早知道是这么个情况，但仍然被眼前的情形惊了一下。从黄浦公园往南，防汛墙上一对挨一对，全是男青年女青年，一对对面朝黄浦江，靠在齐腰高的防汛墙上，一眼望不到头，估计总有几百对。陌生的情侣挨得密密的，中间不过隔着一拳的距离。有的搭着肩，有的挨着头，有的互揽着腰。在防汛墙后面半米的地方，就是半人高的花坛，上面种着树摆着盆花，下面是供人歇脚的长凳。那些长凳上，也是一对一对的侧身坐着面对面低语的情侣。看来是早来的抢到了凳子，晚来的只好靠墙站着了。

这防汛堤岸上其实有路灯，但被那些花坛上茂密的树木遮了光线，使得整个防汛墙一带都影影绰绰，看不真切。这样的灯光，正好合了来这里谈恋爱的人们的心理。没有亮光不安全，太亮又不自在，这样半明半暗的，恰恰好得不得了。

茵陈看了这画面直笑，甘遂却一本正经地牵着她的手，在情人们身后巡视，对茵陈小声说："我们也进去挤一个位置。"茵陈说不要了，甘遂说要的，到了这里，怎么也要在这里靠一靠，就好像去风景名胜地要刻个"到此一游"一样。茵陈被他拉着，还真的在一处稍宽松的地方挤了一个位子出来，却只能站一个人。甘遂把她推进去靠着防汛墙，自己站在她身后，双臂前伸撑在防汛墙上。这样一来，比别的情人都要亲密。

茵陈万般不好意思，直推甘遂，让他离开这里。甘遂却不理，嬉皮笑脸地在她耳边说，咱们就待一会儿，你看多有意思的地方。你在杭州我在北京，都看不到这样的奇观呢。茵陈听他说什么奇观，忙嘘了一声。两边都是人，他说人家是奇观，太没礼貌了。甘遂就贴着她耳朵说，那你还扭来扭去的，就不怕打扰别人？

在这样人多的地方，越动越会惊扰旁人，茵陈只得老老实实待着，用眼光瞄瞄左边再瞟瞟右边，没有人对他们这样人贴人站着有任何侧目的意思，大家早就见惯不怪，到这里来，不就为了这个吗？他们不能在马路上手拖手，那会被小孩子嘘；不能在弄堂里没有路灯的地方亲吻，那会被居委会大妈管；家里更是没有个人单独的小空间；除了这里，偌大个城市，没有让他们亲热的地方。他们化公共为私人，变广场为角落，用人海战术强征了一块领地，让整个城市默许了他们无声的呐喊。这是他们的地盘，他们做主。

茵陈安静地凭在防汛墙上，身后是她的情人。她从来没有这么满足过，她跻身在几百对情侣中间，人群让她觉得安全。她终于和同龄人一样了，一样有男青年钟情她，一样有恋爱的表现，她万分享受这个过程。她靠在甘遂的胸前，在心里把这一刻变成永久。

秋风从江面吹来，夜越来越凉，但因为有身后甘遂的体温，茵陈心里情热如火。左边右边的情侣一对对地少了，防汛墙空了一大半，甘遂问她累不累，要不要坐一下？现在后面肯定有空的凳子了。茵陈回头看他，说："我们回去吧，明天不是要乘火车？我行李还没收。"甘遂说好的，又问你冷不冷。茵陈摇头说不冷。把手放进他的手里，真的不冷。

又转两次公交车才回到宾馆，已经快十点钟了。甘遂把茵陈送到她的房间,他在路上买了一串香蕉,准备明天在火车上吃,这时就顺手把香蕉放在茵陈房间的桌上。茵陈看一下桌子上的东西,随口说,咦,江老师已经离开了。甘遂看一眼室内,两张单人床,一张上面还放着书和一个布包,另一张已经被服务员整理过了,掸得平平整整的,可以和军营的床单媲美。

茵陈忽然觉得不自在,甘遂也看出来了,便说,你早点休息,我明天来叫你。茵陈把他送出去,关上门,心还在跳。一晚上她都睡不踏实,老是觉得有敲门的声音。第二天一早真的敲门声响起时,她已经没精神。甘遂看一眼她的脸色,关心地问,怎么,昨晚没睡好?茵陈不好意思地拎起整理好的行李,说,没啥,走吧。

甘遂说:"我昨晚也没睡好,和我同屋的老刘聊了半夜。"茵陈好奇,问你们都聊什么了,甘遂说我们聊现在最流行的书,《大趋势》啊《基辛格评传》啊《艾柯卡自传》啊。茵陈听到这里,自己倒先笑了。

看她笑得古怪,甘遂问你笑什么,是我不是看这类书的人?茵陈忍住笑说:"是刘老师看上去不像看这类书的人。"甘遂说:"哦,老刘阅读面很广,什么书都看过。我们甚至谈了《我的奋斗》和《金陵春梦》。"茵陈一本正经地点头说:"是的,还真都是不相干的书。"

在火车的软座间里,两个人因为昨天晚上都没有睡好而在补觉,梦中茵陈听见有人敲门,她打开来看,不出意外是甘遂。她本来就睡得浅,这时半梦半醒的,心里倒也清楚,这其实是她心里的绮梦。心里深处,她是希望他能来敲门的。

Chapter 7 樱桃柄

到南京后,甘遂带着茵陈到了南京军区辖下一家高级疗养院去找住宿的地方,他的军官证在路上比任何介绍信都好用。买车票住宾馆进候车室,茵陈跟着甘遂,第一次尝到了特权带来的方便。不过此前她一直待在学校和研究所那样的象牙塔里,基本与社会脱节,倒也没觉得社会上有多少不公平来。因此甘遂手持军官证穿州过府攻城拔寨,她也没有什么异议,只觉得这一路这么顺利,是有男友在照顾。她从十五岁上大学开始,就是自己照顾自己,上食堂打饭一个人,去图书馆看书没人帮她占座,暖水瓶从来是自己灌。过了十年这样的生活,一下子有人把她照顾得无微不至,这让茵陈整个人都沉浸在甜蜜里。

放下行李,两人在各自的房间里略微漱洗,茵陈又把长辫子打开,想重新梳一下。甘遂来敲她的门,说还有时间,可以在城里转一转。看见她的长发打开披散在肩头,辫过的头发再打开,就有了自然的起伏。

甘遂说:"别辫辫子了,就这样,好看。"他上前来,把手指插进她的发丛里,贴着头皮,慢慢往外拨,轻轻抖松,让她一头秀发蓬蓬地披在背后。发长过腰,细细的小波浪,一向严谨端正的茵陈被这些微微的曲线镀上了温柔的气息。

茵陈的脸发红。她想幸好早上起来洗过头发,当时时间紧,赶着上火车,没等干透就梳成了辫子。束紧的三股发绺让海鸥洗发膏的香气藏在里面。甘遂抖开时,还有湿意在发丝间,氤氲的,有水的光泽,青丝如瀑,黑得发亮。

她伸臂环抱住甘遂的腰,抬脸吻他。从黑暗的电影院那个意外之吻开始,一直都是他吻她,她接受。她不是不想回吻他,她是在享受这个被追求的过程。到了现在,她决定给这种慢吞吞温吞吞的过程加一把火加一点温,她不想再是被动地接受,万一他退却了呢?难道她还要等?

甘遂得到她的鼓励和暗示,不再犹豫,加重了手上的力度,双手捧着她的后脑,和她做舌上之舞。茵陈被这个热吻吻得站不住,她挪开一点脸,说:"我忘了……"

甘遂和她耳鬓厮磨,在她的耳边问:"什么?"

"我忘了在哪本翻译小说里看到过,说如果能用舌头把樱桃的柄打个结,就可以做个好情人。"茵陈慢吞吞地说。

甘遂听了忍不住笑起来。他早知道这个文静含蓄的女孩,是个内心慧黠的淘气姑娘,却没想到她能说出这样有趣的话来。他问:"那我及格了吗?"

茵陈没有回答他的问题,还是接着自己的话说:"我一直以为那是外国人的夸大之词。"

甘遂再次大笑。他说:"那意思是,我是可以把樱桃的柄打结的?"

茵陈把腰向后拗一点,好看清他。

"你是。"她说。

甘遂问:"那我们还要出去吗?"他试探地问。

茵陈别转脸,答:"要。"

"什么时候可以下一步的樱桃之旅?"甘遂正经地问。

茵陈回过头来说:"已经开始了,不是吗?"

甘遂笑,收紧手臂,拉回她的脸来,在她面颊上吻一下,说:"那好,时间不早了,我们就先去莫愁湖玩吧,近,转弯就到了。"

"河中之水向东流,洛阳女儿名莫愁。莫愁十三能织绮,十四采桑南陌头。十五嫁为卢家妇,十六生儿字阿侯。"茵陈笑答说,"为什么洛阳的莫愁女到了南京?"

"好像是卢家郎到南京来做官,她跟着来了?我们走吧,再不去,公园要关门了。"

两人锁了门,往莫愁湖那边去,黄昏时分,有下班的自行车流从身边淌过,车铃声泠泠作响,他们走在这样的环境里,有一种身入其中的感觉,好像他们是平常的夫妻,正随着下班铃声回家,内心有莫名的雀跃。

到了莫愁湖公园门口,甘遂买了两张票,售票员好心叮嘱说,还有半个小时就要关园门了,不如明天来。甘遂说不要紧,我们就住附近,随便走走看看。

茵陈偷偷笑说:"她怕我们花冤枉钱,其实一张门票也不贵。"

"是,才几毛钱,跟买张电影票一样。"甘遂拖了她的手往湖边去。

"电影票不一样吧?要是放映时间过了半场,售票处就会关门,入口也没人验票了,那还是公园宽松点。"茵陈说。

公园不大,稍走一走就找到了莫愁堂。堂前的小水池里有那尊著名的女子雕像。甘遂看了看白石雕的仕女像,又回头看看茵陈,"和你有点像。"他说。

茵陈扑哧一笑,问:"哪里像?"

"静态的神情像。"甘遂说,"看着就让人觉得安宁,气定神和的,特别心静。"

茵陈莞尔一笑。吟道:"卢家兰室桂为梁,中有郁金苏合香。头上金钗十二行,足下丝履五文章。珊瑚挂镜烂生光,平头奴子擎履箱。人生富贵何所望,恨不早嫁东家王。"她停下来,问:"莫愁的传说不都是幸福美满,我好像记得沈佺期有诗《古意》,也是写莫愁,他笔下的莫愁可没这么幸运了。"

甘遂接着她的话头背那首《古意》:"卢家少妇郁金堂,海燕双栖玳瑁梁。九月寒砧催木叶,十年征戍忆辽阳。白狼河北音书断,丹凤城南秋夜长。谁为含愁独不见,空教明月照流黄。"

茵陈点头说:"照他诗里所写,卢家郎曾经去边关打仗十年,十年征戍忆辽阳,所以是空教明月照流黄。看来这个莫愁女并不像梁武帝写的那个卢家妇。可是李商隐曾写诗说,如何四纪为天子,不如卢家有莫愁。唐明皇都不如卢家郎有福气,白当了四十年的皇帝,最后赐死了自己心爱的女人。这么多的莫愁女卢家妇,到底是从哪里起就搞混了?"

甘遂说:"《容斋随笔》里记载过这个故事,洪迈说是怀疑后人把郢州石城和石头城搞混了,以致附庸风雅者在南京石头城附会出一个莫愁女来。郢州在湖北,就是现在的钟祥。不过还是和洛阳隔得有点远。"

茵陈轻轻啊了一声,说:"原来是这样。我没看过《容斋随笔》。不记得我外公那里有没有这本书,回头我去找找。"

"要是没有,我把我的送给你好了。听说主席生前最后在看的书就是这本《容斋随笔》,我好奇,才找来看的,倒没多喜欢。"甘遂说,"不过我觉得,你会喜欢这本书的。宝剑赠名士,红粉赠佳人,书也要找到喜欢它的主人。"

茵陈说:"好呀,不过我还是回家找找吧,找不到再问你要。我听说外面找不到的书,你们那里都会有。"

甘遂哈地一笑,"是的,有这种说法。你想找什么书?开出书单来,我试试去。"

茵陈偏头一笑,问:"脂批红楼有没有?"

甘遂眼瞅着她笑,说:"我就猜到你会说这个。"

"我不信。"茵陈说。

"不信?你看地上。"他指一指地面,浮土上果然有一个草写的"红"字,是甘遂趁她不注意的时候,用鞋尖画的。

茵陈掩口而笑,说:"我就这么容易被你看穿?"

甘遂说:"是的,你就像蒸馏水一样清澈无杂质。"

"这是说我没有社会阅历单纯愚蠢吧?他们都那么说。"

甘遂摇头,"那是他们太复杂,人心叵测,反说君子没防备之心。"

茵陈一笑,说:"我们再走走吧,不然真的要白进来了。"

甘遂揽了她的肩离开莫愁堂,在这个不大的公园里逛逛看看,说些金陵旧事。茵陈头一次觉得有人说说闲话不谈专业是那么有趣的事,而甘遂又天文地理历史都知道一些,两人说说笑笑,分外投契,直到公园的管理人员骑了自行车摇着铃铛来提醒游客公园要关门了,才惊觉时间过得飞快。

出了公园,甘遂带她去夫子庙状元楼吃南京官府菜,茵陈很好奇,问他为什么你对南京这么熟。甘遂说,我大学是在上海二医大读的,像国庆元旦这种短假,就来南京玩了。南京来过好多次,熟了。

"原来你在上海读的大学呀,怪不得对上海那么熟。怎么,只来南京玩。不去杭州?"茵陈笑问。

甘遂给她的杯子里倒上点黄酒,说:"杭州也去,放暑假的时候就去杭州。杭州有我们部队的疗养院,去了就住那里,就在西湖边上。"

他说个地址,茵陈说那里呀,我乘车回学校总要经过的,老是见门口有人站岗,从来没进去过。甘遂说:"那下次我去杭州带你去玩吧,里面小食堂有个大师傅,菜做得很好,楼外楼的西湖醋鱼都不如他做的味道好。"

茵陈停下筷子,问:"你会去吗?"

甘遂说:"当然会去,你在那里,将来我就会常去的。等我回去找到脂批红楼,就给你送去。"

茵陈这个时候,一点没有想到将来他们会怎样,只是为他说的动心。想如果两个人要是真的能在杭州见面,他们一人骑一辆自行车,从苏堤上飞驰而过,桃花柳枝拂过头顶,那就太美了。

茵陈是一心一意想谈个甜蜜的恋爱。吃过饭他们就在夫子庙和秦淮河边散步,徜徉在想象中的六朝烟粉气息中,秦淮河的桨声灯影其实不用亲眼见到,有那么多的诗词篇章替他们勾描轮廓丰富细节,他们只需要在如梦的六朝鸟啼中沉醉就可以了。

等到车声灯影都暗了,甘遂和茵陈在李香君住过的媚香楼下的桥坞头边拥吻。夜风中茵陈的脸凉凉的,甘遂的嘴唇滚烫的,贴在她的耳边,问她,等会儿我去你那里,行吗?

茵陈把脸埋在他的颈项间,闭上眼睛,任他的吻落在她的心上。过了好一会儿,她答:好的。

传说可以把樱桃的柄含在嘴里用舌头打个结的人,就是完美的情人。茵陈相信她遇到的就是这样的男人。他们住的高级宾馆不会有服务员半夜来查房,甘遂把"请勿打扰"的牌子挂在茵陈房间的门把手上,带领茵陈亲赴一场爱情的盛宴。

　　茵陈活了二十五岁才知道，身体不只是用来承载生命和思想的，还是可以飘浮和飞翔的。情爱是肉体的尘世和灵魂的天堂间的唯一通道，没有亲历过，不知道那天堂里是多么美丽和炫目，让人流连忘返。

　　好似一朵昙花，有红丝苞片缠裹着，在深夜绽开雪白的花瓣，吐出神秘的幽香，超凡脱俗，妖异媚惑，只开放在漆黑的夜里，唯有缘人才能窥见。蕴守多年，只开一霎，到清晨已经香收花萎。

　　人的生命显然要比昙花一现更持久，茵陈的美丽，在第二天才真正盛放。

Chapter 8　子夜歌

　　第二天他们去游明孝陵。早上甘遂打了一个电话，不多时有人送了一辆摩托车来，甘遂拎了摩托车钥匙回来对茵陈说："这下方便了，我带你去玩，不用挤车了。"

　　茵陈问这是什么，甘遂说是摩托车钥匙，问这边的一个朋友借的。茵陈好奇，又问为什么你在南京会有朋友？

　　"我不是在上海念的二医大吗？班上有个同学就是南京的，我们几个要好的男同学，遇上五一元旦国庆这些假日，就跟他来南京玩了。他毕业后分回南京，这车就是问他借的。"甘遂说。

　　茵陈摇头笑说："我没坐过摩托车，不敢。"

　　"不怕，"甘遂说，"这辆是军用摩托，带挎斗的，就是俗称的'边三轮'。"

　　茵陈听了这名字就笑了，说："这个不是电影里美国大兵开的吗？德国兵也开，那个《虎口脱险》里的德国兵就是开这个摩托车的。我这样的，坐在上面也不像。"

　　甘遂说："对呀，美国兵德国兵，都是兵，所以是军用摩托，不是日本雅马哈本田那种，你坐在挎斗里，不危险的。"

　　茵陈斜睨他一眼，半笑不笑地问："你怎么会开这个？我以为这个都是纯绔子弟开着追女孩子的。"

甘遂拧了拧眉,假意怒道:"高衙内胁迫林冲娘子?"茵陈掩口笑,甘遂又假作正经地说:"就像雷锋同志会开卡车一样,开摩托不过是军人的一项必修技能。走吧,不然公交车那么拥挤,你的身体哪里受得那个罪?"

茵陈含羞吓了一声,还是坐了挎斗摩托车去了。

一路风驰电掣的,到了孝陵,甘遂就停下了,锁了车扶茵陈下来,说:"中山陵石头台阶太多,你肯定爬不动的,而且除了一座石雕的睡伟人,没有什么别的看头,真棺早被运到台湾去了。而明孝陵光是前面神道上的翁仲和石像石骆驼,就值得一看了,并且没有那么多的石级。"

听他把睡美人说成睡伟人,又用睡伟人来代替中山先生,茵陈就笑起来了。而他一再提到她爬不动台阶,明显意有所指。听得她大发娇嗔,说:"我走不动,你不能背我吗?"甘遂在明孝陵的售票处门口排队买票,听她问,回头笑说:"我能,你肯吗?"

茵陈被他问住了,想了半天,也觉得自己肯定不会在大庭广众之下五湖四海的游客面前,趴在情人的背上让他背着上中山陵,却又不满他的戏谑,只好用拳头打他的背。甘遂用额头顶顶她的额头,在她耳边轻声说:"晚上回去我背你。"茵陈双颊羞红,离开他,自己先在入口处去等着。

甘遂买好票在入口处找到她,就见她和两个男青年急赤白脸在争什么,他赶上两步问怎么回事,茵陈见了他忙一把拉住,松了口气说:"我说的是真的,我在等人。"甘遂看向两个男青年,问有什么事。那两个男青年打扮得流里流气,见美人真有男人来了,便嬉皮笑脸地说没什么,我们就问问这位"夺姑娘"要不要请导游。

茵陈一听这个"夺姑娘"就屏不牢了,拉了甘遂赶紧让收票的人撕了门票进门去,一边走一边笑。甘遂问她笑什么,茵陈说我听见他们管"大姑娘"叫"夺姑娘"就忍不住好笑了。甘遂听了也笑,说刚才那两个人的样子,还真是有点"夺"姑娘的架势。

"夺姑娘"茵陈说:"我还是第一次遇上小流氓,亏得有你在,我当时真怕死了。"

甘遂微微惊奇了一小下,问:"你是第一次遇到有人搭讪?"

茵陈嗯一声,眨眨眼睛说是。又马上说:"不是,你才是第一个。"说着一笑,面上的神色不无得意。可见女性倒不是真的不想有人来搭讪,就看搭讪的是什么人。

甘遂摇头表示不信，说："你读这么多年医学院，里面男生那么多，男女比例是十比一了吧？就没人找你凑近乎？"

茵陈搥他一下说："就是没有。我上大学的时候才十六岁，那些二十多岁的'大'学生们不带我玩，三十多岁的都结婚了。再说，我能和比我大那么多的男同学谈吗？他们说起上山下乡工厂农村的，我都插不上嘴。他们也嫌我什么都不懂，又觉得我占便宜了，总之和他们就是怎么都不合拍。"

"都把你当小妹妹了。"甘遂说，"没有共同语言确实是个问题。哪像我们，见面就说个不停，什么二月茵陈五月蒿，什么不如卢家有莫愁。"说着就笑，开心得不得了。

茵陈说"是"。她看着甘遂，心里说多谢有你。甘遂看着她的眼神，伸臂把她搂紧。茵陈朝他笑，心里被幸福的感觉涨满着。

他揽着她的细腰，慢慢在孝陵的园路上走。树叶有的黄了，有的飘落了。在这个秋天的上午，天高气清，爱意如秋阳在他们心头流转。每隔几分钟，甘遂便会趁转弯或是树后游客路人看不见的视线死角处悄悄地吻一下身边的这个女人。

在石像神道前，印有"景区摄影"的大阳伞撑着，摄影师在招揽生意。甘遂说我这次出来没带相机，不能给你拍照了，我们请他给我们拍张合影吧。茵陈点头说好，理了理头发，拉了拉衣角，倚在一根石经幢上，那根石经幢只得半人高，上面雕满了卷云纹。

甘遂去开票，说寄你那里吧，女孩子都想早一点看到自己的照片。茵陈觉得他说得对，就把研究所的地址报一遍，甘遂一边听着一边默记，低声笑说我也记住了，这下好和你写信了。茵陈问，你听一遍就记得住？甘遂说你就等着收我的信吧。茵陈笑。

甘遂开了票付了钱，也用手指梳了梳头发。茵陈见状，替他整理仪容，拉拉衣领，掸一下肩膀上的灰尘。眼中流露，尽是欢喜之意。

甘遂替她把散开的一头秀发理了理，笑说："头上金钗十二行，足下丝履五文章。"茵陈看着他笑，知道是在赞她美。

虽然茵陈头上连一枚铁丝发卡也没有，脚下不过是一双普通的半跟黑皮鞋，但她的美丽，却是有目共睹的。摄影师在镜头后面对焦的时候，经过的游客中好几个男性都在频频地偷看她，走过了还回头看。也有女性看她一眼，又看一眼，像是在说：这姑娘不错，蛮好看的。

这时摄影师叫："看这里了，好了，拍了啊，不要动，眼睛不要眨。好。"茵陈和甘遂直视镜头，头和头自然地靠在一起，脸上是他们一生中最美的笑容。

走走停停，一个孝陵就花了大半天时间。茵陈一个上午都觉得腰酸，知道是昨晚的原因，就死咬着牙不肯嚷累。甘遂却知道体贴她，走不多远就停下来让她坐，走得热了出汗，他把外衣脱了搭在手臂上，在石磴上请茵陈坐时，先铺好，说石头冷，垫上再坐。后来找了个僻静的地方坐着，茵陈脱了鞋横坐在青石条磴上松一松疲劳的脚，头倚着他的肩膀。甘遂索性把她放倒在怀里，让她半躺半靠地窝在他的胸前。

阳光太刺眼，茵陈闭上眼睛。甘遂问："累了吗？"茵陈嗯一声；甘遂又问："饿了吗？"茵陈再嗯一声；甘遂又问："腰酸吗？"口气已经带了调笑的味道。茵陈微微有些红了脸，伸手去拧他的腰。恼道："你才酸。"

甘遂含笑，握过她的手来，放在嘴边亲一下，又理一理披散在怀里的她的头发。理着理着，忽然就笑了起来。茵陈听他这次的笑不那么不怀好意了，才懒洋洋地问："笑什么？"

甘遂俯低身子，在她耳边说："宿夕不梳头，丝发被两肩。婉伸郎膝上，何处不可怜。"他明明是在和她调笑，但语气却是那样认真。茵陈睁开眼睛，看着他，和他双目对视，直看到他心里去，她看得见他心里对她的喜爱，从心里直映进眼里。他的一言一笑都在说喜欢。

茵陈忘了娇嗔，忘了羞赧，也不再故作怄恼。而是直白地回应道："芳是香所为，冶容不敢当。天不夺人愿，故使侬见郎。"她不怕告诉他她的心在陷落，她只怕他不明白。

他用《子夜歌》戏她，她用《子夜歌》回应他。并且告诉他，我打扮好了去看你，天从人愿，让我见着了你。这话是茵陈的心声。

甘遂颇为得意，他笑说："看，共同语言是多么重要啊。"茵陈噗一下就笑了出来。甘遂问："好点了吗？"

茵陈嗯一声。岂止好一点，好得太多了。在经过昨夜纵情欢乐之后，又有这样温柔的笑语，茵陈心里的一句话是：夫复何求？就算生命在下一刻停止，也值得。

从孝陵出来都觉得饿了。甘遂说："中山陵真的别去，你爬不动那三百九十二级台阶的。"茵陈说："可是都到了门口了，不去好像会很遗憾？"甘遂说："不会，我告诉你什么样你就不觉得遗憾了。我们这就回城里去吃饭，下午在宾馆睡个午觉，晚上我们再出来找地方玩。"

茵陈确实支撑不住了，便说好。回到城里，挑了一家老饭店吃了午饭，疲倦袭来，连吃饭都没胃口，马马虎虎喝了碗汤吃了半碗米饭就放下了筷子。甘遂知道她累了，也不劝她多吃点，结了账回到宾馆，甘遂先回自己房间洗漱，出来时把"请勿打扰"的牌子挂在门外的把手上，去敲茵陈的门。

茵陈让他进来，甘遂再把这边的"请勿打扰"牌子也挂在外面，锁好门，吻她。茵陈有些担心，问，白天你在我这边可以吗？他们会来吗？

甘遂笑一下说："你也说了白天啦，白天才不会有人查房。上午已经打扫过了，下午不会来了。再说这是内部高级宾馆，服务员都是经过训练的，不会有人乱敲门。还有我的级别比他们高多了，他们不敢越级。部队和地方不一样，你放心好了。"

茵陈嗯一声，再和他闲言两句，也就睡了。这一觉一直睡到五点多才醒，看着外面半明半昧的光线，再看看枕边的人，茵陈有一刹那的失神。她像是回到十几岁的时候，在大学宿舍里午睡醒来，有点搞不清身在何处，自己又做过什么，怎么会发生现在这样的状况。

过了好一会儿，她才想起来，她离那个迷惘的少女时代已经有十年，睡在她身边的，是她的情人。她已经彻底告别了她的少女身份，现在的她，是一个已经知道情爱是什么的女人。她的生命停留在十五岁的少女时代已经太久了，久得令她厌弃。如今把它交在她喜欢的男人手里，不枉此生了。

茵陈满心欢喜，她收回望着窗户外边天空的眼光，落在枕边这个男人的脸上。他的呼吸轻轻地扑在她的面颊上，像蝴蝶的翅膀在扇动。茵陈心里涨满了爱，就像春天上涨的池水，柔绿地在荡漾。她伸臂抱住他，吻他，要把他镌刻在记忆的深处。

Chapter 9　佛狸祠

晚上他们去了金陵大饭店吃饭，那里有舞厅。茵陈第一次来到这种场所，颇为新奇。慢三慢四她还可以跳一跳，毕竟在大学里有过跳集体舞的经验。等迪斯科的音乐响起，她就退回座位里，跟不上节奏了。灯光闪音乐响，空气闷，那样密不透风的环境里还有人在抽烟。

她对甘遂大声说，我出去透透气，躲到舞厅外面去休息一下眼睛和耳朵。甘遂说我也出去，这里实在太吵了。

茵陈不是会在大酒店跳迪斯科舞的那一类时髦女性，甘遂第二天晚上换了地方，带她去一个书馆听弹词。身穿蓝底玫瑰红锦缎旗袍的妙龄女子和身穿灰布长衫的中年男士隔着一张桌子坐着，一人手里一把三弦，一人怀抱着一把琵琶，这天唱的是一出《玉蜻蜓》，唱完了一段，又换了一个穿珠绣湖绿旗袍的女子上来，她唱的是一首古曲《越人歌》。

"今夕何夕兮，搴舟中流。今日何日兮，得与王子同舟。蒙羞被好兮，不訾诟耻。心几烦而不绝兮，得知王子。山有木兮木有枝，心悦君兮君不知。"

听着这《越人歌》，茵陈情不自禁地把目光从歌女的身上移到了身边的甘遂身上。甘遂对这样的玲珑曲子并不十分在心，坐在这里纯是投茵陈所好，因此茵陈的注目，他马上就感觉到了，他对她一笑，茵陈羞涩，两人相视，心下痴醉。

跟着甘遂，茵陈不需要动脑筋想任何游玩的去处，他知道的地方，她听都没听说过，她只要跟着他就好。第二天甘遂开着摩托车去了栖霞山，兑他许下的诺言。当初说南京就是来看红叶的，那么栖霞红叶是一定要看的。

从栖霞下来，茵陈说："明天我们去雨花台吧，我喜欢雨花石，家里有一饼干盒子的雨花石，我外婆到了冬天就取出来养水仙花。"

甘遂却说："你如果想挑雨花石的话，就要去六合江边找。雨花台那里没什么好的雨花石。而且雨花台不近，这点路，还不如去六合呢。就这样，我们明天就去六合。我那同学在六合有房子，到了六合，我们借他家的房子住，不用住宾馆，省得你总是提心吊胆的。"

茵陈听了，拿拳头直擂他的背。甘遂呵呵笑着，把摩托车开得飞快。

回到宾馆他在自己房间里打电话，找到借他摩托车的朋友，说要还了那辆摩托车，又说，明天去六合，把你家里的屋子借给我两天。那朋友笑骂了他两句，答应了，说晚上来取车的时候送钥匙来。甘遂说，我把车钥匙交在前台，你也把房门钥匙放那里，我回来的时候去取就是了。那朋友忍不住好奇，说怎么都不让我见一见的。甘遂笑说，扯淡，有什么好见的？你去北京我请你吃饭就是了。那朋友哈哈一笑，挂了电话。

甘遂晚上在前台取了钥匙，知道那边已经安排好了，放心地在茵陈的房间里过了夜。

去六合挑雨花石，是要直接去长江边上的挖沙采石场的。一辆卡车开过来，把一车斗的鹅卵石倾倒在地，附近村民一拥而上，带了小耙子在石头堆里翻找。甘遂带了茵陈在旁边看着，看谁找到了，就问他们买。

茵陈自己也去挑，在地上捡了根小木棍，仔细地看。一个采沙船工头模样的人过来看了一会，觉得一群村民中间杂了这么一个女孩很打眼，就问她，你是第一次来？茵陈说："是啊，在南京玩，想起雨花石，就过来了，挑两块回去养水仙。"那人说："好，一般人到了南京即使想买雨花石，也是去雨花台，很少有人会来六合的。我就喜欢你这样的，不是想着要靠这个发财，而是把它当作玩意儿。瞧瞧那些人，眼睛里就只有这块石头值多少钱，根本不是真的喜欢雨花石。"茵陈笑一下说："靠山吃山，靠水吃水，也是应当的。"

那人嘿嘿一笑，又问："你在挑什么？"茵陈说："花纹好看的呀，有水墨山川的，日月星辰的，人物动物的，数字文字的。"那人哈哈笑着，说："也是一种挑法。你先要知道，雨花石是什么，才知道该去怎么挑。"茵陈问雨花石是什么？那人说："是玛瑙。"茵陈瞪大了眼睛，不置信地问，真的吗？那人说当然是真的，我还能骗你小姑娘？

茵陈笑说，是夺姑娘。那人又哈哈大笑，"夺姑娘夺姑娘。我说夺姑娘，既然是玛瑙，就要找冻子，要找半透明的。你就冲这两点去找就可以了。"茵陈一听，眼睛一亮，把手里一块鱼子冻的石头递给那人看，说是不是这个。那人拿过来一看就夸赞说："不错，夺姑娘很有眼光。"茵陈第一次找就找到正宗的雨花石，这一下信心大增，说声谢谢，又埋头找去了。

那人踱开，过一会儿到了甘遂身边。甘遂递给他一支香烟，那人看一眼烟上的牌子,忙说谢谢。甘遂笑一笑,把一整包都塞在他手里,说:"我住在齐部长家,住两天再走。"

他知道他和茵陈这样的青年男女又是陌生人,在这样的小城会引人注目,而能够承包下采沙船淘选雨花石的一定是有一些社会关系的,说不定是河政处的干事,他要是举报到联防队半夜来查,那就太扫兴了。因此先把关系报出来,让人敬而远之,不来打扰。果然那人点点头,收下香烟便走开了。甘遂看一下茵陈到了哪里,走到她身边,蹲下来和她一起挑。

茵陈现学现卖,问他,你知道雨花石是什么吗?甘遂说不知道,难道你知道?茵陈说,我刚知道的,原来是玛瑙。又贴在甘遂耳边问:"不是说地上地下所有矿产都是国家的,我们来挖石头,算不算盗窃国家财产?"

甘遂摇头说:"不算。这是县里采沙场的范围,这不过是采沙的副产品,就好像守林员采摘木材上的黑木耳卖,是劳动致富。"

茵陈哦一声,笑了。举起一块石头来对着太阳光照了照,看是不是透明,对甘遂说,你看这块,漂亮吗?这个可以叫"落花人独立,微雨燕双飞"。甘遂被她说得兴起,也扒拉起石头来。两人一会说这个好看,一会说那个像什么,嘻嘻哈哈的,一个下午就这样过去了。

甘遂问朋友借的房子,是一幢老式的带花园的旧宅。原是民国时期一个政府要员的别墅,而在此之前,是晚清扬州一个盐商的藏娇金屋。后来又几经转手,到了甘遂这个同学的父亲名下,如今多半时候都空着。那同学以前就用来招呼他的朋友,甘遂和他关系一直很好,那同学每次去北京,甘遂都盛情接待。有了这一处洞天福地,甘遂才敢对茵陈说来六合。

两个人在六合逍遥快活,早上睡到自然醒,梳洗完了出去吃早饭。六合县城里各样小吃一样一样吃过来。那有名的八百大糕、瓜埠赖月饼不算什么,正是秋季,冰糖煨花生米、糖芋艿、熟老菱也都寻常,龙袍蟹黄包才是应时之美味。早中饭吃得饱饱的,叫了三轮车去玉带拣雨花石。累了饿了,回到城里,去逛魁星亭万寿宫。又听说新近在桂子山发现一处石柱林颇为有趣,辗转换了两道车,最后找了一辆手扶拖拉机才到了那里,这一来一去,又是一天过去了。又听说有个金牛湖风光秀丽,一去,又是一天。

在六合东玩西玩,可玩的都玩过了,好吃的也吃遍了,算算住了有小一个星期。茵陈偶尔想起她的研究所工作来,不免心怀愧疚,但和甘遂一说一笑,转眼就忘了。这天晚上在灯下数着雨花石的时候,茵陈闷闷不乐。甘遂问怎么了,茵陈说:"我这下回去,肯定饶不了我。延迟了这么多天,还是在南京的时候给研究所和外公打过一个电话,等我回去,要被外公骂死,单位也会处分我的。以后再有什么研讨会,再也不会派我参加了。"

甘遂问:"想回去了?"茵陈垂头,继续摆弄着那些石头,说:"总要回去的,迟一日是一日的难受。"

甘遂说:"那就明天回去吧,我们先回南京,我去帮你买回杭州的卧铺票。"茵陈看他一眼,问:"那你什么时候来看我?"甘遂说:"我一有机会就去。"

茵陈仍然不开心,把雨花石一枚一枚地用手绢包了,再收进书包里。她为了这些漂亮的石头,特地去买了一叠手绢,一块手绢包几个,就怕石头和石头之间彼此摩擦,损坏那些花纹。甘遂曾笑她说,这些石头在河水泥土里碰撞了几千万年才有这样的光彩,你这两下对他们起不了任何破坏作用。但茵陈就是不忍心,一定要把它们当珠宝玉石一样地分开来放。

收好石头,茵陈说在屋子里怪闷的,我要出去走走。甘遂知道她心里不好受,替她拿了件外衣披了,陪她散步。

六合城里白天很热闹,到了晚上就很冷清,到处都关门闭户的,没什么去处。两人在深秋的街上默默地走着,走了好半天,才看见一个路口的路灯下有人搭了锅灶,在炒栗子。栗子香老远传了过来,深秋夜晚清冷的风里,灯光、炉灶、栗子的甜香,都有一种温暖的感觉。

茵陈走过去问卖栗子的小贩有卖的了吗,小贩说,还要等一会,马上就好。

炉灶后面转出一个中年妇女,拖过一条长凳说:"妹子坐吧,还要等五分钟。"茵陈说声谢谢,还真的坐了下去,和妇人聊起天来。

甘遂递一支烟给小贩,两人也聊了起来。甘遂问今年农村收成怎么样,小贩说还不错。茵陈问妇人,既然不错怎么又出来了,风餐露宿的多辛苦。

妇人说:"我们的习惯是打了谷子收进仓,关上门就出来,不吃家里的粮。等到快过年了才回去。"

茵陈笑说:"那大姐,你们一定是万元户。"那妇人笑嘻嘻不说话,看来是真的了。

甘遂听了笑了,过来坐在茵陈身边,问:"你们年年都来六合吗?"那男人说是的,这个摊点是我们包了的。茵陈问:"到了冬天不冷吗?就住在街边上。"她抬头对甘遂说:"记得吗?'寒冬噎酸齑,雪夜围破毡',据说贾宝玉和史湘云两个人,家败后就住在路边的围棚里。真想知道后面写些什么。"

妇人听不懂她后面的话,前面的倒是明白的,听她说冷不冷,便说:"不冷,这里不是有口锅有个灶吗?"

茵陈回头看着她说:"好羡慕你们。"妇人笑说:"我们有什么好羡慕的?""都值得羡慕。"茵陈看一眼黑漆漆的天空,说,"今天是月初吧,连月亮都没有。"那男人看一眼天,说:"初二。"茵陈嗯一声,又说:"六合城里除了魁星亭万寿宫,就没有什么古迹可以玩了吧?"

她本是随口一说,谁知那男人说:"不只这两个地方。那边瓜埠山上有个庙,叫狐狸寺,听说很有名的。"茵陈一怔,问:"狐狸祠?供狐仙的吗?"

甘遂说:"不是的,是佛狸祠。辛弃疾《永遇乐·京口北固亭怀古》还记得吗?"

茵陈说当然记得。念道:"千古江山,英雄无觅,孙仲谋处。舞榭歌台,风流总被,雨打风吹去。斜阳草树,寻常巷陌,人道寄奴曾住。想当年,金戈铁马,气吞万里如虎。"甘遂接着念:"元嘉草草,封狼居胥,赢得仓皇北顾。四十三年,望中犹记,烽火扬州路。可堪回首,佛狸祠下,一片神鸦社鼓。凭谁问:廉颇老矣,尚能饭否?"

茵陈喟然说:"原来北魏太武帝拓跋焘的行宫就在这里。"转头问那男人,现在那山上还有什么?那男人说什么都没有了,盖了一些居民房子。茵陈叹一口气说:"舞榭歌台,风流总被,雨打风吹去。——栗子炒好了吗?"

妇人说好了,和她男人一起把大铁锅里的糖炒栗子铲出来,筛去铁砂,装了一纸袋的熟栗子,称了称,说了价钱,甘遂摸出钱来付了,茵陈和这对小贩夫妇道别,说谢谢你们。

茵陈捧着栗子只是闻它的香气,暖着手,却不吃。

甘遂问:"要不要明天去瓜埠山看看?"

茵陈说:"不用了,刚才那大哥不是说了吗,什么都没有了,现在就是居民区。正好是应了那一句'斜阳草树,寻常巷陌,人道寄奴曾住'。辛弃疾那个时候已经是寻常巷陌了,何况如今?也好,就留一个地方在我们的遗憾里吧,将来想想,刘寄奴和拓跋焘都曾经和我们待在同一个地方过,也是一种奇妙的感觉。明天我们就回南京吧,天下没有不散的宴席。"

甘遂嗯一声,说:"也好。"

茵陈回头望一眼那路灯下的栗子摊,心想,神仙也好皇帝也好,刘寄奴也好拓跋焘也好,还不如那一对卖糖炒栗子的,即使是出来挣口饭吃,也在一起,冬天有一团灶火烤着,就不觉得冷。

Chapter 10　　杏花头

　　第二天一早,茵陈收拾好东西,还有雨花石,把他们睡过的床单枕巾被单都洗了,在室内晾好,才和甘遂离开。甘遂看她做这些,对她说,不用了吧,他家有勤务员的。茵陈说,这样不好,用过的当然应该洗干净。再说不是有洗衣机吗,方便的。甘遂只好由她去。

　　回到南京,甘遂在玄武湖附近找了间宾馆订了一个房间,让茵陈休息,自己去买票还钥匙。

　　在前台开房的时候,服务员这下问了,说只要一间房吗。甘遂说,只要一间,是一个人住。服务员哦了一下,说,没有结婚证不能住一间。甘遂不耐烦起来,忍了忍才说,下午的火车票。服务员这才不说话了。甘遂和茵陈上楼的时候,还听见那女服务员在和旁边的人嘀咕说,半天也要付一天的钱,几个钟头,就去夫子庙逛逛好了。

　　甘遂本就心情不好,听了这话几乎要下去和她们理论。茵陈倒自嘲地笑了,说:"算了,不是所有人都和你一样不把钱当回事。老百姓过日子,讲究的是精打细算。"甘遂拿了钥匙开房门,说,"听说外国有钟点房,就是专门给出差在外需要休息睡眠的人准备的。"茵陈说真不错,考虑得真周到。

　　甘遂放下两人的行李,说:"你休息一下,我去给你买票。"茵陈说:"好的,这一路都是你在照顾,我没操一点心,回去之后要不习惯了。"甘遂说这些都应该是男人做的。

　　茵陈等他走了,拉好窗帘,真的上床睡觉去了。她这一个星期东玩西玩,上山下河的,走了不少的路,运动量大大超过她以前那种近似静止状态的生活,人易疲倦;加之分离在即,心情不好,也提不起精神出去玩。甘遂说要开一间房休息一下,她马上同意了。换了从前,也会和前台的服务员一样的想法,半天时候,就找个地方玩玩吧,何必浪费一天的房钱。自从认识了甘遂,茵陈不知不觉地在思想和行为上受了他不少的影响。

一直睡到甘遂回来,叫她出去吃午饭,茵陈才醒来。昏暗的房间里,甘遂坐在她的床边轻轻摇醒她,茵陈睁开眼睛,看见的是甘遂殷勤关切的脸。茵陈一时失态,伸出手臂钩住他脖子说:"我们怎么办?"

她一直把这句话放在心里不说,她知道他们之间的鸿沟巨大,她决定把这一场偶遇当作是人生中的一段插曲。将来,该回忆就回忆,该忘记就忘记,她不会向甘遂要求什么,她有她的骄傲。就算她对他一见倾心,宁可把一切世俗规矩都丢在脑后,也要赴这一场爱情盛宴,但她的骄傲不允许她向他要求一个承诺。既然甘遂知道男人应该做什么,知道怎么照顾一个女人,那他该做什么该说什么,就不是该她来提出的。

但是她还是忍不住问了。在没彻底清醒的时候,在内心软弱的时候,她向这个男人投降,问他,我们怎么办?她是不想被他看不起的,既然他不提他们的将来,那她,也不会提。

但她还是问了。

甘遂不忍心,安慰她说:"我会给你写信的,还有脂评本的《红楼梦》和《容斋随笔》,我也会寄给你。"

茵陈黯然说:"算了,你自己留着看吧。多看一本少看一本书,没什么关系。"

甘遂摸出两张火车票,说:"你看,两张去杭州的,我送你回家。我不会让你就这样一个人走的,不然这一路,你还不知道要怎样难过。"

茵陈把伤心扔在一边,笑说:"怎么想起陪我回杭州了?"

甘遂亲她的脸,说:"不舍得你嘛。"

传说梁山伯送祝英台,送了十八里,长亭更短亭,也没送到她家里。茵陈想,我比祝英台还要强那么一点呢。

这一路,从南京到杭州,甘遂买的软卧,一个隔间,只有两张卧铺床,中间一张茶几,茶几底下还有暖水瓶。茵陈看了笑说:"跟你出来享受了这么多的特权,以后我一个人再出门,怎么能习惯?"

她已经把哀思收了起来,未来一个人的日子再难过,不会比这一刻面对凌迟般的分离更艰难。

甘遂笑笑不答,放好两个人的行李,取出茶杯来泡了茶。他的茶叶是随身带着的一小罐顶级君山毛尖,出门这么多天,茶叶少了一半多。茵陈在家喝惯了狮峰龙井,这几天一直喝这个毛尖,倒喝出些味道来。品一口茶,看着杯子里一根根竖着的茶叶,笑说:"这茶不错,跟龙井比另有一种香味。我们杭州人一向喝龙井,别的地方的茶叶品尝得不多,回去我买点请我外公尝尝。"

甘遂说:"这个是顶级的,你在市面上买不到。能够买到的,就不如这个好了。这半罐你带回去喝吧,我给你放在你的袋子里。"拉开她行李袋的拉链,把这半罐茶叶和雨花石放在一起。

茵陈也不阻止,也不客气,而是笑嘻嘻说:"好啊,那我就请我外公品尝这个了。顶级君山茶,等闲难得一见。"

甘遂一路没怎么说话。那么能说会道的人,在这个时候,异常地笨拙。

火车过了上海,又过了嘉兴,再过了海宁,再过一个多小时,杭州就要到了,车窗外面天也黑透了,吵闹了一路的列车广播这时也关了。甘遂说出去吸支烟,回来问要不要吃点东西,你晚饭没吃。

茵陈半靠着车厢壁,背后垫着枕头,摇头说不想吃。又笑说:"这几天被你养刁了口味,火车上的饭菜一点引不起食欲。"

"那就吃个苹果吧,饿着对胃不好。"甘遂说着取了军刀来削苹果,又一片一片地片下来,一片放在她嘴里,喂她吃,一片放自己嘴里。两人默默把一个苹果分着吃了,再找不出话来说。

茵陈被离愁别绪压得难受,她振一振精神,说:"你知道我刚才在想什么吗?"

甘遂做一个请讲的手势,茵陈接着说:"我想起了《梁祝》,梁山伯和祝英台。"甘遂点点头,问:"怎么了?为什么会突然想起这个?"

"不是突然,是自然而然。梁山伯对祝英台再好,也就送了十八里,还是华里。可比不上你,从南京送到杭州,有五百公里呢。"茵陈说。

"那我可比不上。他们是走路,我们乘的火车。"

茵陈脸上带着笑容,轻声哼起《十八相送》来:"三载同窗情如海,山伯难舍祝英台,相依相伴送下山,又向钱塘道上来。"停一停,说:"这可不是到了钱塘道上来了吗?"

甘遂问:"是徐玉兰她们的越剧吗?很好听。"

茵陈说:"是我们浙江的越剧呀。这是袁雪芬的唱段,你喜欢听吗?那我再唱一段:过了一山又一山,前面到了凤凰山,凤凰山上百花开,缺少芍药共牡丹。梁兄你若是爱牡丹,与我一同把家归,我家有枝好牡丹,梁兄你要摘也不难。"看着甘遂,笑着学男声唱道:"你家牡丹虽然好,可惜是路远迢迢怎来攀?"

她这里笑着,眼泪却流了下来。甘遂把她抱在怀里,亲她的脸,说:"别唱了。"茵陈不听,继续唱:"梁兄呀,英台若是女红妆,梁兄你愿不愿配鸳鸯?"

甘遂说:"愿意的。"他吻她的脸。两个人都知道马上要分开,紧紧地抱在一起,能多抱一会儿是一会儿。茵陈勾住他脖子,咬他的耳朵,在他耳边轻说:"再爱我一次。"甘遂的手停了一下,说:"我去锁门。"

锁好小隔间的门,甘遂来到她的床边,像举行仪式一样地和她相爱。跟随着火车撞击铁轨的节奏,每一下都撞在心上,撞在最深处。最后的时刻,甘遂等茵陈喘息定了,才加快了动作,几下之后,他退了出来,紧压在她的小腹上。茵陈感觉到有温热的液体落在她的皮肤上,就那么一小点地方,温热的,却像满满一缸滚烫的洗澡水漫过了全身。

过了一会儿,甘遂呼吸稍平,吻着她说:"对不起,没别的意思,这次没准备。"

自从两人欢会以来,一直是甘遂做这些准备和措施,茵陈佯装不见。这最后一次,甘遂选择在了体外。茵陈知道他是怕她会有什么想法。本来他绝口不提两个人共同的将来,就已经让她消沉了,这最后一次超出了他们相处模式的常规,说不定会让茵陈多想的。

茵陈这下是彻底明白了。他们不会有将来,她只是他旅行途中的伴侣,点缀一下寂寞的旅途。如果有哪怕一点的可能,他都不会在这个时候说对不起。

茵陈放下衬衫下摆遮住已经凉了的小腹,定定神说:"我不怪你。"

这一切都是她自己愿意的,她不会怨天尤人。

春日游,杏花吹满头。陌上谁家年少足风流?妾拟将身嫁与一生休。纵被无情弃,不能羞。

是她的决定,有什么样的结果,她都一个人吞下。茵陈推开他,把衣服穿好,收拾卧铺,泼掉残茶,杯子放进袋子里。

甘遂整理好衣服,坐回对面那张床。

两个人目光不敢对视，只是做下车的准备。过了一会儿，就听见有列车员的声音，一间间隔间敲过来，说，杭州马上要到了，请乘客把卧铺票取出来，换回原来的车票。

甘遂拿好两张车票，打开锁，到门外去点起一支烟，等着列车员过来。

不多时便到了杭州，甘遂把两个人的行李拿了，和她一起出站。茵陈说："你不用出站了吧，我都到家了，你不用再送。"甘遂说："天这么黑，哪里能让你一个人回家？"

他看一看车站出口，见有一辆出租车停着等生意，拉了茵陈坐进去，问茵陈开到什么地方去。茵陈只好说了家里的地址。

这最后的一程路两个人继续沉默着，快到家时茵陈问他，这么晚了，你去哪里住？

甘遂说："你不用担心我，我哪里都可以去。"茵陈知道他在杭州，只怕比她还要多些门路，也就闭了嘴。

进入小巷后，茵陈指点司机怎么拐弯，停在一个小院子的门口。茵陈说到了，推开车门出去，甘遂把她的旅行袋和手提包递给她，对她说："我会给你写信的。"

茵陈盯着他看了一会，说："好。"伸手拍门。

甘遂关上车门，说："走吧。"出租车慢慢倒出窄巷，甘遂从后视镜里看见茵陈进了那扇门，才对司机说："回火车站。"

第五部

甘遂

> 我自我放逐来到这里，就是为了自由地思念你。
> 我除了可以惩罚我自己，还能做什么才能赎清我的罪。

Chapter 1　如　意

甘遂从上海回来后，就对植物产生了兴趣。他知道茵陈是一种野菊花，初春萌发的嫩叶可食，五月成熟成了蒿，晒干可以入药。他也知道甘遂是一种植物的根茎，同样可以入药。不过在中医学来说，连大白菜和萝卜以及米饭面条都是药，那茵陈和甘遂，都是一味中药也就没什么稀奇了。

他觉得奇怪的是，茵陈之所以叫茵陈很正常，因为她有一个当中医的外公，而他叫这个名字，就纯属巧合。他问过他的母亲，为什么要叫甘遂。樊素珍说，是你父亲的意思，又说，你三十岁才来问这个问题是不是有点迟？他转问他的父亲，他父亲甘需说，遂是称心如意的意思，你是男孩子，总不能叫甘遂心甘如意吧？不过，要是白薇生个女孩，也许可以叫这个名字。

甘遂只好苦笑，他肯定不遂他父亲的心，他父亲白替他取了一个好名字。他笑一笑回答说，也可以叫甘心如意。

他的妻子靠着沙发吃水果，听他们商量名字，以为是在说她怀着的孩子，就笑眯眯地说："四个字的名字，是不是太标新立异了？我前天看文摘报，说是有一对夫妻给他们的孩子取名叫成吉思汗。"

甘遂微微表示惊了一下，笑问："姓成吗？倒是个好名字。就是不知道派出所给不给登记。"

甘霈放下报纸，笑呵呵说："照这样的话，那姓唐的就该叫唐太宗。"

樊素珍在结一件婴儿毛衣，停了针，说："那姓钟的，就叫钟国了？"

甘遂说："照妈妈的说法，姓甘的，就叫甘洲了。词牌名不是有'八声甘州'吗？对潇潇暮雨洒江天，一番洗清秋。"

甘霈不满地皱了皱眉，说："你这孩子就是书生气太重，一点不像个军人。都是《八声甘州》，你就记得一个柳永了，为什么不是辛弃疾，故将军饮罢夜归来，长亭解雕鞍？可见你这个人的意识形态就是得过且过，不思进取。"甘霈是旧式家庭出身，虽然是军人，却是家学渊源，请了童师发过蒙的，什么"天对地，雨对风，大陆对长空，山花对海树，赤日对苍穹"，诗词对他来说是随口而出的，这把年纪，还可以背出全篇的前后《赤壁赋》。甘遂可以在茵陈面前卖弄他的诗词功底，全仗他父亲教子有方。所以甘遂一提《八声甘州》，他马上就想到了辛弃疾。

樊素珍忙说："一首诗而已，怎么就说成意识形态不好了？你就爱无穷地上纲上线。"

甘霈哼一声说："下意识没经过思考就说出来的，就是他的真正想法。他骨子里就是这样散漫的自我意识在作怪。柳永，柳永，一个奉旨填词混迹青楼的浪子，有什么好的？为什么要把他的词句记得这么牢？还第一个就提到他？真正的军人要从思想上就有军人的逻辑，《八声甘州》这样的词，第一个想到的就该是辛弃疾。"

甘遂打个呵欠说："我不是军人，我是一个医学工作者。"

甘霈冷笑说："你身上可穿着军装。"

甘遂伸手就解外衣的纽扣，脱下军装扔在沙发，抬腿就走，嘴里还说："我不穿就是了，一身绿皮而已。"

甘霈亲气得直骂不肖子，樊素珍忙劝慰，他妻子白薇看看公婆又看看丈夫，不知道开始还好好地说笑，怎么几句话之后，就成了这个样子。

甘遂当然知道他的存在，就是为了气他父亲的。他父亲要他当军人，他当是当了，军装也穿上了，却与他父亲所希望的军人不是一回事。如果他是军医能够上战场又两样了，但他连临床都不做。

甘遂这一生，唯一遂了他父亲心意的，就是娶了白薇——他表姐的女儿。他因为种种原因没娶成他的表姐，他儿子娶了他意中人的女儿，也就遂心如意了。甘遂和白薇从小青梅竹马，长大后郎才女貌，站在一起，横看竖看都是一对璧人。两边家里都希望他们能结合，甘遂那时候也没遇到他非她不娶的女孩，和白薇一向相处得很好，便娶了。

结婚之后也还算琴瑟和谐，以前怎么相处，现在还是怎么相处，有所区别的不过是从前在外面玩完了分别回家各自睡觉，现在是在外面玩完了一起回家一起睡觉。以甘需的级别，家里自然是有勤务员的，白薇不用料理家务，和樊素珍的摩擦不多，婆媳之间也没什么矛盾，一切都和和美美。

美中不足的是结婚好几年，白薇都没有怀上孕。甘遂根本无所谓，说没有就没有吧，多玩两年，时候到了自然就有了。他还对白薇说，我们就不要孩子了，多个孩子多麻烦啊，本来我开了车我们两个爱上哪里上哪里，新疆西藏都可以去，要是有了孩子，还能走得脱身？

对他这样的论调，白薇开头两年还支持，过了两年就支撑不下去了。当身边所有人都来问她怎么结婚这么多年还没孩子的时候，她觉得惶恐了。他们在结婚的头一年还抱着玩两年再要孩子的想法，一直由甘遂在做避孕工作，后来白薇说要不我们试试，有就有，没有就是天意。甘遂便同意了，不再去医务室领避孕套。这样又过了两年，白薇仍然没有消息。甘遂早就习惯了这样的二人世界，没有小孩子的吵闹来打扰他的生活，他求之不得。

甘遂不急，白薇先急了。樊素珍带了白薇去她工作的医院检查，查出的原因是白薇的子宫有一边输卵管阻塞，另一边也有炎症。接下来自然是吃药治疗，治了足足有大半年，有一日忽然发现怀孕了，全家都兴奋了。甘需樊素珍自不必说，两个儿子只剩了一个，这一个又吊儿郎当的，这下总算是甘家有后了。白薇家也高兴，特地把她接回去养胎。

这一养，就是好几个月。甘遂前两个月像被放了大假，去各处和朋友们一起疯玩，塞罕坝上骑马，长白山里打猎，开吉普去越野，骑摩托来飙车，就差弄架直升机来开了。不出去的时候也不闲着，黑灯舞会贴面舞会参加过不少，就像重新回到单身时代。只是想着怀孕了的白薇，没有玩到出格。终于有一天玩得倦了，陪白薇在家待了三天。

看着白薇原来白净的脸上长了好些妊娠斑，而腰身足有从前三倍粗，满心里不能接受这个样子的白薇。白薇受身体里雌激素的影响，对他也没好气。他这一阵在外种种不像话的行为时不时传进她的耳朵里，她也是横看他不顺眼竖看他不对付，两个人两句话说不到一处就要吵起来。

白薇说："我吃了那么多的苦,如今好不容易怀了身孕,你怎么就不能对我好点?"

甘遂说："都是你想要生什么孩子,这小孩子还没生下来,光你我就吃不消了。从前那样不是很好吗?为什么要生孩子?"

白薇说："这孩子生下来姓甘,是你们甘家的孩子。"

甘遂说："谁家的孩子不是孩子?都是一样的爱哭,烦都被他烦死了。"

白薇尖叫说："那是你自己的孩子,哪有你这样说自己孩子的?"

甘遂说："孩子孩子,你就知道孩子,这孩子还没生下来呢,就快把我折磨够了。"

白薇哭得上气不接下气,说："有你这样说话的吗?"

甘遂说："我就这么说了你要怎么的!我说过要孩子吗?是你吵着要孩子。你也说过,不避孕,有就有,没有就是天意。既然是天意了,为什么还偏要生呢?"

白薇被他气得说不上话,指着他说："你给我滚!"

甘遂说："大家讲道理,是你要的,我可从来没说想要孩子。"

白薇摔了一只杯子,说："是我犯贱自己要生,生下来跟我姓,和你没关系。"

甘遂说："你说没关系就没关系了?明摆着的关系在这里,我还想没关系呢,可撇得清吗?你以前多好看多苗条,我们去跳舞,你哪次不是满场飞,赢尽大家的眼光?你看你现在,人家看你,那是看需不需要给你让个座!你说你哪里不满意,要和自己过不去,偏要生孩子?"

白薇连生气的力气都没了,只能看着他发呆。

甘遂放低声音说："好了我们都别吵了,反正已经有了,又不能把他赶走,就养着吧。你家加我家,总会摆得平一个吃奶的娃娃。"

白薇喘着气说："甘遂,你就是一个浑蛋。我都三十岁了,再不生孩子,就生不出来了。"

甘遂怜悯地看着她说："宋庆龄女士也没有孩子,一样做国母。林巧稚大夫也没有孩子,一样做妇产科权威。我又不会嫌弃你,你跟自己较什么劲呢?你看你把我们的生活搞成了什么样子?"

白薇慢慢流下眼泪,说："甘遂,你不是女人,你不知道女人到了年龄,就会想要一个自己的孩子。这和母鸡要抱窝公鸡要打鸣一样,是天生的。"

甘遂叹口气说:"既然是天生的,我就没有办法了。我还能跟老天斗啊?行了你就在家养着吧,我也不在你眼前晃惹你生气,万一因为我出了意外,我一辈子别想过安静日子。"

白薇看看自己挺胸凸肚的走样身材,想起他说从前的她有多苗条,跳起舞来满场飞,也跟着叹了一口气,说:"你回去吧,我这样子,也实在不想让你看在眼里记在心里,你还是记住我穿布拉吉的样子比较好。"

甘遂哈哈一笑,叫保姆来扫净地上的碎瓷片和茶水,削一个苹果给她吃,喂她吃一片自己吃一片,白薇被他哄得眉开眼笑,一场风波算是揭过。

虽然白薇说了别来我家,省得看见他就生气,但甘遂也不好太过分,否则岳父岳母就饶不过他。但他也不愿意一去就和白薇吵架,他想我惹不起还躲不起吗,弄到了一个去上海参加研讨会的名额,打起背包整理好行李,和白薇说了再见,到上海逍遥快活去了。

才到上海的第一天,他就被那个叫茵陈的女孩子吸引了。他一时兴起,忍不住去挑逗她招惹她。她如果严词拒绝,他自然等会议一结束就回家去,这一个星期的艳遇就当是一场游戏,调剂一下身心。在禁欲了几个月出发前又和白薇吵过架之后,他很享受和单纯无知的年轻女孩儿调一下无伤大雅的情,就跟他那个圈子里和女伴一起跳黑灯舞贴面舞一样。谁也不会当一回事,谁也不会认真。

他万万没有想到的是,这次他遇上的是一个渴望爱情到饥渴的女孩儿,几乎是他还在犹豫要不要把她当个目标拿下的时候,她已经先陷入到一场热恋里了。她那种飞蛾扑火不惜烧了自身的做法,让他第一次尝到了恋爱的乐趣。

他这才发现,他在结婚以前,和那些姑娘们的恋爱游戏,都不是爱情。他没把和她们的游戏当爱情,她们同样没有把和他的游戏当爱情。只有这个名叫茵陈的傻姑娘,一片赤诚地捧出她的爱情来献给他,都没问过他是不是配得到这样的爱情。

她根本就没想过一个已婚男人会来招惹一个姑娘,只为了解决旅途的寂寞。她完全没有想到他会是有妻子的人,他已经没有资格来和她这样的姑娘谈情说爱了。

跟茵陈相处非常愉快,她美丽温柔,有情趣有修养,是难得的既美且慧的知识女性。这样的女性在经过十年的荒芜之后已经非常稀有了。与她同年龄的男性没有见过这样温婉含蓄的女性，他们的青少年时期是在红卫兵和大批判中度过的，他们从小耳闻目睹的女性是与他们差不多的中性人，穿军装扎皮带，跳忠字舞唱语录歌，打老师的手不比他们慢，抢皮带的拳头不比他们弱，在那样的对文化的大摧残下，他们已经不懂得欣赏她沉静的美丽了。他们忽略她，甚至有些轻视她，认为她不能在这个突变的时代和他们一起搏杀。女性对他们来说，除了是妻子，还应该是战友。可以在下雨天骑了自行车送孩子去幼儿园，可以替他赡养老人买煤球洗衣服，可以把一大半生活的重担放在她的肩上，他们已经不知道女性可以有另一种对待方式：爱护她，欣赏她，崇拜她。

茵陈这样的女性，对这个年代的男性来说是奢侈品，他们负担不起她的文秀清雅。他们歌颂的是另一种女性，她说"我若爱你，不做攀援的凌霄花，要做你身边的木棉树"。当女性高调要当男人的脊梁，男人有什么理由去拒绝呢？他们巴不得偷懒躲到一边去抽烟打牌，就让女性去冲锋陷阵好了，反正她们愿意。

茵陈，怎么能和这样的女性比？

那些高调要做木棉树的女性，在学校就占尽了资源，向上抢夺阳光，向下抢夺肥料，向外扩张势力，没有给凌霄留下多大生存的空间。亏得学校里的老先生是见过优雅的女性的，也觉得如今还有这么一位是一件稀罕事，他们暗中呵护她，给了她最好的生活，把她安排在一个纯学术的机构里，不用搏杀不用凶悍，不用青筋暴出地和木棉树争夺阳光雨露。

茵陈甚至不是凌霄，凌霄能借攀援之力长至二十米高，树有多高就能长多高，茵陈就是竹篱茅舍上缠绕的牵牛茑萝，无人处，自开自落。她也就是如她名字一样，一丛被人忽视的野菊苗。二月是蔬五月是蒿，从来都称不上是一朵花。

甘遂能够看到她的美丽，还是借了东湖宾馆那种足以让时光倒流的建筑的光。茵陈在那样的背景下，才使得她的美丽像老房子里的建筑细节和紫檀木家具一样，珠光内蕴，半含半吐，遮都遮不住。说到底，茵陈就是一个有着古典美的画中仕女，在合适的地方，才能彰显她的与众不同。

也亏得甘遂的家庭是有旧根柢的家庭，知道旧时美女是什么样子，应该怎样对待。茵陈像是甘遂在自家照片簿上见到的白薇的母亲或祖母那样的旧时妇女，端庄娴静高雅娟秀。那种美丽让甘需念念不忘几十年，自己得不到，只好寄希望在儿子身上，他能够得到也好。可惜白薇是和甘遂在同样的环境长大的，接近于整个大时代的中性人，已经忘了女性的柔美是什么样子，学无从学起，索性便丢弃了。

而甘遂不愧是他父亲的儿子，血液中带了一点对美好事物留恋的因子。他第一眼见到茵陈，就觉得她是从那个老宾馆的柚木板壁里走出来的人物，他一见倾心，忘了他是有妻子的人，忘了他的妻子已经有了身孕，忘了他即将做父亲。

面对茵陈，他只需和她说话聊天，看两场电影逛两次街，不用使出往日三成的功力，就让她倾倒在了他的石榴裤腿下。但到了后来，他害怕了。

这个女子，与他从前交往的女人不同。从前那些，一起玩过之后就彼此撂开手，相逢一笑泯然众人，不会牵缠不休。而这个女子，她若是遭到遗弃，也许就是自古华山一条路：以死明志。

Chapter 2　鱼　雁

那个深秋的夜晚，他们在六合的街头散步，炒栗子香气吸引他们和一对小贩夫妻闲聊。"佛狸祠下，一片神鸦社鼓"，当念出这一句时，霎时间他似被时间的洪流冲刷了一次。千古悲愁袭上心头，他看着眼眸带愁却嘴角带笑的茵陈，有一种"虞兮虞兮奈若何"的无奈。

这个女人再美好，他也只能负她了。他当即决定回去，不能和她再这么纠缠下去了，既然没有结果，何必踌躇不去？他装聋作哑，面对她万般温情千般柔顺只是绝口不提将来。那天晚上他和她缠绵至死，以至她早上起来洗了床单被单才能放心离开。他从来没有遇到过一个事后还记得洗床单的女人，有些女人恨不得和男人一样，事后来根烟抽。

离开她的时候，他怕她怕得像杨白劳，而她是黄世仁，他欠她的债，他需要躲起来。他没等她进家门就让出租车掉头离开，他在后视镜里看见她单薄的身影走进那个门框里，就发誓把这一段情关进记忆的黑屋子里再把钥匙扔掉，永世不要开启。从此他修身养性当一个好丈夫好父亲，他快要有孩子了不是吗？他总要浪子回头的，没听说过有人当浪子可以当一辈子。

　　回到北京他就忘了他的许诺，他忘了给她找《容斋随笔》和脂评红楼，他曾把她送到家门口，凭他的记忆力，当然记得她家的地址，还有她工作单位的地址。他当时说我记住了你的地址，等我把书寄给你。他们两个都知道，只要他把书寄到她的手里，她也就知道他的地址了，所以她不用问他要地址。就这样，他有她两处的地址，而她不知道把他们两个人在孝陵神道前的合影寄到哪里。

　　他不用等也不需她把他们两个人的合影寄到家里来。他当时是发了什么神经要和她拍那张合影呢？只能说当时是灵魂出窍，忘了他的已婚身份，权当他是一个沉浸在恋爱里的男人。

　　只是有时他一个人的时候，他会想起她的泪眼，她说"再爱我一次"时的绝望。他当时真的昏了头，在火车的软卧包间里，和她又亲热一回。只是这回结合得太彻底，他没有戴避孕套就进入她的体内。他不是忘了或是不愿意，是身边没有了。头一天晚上他们太疯狂，用完了最后两个。那是他在南京备下的，他以为他准备的数量已经足够他用到回北京，但显然他低估了他的作战能力。他又回到他新婚时的频率，一天可以做三次，早上一次晚上一次，半夜醒来还要再做一次。

　　那一次没有用套，而茵陈蜷着腿缩在空间有限的软卧铺位上，打不开身体。她靠在堆高的枕头上，含着胸凹着腰，迷蒙着眼睛。她就像一个旋涡，把他吸了进去。他几次要先她而投降，好在他和茵陈这么多天无节制的欢爱让他能够控制住他的冲动，他尽责地等她高潮脱力之后才释放他自己，并且记得拔出来，射在她的体外。

　　他觉得难堪，对她说了声对不起。而她则冷静地回答说"我不怪你"。

　　她不怪他，是她愿意的。她本是一朵纤弱的茑萝花，却硬要佯装坚强，做一棵木棉树。

　　既然都是她的选择，那他也没什么好多说的了。他把她送回家，原车离开，回到火车站，买了第一班回北京的票，他有证件在手，怎么也能补到一张软卧，至少，也会是一个卧铺。

　　果然如他所愿，他补上了卧铺，还是单间，对面铺上一直没来人。他一个人占一个房间，孤寂伴随了他一路。

　　回到家里，对于他这次出差这么长时间，超过了预定回来的日子，他随便找个借口搪塞过去了。他打电话告诉白薇，让她收拾一下，回家来住。小别重逢，白薇也想见他，让家里收拾好了零碎东西，甘遂开了军用吉普车去把妻子接了回来。

日子就这么平静地过去了，一日他翻中药书，看到"甘遂"两个字，小小地惊了一下，心想自己的名字怎么会出现在书里。再细看那释名，甘遂，大戟科大戟属植物，中国特有。广泛分布于中国内地的甘肃、山西、陕西、宁夏、河南等地，多生在低山坡、荒坡、沙地、田边和路旁等。泻水逐饮，消肿散结。

他看了一笑，想原来我也是一味中药啊，和茵陈一样。甘遂消肿散结，茵陈镇痛解热，都是好东西呢。

他发了一会呆，想起远在杭州的那个像野菊花一样的姑娘，如今可好？

回到家里，他随口问起自己名字的来由，得到的答案是遂心如意。

人活着，谁能遂得了心、如得了意？谁不是带着遗憾在生活？当自己不能遂心如意的时候，就把希望寄托在孩子身上。他父亲娶不了自己的表姐，便希望他的儿子能娶表姐的女儿，替他完成心愿。可他的生活是他的，为什么他要满足他父亲的愿望呢？这一切不过是遂了他父亲的心，可他的意呢？

连背一首诗都要侦查一下他的潜意识，他父亲的专政欲望还真是强烈，可他偏不想让他父亲满意。他动手脱下那身军装，说一身绿皮而已，不穿就是了。

他真正想摆脱的，又何止一身绿皮军装。

也许白薇那个孩子本来就是强求得来的，有着各种先天不足，在怀孕六个月的时候，胎停了。甘遂开车送她去了内部医院，折腾了白薇大半天，引产下来，是一个畸形的胎儿。甘遂虽然不在临床一线，但好歹也是医科读出来的，见过各种病灶和细胞，但是这个畸形儿放在他面前，他还是没法多看一眼。

他想，也许是我过去做过的错事太多，老天真的降下处罚来了。罚他一辈子背负一个罪孽，让他一闭上眼睛，就是那个孩儿血肉模糊的形状。那是他的一组细胞，跑到了白薇的子宫里，变成了妖怪。始作恶是他，却害白薇受累。受累怀孕了六个月，受罪引产下来，继续受苦。他陪着白薇，在医院里住了小半个月，等白薇有力气下床走动了，才接回家去调养。

家里已经早早地准备下了婴儿室，甘遂小时候睡过的婴儿床又装了起来，重新放了新弹的褥子和小被子。小被子是百衲被，白薇外婆准备的，一针针一线线把一块块小布头拼起来，是许多老人的祝福。如今都用不上了。

甘遂有一天在婴儿室里关上门哭了一通，他听医生说了，白薇已经不能再怀孕了。那么眼前这些东西，就没有用场了。他捧着百衲被默然流泪，哭过之后，拿把挂锁把婴儿室锁了起来。

白薇小产以后，身体很久没能恢复，更别说精神了。当她知道自己再也不能生育，像个仇人一样地恨恨地盯着甘遂，咬牙切齿地说："这下你满意了吧？你不想要的孩子，果然没了。这下可真是遂了你的心如了你的意了。我恨你。"

甘遂跑到他父亲房间里，拎了一把手枪出来，把枪柄递给她，说："那你打死我吧。如果打死我能让你好受些，我宁可去死。"

白薇夺过枪来就朝他的胸口打了一枪，甘遂捂着胸说："你还真打呀。"白薇说："我真的想你死。"

甘遂摊摊手，拿起那粒橡胶子弹说："如果是真的子弹呢？"

白薇说："我可以装疯，他们不会把一个疯子怎么样的，最多关进精神病医院。也好，在哪里不是躺呢？躺在这里，看见你就来气，躺在那里，想着我已经手刃了仇人，想一想就解气。心情愉快了，没准过两年就好了，可以出来了。"

甘遂张开嘴，望天哈哈了两下，说："想得真美，我都想找家精神病院去住着。"

他想，还好我没让你看那个胎儿，不然你真的要疯的。甘遂觉得奇怪，白薇刚怀孕的时候，他并没有觉得那个胎儿与他有什么关系，总觉得像是路上偶然碰到的爱哭小鬼一样，是陌生人。可是这小鬼一旦没了，他却牵肠挂肚了。想如果他能长大成人，他可以带着去爬长城赏红叶，带着去高空跳伞去坝上骑马，这世上有多少好玩的事啊。像他这么会玩又玩得起的爸爸世间少有啊，遇上他做爸爸，那真是三生有幸，上辈子不知烧了什么高香呢。

他想得美美的，望着眼间一处虚空，嘴角不自禁露出一丝笑容。

看他居然在笑，白薇气得拔高声音直叫，把甘遂吓了一跳，回过神来问："干什么你？"

白薇尖叫着说："你笑？你笑？你笑什么？你居然笑得出来？你这个浑蛋。为什么死的不是你？我恨你我恨你。"

甘遂搓搓面皮，问道："我笑了吗？"

白薇拿他毫无办法，哇一声又哭了起来。

甘遂从她手里拿走枪，说："你都打死我一次了，也可以歇歇了。你这么哭哭闹闹有什么意思呢？我们以前怎么过，以后还怎么过，我不会离开你。等天气热了，你也好一些了，我们去北戴河疗养。"

白薇哭累了，止了声音，慢慢地说："甘遂，你是个全无心肝的人。"

甘遂说："你说什么就是什么好了，我不跟你争。"

甘需和樊素珍虽然想有个孙子或孙女，可命中注定没有了，唉声叹气了一阵，也只好认命。想想他们的大儿子，又想想那个不成形的孩子，彼此唏嘘。

甘需说："看来甘家是要断了。唉，难道是军人世家，杀戮太多，以致有了这样的报应？"

樊素珍说："胡说，我可是当了一辈子医生，救死扶伤，不知救了多少士兵的性命，难道还不够抵消业障？"

甘需说："那这又是因为什么呢？大儿子战死疆场，那是保家卫国，怎么也是壮举。小儿子连只鸡都没杀过。"过了一会儿，甘需说："也许甘遂的选择是对的。就像你说的，做医生，救死扶伤，可以抵消不少业障。"

樊素珍忙说："嘘，这话别在外面说，我们一家可都是共产主义战士，是唯物主义者。"

甘需嗤她一声，说："这个还用你来说？"

樊素珍忽然想起翻旧账，说："我以前就不同意他们两个结婚的，他们是二表亲，没出五服不说，连三代都没出，近亲要不得的，你就是不听。你看，现在出事了吧？"

甘需怒了，拍桌说："胡说八道，以前哪家不是表里亲亲上做亲？那贾宝玉和林黛玉还有薛宝钗都是表亲，谁说什么了？"

樊素珍也怒了，说："你们没知识不懂科学，我也懒得说你们，可甘遂明明知道，还是学医的，做事也这么糊涂，真是现世报。"

她一直知道丈夫对白薇的母亲余情未了，这才有了儿女联姻的事情。只是她的级别离丈夫太远，自然就短了心气，有些事情，放在心里，不好说出来，这时借这个机会，一并发泄了。

甘需气得拔脚就走，找个机会下部队去搞野营拉练去了。樊素珍也气不忿,趁着春暖花开去广交会参加一个医疗器械的评估会了,留他们两个在家相互折磨相互谩骂,管他们是不是上演全武行。

闹也就闹那么一阵,天天闹月月闹,搁谁身上也扛不住,等他们一个月后回来,兴许白薇就好了。甘遂别的本事没有,哄女人开心的本事还是有的。这一点他们放心得很。

果然他们一走,白薇就没了闹的劲头,做戏总要做给人看,没有观众,演得那么卖力有什么用呢?他们前脚一走,她后脚就回了娘家。家里只剩下甘遂一个人,对月叹气,对花落泪。

他也没了出去玩的兴致,那么多的狐朋狗友吵着嚷着要替他买酒浇愁,他都推了,白天卖力工作,晚上回到家里,铺开毛边纸练书法。一日随手写出来茵陈两个字,他对着这两个字发了半天呆。

啊,茵陈。那个甜蜜的姑娘如今可好?

他鬼使神差地去把他房间里那一套《容斋随笔》拿了出来,又去他父亲的书房找到大字竖排双行夹批的《脂砚斋重评石头记》,扯了几张他桌上的毛边纸把两本书包了,再取一张荣宝斋印制的齐白石木版套色水印信笺,用毛笔竖行给她写信。

他写道:"茵,杭州一别,可安好?我遵汝嘱,寻得《脂砚斋重评石头记》一部,赠送与卿,敬请笑纳。甘。"

当中几个月不联系他一句不提,好像他是一直在找这本书,好像是因为没有找到才不和她联系,好像他是因为找到了书,才能和她联系。

甘遂把这风雅的信纸放在两套书上,找了个木头匣子放进去,再用一个旧枕头套子套起来,用一枚大针缝好了口,再用毛笔写上茵陈的家庭地址。好几个月过去了,他居然还记得她地址,那只不过是在杭州的出租车上听她念了一遍。

第二天一早他去上班,忘了把这个包裹带上去寄。到了单位就想着这个包裹,好像有一只手在抓挠他的心,坐立不安了一整天。又骂自己怎么就一时昏了头要写信呢?本来断得干干净净的,就是一场艳遇,这下要是重新联系上了,该怎么是好?还好没寄,等一回家就把盒子布套都扔掉,信也烧掉,就当这件事没发生过,他没有记挂过一个不是他妻子的女人。他已经打算修身养性回心转意再不拈花惹草一心一意跟白薇过日子了。

到下班时他决定了,包裹不寄了,彻底把茵陈忘掉。他要对得起白薇和那个不成形的孩子。老天已经惩罚他了,再不知悔改,就真的是罪无可恕了。

等他回到家里,却怎么也找不到那个包裹,只好硬了头皮去问家里的勤务员,勤务员说上午看见了,就拿去邮局寄了。甘遂一时间脸色雪白,把勤务员吓了一跳。甘遂心想,其实这也是天意吧?是他闯下的祸,总要他去收拾。这不是他一时头脑发昏做了蠢事,而是神鬼附体,要他担负起他的责任来。

甘遂像等判决书一样地等着杭州来信。一个星期过去了,他想她应该收到了;两个星期过去了,他想她的回信应该到了;三个星期过去了,他想会不会东西寄丢了,他记错了地址;四个星期过去了,他想就这样了吧,茵陈不想再和他有任何瓜葛,所以不回他的信。

他去把白薇接了回来,他父亲和他母亲也回来了,白薇的病好得七七八八了,夏天到了,甘遂又对白薇提议去北戴河度假。

白薇病好之后,人胖了一些,正横竖对自己的身材不满意,听甘遂说要去北戴河,说好啊,我正好去游泳,我真是太胖了,去年的裙子都穿不下了。

甘遂看一眼正照镜子的白薇,想起她为这事受的罪,心里一阵难过,温言说,对,游泳对身体有好处。

他已经跟单位请了假,又托人订好了北戴河的宾馆房间,是独栋的小洋楼,从前德国人的度假避暑别墅,后来收回,成了疗养院的一部分。

这个时候,他已经再一次成功地把茵陈忘在了脑后,他打算做个好男人了。但老天偏偏要和他作对,他在出发前回单位领书报时,里头就有茵陈回信。

他一看到那个牛皮纸的信封就晕了,心想我要不要打开来看。他面前放着那封信,他看了又看,又捏了捏,信不厚,也没夹带什么东西。他甚至举起来对着亮处照了照,看里头是不是夹着他们在孝陵神道前的合影。

没有。捏过照过,都像是没有。他放心了,也许就是一封平常的书信,告诉他书收到了。他吐一口气,撕开信封,才看两行,就吓着了。

茵陈在信里写:

"甘君如见,书已收到,因连日家中有事,未能及时回信,望见谅。日后有暇当仔细研读。

"君之来信,收到已有半月,本不想将余之现状禀告于君,惟余之心力交瘁,恐来日大难,非余能顾。再,余于世间再无旁系亲人可依凭,与君有情,盼君援手。

"自那晚寒舍门前一别,匆匆数月,余已有孕。余外祖父母获知此事,气急攻心,双双病倒。余侍候病榻几月,衣不解带,二老终不能再续阳寿,亦不能谅宥此事。前月归葬事毕,至今泪不能止。

"余今现状,愧悔无极。唯向单位告请长假,无面目见旧日师友。君如有意,可否来杭细商此事?千头万绪,乱塞于心,再难提笔。顺祝暑安。茵陈草字。"

甘遂读罢此信,冷汗淋淋。

Chapter 3　酒　窝

茵陈的信,像是判了甘遂的死刑,又缓期执行。

他不可能再装聋作哑,置茵陈于不顾,虽然他之前已经不顾了几个月。他也不能告诉白薇,说我出差的时候胡闹了,如今那女人就要生孩子了。白薇的孩子没了,别的女人的孩子却要生了,这不是对她最大的打击又是什么?这个打击,只怕比白薇胎停流产不育还要严重。

并且,他明天就要和白薇去北戴河了,这个时候接到茵陈的信,是不是老天在存心为难他?他是立即买张机票飞到上海再坐火车去杭州,还是不管死活继续他的度假计划?他怎么对白薇说,又怎么告诉茵陈,他不能为他们的将来和孩子做出什么有益的事情?

过了好久,他才忽然想起一事:本来老天已经让他绝后,这一生一世都不会再有孩子;就在他已经死了心的时候,却又柳暗花明,说你有一个孩子,即将出生。你不再是犯尽错误了,你已得到原谅。不然,老天为什么会这样善待他?

在白薇吵着哭着说想要个孩子、吃尽苦头怀上孩子的时候,他也没觉得有多么盼望这个孩子的来临,他不是十分期待做父亲。而这个时候,在他被吓得半死,思前想后不得要领一筹莫展的时候,他才觉得,啊,有个孩子是多么美妙的事情。他有一个孩子,就要降生了。

他闭上眼睛,细细消化这个消息。兴奋的心情延宕至此时才震撼了他。他想他一定是个反射弧很长的人,或者是反应迟钝。他要有一个孩子了,这个孩子不是在药物和激素的催生下才诞生的,这个孩子是真正的自然产物。是自然的,才会是健康的。这个孩子将是一个健康的孩子。

他隐隐约约地产生了一丝庆幸:看,老天他补偿我了。可见我不是罪孽深重的人,我不是无药可救。我就要有一个孩子了,这个孩子将是他后半生的希望。他有这个孩子,他就不输给任何一个男人。

可是,他又强压下他的兴奋。可是白薇呢?她会怎么想?而他又将置茵陈于何地?她一个未婚女子,怀着孩子大了肚子,她的外祖父母已经因这件事去世,她也没面目去见老师和同事。将来,她一个人,带着个孩子,怎么生活?

甘遂的头都痛了,想来想去,想不出个办法。而下班时间已到,同事们陆续离开,走之前还跟他打招呼,说玩得愉快,过几天见。他说谢谢,好的,我会好好玩的,多吃几只大螃蟹,多吃几斤海蛎子。

最后负责锁门的同事拿了钥匙要锁门了,他实在没法再拖延下去,装模作样收拾了一包报纸书刊和文献,锁了办公桌和文件柜,和同事说了再见,才回家去。

在路上拐了个弯,去买了些吃的喝的。白薇喜欢吃各种零食,少女时期他就替她包办了这一切。每次出去春游秋游郊游旅游,零食都是他准备的,从前是话梅硬糖果丹皮,后来是泡泡糖和酒心巧克力,再后来是开心果口香糖无花果和鱿鱼丝。他能叫得出各个时期的各种零食,都是拜白薇和他追求过交往过的各种女孩之赐。所以他会在第一次约茵陈去看电影的时候,问她要什么零食。他以为所有的女孩都喜欢零食,但茵陈不是她们之中的任何一个。

他在买加应子的时候发了一会儿呆。他想起她也去买过零食的,那个最后的夜晚,她在糖炒栗子的摊前,买了一包刚出锅的热栗子。但是她没有吃,她只捧着那包滚烫的栗子暖着手,闻着香气。后来那包糖炒栗子,他们离开时没有带上,忘在那间老宅里了。

也许,如今的茵陈,就像那个时候的她和她手里的熟香甘甜的栗子,幸福和美满,就是那包栗子,她曾经捧在手心,却终于没能成为她的。

茵陈。他心里默默地念着她的名字。那个连零食都不吃的女孩子,美好到让他心痛。他在和她相处的时候,虽然也知道她的美她的好,但要到这个时候,才知道他错得有多大。他不该去招惹她,他不该去得到他不应该得到的她的美好。他这一生,注定是要错失她错待她了。

他回到家,强装笑脸,先拆了一包加应子给白薇,再把装零食的袋子放好,一封封看那些信件。他累得不想说话,正好借看信看报避开她的问题。

在去北戴河的软座车票候车室里,甘遂和白薇才一进去,就遇上了老朋友陈鸿喜余敏康和他们带着的几个男的女的。老熟人一见面就嘻嘻哈哈,拍胸膛捶肩膀捅腰眼,勾肩搭背,挤眉弄眼,一阵喧闹。

有不认识的新加入的朋友先介绍一遍,然后再问这是去哪里。原来那几个人也是去北戴河度假的,计划好久了,就等着夏天来了,海水暖和了,好去游泳晒太阳吃螃蟹喝啤酒。又说之所以没有找甘遂白薇,是怕你们没心情出去玩,老朋友了,彼此都知道对方的情况,听说你们的事了。唉,听天由命吧,强求不来的。

那陈鸿喜和白薇尤其熟悉,从前还追求过她,和甘遂两句话聊过后,就去朝白薇献殷勤去了。余敏康和甘遂更相熟一些,拉了甘遂坐到一边,问情况怎么样。甘遂一口带过,只说还好,就那样了。将来的接班人,就看你们的了。你们责任重大啊,兄弟。哈哈,哈哈哈哈。余敏康陪了两声笑,换过话头,聊些别的熟人的近况。

不多时剪票时间到了,大家拥着上了软座车厢,又让乘务员把票换在一处,上了车就挤在一个包厢里,有人拿出两副扑克牌来升级,甘遂和白薇被这些人一搅和,倒不用十分费力地寻找话题了。

到了之后各人找到住处安顿下来,白薇坐下来就一个电话一个电话地打,和刚才那帮朋友联系,晚上去哪里吃饭,吃完饭又去哪里娱乐。自家住的别墅以前是哪一个传教士国军将领文化名人住过,我这里有壁炉你那里有酒窖,聊了一圈,累了,洗澡午睡,起来换衣服再打电话约人吃饭。

在北戴河的日子就这么吃吃喝喝地打发着。看看一个星期过了,白薇在宴游娱乐和朋友的包围下,精神不像出发前那么颓废了。反倒是甘遂,常常拎了一瓶酒,在沙滩上漫步,走一路,喝一路。朋友都知道孩子的事,知道他难过,不再相劝。遇上了,陪着喝一瓶,夏天嘛,正好做一场仲夏夜的梦。

一天有人在沙滩上点上一堆篝火,又有人抬了啤酒葡萄酒来助兴,便有人带了鱼虾蟹肉来自助烧烤,还有人携了一台录音机放着邓丽君的歌,所有人跟着怪声怪调地唱。一首《何日君再来》唱完,接着唱《问彩云何时飞》。一面卡带放完,再放另一面。旁边还有好几盒磁带,上面印着宝岛歌后邓丽君圆润的脸庞和甜美的笑容。

在这样的靡靡之音的感召下,趁着涛声星光,一对对的男女在沙滩上脱了鞋拥着跳舞,白薇和陈鸿喜喝得半醉,一边笑一边拥抱在一起跳贴面舞。

甘遂拿了一瓶葡萄酒对着大海跟着音乐唱《酒醉的探戈》:"我醉了,因为我寂寞。我寂寞,有谁来安慰我。自从你,离开我,那寂寞就伴着我。如果没有你,日子怎么过,往日的旧梦,好像你的酒窝,酒窝里,有你也有我。酒醉的探戈,酒醉的探戈,告诉他不要忘记我。"

他一边哭一边唱,将来的生活就是这样醉生梦死,他将永不得解脱。而在遥远的江南,有一个好姑娘,因为他,已经堕入了苦海。

他一口把瓶里的酒喝光,扔下酒瓶,脱掉上衣,穿着挽到小腿上方的长裤,赤脚走进漆黑的海水里。他越走越远,水漫过胸口,身体在海水的浮力下漂了起来。他扑进咸涩的海水里,游起泳来。泪水在海水里无处可寻,眼睛红肿了,他可以告诉别人,是海水弄痛的。

海水真的是又苦又咸的,是谓苦海。

甘遂在海里游着,裤管里灌满水把他直往水下拖,他几次想要放弃,就那样随海流漂走吧,省了多少痛苦,这时天顶上星星暗淡了光线,啪嗒啪嗒的雨点打在他的头上,又重又痛。

远远的岸上传来惊呼和嘈乱,男男女女们被这一阵大雨打得往屋子里逃,啤酒葡萄酒就那样横七竖八地扔在沙滩上,录音机的主人抢了他的宝贝就走,邓丽君的一曲《再见,我的爱人》生生被打断,像是有人掐断了她的脖子。

粗大的雨点打在篝火堆上,哧哧地直冒白汽。陈鸿喜捡起沙滩上不知是谁的一条浴巾披在白薇的头上,护着她往屋子那边跑。

白薇这时候才想起甘遂来,她尖声呼叫甘遂的名字,拦住每一个经过她身边的人问,你们看到甘遂没有?所有的人都摇头,匆匆从她身边跑过。白薇停住脚步,借着篝火残余的火光,环顾四周,就是不见甘遂的身影。

陈鸿喜说:"你先回去吧,我去找。"白薇不肯,抹了一把脸上的雨水,回头往海边寻找。陈鸿喜急了,说:"你疯了是不是?你要是生了病,还有几条命可以救得回来?"

白薇指着海面说:"甘遂……"

陈鸿喜说:"他一个大老爷们,知道自己照顾自己。就这么一个海滩,又不会丢了。"

白薇怒道:"浑蛋!他会去死的。我知道他会去死的。"

陈鸿喜也怒了,说:"死就死好了,这样没种的男人,死一个不嫌多。女人还没寻死,他倒先要死要活起来了?"

白薇哭了,她说:"鸿喜,你不明白他心里难过,他不说,但我知道。"

陈鸿喜吓一声,说:"浑蛋。那你快回去,我去找。"

白薇摇摇头,说:"这么黑,什么都看不见,你往哪里去找?"

陈鸿喜怒了,说:"那要我怎么样?这也不好,那也不好,我懒得侍候你大小姐。"

白薇说:"你滚,本来也没请你去找。"

陈鸿喜骂一声他妈的,拖了白薇就走,白薇哭哭啼啼,嘴里直叫甘遂的名字,却掣不过男人的力气,被他在沙滩上拖着倒退着走,眼睛却看着海水的方向。

终于海雾里走出一个人影来,笑骂说:"陈鸿喜,你放开我老婆。我就知道你一直不死心,想勾搭她,我还没死呢,你就着急下手了。"

陈鸿喜闻言手一松,骂一声滚。白薇挣开他的手,扑向那个人影,拍打他的胸脯呜呜地哭着问:"你去哪里了,吓死我了。"

甘遂揽紧她往岸上走,把她头上的浴巾遮得更密实一点,说:"我在游泳,还能去哪里呀?一下雨我就往岸上游,谁知穿了裤子怎么也游不快,我只好在海里把裤子脱了。你知不知道,在海里脱裤子可太他妈难了,绝对是高难度的技术工作。我费了九牛二虎之力才脱了裤子,这就游回来了。你还不知道我的游泳水平吗?"

一边说一边打哆嗦,抖得像打摆子,对陈鸿喜说:"谢了哥们。"

陈鸿喜嗨了一声,说:"那我回去了。"找准方向朝自己的房子跑去。

甘遂拥紧白薇,顶风冒雨,一步一挨地回到小楼。进去剥下湿透的衣服,跳进浴缸里,两个人搂在一起打寒战。热水出来,冲在身上,甘遂一个接一个打起喷嚏来。

Chapter 4　梅　竹

　　那场雨一整夜没有停，早上起来，他们发现他们是住在水帘洞里。
　　甘遂站在露台上对着雨帘诗兴大发，吟起著名的《浪淘沙·北戴河》来："大雨落幽燕，白浪滔天，秦皇岛外打鱼船，一片汪洋都不见，知向谁边。"
　　白薇穿得厚厚的，喝着姜茶，在室内打她的电话，跟那边的朋友说："是啊雨这么大，出不了门。哎呀，关在屋子里太没意思了……没有，我没生病……甘遂啊，那个神经病游泳去了，把我吓个半死……嗯，好的，我会注意保重身体的哈哈……好好好，万寿无疆永远健康……好的再见，等雨停了我们再说。"
　　甘遂吟完了诗，回厨房去洗了盘水果，拿了把水果刀要给她削苹果。白薇放下电话，说："我不吃那个，我要葡萄。"甘遂捧了果盘在她身边，白薇拈起一串葡萄，从最下面一粒吃起，一边斜靠在沙发上开了电视机看节目。
　　电视里放的是一部来自南美洲某个国家的长篇连续剧，两三个有着不近不远亲戚关系的男女坐在一间屋子里，叨叨叨，叨叨叨，叨叨了一百零八集。但这个叨叨剧有个美丽的女主角，金发，额角边上拉出两绺来，束在脑后，再结成一根小辫子。一时之间，因为这个剧，这种发辫的结法在街上流行开来。
　　甘遂把叨叨剧的声音关小，开口问："白薇，你什么时候回去？"
　　白薇靠在沙发里，腿挂在沙发扶手上，拖鞋挂在足尖，脚一颠一颠的，那只拖鞋就将落非落。白薇仰头吃一粒葡萄，往甘遂捧着的果盘上吐一下葡萄皮和葡萄核，听他问，她说："我不想回去，你去帮我跟上头打声招呼，或者帮我去医院弄张长期病假单，我这个夏天就在这里过。"
　　甘遂听了沉默，过一会儿说："我要回去上班的。"
　　白薇笑一下，说："你回去吧，我一个人在这里，我又不是没了你不行。"
　　甘遂说："我怎么能放心你一个人在这里？你这不是为难我吗？"
　　白薇说："那你就留下来，这里这么多朋友这么多玩的，有吃的有喝的，游泳爬山开摩托开海船,哪一样不可以把你留下来。"

甘遂说:"那我的工作呢,我的事业呢?"

白薇哈哈笑,说:"甘遂,我认识你有一辈子这么长,你有没有事业心,我还能不知道?你可别告诉我,你一下子找到了人生努力和奋斗的方向。"

甘遂也自嘲地笑一下,说:"找结婚的对象可真不能找青梅竹马的,什么都瞒不过她。"

白薇问:"那要找什么样的?不知根知底的,谁知道他祖上是不是有传染病史,本人是不是政治面貌过硬,有没有犯过错误背过处分,乡下农村有没有娶过老婆死过媳妇?青梅竹马才好,了不起知道你上小学一年级还尿床……"

"来初潮以为是要死人。"甘遂补充一句,把果盘放在沙发前面的茶几上。

白薇回头朝他笑,说:"你还记得这个呀?哎呀当时也太丢人了,我穿了布拉吉爬在树上摘柿子,你在树下指着我的腿叫白薇你流血了。亏你妈妈还是医生呢,你都没偷翻她的医学书籍。不然,哪里会上演这么一出闹剧。"

甘遂自嘲地说:"我是晚熟品种的柿子,要经霜打才能熟的。"

白薇说:"还是老朋友好,说起过去,什么都记得起,提一个头就知道下面要说什么。就算是误认初潮是破身,也都是栽在同一个人的手里,不算冤。你要回去就回去吧,我真的不想回去,回去对着你爸你妈,他们的脸色就算是不变,我自己也没意思,待不住的。"

甘遂问:"那夏天过了呢?"

白薇说:"也许到那个时候,我已经不把这件事当回事了。谁也不会活在伤口里拔不出来,不过是有的人长,有的人短,全靠时间罢了。我们既然浪费得起,何不就浪费一回?你就让我任性一下,由得我去算了。我还能有什么将来呢?我是可以做妇联主任,还是宣传部部长?"

甘遂低声说:"对不起,是我不好,害你受罪。"

白薇说:"明明是我强求的,我早该听你的劝,不要这个孩子,那我也不会连子宫都保不住,成为现在这个连做女人都不完整的人。甘遂,自我出院到现在,你连抚摸我的欲望都没了不是吗?昨天晚上我们两个一起洗澡,你做什么了?你什么都没做。"

白薇看着露台外面粗大的雨柱哗哗地落在沙滩上,海面上白雾一片,海水和天空的界限模糊不清,灰蒙蒙白乎乎,浊浪滔天。

甘遂被她的话吓着了，忙解释说："不是的，我是怕你恨我拒绝我，毕竟这是我的错。你要是好好的还是一个姑娘的身体，就不会出这样的状况了。我也怕你不肯再接受我，怕你会想起被逼流产的那个孩子。"

白薇坐起身抱住他的头，吻他，说："我以为你不再爱我，我以为你嫌弃我。"

甘遂说："怎么会？我们是青梅竹马，像两根竹子凑成一双筷子才能用，你就是我我就是你，谁能嫌弃自己啊？谁都觉得自己伟大光明正确。"

白薇被他说得笑了，继续吻他，说："那好，那和我亲热吧，我们都多久没亲热过了？现在好了，都不用担心避孕的问题了。"

甘遂苦笑说："是啊，凡事都有好的一面，我们要朝着光明一面前进。"

至于光明背后黑暗的那一面，既然被光明压在反面，就当它不存在好了。

这大雨到第二天还在下，甘遂说："这雨再这么下下去，就没菜吃了，家里眼看要断炊。"白薇拿了一副扑克牌在通关，头也不抬地说："地窖里还有葡萄酒，喝醉了就不会觉得饿了。"

甘遂靠着门框看着水帘洞一样的别墅，淡淡地说："我要是回去了，你就打算这么过吗？不出去买菜买粮食，就靠喝葡萄酒度日？再说你根本就不会做饭，我走了，是不是要像从前那个男人那样，烙个巨大的饼挂在你的脖子上？"

白薇说："哎呀好办法呀，我就只咬下巴颏下面这一点，别的地方都懒得去咬，饿死算数。"

"白薇。"甘遂无奈地说。

白薇一笑，说："瞧你说得，我不会做还不会走路啊？到馆子或者陈鸿喜那里去吃就是了，或者我请个保姆，让她给做就是了。我还真饿不死。"

甘遂鼓起勇气说："白薇，我有话说。"

白薇说："哎呀你别烦我，我这副牌怎么都通不了，正愁呢。"

甘遂心里百般烦躁，把手压在牌上，正经地说："白薇，我有话说。"

白薇怒了，把手里的牌一扔，拂袖而去。

甘遂上前拦住，再三说："白薇，我有话说。"

白薇逃无可逃，她尖叫一声说："甘遂，你不要得寸进尺，我说了我不想听，就真的不想听。你要回去就回去，你要找哪个女人就去找，我都装聋作哑了，你还要怎么样？一定要我撕破脸吗？我给你脸你不要，可别怪我不讲情面。"

甘遂被她这么一吼,反倒冷静了,问:"你说什么?"

白薇这下不走了,她坐回沙发上,把牌收起来,分成两墩,洗牌。她说:"你想回去找那个女人就去找。我第一不能拦着你,我要拦也拦不住;第二,我又不能不许你,我们结婚的事实摆在你面前,这都办不到的事,我不相信我能办到;第三,我昨天已经求过你了,你也回应了,可你仍然要去,我就放你去。可是你去了,你就不要想能回来。我虽然不是一个完整的女人了,但我还是一个人,有起码的尊严。你不想给我这个尊严,我自己总要争取。"

甘遂呆呆地看着她。这个白薇,是他陌生的。他从不知道她有这么敏锐的观察力和分析能力,并且有涵养和伪装能力。他所知道的白薇,是一点不如意就要诉苦的大小姐,是吃喝玩乐跟他一样精的官小姐,是想要什么就指着下命令立时三刻马上要捧到她手上的千金小姐。如果不是年轻漂亮,再加上家势好,就凭她这样的脾气,其实是有点招人厌的。但她幸运,托生在一个好家庭,有一个宠爱她的母亲和一个移情的表舅父,还有一个一直忍让她的两重表哥甘遂,她就可以做她的世界里的小公主。因此她不屑于探究和关心别人在想什么。

他一直以为她只沉浸在她自己的悲伤中,却没想到她有这么细腻的感觉,知道枕边人有了外心。

白薇把牌洗好,重新一张张摆开,有一下没一下地通关,等他开口。

甘遂看了她好一会儿。

白薇迎着他的目光,和他对视,毫不退缩。

是甘遂先败下阵来,他垂下眼睛说:"白薇,请你原谅我,我不能不去。我不是要背弃你,我是想去处理好这件事。你不知道,她……她怀孕了,马上就要生孩子了。"

白薇听了这句,才是真的气了,脸气得发白,指着甘遂说:"你好啊,你好啊,你真够狠的呀。你眼看着我的孩子死掉,却可以一边和别的女人生孩子?甘遂,我认识你三十年,没想到你是这么一个狼心狗肺的人!"

甘遂深吸一口气,镇定地说:"白薇,是我的错,我不想为自己辩护,只是事情和你想的有出入。我不是在你生病的时候犯的错误,是以前,是……我去年秋天出差开会那个时候的事情了。那本来是逢场作戏,没想到出了意外,她告诉我说怀孕了,我才知道这件事。此前我真的不知道,我出差回来后，就没和她有过联系。白薇，我只是想去问问她，打算怎么办，我没想过要背弃你。"

白薇盯着他的脸说："可你已经那么做过了。"

甘遂说："是的，我错了，所以老天惩罚我。"

白薇劈面一个耳光打过去，恨说："老天要惩罚你，就该让你在海里淹死，而不是惩罚我，让我没了孩子又没了子宫。你作下的孽，为什么要我承受？"

甘遂绝望地说："我们是一个整体，是两根竹子并在一起才能用的筷子。"

白薇恨得哈哈大笑，说："一根破竹子，我折断了你。什么青梅，什么竹马，骗的什么人？这样的关系都会靠不住，我要你做什么？"一拂袖，满茶几的纸牌朝他脸上飞来。

甘遂等纸牌在身周落定，才说："白薇，那个女人，已经怀孕快九个月了，孩子马上就要出生，我必须过去。她身边没有一个亲人，她的父母在'文革'中死了，只有外祖父母在，但因为这件事，气病而亡。那个女人一直侍奉到他们过世，葬了他们才告诉我这件事。她现在举目无亲，我不能坐视不理。我已经在这里煎熬了半个月，我不得不告诉你，我必须去一趟杭州。白薇，你一个人在这里我不放心，你回家去，或者回你家里，都行，好不好？"

白薇静静地听他说完，问："在这里的半个月，对你来说，都是在煎熬是吗？你是早就想去了是吗？"

甘遂说："不是。我是在海里游泳的时候下的决心。本来我以为我不去想就可以逃避，本来我想就那样一死了之也不错。但我想起我要是死了，你怎么办？她又怎么办？那个孩子又怎么办？我是不能死的，我犯的错误，在我没能纠正之前，怎么能死？说到底，我是个军人，临阵脱逃，非军人所为。我宁可被你鄙视，也要告诉你实情。"

白薇果然鄙视地说："你真是个懦夫。你在那个时候死了多好，你死了，我会因为爱你跟你一起蹈海而死。可你偏要活下来，你存心要让我受苦受累，活受罪。"

甘遂以手遮脸，心死一般地说："白薇，不用你咒我，我已经判我的死刑判了无数回。"

白薇却不为所动，她说："可惜你第一千次一万次又活了过来。甘遂，你是真的不懂还是真的笨？你就不明白我要吃这些苦头是为了什么？我如果不是爱你，不会想为你生孩子。我如果不是想我们以后会相亲相爱活到老，是不会想要一个孩子的。可是你全都不在乎，你偏要辜负我的一片苦心。我在怀孕我在吃苦我腿脚浮肿的时候，你却在和别的女人睡在一起！你有没有想过，也许正是你这种不负责任自私冷血的行为，才导致我胎停了？这是老天在惩罚你，却劈错了人，落在了我的身上。甘遂，你确实好去死了，你死了，我不会流一滴眼泪。"

当她诅咒他的时候，却是流着眼泪在说。

甘遂说："白薇，不论你怎么恨我骂我，我都不会辩解一句。是我的错，我认。是我负了你，我也承认。如果这世上有后悔药卖，我会卖掉我的灵魂和魔鬼交换，可是这一切都不可能发生。那我只能对你说对不起，但我仍然要去。等我解决完这件事，我会马上回来。我向你发誓，我不会和她再有任何瓜葛。"

白薇冷笑，说："你们的孩子都要生下来了，还能说不会有什么瓜葛？你骗谁呢？那孩子不就是瓜葛？血亲不是瓜葛，还要什么样的瓜葛才是瓜葛？你当我三岁小儿，这么好骗？"

甘遂沉默，过了一会儿，他说："我要怎样，你才能原谅？"他抓起果盘里的一把水果刀，使劲全身的力气朝左臂的小臂扎下去，那劲头，像要把手腕钉在茶几上。

白薇啊一声尖叫起来，甘遂忍痛说："可惜这只是一把水果刀，不够快，不够尖，不能让你解恨，但可以让我明志。"再狠心咬牙把刀拔出来，那伤口噗噗地往外冒血沫。白薇吓得脸都白了，想伸手帮他止血，又被那半臂的血给吓住了。

甘遂痛得白了脸说："不用担心，只是有一点痛而已，死不了。比起你动手术的痛，这个小伤口算什么？白薇，求你不要再骂我了。求你同意，说让我去，并且不提我们之间会变成陌生人的话。人不可能一辈子不犯错误，你原谅我，我去去就回。"

白薇眼瞅着那只血赤糊拉的手臂，虚弱地说："你快去包扎一下吧，你吓着我了。"

甘遂说："死不了，比起你流的血受的罪，我这个小伤口算什么？"

白薇被他逼得没办法，只好点头说："好的，我同意了。你明天就去吧，我绝对不会提我们分开的话。"

甘遂说:"你保证?"

白薇说:"我保证。"

甘遂这才吐了一口气,从口袋里掏出一块手帕先按在伤口上,再去卧室找急救箱。他虽然不是临床医生,但医生该知道的他都知道,先清洗了伤口,再往伤口里塞浸了碘酒的消毒纱布,最后盖上一块叠好的白纱布,用医用胶布贴紧。这一切做完,他几次痛得要晕过去。最后他还记得清洗了洗脸的瓷面盆,免得白薇进来见了一面盆的血水要犯恶心。

所有工作做完,他吃了两粒消炎药,倒上床上痛死过去了。

Chapter 5　夜　行

甘遂临走前,打电话请他母亲过来陪白薇,为了能说动樊素珍,还讲了他必须离开的原因。

樊素珍一听是这样的事,先惊得说不出话来,然后问:"你确定是你的?"

甘遂心里正不自在,胡乱回答说:"我当然知道,您老人家问这个,是不是太不厚道了?"

樊素珍骂道:"小猴崽子闯了祸,还知道向你妈求救?我是不厚道的人,干什么又要请我去陪你媳妇?"

甘遂哀告说:"妈,我已经头痛得要裂开了,你就别再火上浇油了。"

樊素珍说:"我知道了,我马上就去,你等我到了再走,我有话对你说。"

甘遂说我等你。

才半天工夫,樊素珍已经从北京赶到北戴河,她来是坐的甘需的专车,一路没让司机停过,急火流星般地到了甘遂面前。甘遂正在阳台上看着阴霾的天空,不知这天气还下不下雨,看见他母亲一副官太太的派头从军用吉普上跳下来,不禁笑了一下。两三步蹿下去,搂住樊素珍说:"还是娘疼孩儿。"

樊素珍笑骂了一句,不急着上楼去见白薇,而是拧着甘遂的胳膊往沙滩边上走,要他告诉她到底是怎么个情况,怎么就一下子外面的女人孩子都要生下来了，怎么前头瞒得铁桶似的，一点风声没听说？

甘遂要求母亲来看着白薇，还要照顾她的情绪，老娘的话不敢不听，于是原原本本讲了他认识茵陈的过程，又是怎样分的手，分手后就再没联系，要不是白薇的孩子没了，他一时无聊想起那一段浪漫史，写了一封信去问问她的近况，不然哪里知道会是这么一个愁死人的现状？

完了又说："妈，白薇那脾气，你又不是不知道，我哪里敢真的对她有二心？我就是一时没管住自己，犯了错误。妈，求求你，帮儿子一把。"

樊素珍嗯了一声，眼睛盯着他手臂上缠的纱布，下巴指一下，问："这又是怎么弄的？"

甘遂心虚，撒谎说："我学做饭，不小心弄的。这北戴河的龙王发脾气，下了三天的大雨，我出不去，只好自己弄点吃的，糊弄一顿。"

樊素珍挑起眉毛问："哦，是切菜弄的，还是削皮弄的？"

甘遂说："切菜弄的。"

樊素珍冷笑说："切菜最多切掉手指头，怎么你手指头还在纱布外面，手臂倒包上了？看上去不像是切菜弄的，除非是热油溅上去才能伤到这个部位。"

甘遂忙说："对，就是热油溅的，我正在做烧茄子，想把茄子炸一下，结果油就爆上来，烫了这么大个泡。"为了说明这件事情的真实性，还用手比画了一下泡的大小。

樊素珍说："哦，那用了什么药？你这里没有玉树油吧？要不要我来看看？我看烧伤烫伤可是最拿手的。"说着就要动手拆纱布。

甘遂忙把手一缩，说："妈！"

樊素珍哼哼了两声，甘遂讪讪的，挽了她的胳膊，问她："妈，路上开了多少小时，您老人家累不累？要不要上去休息一下？我给你准备房间。"

樊素珍很久没和儿子这么亲密了，这样胳膊挎着胳膊散步闲聊，更是少有。儿子进入青春期就很少和母亲亲热，有了姑娘之后，更不会再和母亲有肢体上的接触，结婚之后，那更是像两家人，再难得有这样的机会。她心里感叹，嘴上埋怨不止。说："你父亲还不知道呢，这要是知道了，还不知会把你怎么样。你也知道，他对你媳妇比对你还好，恨不能那才是他亲闺女。"

甘遂好奇，借机问："那你也忍了不是？"

樊素珍撇撇嘴说："不忍我还能怎么样？好啦，不和你闲话三七，你马上收拾东西，坐我的车回去，我已经让人替你订了飞机票，你回去后，机票就应该送到家里来了。你说那孩子什么时候生？你在这里拖了这么长时间，都大半个月了，会不会已经生下来了？"

甘遂哪里会想到他母亲会问这个，听问到细节，还有些发愣，他实在不方便回答。樊素珍叹口气，问他，你们在一起是什么时候的事？甘遂浑身不自在，他哪里是会和母亲说这些话的人，便别别扭扭地说："就是上次我去开会嘛。"

樊素珍再问一句："我哪里还记得你是什么时候去开的会？我经常一个星期都看不到你，谁知道你又去哪里了。"

甘遂只得说，是去年十一月初。既然已经说到了这里，他就索性都讲了，说不过前面几次都有做保护措施，就最后一次，一时大意，于是……那样了。

樊素珍再问具体是哪一天，这个甘遂记得，是十一月十五日。樊素珍算了算日期，说还好，你现在过去，还能赶上。只要不出意外孩子早产什么的。

甘遂被她说得心惊胆战，想起白薇的孩子就是出意外没的，这要是也有个意外呢？

樊素珍看他脸吓得青了又白，拍拍他手说："别担心，不是人人都会出意外的。都说是意外了，意料之外。"

她这一拍，正好拍在甘遂的伤口上，痛得甘遂龇牙咧嘴，跳得有三尺高。

甘遂和樊素珍商量已毕，返回去走。樊素珍像是很随意地问："你打算拿他们母子怎么办？"

甘遂愁眉苦脸地说："我不知道。"

樊素珍长叹了一口气，到屋子前时，就闭口不再说话了。

甘遂请出白薇来和樊素珍见了，说声要走，打了背包，坐上吉普就走，把媳妇留给老娘去照顾。他和司机轮换着开车，一路回到北京，果然机票已经送来了。他扔下度假用的衣服鞋子，换上出门的衣服，带了足够的钱，让一直等着的司机送他去机场。

一路上天都阴着，随时像要下雨，到了机场，那雨终究没下下来，甘遂坐上飞机才松了一口气。他倒不是怕下雨飞机要滞留在停机坪，而是觉得这是一个预兆。如果飞机准时起飞，那就说明一切顺利。

他现在就缺一个顺利不是吗？亏他的名字还叫一个"遂"字，他这一生，哪一点是遂了他的心了?

甘遂闭上眼睛假寐,想起和茵陈的种种,想到他终于还是要去见她,想到临别那天他一时鬼迷心窍,坐火车从南京送到杭州。如果没有后来这一段,那现在的麻烦也就不存在了。想起茵陈坐在他对面的卧铺上唱越剧,想起她唱着"英台若是女红妆,梁兄你愿不愿配鸳鸯",想起她的大眼睛里满含着的忧伤,而自己终究没说一个字的将来。想她这八个月是怎样的难熬,一时悲从心来,眼泪从紧闭的眼缝里溢出。他扭头朝着舷窗玻璃,不想让隔壁座位的人看见他在流泪。

窗外夜已黑,即使飞行在几千米高空,云层仍在旁边堆积。飞机继续爬升,直到冲破积雨云层,才不是灰蒙蒙一片。甘遂闭眼闭得都觉得吃力了,他不想再与自己较劲,睁开眼睛朝外看,看见的是前面飞机翅膀上一盏一闪一闪的信号灯。

指路明灯就在前方吗?甘遂觉得自己仍在浓云迷雾中摸索,找不到突破的方向。

飞机停在上海虹桥机场,他要了一辆出租车,直奔上海火车站,买了最早一班去杭州的车票,上去后再补软卧。这样在明天清晨,他就可以到杭州了。

火车咣当咣当开着,平稳的频率极易送人入梦。他这一天从北戴河赶到上海又坐上去杭州的火车,早就累得不行了,在梦中他看见茵陈,他送她归杭州,也是这一程路,她在对面对他笑着低声吟唱江南小调:三载同窗情如海,山伯难舍祝英台,相依相伴送下山,又向钱塘道上来。她那时曾说,这可不是到了钱塘道上来了吗?

甘遂在梦中都想,我这不是又向钱塘道上来了吗?我原来还真的就像梁山伯一样,千山万水地赶着,赶去见贤妹一面。只不过故事换了角色,有了人家的不是闺中女子,而是他另有婚配。

如果,甘遂在梦中痴想,如果他不是已经结了婚,他一定会娶这个他在研讨会上结识的女才子。

在梦中他灵光一闪,哈哈笑起来,对茵陈说:"茵妹,你看,我们那个研讨会,不就是旧时的书院吗?我们也是同窗啊,虽然没有三年,只有一个星期。你的名字中,也有一个茵字,和英字音也相近呢。"

他在梦中笑出声来,为自己的奇思妙想鼓掌。笑着笑着从梦中醒来,他想起来了,这两个人的结局可不能算得上是好吧。

醒来后他惆怅不已。他从来不是多愁善感的人,会背两首诗词,不过是幼学功底。这样在梦中笑梦中哭的,在他是从来没过。他基本不记得自己有过一觉睡醒还记得做过些什么梦的事情。而这个梦,先喜后悲,清晰无比。他醒来后,仍然记得他的心像是被揪了一把似的酸楚。

就像是现在。那颗心仍然是一抽一抽地痛。

如果这不是爱情,那他不知道怎样的心痛才算得上是爱情。

他活了三十岁,结婚多年,有青梅竹马的妻子,有过一个不成形的孩子,经历了这么多的一个成年男人,要到夜深人静时分,人在天涯之际,才发现他的爱情终于存在过。它来过,又悄悄走了。来无影,去无踪,来得浑然不觉,去得痛彻心扉。

花非花,雾非雾,夜半来,天明去。来如春梦几多时,去似朝云无觅处。

这首名为《花非花》的诗,一向被后人理解为无题,不知道原作者诗人白居易想写的是什么。甘遂这时候想,写的其实就是爱情吧。

车窗外薄雾晨曦,远村近林上飘着一层白纱。田里种的是密密的青麻,就像是青纱帐起,几处青瓦白墙的农舍,田头有古老虬曲的树,铁道边不时有小块的水塘,里面长着碧青的荷叶,偶有几枝红荷尖挺出叶面,还有白鹭悠闲在水里觅食。江南田野美丽得如同明人山水画。

清晨五点,露水未消,他到了杭州。

出了火车站,他叫醒一辆停在出口处的出租车,那司机歪在驾驶室里睡觉,一看大清早来了生意,马上清醒了,问他去哪里。甘遂坐进后座,报出茵陈家的地址。过了快九个月,他仍然记得一字不错。

清晨车少,没多久出租车就把甘遂送到茵陈家的门口。甘遂付了车钱下车看,晨光中的小院门和深夜中的比起来,陌生得他不敢上去叫门。

本来他也不熟,只是这一天一夜里,他把这个院门想了无数回,茵陈和他告别时的情景翻来覆去萦绕在心头,心里早把这个院门看得如同自家大门一样。但记忆终究有些走样,记忆把过去的变得美好了,他记忆中的这个院门,好像是青藤书屋般雅致,这时在清晨的光线下,清清楚楚出现在他眼前,是一派颓圮之相。

院墙的灰白墙皮剥落,露出里面泛潮的青砖,墙顶檐下还长了两丛蕨草,潮湿泛出墙根,长了蒲公英,开了一朵小黄菊花。院门黑漆漆过,长年曝晒后，一块一块龟裂断纹，脚底下是青石条铺就，旁边没人走到的地方，青苔堆叠。

茵陈就在这样老旧的住宅里一个人住着，想想都觉得凄凉。如果不是他突然想起要给她写信，她一个孕妇，分娩在即，叫她如何是好？

甘遂再一次在心里痛骂自己。

终于他鼓起勇气去敲门。他想这个时候她一定还没起来，一时半会儿叫不醒她的，正准备多花些时间，哪想才敲到第三次，就听见有人在里面回答说："来了。"

用的杭州话，他原是不懂的，但想也想得出是什么意思。这声音清婉柔和，正是他记忆中的嗓音。里面的人果然是茵陈。

他退后两步，等她开门。

门开了半扇，探出一个人头，乌发披肩，雪白容颜，长眉鸦鬓，双眼含情。

甘遂蓦然看见茵陈，竟不知如何是好。

Chapter 6　晨　妆

他这一路日夜兼程，本就是来看她的，她的样子他烂熟在心，但看到她，他却又陡感陌生。虽然这个女子和他记忆中的茵陈一模一样，但是这个女人，他无权拥有。

茵陈抬头看他。过了快九个月，他们终于重见，她就那样微微偏着头，抬起眼睛看他。慢慢地，泪水盈满她的眼眶，她轻声说："你来了。"这次换了普通话，声音还是那样柔媚。

甘遂回说："我来了。"

茵陈定定神退后一步，让他进门，说："进来吧。"

甘遂进门，茵陈在他身后把门关上。甘遂打量这个小院。院子不大，青砖墁地，砖缝里同样是铜钱厚的青苔。院子里有一架绿藤，藤上结了细细长长的丝瓜，还有将开的淡紫色牵牛花也缠在竹架子上。

靠院墙根底下堆了好些灰瓦花盆,半盆子土,里头是极细的香葱叶。想必以前也是种了花草,如今主人家死的死,活着的人身子不便,没有心思侍弄草木,便把切下的葱头随手插了进去,方便厨用。

小院进深很浅,藤蔓架子后面就是三间旧瓦房,木制的隔扇久未油漆,已露出木头本身的灰白颜色。有一间屋子的门开着,当中挂了一块碎花布帘子,想来那就是茵陈的闺阁。

甘遂转身看着茵陈。刚才她躲在门后,只露出一张脸来,这时才看清她的身体,穿一件直身旧棉布碎花长裙,睡衣的款式,胸前打了细褶,罩在隆起的腹部上。裙子只到膝盖,裙下是浮着淡青色血管的小腿,裸着,没有穿袜子,脚下是一双搭襻头的青布鞋。

茵陈看到他打量她的眼神,有些害羞,还有些慌乱。她先是想用披散下来的长发掩饰一下肚子,后来又觉得披头散发的也不雅,左也不雅右也不端,她手足无措地看着他,过了一会儿哎呀了一声,说:"你坐吧。"指一指藤架下的一张竹制躺椅。

这张躺椅想来是她夜间在此乘凉的,露天放了一夜,竹条上结的露水洇出了一小滴一小滴的水印。甘遂把手里拎着的旅行袋放在上面,说:"我不累。"

两句话说开,茵陈自然了些,她动手梳起头发来,原来她手里握着一把木梳。看来是早起了,正窗下梳头,听见有人叫门,就这样一身刚睡起的模样去开了门接了客人进来。

甘遂问:"这么早就起来了?"他想怀孕的人不是应该多睡会儿的吗?

茵陈两三下梳好头,把梳子插在头顶,辫起辫子来,边辫边答说:"啊,早点起来,把事情都做了,白天就不用出去了。"

她把辫好的发辫盘在脑后,手腕上本来套着橡皮筋,橡皮筋上穿着几枚黑色钢丝发卡,她一枚枚取下来,放在牙齿上咬着,再用手指掰开,回手别进盘发里,转眼一个沉甸甸的发髻就梳好了。她再取下木梳抿了两下鬓角,把额边耳前细碎的短发都抿进紧贴头皮的发丛里,露出一张雪白的鹅蛋脸来,除了脸上多了几粒雀斑,一如初识般美好。

甘遂再问:"有什么事要做,我去做好了。"

茵陈涨红了脸,说:"不用,我自己来就行了。"

甘遂坚持说:"我来吧,你身子重,不方便。"

茵陈仍然不说有什么事要做，只是说："你坐了一夜火车，要不先洗洗脸吧？这里有水。"把墙角一个磨石水泥的水槽指给他看，水槽上有一个水龙头，每隔一秒钟滴下一滴水来。水槽里放着一个盆，里面已经接了有半盆清水了。

甘遂看了一眼说："水龙头漏水，为什么不叫房管所的人来换？"

茵陈忽然笑了一笑，说："唉，房子倒了都没人来修呢。"那意思是，这样的小事，怎么可能麻烦人家？她的笑容里颇有点笑话他何不食肉糜的味道，笑他这个人高高在上的，哪里知道民间疾苦。

她这一笑，甘遂才又找回当时在上海在南京的感觉了，才觉得那个慧黠娇俏的女孩子重新回到了她的身上。他这时已经看惯了她的模样，觉得她大肚子的样子也不碍眼，于是问："什么时候生？"

茵陈低下头，说："还有半个多月。"

问到这个问题，两个人都觉得难堪。甘遂打开包拿毛巾，说："那我洗一下脸，坐的夜车，下了车脸都没洗就来敲门了。"他手臂上的伤口有些胀痛，需要换药和纱布了。

茵陈说："我拿杯子给你漱口。"转身一撩门帘，进屋去了。过会儿拿了一个玻璃杯子来，说："这是干净的，你用吧。"又转身进屋去了。虽然是个马上要临产的孕妇，身手倒不笨拙，可以说得上灵活。

甘遂取出剃须刀，就着水槽上方一面倒挂着的手掌大的圆形梳妆镜刮胡子，从镜子里看着她的门帘，想看她在里面做什么。那门帘一掀，茵陈又出来了，手里拎着个医院里用的白色高脚痰盂，看也不看他，埋头侧身从他身后过去了。他正想问，是不是生病咳嗽，怎么用上痰盂了，猛然间明白了，连忙闭嘴，差点咬了自己的舌头，刮伤自己的脸。他完全没有想到这样的老宅子里是没有卫生设备的，这个高脚痰盂的功用可不是用来吐痰的，而是有别的用处。怪不得怎么问茵陈，她都不开口。他的生活环境一直都优越，房间里有专用卫生间，浴缸大得可以平躺，抽水马桶是铜制的零件，从不漏水。

他趁她出去的工夫，把纱布换了，涂了药水。急救包他带了一个在旅行袋里，夏天就怕感染发炎。等他洗漱完毕，茵陈也回来了，这次是空着手进来的，那个卫生用品不知被她藏哪里了。甘遂只觉得好笑，一个孕妇，即将分娩，腹中胎儿挤压膀胱，五分钟就需要上一下卫生间，她把那东西藏在外面，也实在太过小心了。

茵陈在水龙头下洗了手,又进屋去了,这一次还关上了门。再打开时,她换了一条外出的裙子出来,手里捏着个小钱包,镇静地说:"我去买点菜,你休息一下吧。我房间里有床,要躺一下也可以。"

甘遂皱了眉头问:"你这个样子,还出去买什么菜?万一挤到摔倒呢?"

茵陈笑笑说:"怎么会呢?又不远,就在隔壁街。再说了,菜总是要买的。我一早把事情都做好,白天就不用出去了。"

这是她第二次说白天不用出去,甘遂想:这是怕白天出去邻居们说闲话吧。于是说:"那我陪你去。"

茵陈眼睛一亮,看他一眼,却不说话。

甘遂说:"我陪你去。我不累,上车就补上软卧了,一路都是在睡觉。对面铺又没人,睡得很舒服。"

茵陈嗯一声说:"那好吧。"伸手取下墙上一只竹篮,里面还有一只搪瓷小盆儿,挎在胳膊上,对甘遂说:"走吧。"

甘遂伸手扶她,她偏头看他,慢慢地在脸上绽开一个笑容,那笑容里,尽是满足和幸福。甘遂却看得心头发酸,打岔说:"你这个样子,应该请个人来照顾你。"

茵陈锁了院门,带着微笑说:"这不是有人来照顾了吗?"

甘遂知道她说的是他,心想我要是不写信来,你又怎么办呢。只是这话却说不出口。

茵陈说的菜市还真就在她家的隔壁街上,菜是近郊的菜农新鲜割下担了来卖的。排在住宅区一条稍宽的街的两边,等着买菜的人来挑选。才早上六点钟不到,已经人挤人了。茵陈买了一把小白菜、一块豆腐。豆腐放在篮子里的搪瓷小盆里,原来这盆是派这个用场的。

到了活鱼摊前,她歪头朝他笑说:"我做鲫鱼汤给你吃好吗?你怕刺多吗?"甘遂摇摇头,茵陈快活地对卖鱼的小贩说:"给我称两条。"卖鱼的用一根稻草从鱼鳃边上把鱼串起,称好后放在篮子里,细心地用那捆小白菜压住,怕鱼跳起来,打翻了豆腐盆。

再转到肉摊前,买了二两瘦肉,手指那么宽一条,又买了茭白和灯笼椒,还有带荚的小豌豆。买好菜,茵陈领了甘遂到一个小食摊前坐下,对小老板说要两碗甜浆和两个黄桥烧饼。小老板利落地端上豆浆,从炉子里钳出两个带芝麻的烧饼放在一只盘子里递给他们。两人喝一口豆浆吃一口烧饼,烧饼刚出炉，又香又烫又脆，咬一口，掉一桌的芝麻。

茵陈低声笑说："你知道吃烧饼掉芝麻的笑话吗？"甘遂摇摇头，一口咬下一大块烧饼，芝麻掉得更多了。茵陈掩口笑说："说以前有个穷秀才，家里没钱，好不容易从床下找出一文钱来，出去买个芝麻烧饼吃。烧饼上的芝麻掉了一桌子，他用手沾一下口水说，三下五去二，四去一进一。写一笔，沾一下口水。忽然一拍桌子，骂道该千刀的王老二还欠我十七文钱。又接着沾一下口水算账，六上一去五进一。"

甘遂看着她笑语嫣然，口齿伶俐，背珠算口诀犹如大珠小珠碰撞玉盘，却不明白这个笑话好笑在哪里。那小老板看不过去了，忍不住插嘴说："这个大姐是叫你用手指沾了口水算账写字捡芝麻吃。"甘遂哦一声，才笑了，又问："那拍一下桌子是什么意思？"

那小老板摇摇头，啪一下狠拍桌子，拍得桌子上的芝麻粒都跳了起来，险些打翻茵陈和甘遂的豆浆碗。甘遂看着满桌蹦跳的芝麻，恍然大悟，叫起来说："原来是这个意思。他拍一下桌子，缝里的芝麻都跳出来了，他又可以画一下吃几粒了。"

茵陈吃吃笑，对小老板说："还是大叔聪明。"小老板得意地说："当然，我是极头聪明，你当家的不行。笨。"摇摇头，招呼下一个顾客去了。

甘遂笑问说："这是一个老笑话吧？还十七文钱呢，什么咸丰年间的故事，拿来考我？"

茵陈兀自偷笑，说："可不就是咸丰年间的事嘛。"打开钱包，数出八角钱来，放在桌子上，说："喏，十七文钱在此。"拉了甘遂离开小吃摊，甘遂替她拎起菜篮子，扶着她的腰跟她回家。

到家茵陈放下菜篮子，对甘遂说你随便坐吧。回手把晒在门外的白瓷痰盂拎进来，掩好院门，径直拎进她屋子里，出来洗了手，从篮子里把鱼拿出来放在一只盆里用水养着，瘦肉洗一洗，拿个盘子放好，倒点黄酒，切了两片姜放在上面，盘子上罩个纱罩。收拾完菜，她又回屋去拿了两件布裙子出来要洗。

甘遂看不下去了，说："你休息一下，一早上都没歇过，我来吧。"

茵陈说："怎么好让你做这些？夏天的衣服，过一下清水就行了，我做惯了，不要紧的。农村妇女还要下地干活呢，我这算什么？再说，你手臂上还包着纱布呢，怎么能沾水？"

凭她的细心，哪里躲得过她的眼睛，她只是不说罢了。甘遂说："我这个没事，就是蹭破了点皮，哪里能和你比？你的身体，跟农村妇女比还是有点差距的，你有九十斤吗？"

这是当初他们在一起时说的笑话，当时他就问，你有九十斤吗？茵陈听到这一句，忽然轻松下来，她回头一笑说："真的不用，我的贴身衣服，哪里能让你来洗？"她把两条布裙子搓了搓，清一清拧干，用衣架晾好，甘遂一伸手臂，就挂在藤蔓架上。

茵陈擦干手上的水，慢慢在躺椅上坐下，甘遂则坐在她躺椅前面的脚凳上，张了张嘴，有话想说。茵陈看着他，等他开口。甘遂想了半天，问的是："开始的时候，就没想过不要？"

茵陈一愣，没想到等了这么久，等来的是这个问题。她半带解释半疑问地说："你怎么会这么说？这是一个孩子。我从小抄写佛经，从小到大不知抄过多少，这样的事，我想都没想过。你认为我做得不对？你不希望看到他生下来？"

甘遂摇头说："我只是觉得，那样做，你会没这么艰难。"

茵陈咬了一下嘴唇，艰难地笑了一下，说："对不起，让你为难了，我不该告诉你的。我本来也没想过要告诉你，不过你既然过了这么久，还是写信来了，我以为你是考虑清楚了，愿意和我继续保持一种……一种友谊。如果是我理解错了，那是我做错了，我愿意道歉。"

她的声音越来越低，但还是继续说下去，"我寄出信后，一直担心。没有回信，我想你也许是吓着了，也许是我误会了你的意思，也许不回信就是你的回答，我原以为就这样了。可是你来了。"

她抬头看他，眼睛里还带着一丝希望，"我在信中说，你如果有意，可来杭州商量此事。你来了，难道不是有意？还是，我真的会错了意？"

她说得很含蓄，没有明言她希望的是什么，以及他辜负的是什么，但她的希望和失望，都那么明显地从她的话里透露了出来。

甘遂无言以对。

Chapter 7　甘　洲

　　茵陈等他开口，等了好久，然后失望地说："我明白了，你走吧。"
　　甘遂看着他眼前脚凳上的一双脚，往上看是她的小腿。她的脚很秀气，小腿皮肤很白，略有些浮肿，青色的血管在皮肤下清晰可见。他情不自禁拿起她的小腿，替她按摩。茵陈瑟缩了一下，想抽回，接着又放松下来。
　　"是我理解错了你的意思吗？你没有怪我自作主张留下来？"茵陈轻声问。
　　在她看来，他肯这样对她，那就不是不喜欢她吧。所以她又重新点燃了希望。
　　"你有什么苦衷，告诉我，我能接受的。有什么困难，告诉我，我要是能帮的，我不会推辞。要是现在不想说，过两天再说也行，我不催你。这么久都等下来了，不在乎这一会儿。"
　　她望着他，看着他的眼睛，满脸的希望。
　　看她这个样子，甘遂怎么都说不出口。甘遂想我究竟来这里是为了什么。我不能对她负责，也不能背弃白薇，还有那个马上就要降生的孩子，他可以为他做点什么？他来与不来，都对茵陈的生活不会有半点帮助，而这样做，分明是把白薇往怨恨里推。他既然来了，如果不是想和她在一起，那他来这里又是为了什么？
　　见他不说话，茵陈勉强笑说："我还是起来吧，去帮你收拾屋子，你就住我外公那间屋，行吗？"
　　甘遂拦住她说："我自己来吧，你这个样子，怎么能做这样的重活。你外祖父住哪一间？"
　　茵陈指着当中一间屋子说："这间。门没锁，就带上了搭钩。左边那间是我外婆的佛堂，右边那间我住。本来后面还有一进院子和三间屋子，但被人占了，还起了一道围墙隔开来，我们这院子就浅了。不然，后面还有一棵百年紫薇呢。现在正开着，可惜看不到了。"她笑着说着，还用手比了一下紫薇的大小。

甘遂哦了一声,说:"那确实是可惜了。"左右看一下,问:"抹布?"

茵陈指一指晒在藤架上的一块毛巾,"这是我擦凉席的,就用这个吧。还有,我外公是在医院里走的,屋子是干净的。"

甘遂嗯了一下,问她:"老人家很生气?"

茵陈本来装得很快活,听了这话脸色阴了下来,不说话。甘遂也自觉是说错话了,拉下那块毛巾,在水龙头下打湿了,去擦洗那间屋子里的凉席和桌椅。

茵陈发了一阵呆,还是起来去把封了一夜的煤炉捅开,搁上一壶水,坐在一张竹椅上,用一把旧蒲扇有一下没一下地扇着风,守着炉子等水开。

甘遂出来搓抹布,见她烧炉子,说:"煤气对呼吸道不好。"

茵陈说:"没事,我坐在上风口。你来了这会儿了,我连茶还没泡呢。"接过脏抹布来搓干净再递给他。

甘遂问:"你这里还在用煤炉啊。这个我可不会了。"他骗她说。

"我会就行。"茵陈笑说。

甘遂站一站,拿着抹布又进去了。本来他能言善道,但今天面对茵陈,几次冷场。看到她,他实在是内心有愧。而她丝毫没有怨怼的意思,笑着面对他带给她的麻烦。

他清洁完屋子,开了门窗通气。茵陈水也烧开了,泡了龙井茶请他喝,说这还是今年的新茶,尝尝看,甘遂喝一口,说是好茶。茵陈满意了,一边淘米,焖上饭,把炉门关到最小。

她把两瓶热水指给他看,再指一下靠墙放着的一只椭圆形盆说:"我要回屋去睡一下。你出汗了,擦个澡吧。这里有热水,这个是澡盆。当心手沾上生水。"她扶着后腰回自己屋去,虚掩上了门。

甘遂还真是出了一身汗,他不客气地用那热水冲了个澡,把穿了一天一夜的衣服裤子都洗了,晾上,从旅行袋里取出干净衣裤换了,倒掉盆里的脏水,依原来样子放好。再换一块干净纱布。炉子上饭已经焖好了,他移开,再放上水壶烧着。回手把旅行袋拎进屋里放下,想一想,还是去敲茵陈的门。

茵陈在里面说:"进来吧。"

甘遂掀帘进去,里面暗暗的,他站了一会儿,才让眼睛适应。

茵陈躺在床上,身上盖了夹被,听他进来,半仰起上身,看着他,等他说话。

甘遂想，我在这里做什么呢？这一刻，他想了好多的话，忽然都跑得不见了，他像是被外星人占据了身体，说出让他悔恨的话来。他说："没事，我就是来看看你睡得好不好，再跟你借本书看。"

茵陈满心欢喜，她指着窗下书桌上的一叠原稿纸说："那你帮我看一下我翻译的一篇国外论文吧。我这几个月没去单位上班，接了翻译的工作在家做。原稿就在旁边，字典也在那里。"

甘遂只好老老实实坐在她的书桌前，看那些专业术语。他有好一阵没正经看过学术著作了，这一下捡起来，满眼熟悉的名词，一下子把缠绕在心上的烦恼事都驱赶了出去，还就一下子看进去了。

茵陈重又躺好，看着他伏案的背影，心里一松，过一会儿就睡着了。

甘遂译完一段，倾耳听听她的呼吸声，平缓绵长，知道是睡着了，再看看窗外，炉子上的水也开了。他轻手轻脚地出去，冲了开水，换了杯茶，看看盆里的两条鱼像是不行了，去厨房找到菜刀，动手把鱼剖了。

一上午就这样安静地过去了，等茵陈睡醒，甘遂的鱼汤已经炖好，汤里放了豆腐，汤炖得雪白，像牛奶一样。茵陈出来看见了，哎呀一声说："你把豆腐炖鱼了呀，我准备鲫鱼红烧，豆腐煮白菜汤的。"

甘遂择着白菜说："那白菜就炒着吃好了。"

茵陈抿嘴笑说："我本来想让你尝尝我的手艺的，这下倒先品尝你做的鲫鱼豆腐汤了。"

甘遂说："那明天你再做给我吃好了。还有，瘦肉你打算怎么做？不知道你怎么配，我没敢动刀。"

茵陈偏了头瞅着他说："天天吃鱼，我吃不起呢。瘦肉就切肉丁，和茭白灯笼椒小豌豆一起炒。"

甘遂把篮子递给她，说："那你剥豌豆吧，我来切肉丁。"茵陈接过豌豆来剥，看他做饭的姿势纯熟，便说："看不出来你还是一个好厨师。"甘遂回头看她一眼说："当过兵的人都会这一手，要下连队，要到炊事班帮厨的。"

茵陈剥了几粒豆子，对着碧绿的豌豆笑眯眯地说："听上去不错，那我们的孩子将来也送去部队锻炼吧。"

甘遂说："你要舍得就行，我没意见。我们家是军人世家，到我已经是第三代了。"

茵陈又剥了几粒豆子，鼓起勇气问："这孩子，你打算给他取什么名字？"

她这话问得很婉转了,那意思其实在暗示他,这孩子姓什么?如果是跟他姓,那是不是就意味着他们可以结婚。

甘遂停了一下,避重就轻地回答她说:"甘洲。对潇潇暮雨洒江天,一番洗清秋。男孩女孩都可以用。"

茵陈轻轻啊呀了一声,"你都想好了吗?是取'八声甘州'的意思吗?这个名字好,真大气,男孩女孩用都好,我很喜欢。"

"你喜欢就好。"甘遂说。他本来以为这一辈子都不会有孩子了,这个名字也没人用了,没想到上天如此厚爱他,给了他这个天赐的礼物。

茵陈因为他这句话,像是吃了定心丸,一颗心在悬了近九个月后,终于放回了心窝里。"其实我是知道你的地址的。"她忽然说。

甘遂吓了一跳,嗯了一声。

茵陈忽闪了一下眼睛说:"那天我在东湖宾馆签到处签到,你不是在签到簿上留单位名了吗?我一直记得的。我一直想给你写信,可你当时走得那样匆忙,回去后又不跟我联系,我以为你把我忘了,就没敢告诉你。我也怕你知道了会怪我,生我的气。后来外公他们怎么问我,我也没说,要早知道你是这个态度,我一开始时就说了,他们就不会……算了,不说了。你……"

她看见甘遂的脸色铁青,吓得住了口,忙又说:"跟你没关系,是我惹他们生气。"她定定地看着甘遂,眼睛一眨,眨下两颗泪珠,"对不起,我多话了。甘洲这个名字很好,谢谢你肯给他取名字。"

甘遂把菜一样样切好,茵陈沉默着剥完了豌豆。炉子烧旺了,甘遂放上铁锅炒菜。茵陈盛了两碗米饭,两人相对吃了,一顿饭,一句话没说。茵陈没胃口,只用鱼汤泡了饭吃,这次换她用汤泡饭了,而甘遂也不阻止。

吃完饭,茵陈抢着洗了碗,炉子上接上一块蜂窝煤,封了火。又擦了脸和手,说了句我再回去躺一下,丢了甘遂回屋去了。

甘遂跟到茵陈屋里,茵陈没有上床,而是坐在书桌前的藤圈椅里,看他写的笔记,听他进来,冷静地说:"我前天已经请了一个有经验的阿姨,这两天就该到了,有她照顾我,你不用担心的。你来过了,名字也取了,心意尽到了也就够了。我一个人住,有陌生人住进来,邻居们看见不太好。你要是累了,去隔壁屋里休息一下,下午就回去吧。我就不留你吃晚饭了。我还有工作要做,不想有人来打扰。"

她下了逐客令,甘遂更加觉得有必要说了,不然,她始终怀着一个虚幻的梦想，对她来说，实在太残忍。虽然事实更加残忍，可甘遂已经不能再欺骗下去了。

"茵，"他用他们相处时的昵称叫她，"茵，听我说。"

茵陈抬头看着他，等他说。他终于肯说了，她等了近九个月，就是等他的实话。她不会像电影里的女主角那样任性地捂着耳朵说我不听我不听，她们有骄傲的本钱，她没有。女人的信心是她们的男人给的，男人对她们残忍，她们就不觉得有这样的权利。

"茵，对不起，我不能跟你结婚。"甘遂判她死刑一样地说出实情，"我已经结婚了，我结婚已经四年，妻子名叫白薇。"他看着茵陈的脸变成纸一样白。"白薇的子宫有病，不能怀孕，她看了一年的医生，终于怀上了。半年前胎停了，她去医院引产，孩子没有活下来，白薇的子宫也被摘除了。这半年我一直在照顾她，因为觉得对不起她，我没有跟你联系。却让你吃了这么多苦，我非常抱歉。"

茵陈像傻了一样，微张着嘴看着他，半天才问："你已经有了妻子，却又对我那么好，为什么？"她不置信地说："你在你妻子有身孕的时候，却邀我游南京？你……你怎么能这么做？你让你妻子怎么想？你让我怎么想？你竟然是这样的……这样的一个坏人？"

坏人。她给他下的评语是坏人。这两个字在她，已经是她能说出的最坏的字眼了。甘遂想我比坏人还要坏一百倍吧，白薇骂我是浑蛋。连人都不算是了。

"我真蠢，"她像祥林嫂一样喃喃地说，"我真蠢。我就没多问一句你有没有结过婚。我以为老天他顾怜我，让我遇上一个我喜欢的男人，而他也对我一见钟情，原来却是这样的。你陷我于不义，让我愧对我的外公和外婆。我真蠢，我用我的愚蠢，断送了他们的命。"

她的眼泪不绝从眼睛里涌出。"你既然有了妻子，为什么对我那么好？对我那么好，让我爱上你，情愿生下你的孩子。你要是不来，我还会依然爱你。我会认为这个孩子是你送我的礼物。我原以为我会当一辈子老姑娘，一生不知道被人爱是什么滋味。可是你出现了，对我那么好，又送我一个孩子，你就算把我忘了，我也不恨你。可是你竟然是有妻子的，你有妻子为什么还要对我好？我本来以为你不再联系我，是有其他的原因，或者是我，是我不够美不够好，让你离开我后，就把我忘了。可是你竟然是有妻子的，你有妻子，还对我好,你让我恨你。"

她颠来倒去地说这两句话,最后她说:"你走吧。你来我这里,让你妻子怎么想?她会伤心的。她已经没了孩子,将来也不可能再有孩子。而我却在这里生下你的孩子。"

"你走吧。我不想留你了,你走吧。我请了人来照顾我,你不用担心。你走吧。"茵陈哀求他。

"你在这里,让我觉得有压力,我负担好重,我快要承受不了了。"茵陈茫然说,"我做尽了错事,我本来以为这是我一个人的事,我一个人担下来就是了。可是外公外婆生我的气走了,这世上还有一个女人恨我入骨。我不是一个坏人呀,为什么会错得一塌糊涂?"她哭得搜肠刮肚,腹中翻江倒海一般地难受,一侧身,把刚吃下的鱼汤和米饭都吐了出来。米饭一粒粒的没有消化,她食之无味地吞了下去,又原封不动地吐了出来。

她这一哭一吐,出了一身汗,心律不齐乱跳,眼看就要虚脱的样子。甘遂看出她的情况不对,顾不得别的,抓住她手腕,搭她的脉搏。茵陈待要推开他,手上一点力都没有,额上不停有冷汗冒出,嘴唇青紫。

甘遂跨过她的呕吐物,把她连人带椅挪开,再一弯腰,将她抱在手上,放在床上,又把枕头替她垫高。茵陈有气无力地说:"你走吧,你在这里,我会更为难的。"甘遂不理,出去拧了干净毛巾来为她擦脸,端水给她漱口。最后把烧过的煤饼放在畚箕上敲碎了,拿进屋来倒在她的呕吐物上,呕吐物转眼就被煤渣灰吸干,他再扫掉。不过一会儿工夫,本来脏乱不堪的秽物,已经让他收拾得干干净净。

他坐在茵陈的床边,握着她的手说:"让我照顾你到孩子出生,不然我怎么能安心?你现在觉得怎么样?要不要去医院?"

茵陈眼光呆呆的,回握了一下他的手,弱声说道:"你不要再对我这么好了,你对我越好,我越不能留你。你在这里,我会怨恨老天对我不公。为什么让我遇上你,你却是这样的你。你走吧,留点尊严给我。"

甘遂垂下脖子,抬不起头。两个女人都对他说出"尊严"二字,只不过要的方式不同。白薇说你不给我这点尊严,我总要自己争取;茵陈则说,留点尊严给我。

Chapter 8　海　婴

任茵陈怎么赶他走,甘遂就是不走。他拿出他全部的本事,照顾茵陈的饮食起居。要说照顾人,甘遂还真有些功夫,他照顾了白薇一辈子,两人从一生下就认识,从会照顾人起,他就照顾她了。白薇那大小姐的脾气,忽喜忽怒的,吃了甜的想咸的,玩了这样想那样,而他又是个吃喝玩乐样样精通的人,白薇都侍候得周到细致,别说茵陈这样克己复礼对旁人没有任何要求的人了。

他早上陪茵陈散步,顺便买菜,回来做饭,烧水给她洗澡,等她休息的时候看她的原稿,替她翻译,再为前面的译稿纠错润色,把他的译法念给她听,征求她的意见。茵陈哪里有经验对付他这样的高手,除了求他离开,她不会说更厉害的话。她不是白薇,会扔杯子摔茶碗撕碎新买的衣服打他耳光冲他开枪逼他自杀,她只会哀求他,说你走吧,我受不了你在这里,我有罪恶感。

甘遂哪里听得进去。

过了两天,茵陈说过的那个来照顾她的大嫂真的来了,是巷子口老虎灶兼茶馆的小老板的亲戚,一向在城里替人帮佣,照顾孕产妇和新生儿,是一个十分干净利落的大嫂。她姓王,茵陈叫她王嫂。王嫂有一个儿子在北京念大学,她出来帮佣,是为了供儿子读书。

王嫂对甘遂住在这里,没有一句疑问,似乎这家里就该有个男人在。对那些闲言碎语她只字不提,每天和甘遂商量着做什么吃的喝的。她管甘遂叫小甘,管茵陈叫阿妹。把茵陈准备好的小儿衣服用开水浇得透透的,再放在太阳下曝晒。她一来,茵陈反倒不好赶甘遂走了,她从来没学会在别人面前让男人下不来台。

整理小衣服的时候,茵陈翻出一包雨花石,她看了半天,一粒粒对着光照,然后收起来,趁王嫂出去买菜的工夫,叫进甘遂交给他,说:"你走吧,我不想和你再有任何缠绊。"

甘遂握着那袋石头，只有一句话："让我照顾你到生下孩子。"茵陈摇头，说："我从现在开始绝食，你几时走，我几时吃。我想你不会让我在这个时候饿肚子的。"甘遂问："不想让我看看孩子？"

茵陈摇头，说："本来你也不知道有这个孩子，本来你的生活要比现在少好多麻烦。要不是我欠考虑告诉你，这一切都不会发生。谢谢你送他名字，你该做的已经做完了，我身边有人来照顾我，你也看到了，她是一个可以放心的人，以后我也会活得很好，你不用牵挂我们。"

甘遂看她这么坚决，只好说："那好，我等下就去买票。"他放下那袋石头，转身离开。茵陈说："把这个也带走吧，我看到这个，就会想起我做的蠢事。"甘遂不想和她再争什么，她既然这么说，依她就是了。

下午他出去了，不是去火车站买票，而是去电信大楼打长途电话，告诉樊素珍他在这里一切都好，孩子马上就要生了，他过几天等孩子生下来就回去。樊素珍问他到底怎么打算，他苦笑说，还能怎么样？就这样呗。又说他已经告诉这边的女孩子了，他是有妇之夫，不能和她结婚，她也表示理解，一个劲地赶他走，说不想看到他。

樊素珍嗯嗯地表示听见了，又问杭州这里的地址，万一有什么事情，好有个联系。不然打电话都不知道往哪里打。甘遂把茵陈家的地址讲给樊素珍听，末了问，你们还在北戴河呢？白薇怎么样？樊素珍说，她能怎么样，整天吃吃喝喝，又疯又玩。地窖里的酒都快被她喝光了。语气里，对白薇颇有不满。甘遂说，她心情不好，你让着她点。樊素珍哼了一声说，反正我们甘家欠她的，就这样，挂了吧。

甘遂在外面逛了一圈，买了一缸荷花和几个莲蓬，请人抬了回去。茵陈在窗下看书，见他进来还带着花，脸上露出一个哭笑不得的表情。甘遂让人把荷花缸搬到她的窗下，付了脚钱让他们走了，拿了莲蓬掀开门帘进去，一枚枚莲子剥出来，又细心剥去绿皮，捅去莲心，放在她的稿子上。

茵陈拾起一粒新鲜莲子放进口中，眼睛慢慢湿漉漉的了，柔声问："票买好了？"甘遂骗她说买好了，明天下午的。茵陈说："哎，知道了。"

每次茵陈对他狠起心来的时候，他都有办法让她软化下来，这次又成功了。

许是下午那几枚莲子的原因，晚上九点多钟，茵陈觉得肚子痛，宫缩每过十分钟一次。她先是看着手表掐时间，确定是有生产的预兆了，才站起来想叫王嫂。这一站就破了水,脚下马上是一摊淡红的血水。她这个时候还想保持仪容的干净,要去换一条裙子和内裤,再垫上卫生纸。才走出一步,就脚下发软,摔坐回藤椅里。

这一摔,像是牵动了胎儿,腹中顿时痛得刀绞一般。痛得她顾不得别的,颤声叫甘遂。

甘遂本来在隔壁她外祖父的屋子里看书,听见她这边声音不对,推门进来一看,就知道是要生了。他镇定地说:"别怕,我在这里。"扬声叫里面屋子的王嫂,王嫂进来一看,也说是发动了。

茵陈忍着痛,在宫缩的间隙里说:"王嫂,给我换件衣服吧。"说完还笑了一下。

王嫂看她的一身被羊水浸着的衣服,说,这样湿着穿在身上,到医院去,一路上太难受了。三五分钟也生不下来,我来给阿妹换一件。甘遂说我出去叫车。

甘遂跑到巷口想叫一辆出租车,可是这个时间,又不是火车站大宾馆旅游景点,出租车不是想要就有的。又是在老居民区的深宅老巷里,连过路的别的车子都少。他等不来一辆车,一咬牙又跑回去,对王嫂说,拦不到车,我抱她出去,人家看见有产妇,还肯停一停。

王嫂也说这样比较好。她已经替茵陈换好了干净衣裤,身子也用热水抹过了。茵陈虽然肚子痛,身上腿上倒不黏嗒嗒地难受了。

甘遂说:"来,我抱着你,你用手勾着我脖子。"茵陈这个时候,也就不那么坚持要和他划清界限,她笑了一下,依他说的,勾住他脖子,让他抱起她。王嫂拎起一早准备好的衣被包,跟在后面,锁了院门。

甘遂稳稳地抱着她在深巷里走,茵陈把头靠在他胸前,低声说:"我现在太重了,一百二十斤呢,辛苦你。"甘遂说:"不重不重,你要知道,我是练过端刺刀的,水平端稳两小时,下面还要吊三块砖头。"

茵陈的手臂勾得更紧一点,脸贴在他脖子下,紧挨着他,用只有他们两个人才听得见的声音说:"我想我最好现在就死去,那就无憾了。将来不必受苦,现在又最幸福。"

甘遂眼睛一热,轻声斥责她说:"那你还总赶我走?"

茵陈忍痛笑了一下,"从你推开门的那个时候,我就等你来抱我亲我,你这么大力气,我还能阻止得了你?可你总也不来,我等了你九个月,你总也不来。"

甘遂就觉得脖子里一阵热,有滚烫的眼泪顺着他的脖子往下流,直烙进他的心里。

茵陈勾紧他的脖子,嘴唇贴在他耳下,呢喃地说:"让我自私一回,你告诉我,你是不是像我以为的那样,是喜欢我呢?"

甘遂低头亲她满是汗水的脸,"非常喜欢,非常非常喜欢,第一眼看见就喜欢。要知道我有多喜欢吗?我怀里抱着你睡觉的时候,梦里都高兴得在说喜欢。"

茵陈轻笑了一声,不再说话,只是用贴着他脖子的嘴唇一下一下地触碰他的肌肤,偷偷地亲吻她的情人。

她的欢愉,从来都是偷来的。

走出巷子到了马路上,仍然没车,气得甘遂要骂人。王嫂说到大马路上去,说着先奔过去了。甘遂亲一下她的脸说:"再等一下就好了,马上会有车过来的。"

茵陈痛得脑门发紧,像是有紧箍咒在收紧她的脑仁,痛得她说不出话来,直晕了过去。

王嫂凭着她本地人的特长,拦了一辆面包车下来,甘遂坐进去,把茵陈横放在胸前。王嫂说快去市妇幼医院,司机回头看了一眼,吓得踩大了油门就飞驰起来。

茵陈被汽车的震动摇醒了一下,她睁眼看着甘遂,清醒地意识到这是短暂的相偎。她欢喜地念了几句诗给他听:"春日游,杏花吹满头。陌上谁家年少足风流?妾拟将身嫁与,一生休。"

甘遂把脸埋在她的胸前,哭了。

面包车开到医院,王嫂谢过了好心的司机,和甘遂两个人把茵陈送进了产房。这一夜茵陈没有生,第二天仍然没有生,这一天一夜下来,茵陈已经出的气多,入的气少了。医生说要剖腹产,甘遂利落地签了名。

手术做完,护士出来说,是个男孩。

甘遂问产妇怎么样,护士说大出血,又进去了。甘遂坐倒在椅子上,自言自语说:活着就好。

但是甘遂的担心不是白担心,茵陈从鬼门关上回来,没有庆幸欢呼,而是徘徊不去,留恋万分。她像是没了活下去的理由,连孩子抱给她,她也没力气去抱,只是看着他的小脸说:"好白啊。"王嫂说剖腹产的孩子都白,直接从羊水里取出来的,等满了月,会慢慢变得正常了。她说,是吗?看着孩子傻呵呵地笑,一看半天,却想不起要给他喂奶。

她也没奶,乳房小小的,像没怀孕没生过孩子。她大多数时间在睡觉,睡醒后睁眼发呆,甘遂跟她说话,她就像是没听见。开始甘遂还以为是她生完孩子又回到起初冷淡他想方设法要将他赶走的状况,他说等你回到家,出了月子我就走。但茵陈不理他,只有看着孩子抱在她面前才笑一笑,对他打招呼说:"你好啊,小客人。"

一个星期后,连王嫂都觉得她不对劲了,问甘遂,这样子不对呀,我侍候过那么多产母娘,没有一个是这样的。又打了个寒噤说,我想起来了,有一个。甘遂看她一眼,王嫂说,那个女人后来从床上爬起来,跳了楼。

甘遂一凛,想起产后抑郁症这个词来,再一分析茵陈的情况,可不就是产后抑郁症吗?他马上着手联系换医院,这次换到了有疗养性质的部队医院,打电话给樊素珍把茵陈的情况简单讲了一下,樊素珍听了马上说,我这就过来。

过了一天樊素珍就来了,跟她一起来的还有白薇。甘遂见了白薇一愣,迎上去问你怎么来了。白薇冷冷地说:"我丈夫跟别的女人鬼混在一起一个月了,我就不该问一下?"

甘遂正愁得焦头烂额,哪里理她这些嘲讽言语,只是说:"你自己也没好彻底,何必跑来跑去,来这里受累?又吃不好又休息不好。"

白薇说:"别尽拣好听的说,我肯来,那是给咱妈面子。我要不来,谁知道你和那个女人会怎么样?"

甘遂跳了起来,说:"她一个产妇,我能对她怎么样?"

甘遂在白薇面前和在茵陈面前完全两样。白薇知道他的浑蛋本质,而茵陈只看到甘遂愿意展示给她的好的一面,最初他以翩翩佳公子的面目出现在她的面前,她就以为那就是他的本来面目,而甘遂也把这个假象维持得很好,一直到她生下孩子的那天,她都以为他是那个在杏花树下冶游的陌上公子,那个时候,她都没有后悔和他相识一场,为他蒙尽愧羞。只是她知道她那样做是错误的,生完孩子,用尽了她的气血,她也就没了活下去的理由。

樊素珍和白薇看到的茵陈,就是这样一个气息奄奄的茵陈。白薇甚至看不出她哪点美。一个刚生完孩子还在月子里的产妇,再美也美不到哪里去。

何况她本身就是一个美人,美人看美人,眼光更是挑剔。她看见的是一个皮肤浮肿头发蓬乱嘴唇青紫的病人,她想这个女人什么地方好看了,以致让甘遂这样挂心。而樊素珍只需要看一眼就明白了,这个女孩,才是甘遂的梦中情人。

她不是不知道甘遂在结婚前的风流史,那些女孩她有的见过有的没见过有的听说过,但都有一个共同的特点,那就是温婉娴静的旧时闺阁中的淑女气质。那些女孩,有的有一双柳叶秀眉,有的有一对秋水剪瞳,有的有一张菱角小嘴,但那些不过是一鳞一爪的美。眼前这个病榻上的女孩,就是她们的总和。甘需用诗词歌赋经史子集红楼容斋培养出来的像旧时文人一样的儿子,在找了那么多年后,才找到他的心上人。

这个心上人是他对世间所有美好事物的投射后汇聚在一起的象征体,他会舍得离开她,才让樊素珍觉得奇怪。只能说甘遂还有一点责任感,这么多年正统化的无产阶级教育,规范了他的行为准则,让他知道有的事情,再美好再是心之所向,但无权拥有,还是只能忍痛割爱。

她怜悯地看一眼白薇,知道她已经输了。就算将来她的儿子会和白薇重归于好,他的心终究是失落了。

白薇太洋气了,就像她穿的苏联式的布拉吉,剪裁合体,用料考究,再加细腰带一束,衬得她英姿飒爽,细腰丰胸。配上电烫短发时髦亮丽,确实是他们这个阶层公认的美人儿。只是她再美,也不是甘遂要的那一种。

甘遂把婴儿抱出来给樊素珍看,樊素珍看了一眼,心都化了。她接过来抱着,喔喔啊啊地应着婴儿的咿咿呀呀,逗了好一阵儿,才问取了名字没有。之前在北戴河,她也曾怀疑过这个女人的孩子是不是甘遂的,但只看了一眼,她就不再有一点疑心了。

血缘这个东西很奇怪,谁家的孩子,一眼就能看出来。这是无可置疑的甘家的孩子,有着和甘遂一样的骨骼和眉眼。虽然目前还是一团软乎乎圆滚滚的肉球,但是她可以想见二十年后,又会是一个甘遂那样的美少年站在她的面前。他会挽着她的胳膊,叫她奶奶。就像在北戴河的沙滩上,甘遂挽着她的胳膊,三十岁的大儿子,跟他撒娇要她出手帮忙。她怎么可能不为他出力?

甘遂说:"取了,叫甘洲。"

樊素珍嘿了一声,不说话。白薇一听就火往上蹿,她眼冒火星那样瞪着甘遂，说："你要是敢用这个名字，我就拿枪打烂你的腿。"

甘遂看她一眼，求和地说："不叫就不叫，姓不姓甘有什么要紧？我也没把这个甘字放在眼里。不姓甘就不姓甘，好了好了，那就叫海洲吧。"

樊素珍瞪他一眼，说"胡说八道"，问："为什么不姓甘？不叫甘洲，可以叫甘肃嘛。"

白薇倒被这个名字逗笑了，她故意气他说："很好，就叫甘肃。"

甘遂怒视她们一眼说："什么甘肃青海新疆的，还乌鲁木齐呢！我说了叫海洲就叫海洲。反正老爷子到时候也饶不了我，我索性就不惹他生气，我们就不跟他姓。甘不要了，就叫海洲。"

樊素珍息事宁人地说："好了好了别争了。我问你，为什么叫海洲？"

甘遂把脖子一扭，说："我愿意。"

他真犯了犟脾气，那两人还真拿他没办法，只好随他的口，叫那个小婴儿为海洲。而甘遂的私心却是，他和茵陈是在上海认识的，当然得叫海洲。其实这是跟鲁迅先生学的，鲁迅先生的儿子在上海出生就叫海婴，那他的儿子，为什么不能叫海洲？至于姓不姓甘，他还真没放在心上。既然毛主席他老人家的女儿可以姓李，他的儿子就可以姓海。

Chapter 9　夺　子

那个叫海洲的婴儿如今还在医院的育婴室里住着，由护士照顾，他的母亲病成这样，没法抚养他，王嫂现在全职看护茵陈。她担心茵陈会像她说的那个跳楼的产妇那样，一个不留神就出意外，甘遂把茵陈托付给她，全副精力招呼樊素珍和白薇，

樊素珍和白薇在自家单位的直系疗养院里住下来，而且命令甘遂也住过来，她们都来了，他怎么还能住在茵陈家里？甘遂其实不知道该怎么办，他母亲来了正好，她总能替他拿个主意的。

樊素珍也确实想好了主意，但她没有直接对甘遂说，而是和白薇去商量。她说，你也看到了，这事总要解决，我们抱着解决这件事的态度来处理，千

229

万不要说我才不管这样少盐没油的话。你要是同意，我们往下谈，你要是还没想通，那就等那个女人好起来，算上她一起，三口六面地谈。

讲资格老道，白薇自然不是樊素珍的对手，她说："要解决啊，我没不解决。要是不解决，我就不跟你来了。"

樊素珍说："既然这样，那我说说我的意见，再听听你的想法，我们比较一下，怎么商量出一个最优化的方案来。"

白薇嗯一声，说你说吧，我听着呢。

樊素珍换一口气，喝一口龙井茶，接着往下说。"我觉得不能让甘遂再在这里待下去了，对他一点好处没有，等他父亲知道是这么个事，还不得拿枪打死他？你也知道你公公疼你超过疼他儿子。我的意思，由你出面，把这个孩子抱回去，说是你要养，你公公没有不同意的。"

白薇吓了一跳，说我为什么要养他的小畜生。

樊素珍假装没听见这个词，继续说："你怎么只知道生气，不会为自己打算？你这辈子都不会有孩子了，这个孩子就是天赐给你的。甘遂那臭小子的脾气我们都知道，他这一阵子正好心中有愧，对你千依百顺，你提什么要求，他都会听的。你把这孩子接回去养，他自然就跟你回去了，不然，这边又是产妇又是婴儿，他一颗心都在这边呢。这要闹到哪一天是个头？"

白薇还要嘴硬，说："要我替他养私孩子？我为什么要这么贤惠？他不想回去，我还不想跟他过了呢，大不了我跟他离婚。是他对不起我，我还要想着他？妈妈你也太偏心了。"

樊素珍好笑地看着她说："白薇，我是在帮你，你别不领情。这孩子你抱回去养，是你的儿子。至于甘遂，你前脚跟他离了婚，他后脚就会来娶这个女人。你这么做，不是正好给她腾地方？就算他不娶这个女人，他还不会娶别的女人？他想要儿子怎么都会有，有的是女人愿意给他生儿子。你现在才三十岁，还有大半生要过，你自己想想这里头的关节。"

白薇疑惑地看着樊素珍，"你为什么这么帮我？照你说，左右都是你的儿子你的孙子，我前脚离了，她后脚进门，你什么损失都没有，儿子孙子都在你的眼前，没了我这个不会生的儿媳，不是正好？"

樊素珍怒道："我的儿子，我当然要放在我的眼皮子底下，他跟个狐狸精跑到杭州来，我恨不得打断他的狗腿。我早看得清清楚楚，他们要是在一起了，甘遂得到杭州来，我要想见儿子，一年也见不到一面。我有两个儿子，一个儿子牺牲了,只剩下这一个不成器的儿子了,我不心疼他,我心疼哪一个去?再不成器的儿子也是儿子。我要不是有这个儿子,你公公会这么疼你?再怎么说我们也是一家人,你和我们的闺女没什么两样。还有,真要是像你说的,甘遂的前途就毁了,组织上最不喜欢生活作风有问题档案上有底子的青年干部。"

她的话前半段很有道理,当中半段很没有逻辑,最后却是实话实说。这样真真假假掺在一起的话,白薇根本搞不清她的重点在哪里。白薇这时候已经彻底被她搞乱了脑子,只觉得她说的都对,她已经不会再有儿子了,就算她一气之下离了婚,可哪个男人会和一个没有子宫的女人结婚?让她一个人过下半辈子吗?她才三十岁呢,要是活到八十岁,还有五十年要过。将来如果都是她一个人,这日子可有些凄凉。甘遂的脾气她是知道的,是有点爱沾惹桃花,可是如果她大方一下,把这个孩子抱回去养,他就欠她的情,再也不会那么不知好歹了。

她有点动心,觉得樊素珍这个主意是个好主意。可是要养一个不是她生的儿子,还是有点犯难。

樊素珍看出她心动,敲边鼓说:"你抱回去,他就是你的儿子。至于怎么养,你就不用操心了,又不用你亲手换一块尿布。可以先放在保育院里,到了两三岁,送全托,上小学就住读。你看军区保育院,有多少婴儿在里面?我们这样的家庭,谁家真的自己哺乳喂奶换尿布?都是保育员养大的。你以为不亲吗?你看看甘遂,跟我亲不亲?"

这一下白薇彻底动了心。不用她生不用她养,她就有一个儿子,她的丈夫从此欠她的情,一辈子都会记得她的好。并且她替他解决了这个难题,又切断了他和这个女人的联系。她没儿子又得了个儿子,简直是一举数得。

樊素珍看她嘴边露出一丝笑容,知道事情成了,便说:"这事还得你去说。他欠你的,他该还你。"

白薇想,是啊,他欠我的。我的孩子没了,全是他害的,他欠我的,该他还我。

其实樊素珍的如意算盘白薇是不会明白的。

樊素珍既然已经看清楚这个女人是她儿子的命脉,又知道甘遂这个人嘴硬心软,怎么也不会为了这个女人跟白薇离婚,那将来的事情发展就跟一本书一样摆在她的面前:甘遂人在心不在,失魂落魄,和白薇干耗着混日子,政治前途丝毫不去考虑,得过且过破罐破摔。白薇生不了孩子,家里将永远不会有婴儿的哭声。甘遂却不会在意,他反正有个儿子在杭州,他几时想来看几时就来了。而她的家,冷冷清清,丈夫跟她不亲,儿子儿媳不和,没有孙子。她只能看着别人家热热闹闹,羡慕得咬牙。

在她知道白薇永远生不了孩子的时候,她就知道是这么一个结果了,本来她已经灰心了,但是当甘遂从北戴河打电话来求她帮忙的时候,她知道事情有了转机,这个女人这个孩子是天赐的恩物。于是她马上赶到北戴河,稳住白薇,让甘遂得以脱身,来杭州陪着这一对母子。等到甘遂再次打电话求助,她二话不说,半哄半骗地把白薇哄上飞机,在飞机上就已经算好了怎么做。

她知道有白薇,这件事才能成功。甘遂自问对白薇有愧,白薇再怎么胡闹,他都只能顺着她。而如果由她出面,甘遂将视她为仇敌,一辈子不和她说一句话都有可能。那样她有儿子等于没儿子,有孙子等于没孙子。孙子抢不到手,儿子也丢了。

只是她们在面对病床上那个女人时,还是会觉得有愧。那个女人了无生气地躺着,什么人站在她面前都视而不见,只有护士把婴儿抱给她,她才会眼珠子转一下,然后落在婴儿的脸上,不动了。嘴角露出笑容,伸一根手指碰碰他的小脸,冲他哦哦地说话,还会低声哼曲子。

她们听不懂她哼的是什么曲子,只觉得婉转好听,有一次白薇忍不住问照顾她的王嫂,她唱的是什么。

王嫂说,这是我们浙江的越剧呀,你们没听过吗?这是《梁祝》,《梁山伯与祝英台》看过没有?袁雪芬和范瑞娟演的。这一段是《十八相送》。你们要是想听,不用去剧院,早晨到西湖边的六公园去,天天有人在那里练唱。

杭州人唱越剧,那不是跟北京人说相声一样普遍?那是从小听熟唱惯的,她们知道了,也就没往心里去。唯有甘遂是知道的。她痴痴呆呆这么久了,一直不和他说话,像不再认识他,他已经快要崩溃了。当听到她唱"我家有枝好牡丹,梁兄要摘也不难"时,他的眼泪冲了出来。他跑到草地上去抽烟,悔得肠子都青了。

而他们终究是不能这么无休止地在杭州的军区疗养院里住下去的。单位催他上班,他的假期早就过了。白薇嚷着要回家,还要他一起回去。樊素珍倒不催不劝,每天到医院看一下婴儿就离开,然后在杭州各个景点游玩,她倒是像来度假的。杭州景点那么多，光是到虎跑泉去爬山喝茶，就可以消磨一整天。

这一住就到了婴儿满月，再放在医院就没什么理由了，而茵陈的病情丝毫不见起色。

那天白薇又跟了甘遂去疗养院看茵陈，护士抱出婴儿来，王嫂则去洗茵陈换下来的衣服。白薇抱着婴儿，喂他吃了半瓶牛奶，玩了会儿，忽然对甘遂说："甘遂，你打算在杭州住到什么时候？再不回去，老爷子可要发火了。到时候他拿枪打你，可不会用橡皮子弹，而是真家伙。"

甘遂把手插在裤袋里，看着窗户外面楼下的草坪说："你们回去吧，我再待一阵儿，她这个样子，我总不能不管。她家只有她一个人，再没有别的亲戚了。除了一个王嫂，谁来照顾她。王嫂和她非亲非故，能这样子服侍她，也算难得。"

白薇平静地问："那她要是半年一年都这个样子呢？你就长驻杭州了？我和我们的家就不在你考虑的范围里？"

甘遂回头看她一眼，"听你的口气，像是已经有了答案，不然你不会这么胸有成竹，你说吧，你想怎么样？"

白薇冷冷地说："我想怎么办？我好心替你想办法拿主意，你就用这种口气和我说话？是我欠你的吗？"

甘遂自觉无颜见她，听她这么说，叹口气说："对不起，是我心烦，口气太冲，我不是对你有意见，你别往心里去。"

听他这么低声下气，白薇觉得有三成把握，便继续冷着脸说："好吧，我不跟你计较。我只问你，你想怎样？"

甘遂摊摊手，表示没有办法。

白薇把婴儿换个姿势抱稳了，泰然自若地说："既然你没有办法，那我就要讲了。听好了，甘遂，我要把海洲带回北京去。你爱留在杭州服侍病人，那是你的事情。但是我要这个孩子。"

甘遂蓦然间听到这个无礼的要求，愣在那里说不出话来。

白薇望着他说："你欠我一个儿子，你在和我的婚姻存续期间和别的女人有染，你出轨在先，你对不起我。我可以申请和你离婚，但是我不。我不会离了婚，成全你和她，让你们成为美满的一家。我这辈子都不可能有儿子了，我要这个儿子。从今天起，这个儿子是我的。我马上带他回北京，至于你回不回,我管不着。我既然管不着你和别的女人生儿子,我也管不着你留不留在她的身边。但人总是要讲点廉耻的,你如果一定要这么无耻,我还真拿你没有办法。但是你欠我的,你要还。"

她抱紧婴儿,全神戒备,像一只面临强大敌人的猫,颈背上毛发竖起,不惜一战。

甘遂被她话里透出的恶毒吓坏了,他完全没有想到,白薇会想要他和茵陈生的儿子。他本来觉得对不起白薇,看着她他就抬不起头,可是他也不能扔下茵陈不管。一天天这么拖着,拖了一个月。他也知道这不是个办法,只是他又拿不出更好的办法来,他恨不得能像鸵鸟一样把头埋进沙子里,不用面对这一切。而白薇的话,不啻是给他当头一棒,让他面对现实。

他惊惶地说:"你不能抢人家的孩子,这是不对的,这是犯法吧?"

白薇哈哈笑了两声,问:"婚内通奸是不是犯法?"

甘遂以手掩面,无言以对。

白薇抱起婴儿站起来,"我回北京去了,你几时回来,通知一声。还好婴儿室是现成的,东西都在,没扔呢。回去我就找个有奶的奶妈,我才不要我儿子喝一嘴的橡皮奶嘴味儿。我会把他养得白白胖胖,长成北方男子汉,才不要养一个文弱书生,说话娘里娘气,一说话就'嗦嗦嗦嗦',一口齿音。"

她抱上孩子就走,甘遂上前阻拦,说你不能这么做,我不会允许你这么做。白薇紧紧抱着婴儿,退得飞快。婴儿被突然夹紧,哭了起来,甘遂怕硬抢伤到孩子,不敢动手,只能跟在她身后劝她,哀求她放下孩子。

两个人正拉扯着,樊素珍从外面进来,见了这情景,惊讶地问:"这是怎么回事,你们怎么搞的?怎么把海洲吓成这样?来来来,奶奶抱奶奶抱。"白薇一看樊素珍来了,知道是来了救兵,马上站到樊素珍身后,说:"我要定了。"

甘遂松了一口气,说:"妈,你来劝劝白薇,她要把海洲带回北京去。"

樊素珍一听大喜说:"这个主意好啊,抱去给你爸爸看看,告诉他他有孙子了,那他就不会整天唉声叹气吃不下饭睡不着觉了。白薇,你这个孩子有孝心,又大度,不计较甘遂的错误,太难得了。是嘛,人谁不犯点错误呢?甘遂是不好,做错了事,你能原谅他,宰相肚里能撑船,真是好孩子。"

白薇得意地看着甘遂,嘴里说:"是的妈妈,我就想把海洲抱回去给爸爸瞧瞧。"

甘遂面对这么一条心的婆媳两人，心知斗不过她们两个，哀求说："妈，你看看躺着的那个，你忍心吗？"

樊素珍长长地唉了一声，掏出手绢抹抹眼泪，说："可怜的孩子，病成这样，连自己都顾不了，怎么带海洲啊？"

甘遂张口结舌，不知从哪儿反驳她才好。

樊素珍拉了甘遂走到茵陈的床边，俯低身子："孩子，孩子？"茵陈转过脸不理她，樊素珍叹口气，拍拍甘遂说："你这孩子也算有情有义，就留下来多陪陪她吧。我和白薇先回去了。"按着就要狂怒的甘遂，用凌厉的眼神阻止他发火，"你不觉得目前最重要的事情，是让她先恢复神志吗？"

按下甘遂，快步离开了病房。走的时候，还替他们掩上了房门。

白薇看樊素珍轻而易举地就安抚好了甘遂，崇拜地说："妈妈，还是你厉害。可是你看甘遂那样子，像是恨极了我。再说，那女人一天不好，难道就让甘遂一直留在这里？"

樊素珍看看白薇怀里的婴儿，那孩子哭了两声，噙着大颗的眼泪又睡着了，闭着的眼线很长，睫毛也长，雪白的皮肤，菱角一样的小嘴，天庭饱满，额角方圆，一看就是个有福气的孩子。她笑眯眯地说："他爷爷见了海洲，还不得马上下命令让甘遂回来？再怎么说，甘遂可是一名军人，军人的基本职责，就是一切行动听指挥。组织的命令，他敢不听？"

Chapter 10　关　雎

甘遂没想到会在沙河研究所重见茵陈。他在甘肃沙湖边的一个研究所里待了两年多了，除了做实验就是看文献，没有别的事可做。白薇留在北京，不肯跟他来这个干燥寒冷的地方。

那天本是星期天，他不用去实验室的，但想起前一天的数据留在那里，而他这一整天在宿舍将无聊至死，便还是回去了。上到二楼，他看见有一个女人的身形站在走廊的那一头，走廊尽头有一扇窗户，而她就背着光站在那一块窗户光底下，只有一个黑暗的身影。

235

他看见这个人影子还在想,这个女人的身形很像茵陈啊。他走近她,想看清楚,又觉得那么盯着陌生的女性看不礼貌。他不好意思细看,只能斜视着从她身边走过,不放心又回过头来,想再看一眼。

他回过头看她,那个像茵陈的女人也那样眼神定定地看着他,眼睛里泪花乱转。他仍然不敢确定,仍然怀疑,他试着喊了一声她的名字:"茵?"

茵陈的眼泪在他的这一声试探下,如珠般不绝掉下。甘遂这才相信眼前这个女人就是茵陈。他跨上两步走近她身前,抓住她的手,拉住她走得飞快。脑子里转得更快,他在想哪里会没有人,可以容他和茵陈叙一叙旧?他想来想去还是把她带进了他的试验室。

一进试验室,他就把门关上。紧紧抱紧她,捧着她的脸看了又看,不置信地一连声地问:"茵?茵?是你吗?"

茵陈泪如泉涌,拼命点头,哽咽着说:"是我是我,你怎么在这里?啊?你怎么会在这里?"

甘遂放下心,真是茵陈。他把她按在胸前,只有那样才能抱得更紧,但是这样又看不见她的脸了,他又把她推开一点,贪婪地看她,看得他眼睛痛。他闭上眼睛,去吻她的脸,偏过头,再吻她的唇。她的唇忽冷忽热,紧紧贴着他的唇。

他还记得她最后一次吻他,是他抱着她去医院的路上,她用滚烫的嘴唇和眼泪吻他的脖子,在他耳边轻声说:"春日游,杏花吹满头。陌上谁家年少足风流。"

那以后,她就再没有笑过。那以后,发生了很多事。那以后,又过了三年。却不想今天能在这沙漠边缘的对外半封闭的研究所里与她重逢。

过了好一阵,两个人从蓦然重逢的狂喜和惊疑中平静下来,甘遂用手摸她的脸,问:"你怎么会来这里?"

茵陈仰头看着他,欢喜不禁地说:"我为我们单位送材料,来这里查一个数据,要借用你们军方的精密仪器,今天刚到。站岗警卫说今天是星期天,研究所的工作人员休息,让我先回招待所,明天再来。我正要走,就看见你上楼。我不知道是你呀,我就想既然是所里的人过来,我可以问一下具体找谁负责,哪里知道是你呀。你怎么到了这里?"

甘遂握着她的肩,她的肩头抓在他手里仍然薄薄的,可是精神和脸色都说明她身体很好,她出差来了,那就是又能工作了,也就说明她完全康复了。

他兀自不放心，还在问："你都好了？我后来不能再去看你，一直担心你。"

"我都好了，王嫂一直在照顾我，后来她就不走了，留在我家了。你还记得王嫂吧？"茵陈笑问。

"我记得，我当然记得。"甘遂说，"茵，我对不起你。"

茵陈摇摇头，"别说那些了，我们居然能够在这里见面，太神奇了，是老天在眷顾我们。甘洲呢？他在这里吗？"她满怀希冀地问，"我一直想他，我也知道我当时那样子照顾不了他，你把他带在身边，我也放心，就没到北京去找你。幸好没去，不然去了也是扑个空。"

看甘遂不说话，她黯然说："他在北京是吗？不在这里？"

甘遂叹息一声，重又把她抱紧。茵陈不再说话，他们之间的重重障碍再次阻隔在他们之间，任是三年过去了，也没有消失。

她挣了挣，想挣脱甘遂的手臂。既然三年前他们不能在一起，那么只要他还是结着婚还有妻子，她就不能和他做这么亲密的事情。

甘遂哪里会让她挣脱，他手上加一点劲，牢牢地把她禁锢在他的怀里，茵陈看着他，终究还是放弃了与自己的内心作对抗。那样做太痛苦，并且事后她会后悔。甘遂说："没用的，怎么都没用。这次不管你怎么说，我都不会放开你。"

"既然如此，为什么不来找我？你知道我是不会真的拒绝你的，你也知道我住在哪里，你也知道我有多需要你，可是你还是没来不是吗？你甚至抢走了我的孩子，不让我看他。你难道不知道我一个人过得有多艰难？"茵陈回抱住他的腰，吻他说，"有些事情，我们无能为力。我知道你的难处，所以，你也别再为难我。"

甘遂重又抱紧她，无奈地说："可是我喜欢你，连我自己都拦不住。隔着时间和空间，我能约束我自己，但我不可能看着你却不触碰你。你知不知道国外有一条法律，夫妻分居超过两年，就算自动离婚，而我已经三年没见过我妻子了。我自我放逐来到这里，就是为了自由地思念你。我不能在她的身边思念你，我既对不起她，也对不起你，我除了可以惩罚我自己，还能做什么才能赎清我的罪？"

茵陈静静地听着他的自辩，听他说完，流着眼泪笑着说："这三年就没有看过别的女人？你那神奇的桃花运没有继续罩着你？"

甘遂哈哈笑了起来，胸膛在笑声中挤压着茵陈的身体。"茵，过去和将来，我都只会为你一个人受相思之苦。"

"那么你就不应该先去私自结婚。"她说"私自"，说完就笑了。"你应该等我，等我出现，就像我等你，此前没有看过任何别的人。既然不是自己想要的那个人，为什么不为自己去等？这样就不会苦了自己，也苦了别人。等待的时候虽然冷清一点，但可以读书诵佛修身养性。如果那个人一直不出现，也不要紧，有书籍佛经陪着，总是安心。我做得到，你也应该做到。这样我们在相遇时，就不会有任何人为的原因错过对方。除了时间和空间。"

"你在责备我吗？"甘遂问。茵陈在经历了生离死别之后，摒弃了一些儿女痴缠的情态，变得更加通达，但仍然对爱情抱有信仰。这样的女人，叫他怎么能不为她心动。

"是的。"茵陈肯定地说。

"那我会记住，然后在将来教给海洲。"甘遂吻她的嘴角，"好姑娘是好老师。"

茵陈让开一点脸，看着他的眼睛问："海洲？你给他改名字了？"

"是，他叫海洲。他不姓甘，他就叫海洲。甘这个姓对他来说毫无意义，他不需要为这个姓氏光宗耀祖，他做他自己就可以了。他叫海洲，就跟海婴一样。你明白是什么意思吗？"

茵陈笑了，"我当然明白，在上海出生的婴儿叫海婴，在上海认识的情人，就是海洲。记得外滩上的情人墙吗？外滩就是上海的河洲。关关雎鸠，在河之洲。"

"窈窕淑女，君子好逑。求之不得，辗转反侧。"甘遂抱紧她，再抱紧，"来，我带你去河洲。"

茵陈只说了一个字："好"。

甘遂去开了一辆吉普车来，带了茵陈出城去，一直开到很远的沙湖边。湖里的芦苇长得像城墙那么高那么厚，连绵不绝在水里结成阵，湖水清澈，可见看见水底下芦苇的根茎。听见有汽车的马达声响，湖里的水鸟被惊起，飞到半空形成一片翅膀云，扑扇中有羽毛落下，茵陈从车窗里一伸手，就接到一片。极远处是黄沙漠漠，头顶上是湛蓝青天。湖边一个人都没有，除了他们这辆车，还有就是被惊飞的水鸟。

她惊喜地看着这片沙漠中的河洲，说："这不仅是河洲，还有蒹葭。怎么给你找到这么美的地方？这样的景致，现在在江南也难得找到了。"

甘遂停车，跳下吉普，转到茵陈这边，打开车门，抱她下来。"我在这里三年了，大把的时间，太多的空余，你知道我是个喜欢玩的人，这周围有什么好地方，我全知道。我还知道这里有一艘船，是这片芦苇荡的主人收苇子秆用的。来，我们'泛彼柏舟'去。"

他从吉普车的座位上拿起一床军用毛毯，牵了茵陈的手往水边走。果然在一处河湾里停着一艘小船，他解开绳子，扶茵陈上去，自己操起桨划了起来。

茵陈抱着毛毯坐在他对面，笑盈盈地看着他，太阳晒在她身上暖洋洋的。甘遂也笑着看她。茵陈说："给我讲讲海洲吧，还有，回去后记得给我一张他的照片。"

甘遂就说给她听："上幼儿园了，会数到一千，会用英语唱'伦敦铁桥要垮了'，是他爷爷奶奶的眼珠子，谁都不能碰他一根指头。要是走路跌倒了，肯定是地板不好。白薇，我妻子，"他解释，茵陈点点头，表示明白，"说他是数学天才，和他玩牌，从来都玩不过他，他会记牌。她要是藏起一张来，他马上就知道了。"

他的描述，让茵陈听得咯咯直笑，甘遂继续说："白薇说要培养他上少年科技大学。我爸妈说我小时候可比他笨多了，说这孩子这么聪明，简直是神童。他们不知道，他的妈妈就是一个天才少女，十五岁上医学院，比那个什么科技大一点不逊色。"

茵陈笑得直摇头，"我那是占了考题简单的便宜，三十岁的下乡知青能和十五岁的应届生比吗？放现在不行了，现在是千军万马过独木桥，题目比我那时候难一百倍。其实上学上早了不好，我就吃这个苦，没有朋友，大孩子不肯跟你玩，打起架来还打不过他们。"

"好的，我知道了，不让他早上学，跳级什么的，不许他们提。"甘遂心痛地看着她，"想不想见见他，我来安排。"

茵陈眼睛里浮起一层水光，过了好一会儿，才摇头说："虽然我很想他，但他现在已经不是一个婴儿了，我的出现，会造成他的混乱。既然他生活得那么快活，爷爷奶奶和他的妈妈都那么疼他……"

"茵。"甘遂停下手里的桨，叫她的名字。

"嗯？"她抬头看他，"怎么？"

甘遂不说话，他跨下船，把船拉上一处湖里的小沙洲，沙洲边有长得高

天堂里的
　　陌生人

高的芦苇丛，碧绿的叶子，像青纱帐起连成一片。太阳晒得沙洲上的泥土干干的，空气里是青草的气息。他朝她伸手，示意她下船。她明白他的意思，咬着嘴唇，歪着头，看着他。

　　他坚持。

　　后来还是茵陈放弃了和内心的自己做对抗。她一手抱起那条军用毛毯，一只手交在甘遂的手上。甘遂拦腰把她抱起，走进青纱帐里，惊起一对水鸟。他放下她，把毛毯抖开铺在泥土上，上前拥吻她。

第六部

云实

> 如果我明天死去,那也是死于伤心过度,而你,就是那个时间大神。时间是世间万物的凶手。

Chapter 1 文字游戏

海洲讲完甘遂和茵陈的故事,两个人都沉默了。他们想那一湖远离人烟的沙漠里的碧水,还有河洲上的芦苇,碧草上是白色的水鸟飞翔。男人和女人,他们相爱,因造化和人为的原因,不能在一起,带着绝望和思念,投入彼此的怀抱里。明知前途渺茫,此生再不能相见,偷得一霎天便,借了地远,遂了人愿。这样的情事,谁能说他们错了?

常山有再多的怨气,听完他们的故事,既不能说他的父亲不爱他的母亲,也不能说他的母亲爱海洲多过爱他。

"父亲的妻子,白女士,她对你好吗?"过了很久,常山问。

"白薇妈妈对我很好,"海洲说,"我后来知道她不是我的亲妈,可谁也不能说,她不如我的亲妈待我好。你想问我怎么知道的吗?"

他问常山,常山点点头。

"哦,"他说,"这个像是不用专门坐下来挑个时间说,就那么一点一点地知道了,总有些说漏的话,费疑的眼神,还有故交老友。真的,你是不是这家父母亲生的孩子,不用像电影小说里描写的那样,要用几亿吨的眼泪去说,那是会自然而然就知道的。你呢?"

常山无奈地笑一笑,"你也看到了,我长得十足一个中国人模样。"

"你很平静地接受了这个现实,没有哭没有闹。只会加倍珍惜他们的付出,因为你不知道,这样的付出是不是可以长久拥有。"海洲说,"我知道你的心情,因为我也一样。当我知道我不是白薇妈妈的孩子,我只有对她更好。人类对自己的孩子好,只是一种本能,动物身上也有这样的本能,可是要对别人的孩子好,就非要有很大的毅力摒除一些杂念才行。我知道白薇妈妈在开始认养我的时候是带了怨气,可是后来,她把我看得比她的命都重要。她为了我,一直和父亲保持婚姻关系,直到父亲去世,她才和一个仰慕她多年的男人结婚。而父亲,在沙湖那个研究所里待了二十年,一个人。他守着和茵陈妈妈的爱情,兑现了他的诺言。他曾说:不论过去和将来,他只为她一个人受相思之苦。"

常山听了站了起来,他失声问道:"父亲他已经去世了?"

海洲捂了一下眼睛,拿开时已经平静下来,"是。在我二十岁的时候,他因肝癌去世,在他活着的时候,他是那家研究所的所长,主持研发了几个大项目。我现在的研究,不过是在他的基础上加深一步而已。父亲曾说,好姑娘是好老师。如果不是茵陈妈妈,也许他就是一个京城里的高官子弟,在这二十年崛起的商业时代,脱下军装办公司,利用父辈和朋友的关系,做着各种赚钱的买卖,就跟白薇妈妈的丈夫一样。"

对中国的事情,常山并不十分了解,也无法评价。但是他知道做学问是清苦的,父亲有那样的成就,是值得他骄傲的。他算一算时间,甘遂生病离世时,是在他十八岁之前,那是他最后的快乐时光。比起那个时候的海洲,那个时候的他,无疑是幸福的。他自己承受下这样的痛苦,没有来打扰他,以致他和他的父亲这一生都错过了,没有相认的机会,也不能亲眼见一面。

他问海洲,"你结婚了吗?"

海洲笑一笑,"没有。父亲在我十八岁去读大学的时候告诉我,不要拈花惹草,不要浪费感情,你要做的唯一一件事情就是去等。等那个人出现,在等的过程中,你可以读书做实验,这样才不会在那个人出现的时候,因为造化和人为的原因,不能在一起。误了别人也误了自己。我还在等,你呢?你的这位师妹,不是你心中的那个人?"

他们回头看一眼莱切尔,她因为语言的原因,听得累死,早已经歪在一边睡着了。后半截的故事,海洲是用普通话讲的。

常山取一张薄毯盖在她身上,轻声说:"她不是,她就是师妹。我有心上人,在我八岁的时候就认定了她,我十八岁的时候想向她求爱,二十三岁的时候想向她求婚,可是我慢了一步,她去西班牙求学,嫁给了一个西班牙的卷头发黑皮肤的拉丁情人。她抛弃了我,我伤心至今。"

他像念诗一样地说着他的伤心情史,语气虽然轻松,态度却是认真的,"我不知道为什么就是忘不了她,我已经打算当一个怪教授,在学校终老,终生不娶,等她的女儿结婚的时候,跟她说宝贝祝福你。听了你说的父亲的生活,我想我明白了我的问题在哪里,原来我是跟他学的。好笑吗?我没见过他一面,却像他一样生活。"

海洲表示理解,"这么说,我们两个光棍,加上父亲,就是三个。看来甘家还是要绝后啊,白薇妈妈的孩子夭折了,不然那会是一个姓甘的;茵陈妈妈生了我们两兄弟,却一个都不姓甘。而我们两个,都三十左右了,还没女朋友。"

常山忽然想起一件事,说:"你等一下。"他去卧室里取了一个小小的马口铁的糖果盒子,交给海洲,"这是妈妈留下的,本来我想私吞,不想给你看的。"

海洲笑着捶他一拳,打开盒子。

他先是看到那枚戒指,又看到他自己小时候的照片,另外一张是他们父母在相爱时的合影。

海洲拨开戒指和他的彩照,拿起那张黑白照片,发出一声惊叹说:"啊,就是这张照片。父亲跟我提过,说茵陈妈妈生他的气,藏了这张照片不给他看。他们在一起的时候他忘了,后来他们分开了,就更没法了。他说起这个,还恨恨不已,说茵陈就是有办法让他悔恨,哪怕小到一张照片,大到一个儿子,包括她这个人。她不想要他知道的,她就可以瞒到死的那一天。"

他指着照片上的背景说:"这就是明孝陵的神道,看他们多好看啊。茵陈妈妈真是美,柔情似水一样的女人,怪不得爸爸一见钟情,到死都忘不了。爸爸也酷,是吧?"他看看照片中的甘遂再看看眼前的常山,"你比较像妈妈,我更像爸爸。对了,肯扬你几时回国,我带你去南京六合和沙湖走走,爷爷已经不在了,奶奶还健在,你要是再不回去,也许过两年,就见不到她了。"

常山摇摇头,说:"如果父亲还在,我也许会有兴趣认识一下他,别的人嘛,就算了。他们也不知道我,是吧?"海洲摊一下手,常山知道他猜对了,

"看吧,这样最好。其实我不出现,对白女士来说,也是一种安慰。"

海洲觉得他的说法对,也就不再勉强。他把那张照片看了又看,说:"我要一张带回去。"

常山说:"这个好办,我马上就给你弄。"他拿了照片去开电脑和扫描仪,又说:"下面是妈妈写给我的信,你读一读吧。"

海洲这才知道垫在糖果盒子最下层的纸是茵陈的亲笔信,他展开来细读。

"常山我儿……你之兄长海洲,我此生愧对他。他自出生之日起,我就没有哺育过他,此后又被带离我身边。我太想他,所以我有了你。我看着你,就像看见了他。因为你们是同一个父亲的孩子……我为你取名常山,乃因你兄长名海洲。海洲之名,你父为他取之。人生如梦,种种美好,不过海市蜃楼,皆幻觉耳。而我儿之名常山,依海洲而得之,你弟兄二人,同根连枝。如真有此日,我儿告之,我思他至苦。"

海洲看罢信,将脸埋在手心里,痛哭失声。

常山假装没有听见,把照片扫描进电脑,再命令打印,打印机哧哧工作,把他父亲和母亲的形貌一行行打印在纸上。

打印完毕,常山把照片和打印件拿过来,对海洲说:"我要原件,你拿打印件。你知道吗?我嫉妒你,我恨你。你有父亲,还有养母,你甚至带走了妈妈的思念。她因为思念你,才生下了我。我就像是你的替代品,这个滋味可不好受。"

海洲捂着脸点头,声音透过手掌传出来,闷闷的。"我明白,对不起肯扬,我欠你太多。"

常山大吃一惊,"嗨,伙计,我开玩笑的。喂,别像个姑娘家那样哭个没完,好了好了,这封信我也复制一份给你,这下行了吧?"

"两份。"海洲说,"我留一份,一份烧给父亲。"他抹一下脸,镇定下来说:"我以为白薇妈妈对我已经够好,可是看了这封信,我才知道,世上没有一种感情,可以超越母子。"

常山当然明白,他拿信去扫描打印,说:"就像我们知道自己是收养的以后,做的事是表现得更好,生怕养母嫌弃我们,可是如果是亲生母亲,我们第一不用有这种担心,第二,就算我们再痞赖,也不怕她不理我们。就像父亲的母亲你的奶奶,儿子在外面再胡闹,她也要让孙子认祖归宗。说到底,血缘感情超越一切理性认知。"

信打印好,常山交给海洲。海洲再看一遍,忽然问:"为什么妈妈说你依我的名字取的名,为什么我叫海洲,你就应该叫常山?我只知道你叫肯扬。"海洲不解。

这下换常山洋洋得意了,"你不知道了吧?哈,你不知道这世上有一种东西叫海洲常山吗?"海洲摇摇头,常山得意得手舞足蹈。

他跳起来去取了一本植物图鉴,翻开一页,指着一朵小白花说:"看,海洲常山,小丑帽子。妈妈的外祖父是一名中医,他会给妈妈取名叫茵陈,茵陈就会给我们两兄弟取名叫海洲常山,中国人的文字游戏。妈妈很有幽默感,是不是?小丑兄。"

海洲仔细把那株花草看了两遍,果然笑了,"是的,小丑弟弟。海洲常山,天生的兄弟。兄弟,我想去拜祭一下妈妈的墓,不知妈妈葬在哪里,时间够不够?"

常山这一下被问倒了,他颓然坐倒说:"我不知道。维方德夫妇没有告诉过我,苏瑞妈妈去世的时候,我不在她的身边。"

海洲坐起一点,奇怪地看着他问:"你就没有去问一下云先生吗?"

常山大惊:"你怎么知道云先生的?我没有说我女朋友姓云呀?并且,为什么要去问云先生?为什么云先生会知道?"

海洲猛地打了自己一巴掌。"该死。"

Chapter 2　士为知己

曾经常山以为,他在八岁那年遇见云实是天意,是纯属偶然,是云先生的公司高层委派他来中西部做垦荒牛开疆拓土。美国人都知道中国人聪明肯干,派这样的人来当分公司经理绝对英明,他不做出点成绩功业就觉得对不起祖宗三代。但是他现在知道,事实不完全如此,事实底下还有一个事实。云先生确实是值得托付的老黄牛,不单是他的公司老板这样想,他的父亲甘遂也这么想。

当他从海洲的口中听到云先生三个字时,霎时间像线路通上电,灯泡被点亮,脑子里各个角落都清晰如见。他指着海洲说不出话来,但心底已经晓如明镜。

在酒店酒吧,海洲一点不奇怪地转过头来对他说:"兄弟,不拥抱一下吗?"

海洲说:"我们一直知道你,我和父亲。"

海洲说:"我们知道你被一对美国夫妇收养,取名肯扬。"

海洲说:"我想去拜祭一下妈妈的墓。你就没有去问一下云先生?"

云先生,常山八岁时就认识了他,他对他就像第二个父亲,他教他学做中华美食,包括菜肉馄饨和榨菜肉丝面;他教他说中文,送他和云实去社区学校学写中国字,学会汉语拼音;是他念西天取经的猴子的故事给他听,他从他那里知道关于中国的一切。他家里有越剧的录音带和雨花石,他差一点就把云实的手交在他的手上,对他说"欢迎加入云家"。他在知道云实嫁给一个西班牙人的时候,失望得好像是他失去了初恋情人,他对常山说:"就算你不能成为云家的女婿,但我和她妈妈,仍然当你是云家的孩子。"

在他的成长过程中,如果没有云先生,没有云太太,常山不知道他会长成一个什么样的人。对常山来说,云家就等于中国。在苏瑞去世的时候,他们还在闲聊的时候,间接告诉他中国江南地区的葬礼仪式是什么样子。他们告诉他,仪式上要准备一捆干的芝麻秆和一把菜刀,还有寿碗和红糖水。在城市里,芝麻秆菜刀和寿碗都可以忽略了,红糖水可以用可口可乐来代替。

一点一滴地,他们把有关中国的知识融入到每一天的生活当中,在不知不觉中常山成了一个纯粹的中国孩子,不是黄皮白心的香蕉人,如果没有云家介入他的生活,他一定不是这个样子。

他开口问海洲道:"云先生是父亲派来的吧?不然,希尔市这么个中西部的小城,二十年前人口不到二十万,一个中国人来这里有什么好的前途和发展?他们要么在湾区,要么在硅谷。他们来之前,我甚至不知道我是一个中国人。只是我很难想象,一个人会为另外一个人做出这么大的牺牲,整整十五年,他们待在希尔市这个弹丸之地,就是为了看护我长大成人。有云先生在我身边,你们什么不能知道?就瞒着我一个。"

海洲沉默了一会,说:"对不起。"

"这简直是一出纯粹的中国故事。托孤什么的,是什么样的恩德,让人家这样死心塌地?"

常山虽然想明白了是这么回事，却仍然觉得匪夷所思，一个人的一生就那样为另一个人卖命？这又不是爱情故事，可以超越生死和时间。忽然他又觉得困惑了，是什么原因让没有血缘关系的两个人，一男一女，会因为荷尔蒙分泌的原因，就可以为之生为之死，可以抛却自己的性命，只为了爱一个人想一个人。

"这个字叫'士'，"海洲说，"中国古代的春秋战国时期，出了很多这样的'士'，为了一个承诺，可以抛头颅洒热血。"

常山冷冷地说："谢谢提醒，我知道《赵氏孤儿》的故事，到现在我都觉得那个姓程的老头是个浑球，他凭什么主宰他妻子和儿子的性命？为什么别人家的儿子就该活下来，他的儿子就该替别人的儿子去死？按照中国的因果报应之说，他就不怕他的儿子从阴间里回来找他报仇索命？"

"肯扬，你这是现代的思想，认为单个的生命高于一切，是独立的，即使是给予生命的父母也无权干涉。但是在中国古代，有一句话，叫作'君要臣死，臣不得不死；父要子亡，子不得不亡'。"海洲无力地辩解，"何况云先生和程婴的情况不一样，父亲对云先生有过帮助，很大的帮助。我们现在停止谈论儒家学说君臣父子的伦理观好吗，我们只说我们的问题。"

常山却陷入这个问题拔不出来，他绝望地说："再大的恩，也不能让人用一生的时间来报答。我明白了，我其实就是那个赵氏孤儿，云实就是那程家的孩子。为了我，云实搭上了她的生命。就像我的出生是因为你，因为妈妈想你，所以我来替代你；云实出现在我的生活中，那是为了我。她必定是知道了什么事情，才那样一走了之，走到欧洲的犄角上去了，去嫁给了一个西班牙人。她宁可放弃我们十多年的感情，也要自由。她不想为我为活。"

对他和云实的感情，海洲知道的并不多，他只好闭嘴，让常山自己理清思绪。

过了好一阵常山才平静下来，他问："到底父亲对云先生做过什么，致使云先生成了这样的'死士'。"

海洲说："云先生姓云，这是他父亲的姓氏，他母亲姓王，在茵陈妈妈离开中国前的三年时间里，一直留在她身边照顾她。"

常山又一次惊讶了。原来云先生的母亲就是茵陈生海洲时请来的阿姨王嫂。

"妈妈生下我之后，得了很严重的产后抑郁症，云先生的母亲细心地照顾她。妈妈在疗养院里住了半年,她侍候她半年,出院后又不离不弃跟她回家。父亲和妈妈的事,先是被白薇妈妈告诉了爷爷,爷爷极为生气,命令他马上回京,他要亲自过问。后来父亲被上级处罚,贬到沙湖研究所,一个极为偏僻荒凉的地方。父亲在去宁夏之前到杭州去看望妈妈,妈妈那时候还在疗养院住着,病情一点没有好转。父亲很难过,妈妈的样子连她自己能不能活下去都有问题,更不用说亲自哺育婴儿,因此他也只好由得白薇妈妈和奶奶把我留在北京。他请王阿姨留下来,不要走,她的工资由他来付,工资比她做保姆多出三倍。王阿姨同意了,留在妈妈身边,留了三年。"

"那是王奶奶对父亲和妈妈有恩,怎么倒要云先生报答?"常山不满地问。

王嫂是云先生的母亲,是云实的奶奶,他差那么一点点就可以娶云实做妻子了,所以云实的奶奶,当然也就是他的奶奶。"是不是还是身份和等级在作怪?父亲付云奶奶三倍工资就成了云家的恩人?"

海洲听出他话里的不满,他摇头说:"不是这么简单。王阿姨的儿子云先生,当时在北京读大学,就在大四那一年,即将毕业的前夕,年轻气盛,闯了祸,被大学开除,只得回乡务农。"

常山听到这里,哦了一声,也不好追问。

海洲接着往下说:"这期间父亲和茵陈妈妈重逢,妈妈瞒着他已经办好赴美签证的事,回杭州后不久就离开了。父亲此后再没她的消息,他不死心,在有假期的时候又去了杭州,找到王阿姨,想知道妈妈和她是不是还有联系。王阿姨说不知道妈妈在哪个城市。父亲非常感激这三年有她在陪伴妈妈,就问她有什么心愿未了。王阿姨就说不忍心让儿子就这样没了前途,他已经结了婚,有了一个女儿,好像死了心一样,要在乡间做一个农民终老,连到杭州找一份稍微像样的工作都不肯。其实依他的学历和知识,就算没了大学毕业生的文凭,也可以找到好一点的工作的。父亲也觉得这样的人待在乡间种地可惜了,便说他来想办法。等时机成熟时,父亲就送云先生出了国,还有云太太和他们的孩子。"

常山又在心里默算时间,那已经是新世纪来临之前,距离云先生被大学除名,快十年了。十年里埋名农村,娶妻生女,回首前尘,一定恍如一梦。十年埋葬了他的青春和冲动,他已经不想奋斗,但有机会换个环境重新开始,他还是动心了。也许是想给妻子女儿更好的生活。

"肯扬,"海洲说,"父亲这一生,确实是辜负了白薇妈妈和茵陈妈妈,但对别人来说，真的是个好人。"

常山听到这里，也觉得先前误会了甘遂。实在是他对他父亲成见太深，一有机会就要诋毁两句，以坐实他的"坏"的程度，好像不这样，就不足以替茵陈泄恨。

"这时他已经打听到了茵陈妈妈的下落，知道她已经去世，父亲非常难过，几天吃不下饭睡不着觉。他因为军人的身份不能出国，即使是那样，他也想把你接回来。就对即将来美的云先生说，你去美国的话，替我去看一看我的小儿子吧。他一个人孤零零在外面，我很牵挂他。如果他的养父养母对他好，就让他成为一个快乐的美国孩子，如果不好，你把他送回来。云先生说，我会的。他没有多说一句，他到了美国，按照父亲提供的地址找到了你，为了就近照顾你，他进了希尔市的一家公司，把家安在了你的身边，那以后的事情，就是你知道的了。他一直看护你，直到你长大成人。"

常山还记得初见云先生和云太太时的情景，两个人打扮得衣冠整洁，穿套装着皮鞋，云太太还穿着长丝袜。这边的女人们很少在日常状态下穿得像上教堂，而夏天华氏109度的气温，女人们都是清凉装束，不穿那么拘谨的衣服。

"肯扬，"海洲说，"就王阿姨和云先生这一边来说，父亲真的是帮了他们很多。中国的'士'，除了以死相报之外，还有'得人点滴，涌泉以报'的思想。"

"但是云实不这么想。"常山喃喃地说，"她不想她的父亲为我的父亲付出半生，她的祖母为我的母亲付出那么多后，她还要继续为我付出。她对我那么绝情，连声再见都不肯跟我说。她是那么好脾气的一个人，只能是在极端愤怒之后才会这样做。我一直想不通她为什么那么急着结婚，她比我小，那时候还不到二十二岁，是以交换学生的名义去的，怎么就连毕业都等不及，就那么把自己嫁了。现在我明白了，她是不想再和我有任何牵连了。"

对他的自怜自艾，海洲表示听不懂，他说："不早了，我要回去睡觉了。"

常山打着哈欠说："都半夜了，叫出租车人家也不肯来这边，还得我开车送你。今晚就睡这里吧，我们两兄弟，还从来没在一间屋子里睡过觉呢。"

海洲看一看他只有一间卧室的屋子，问怎么睡。常山说，把床垫搬下来，你睡床，我睡床垫，莱切尔就让她睡沙发，不要惊动她了。

Chapter 3 人死为大

关于茵陈的墓在哪里的问题，第二天一早，两兄弟醒来，商量了半天，还是觉得只有去问云先生一个办法。

虽然他们不想去打扰他，不想翻出他的过去，但是除了可以去问他，还有什么别的路子可走吗？常山实在是想不出来，另外他也想知道茵陈一个人是怎么来的美国。

他把这个疑问对海洲提出，海洲倒笑了，他说，这个不用问云先生，你问我吧。

常山横眉冷对一样地怒视着他，把海洲逗得大笑。

海洲的笑声吵醒了莱切尔，她睁开眼睛看看两兄弟，回了半天神才想起昨天发生的事情。她用手指在常山和海洲面前点来点去点了好一会儿，才确定说："你是肯扬，而你，是他的哥哥。"

两兄弟看着她的怔忡的样子发笑，常山请她先去沐浴，清醒过来再说。莱切尔打着哈欠进了卫生间，常山继续逼问海洲。

海洲举手投降，说："你完全不记得我一开始就说的，爸爸是职业军人，妈妈是有海外关系的学者了？茵陈妈妈的父亲，我们两兄弟的外公，他有一个姐姐嫁给了一个国民党军官，后来跟着那个军官到了台湾，再后来他们到了美国。外公的姐姐我们的姑婆在九十年代初通过大使馆找到了茵陈，申请担保她出去。姑婆年纪很大了，知道自己不久于世，就想为留在国内因她而受到牵累横死的弟弟尽最后一点心。妈妈那时候，心情依然不好，就想出去换换环境，她和爸爸在沙湖重逢时，已经拿到了签证，所以她才临走前放肆了一下，这才有了你。"他指一下常山。

"你怎么知道得这么清楚？"常山问。

"爸爸后来又去杭州找过妈妈。如果可能，他愿背起所有的骂名和白薇妈妈离婚，要是白薇妈妈能同意的话。他说茵陈是那种为了和爱人在一起，不惜跟去西伯利亚的十二月党人的妻子那种无怨无悔的女人。茵陈妈妈一定会为了和他相守,情愿去沙湖工作的,这样说不定还有可能组成一个家庭。两个相爱的人就该在一起。他是满怀希望去的,到杭州才发现妈妈的房子已经卖给了别人,你可以想象一下这对他的打击有多大。"海洲不忍心地说。

"爸爸不死心,又找到妈妈工作的研究所去,研究所说她已经辞职离开,出国了。他想尽方法找到王阿姨,这些是王阿姨告诉他的。至于妈妈在美国的地址,妈妈没有留下。爸爸去出入境管理局查到妈妈从上海离境,到了旧金山,至于后来去了哪里,就没显示了。他花了很多年才慢慢查到你们的下落,而这时妈妈已经去世了。"

"她一知道自己有孕,就把自己藏了起来。她不想让爸爸知道,她怕他们再抢她的孩子。她宁愿把我交给陌生人也不愿意交给爸爸,"常山说,"她心里其实是在怨他的,但是她一点没说。她和他再次在一起,不就是为了再要一个孩子吗?他们抢走了你,她就要藏起我。即使到最后,她知道她活不了多少时间了,留下信让我成年后去找你,也不想让爸爸得到我。不然那个时候,她尽可以写封信给爸爸,让他把我接到他身边。你说她是十二月党人的妻子那种无怨无悔的女人,而我觉得,她是那种认为爱情虽然身不由己,尊严依然要坚持的品性高洁的女人。她可以对自己苛求,但不会委曲苟活。"

"我们的妈妈是一个奇怪的人,她看似传统保守,但行事作风却我行我素,不管旁人怎么看。"海洲不得不同意常山的说法,茵陈心里是怨恨甘遂的,不过因为那都是自己的选择,所以她独自吞下苦果,不诉一句苦。

"她敢未婚生子,也不怕独自一个人孤身前往美国生下你。她的行为在三十年前的中国,可算得上是惊世骇俗。她其实是勇敢无畏独立自由的前卫女性,但在旁人看来,她却柔弱如同蒲苇。在爸爸眼里,她更是像林妹妹一样弱不禁风。我没见过比她更伟大更坚强的女性,她的强大在她的内心,而不是外表。"海洲说。

常山想起那个银行老职员的描述,说她瘦小病弱,却用襁褓把他捆在身上,不忍分开。常山也没见过这么伟大坚强的女性,那些标榜女性主义妇女解放的女人们,把自己打扮得很中性,剃光头穿鼻环刺青纹身穿背心不戴胸罩抽烟骂脏话,看上去和男人们一个样,但都不如茵陈这样一个传统的女性。

她不发一语,不喊口号,沉默如海,高贵如玉。

世间万物都是一个道理:坚而易折,情深不寿。

因此她早早离世。常山想无论如何,他要知道茵陈葬在哪里。她耗尽了自己的健康和生命生下的两个儿子如今聚在了一起。

世上只有母爱最伟大最无私，而唯一能够打败伟大的母爱的，就是抑郁症。

茵陈在身体恢复了一些之后，想来是极度后悔她当时的状态。当时的她被疾病战胜了母性，放弃了她的儿子，任由别人夺去。她不能原谅自己，却又不想打扰儿子的生活，于是她想再次做一回母亲。这一次，她要做到最好，她会在这个儿子身上，弥补她对上一个儿子的过错。为了做到这一点，她无畏无惧，哪怕是和那个伤害她的男人再生一个孩子。

面对这样一个伟大的母亲，常山这时再没有一点怨怼，心里只有无限敬爱。

无论如何，他和海洲要去祭拜他们的母亲。

他去厨房做好咖啡和早餐，请海洲和莱切尔一起坐下来吃。莱切尔对他的手艺一向是钦佩的，海洲也说肯扬的饭做得不错，不过这么好身手都没有女朋友，看来好的厨艺也不见得都吃得开。

常山说："你的出现，难道就是为了不停地打击我吗？那么你的目的达到了。"

"我积攒了三十年的热情，就像火山积蓄着能量，这么多的激情等着喷发，你不让我挥洒一点吗？"海洲笑说。

莱切尔在场，他们的对话用英语进行。莱切尔听了大笑，说："有个兄弟真是太有意思的事情，可惜我没有姐妹。"

常山吻她的手背，谄媚地说："我不就是你的姐妹吗？你昨天还称呼我为'诺温姐妹'。"

莱切尔擦干净被他吻得黏糊糊的手背，抛个媚眼说："肯扬，我的兄弟，我一直希望我能成为你的梦中情人。"

"哦，你一直是我的情人，我爱你，如同爱我的手足、我的眼睛、我的心。"常山捂一下胸，"我的太阳王，我的月亮女神。"

莱切尔被他逗得直笑。

常山索性唱起了一首"月亮女神"莎拉·布莱曼的歌：

    Take my hand,

    I'm a stranger in paradise,

    All lost in a wonderland,

A stranger in paradise.

莱切尔也会唱这一首,她跟着唱出下面的:

If I stand starry-eyed,
That's the danger in paradise,
For mortals who stand beside an angel like you.

海洲看着他们表演二重唱,听完一段,问:"很好听的歌曲,叫什么名字?"

是莱切尔回答的,"《天堂里的陌生人》,出自鲍罗丁的歌剧《伊戈尔王子》里的一段,'波罗维茨人的舞蹈',不过我们听的都是人称'月亮女神'的莎拉·布莱曼唱的,你要是喜欢,可以买一张碟带回去听。"

"好的,我一定去买。"他谢过莱切尔的推荐,又对常山说,"肯扬,你和妈妈很像,有文艺细胞,她会唱越剧,你的嗓子也很好听。"

常山摇摇头说,"我不行,云实才有文艺细胞,她学的是艺术,也会唱越剧呢,跟着录影带学的。'天上掉下个林妹妹,似一朵轻云刚出岫'。"

"说得我都想见一见这位云妹妹了,我们什么时候去见云先生?"海洲把话带回正题。

常山却问:"你可以逗留多长时间?"

"两周,因为中间有这个复活节。"海洲说,"我的会议在下周五结束,回程的机票是周日晚上的。"

"不可以改签吗?好不容易来了,多留两天吧。"莱切尔对常山这个大哥很有兴趣,"你们兄弟两个应该多聚聚,我倒觉得我该回去了,我在这里,是占用你们宝贵的时间。"

"莱切尔亲爱的,没有你,我说不定就没有勇气去见海洲了,你是我们的幸运星。"常山说,"你这时候回纽约,城里也没有人,大家都回家过节去了。你还是留在这里过节吧。"

"胡说,"莱切尔笑说,"你不去找他,他会来找你的。我说得对吗?"她转头问海洲。

海洲点点头,"是的,这次会议是我争取来的名额,我跟爸爸一样,是军人，没有官方出具的行政命令，不能出国。肯扬，云先生那里，要是觉得为难，我来给他打电话。父亲在世时，他和父亲联系，父亲过世后，信便由我拆收了。肯扬，对不起，让你一个人孤苦这么久，我和父亲都深感惭愧。"

常山至此，也没什么好说的了，他挥挥手说："别说了，怪肉麻的。我又不是狄更斯笔下的雾都孤儿，我没那么惨。"

海洲的脸色十分暗淡，他说："妈妈的情形，其实真的有点像奥利弗的母亲。"

"是的，在这一点，我怎么都没法原谅父亲。我不是为我自己，我是心疼母亲。我始终认为母亲的不幸是父亲造成的，如果不是因为父亲的不负责任，她不会那么年轻就去世。"

常山对茵陈的怨气一消，越发对甘遂不满。

"如果她能再活十年，到我长大，我就可以照顾她了，我会送报纸剪草坪铲雪道。如果不是生你时受刺激过度伤了元气，她不会把身体搞坏。你站在父亲的角度，认为他情有可原，可是我不这么想，我不会原谅他。是什么样的人，会在自己妻子怀孕的时候，又去挑逗招惹年轻姑娘？除了坏人，我想不出别的理由。"

"肯扬，"海洲温和地说，"他已经死了，并且他为他的过错，忏悔了二十年，直至他生命结束，他都在惩罚自己。即使在美国，在法庭上由法官来判，也不会判得更重了。在中国，我们习惯上会认为死者为大，已经过世了的人，就不要只记得他的过错。再说，他是我们的父亲，再怎么样，他也赋予了我们生命。如果你认为活着是一件悲惨的事情，那么一切的命题就都是伪命题，不值得再谈论了。"

常山虽然认为他的话有道理，但多年的心结还是横亘在他的心里，一时三刻化不了，听了海洲这么恳切的话，鸭子死了嘴还硬地说："你当然帮他。我站在妈妈这边。"

海洲笑笑不再说话。

常山还不依不饶地追一句："你看妈妈也没原谅他，不然，为什么不告诉他我的存在？"

海洲喝他的咖啡，气定神闲地接一句："女人若要藏起个把孩子，男人还真没法知道。男人的生育权在男女平等的这个话题上，也是个伪命题。"

莱切尔停下她手里的刀叉，研究了一会儿海洲，对常山说："他很有趣。"

又愤愤不平地说:"比你有趣。"

"亲爱的,你是我这一边的吧?"常山笑问,"你可别倒戈过去了。"

"我是女人,当然站在你们母亲这一边,你是你母亲这一边的,我当然和你同一战线。"莱切尔眨眨她的蓝眼睛说,"不过他比你有趣,他身上有种神秘感。"

"因为他来自神秘的中国吗?"常山不乐意了,"巫术、鸦片、缠小脚的女人、留辫子的男人、末代皇帝、蝴蝶君……你所知道的神秘的中国,不过是从好莱坞那里贩来的零星碎片,由西方人拼凑起来。他是拥有神秘气质的中国男人,我只是一个中西部的红脖子乡下人,我当然没法跟他比。"

他酸溜溜的口气,连海洲听了都笑了。

"啊。"莱切尔更是满意。常山一直都表现得十分含蓄有礼,他会这样口出怨言,也只有在他这个突然冒出来的大哥面前。当小弟的乐趣,他像是找到了一点。她深吸一口气,做出陶醉的样子,"有兄弟姐妹真好,这是我过得最好的一个复活节。完美。美丽。如此令人……沐浴在爱的阳光下。"她把她面前蛋杯上的白煮蛋敲破,说道:"复活节快乐。"

"复活节快乐。"常山也致祝词。

海洲的节日里没有复活节这个概念,不过既然他们都说了,那他跟着念一句也不要紧。

"复活节快乐。"他跟着敲碎他的复活节蛋。

Chapter 4　色香俱散

海洲回酒店去洗澡换衣,莱切尔坚持要送他去,她说她对海洲感兴趣,想多跟他聊聊,这样的机会可不多,假期结束她就要回纽约了。海洲说欢迎女士过访,两个人先离开,说好等常山的电话。

常山收拾干净餐桌和厨房,借此平复一下心情,打一下腹稿,然后拿起手机拨通云先生的手机。电话接通,常山先是听见一阵笑声,是清泠泠的孩童的笑声,他听见,情不自禁地向上弯起了嘴角。电话那头响起云先生醇厚带磁性的声音，让常山忍不住眼睛发潮。这一个沉默敦厚的好人，他为了他的一句承诺，守护一个孩子，长达二十多年。

"云先生，我是肯扬，复活节快乐。"常山先祝他好。

云先生在那头呵呵笑，说你也复活节快乐，问他出没出去玩，还在大学城里待着？

常山一一回答，然后迟疑了一下，说："云先生，谢谢你这么多年一直这么关心我，我和海洲都十分感谢。"

云先生在那边停了一下，才激动地问："你和海洲？海洲……你都知道了？"

"是的，云先生，海洲昨晚和我聊了一夜，刚回酒店换衣服了。云先生，你对我们两兄弟的好我们铭记在心，你就等于是我的第二个父亲。"常山再三表示感激。

"别这么说，甘先生对我有再造之恩，"云先生说，"你们的妈妈对我母亲也很好，我们母子同样感激你们。"

常山再客气两句，问："云先生，我想问一下妈妈葬在哪里？趁海洲在我这里，我们想去祭拜母亲。"

"这么多年，早就应该去了，"云先生感叹地说，"我总是想带你去，可是无处说起。和海洲一起去也好。"

"是的，我们也这么想。"常山说。

"肯扬，你们的母亲，茵陈女士，她葬在西雅图湖景公墓，和她的姑母姑父葬在相邻的墓地。"

云先生估计是换了个地方，电话背景音里再没有孩童的笑声。

"在西雅图。"常山喃喃地说。

"是。她病重之后，自行入院，过世之后由院方和当地华人联合会出面，依她的口头遗嘱把她葬在那里。"云先生说。

"我们的姑婆也是葬在那里了，也好，她终究不是一个人孤零零的了。那么，云先生，"常山问，"丧葬费用由谁支付？"

"茵陈女士的姑母在去世前留下小笔遗产，茵陈女士用来购买了湖景公墓的墓地和棺木，以及养老院的费用，付清后已所剩无多。茵陈女士出售杭州的房屋得到的财产在她赴美之后及入院生产时用去一半。由于没有加入全民医疗保险，她的财产因为生病住院耗费比较迅速，以致她不得不出售最后几件首饰来付最后的医疗费和丧葬费。所有的财务都在她身前支付完毕,他们只是按照她的指示去做而已。"

常山听了说不出话来。那一对他记忆中的翠绿色耳坠,就是这样没有的吧。

"肯扬,你们的母亲是一位了不起的女性,在生前把身后之事安排得那么完美,干干净净,一点不拖泥带水。"云先生对茵陈赞不绝口。

常山从茵陈留给他的信一事中已经知道她是怎样冷静和有条理。那对垂荡在茵陈耳下的碧绿吊坠,印在他指头上的那一圈绿晕,他记得清清楚楚。那也应该是她外婆或母亲或姑母的遗物,但在后来都一一变卖了。

茵陈赴美后像是没有再出去工作,她到了美国便照顾病重的姑母,安葬完毕,她去医院生下婴儿,照顾他到两三岁,寸步不离。最后自知大限将至,她找到曾经对她伸出过援手的维方德,把幼儿交给他,留下最后的红宝石戒指作为抚养费,回到西雅图,去华人联合会安排好身后事,然后安然辞世。

她去世的时候,他不在她的身边。

他在脑子里把整个过程过了一遍,忍不住湿了眼眶。

云先生许久没有听到他的声音,不放心地叫了他两声。

常山回过神来,清清嗓子说:"我在,云先生,谢谢你。节日里给你打电话问这样的问题,实在过意不去。我知道了,西雅图湖景公墓。我和海洲会尽快过去的,他下周末就要离开了,我们想趁节日里去。"

"肯扬,不用跟我客气,你就等于是我的儿子。我看着你长大,曾经还以为你会真的成为我的家人……"云先生说到这里,声音低了下去。

"我明白,"常山说,"你……和云太太,这会儿是和露丝在一起过节吗?我像是听到有小孩子的声音。"他试探着问,心都要跳出来了。这么多年,他一直没和云实联系过,这时从电话里听到她在那里,连他自己都被心跳的节奏吓着了。十年过去了,他的心仍然为云实悸动。

"是的,是囡囡带了妹妹回来过节,妹妹三岁了,正满屋乱跑。哎哟。"云先生在那边叫了一声,接着听见他用家乡话和一个小孩子说话,常山在这头听得清清楚楚,云先生说的是"撞痛外公哉",那边一个女孩儿的声音学他说话,说的是"哎哟,撞痛妹妹哉"。云先生哈哈大笑,把电话递到小女孩嘴边说:"和肯扬问好。"

"哈罗肯扬。"一个女孩子的声音软软地透过电话传过来,一如云实当年。

常山恨不得把手从电话里穿过去好抱住那个孩子,他颤抖着声音说:"哈罗妹妹。"

云先生收回电话,常山问:"几岁了,叫什么?"云先生说:"马上就三岁了,五月生的,英文名字就叫May,中文名用的谐音,叫梅,云梅。妹妹就是梅梅,是小名。"

"云梅,好中国的名字。"常山说,"露丝过完节,还回西班牙吗?"

"是的。要跟她说话吗?"云先生好心地问。

"不用了,过节呢,别让不愉快的事情打扰她。那我挂电话了,谢谢云先生。"

"再见,肯扬,问海洲好。"

"我会的。"

常山放下电话,闭上眼睛,想象那个像五月春天一样的女孩儿会是什么样子。黑头发黑眼睛,那是一定的,她的父母都有漆黑的头发和眼睛。有西班牙人的血统,那她的皮肤会比一般白人和华人的混血儿略深,深眼凹目,纤细骨架,美得不似真人。

正遐想间,他的手机提示有邮件进来,他打开来看,是一个三岁小女孩的照片,大头像,撑满整个屏幕,笑得露出一排细细小小短短的牙齿。她有卷曲的黑发,圆圆的眼睛,和尖尖的小下巴。

他看了一愣,忽然明白这是云先生用他的手机拍下梅的照片发送给他,云先生知道他的心思,便当即拍下照片发过来,他爱护他一如当年他还是个少年。常山这下眼睛真的湿了,他抹去眼泪,发送了三个字:谢谢你。

回头他打开电脑登录售票网站,订了两张下午去西雅图的机票,打电话让海洲把护照号码报上来。海洲问,我们两兄弟去西雅图,莱切尔怎么办?莱切尔就在他旁边,听见提她的名字,便说,我也要去,帮我订一张,我回纽约也没事可做,这里又没人。

常山一想也对,便说好。又说,那我直接去海洲的酒店,我们在城里见面,然后一起出发。莱切尔你要带些什么吗?我给你带过来。莱切尔说,我就一个包,昨天聊得太晚还没来得及打开就睡了,你拿上就行。常山说我知道了。

订好三张机票,再订了三间酒店房间,常山带上莱切尔的包,自己收拾了两天的衣服,锁上门开车去和海洲碰头。在楼下酒店吃过午饭,三个人出发去机场。在飞机上,莱切尔闭上眼睛睡觉,常山和海洲并排坐着,聊些个人的小事。他们都想知道对方这三十年是怎么过的。

在聊天和沉默的间隙,常山说,有一次我也是在飞机上,梦见过妈妈。海洲嗯了一声,让他继续说。

常山想起那次去詹姆斯敦取苏瑞的骨灰,他在一万米的高空,梦见有美丽的女子叫他的名字"常山",那个时候他还不知道他叫常山,他不知道他的生母会有这么曲折的故事。她在云天之上现身,对他说"常山,儿子"。她的灵魂一直在他的身边,在合适的时候,她出现在他的梦中。

常山又说:"我在七八岁之前,还记得有一个女人抱着我,轻轻摇晃,唱歌给我听。你说一个人的记忆最早会在什么时候产生?会不会两三岁的幼儿就有记忆?还是那些都不过是我的想象?"

海洲静默了一会儿,回答他说:"有个专业名词叫婴儿期失忆。其表现为,让大多数成年人去回忆自己最早的记忆,他们通常不记得学龄前发生的任何事情。遗忘贯穿在整个童年期,缓慢进行。研究表明,幼儿在四五岁时,百分之三十九的记忆会消失,到六七岁时,会有百分之二十四的记忆消失,过了十岁后,儿童几乎可以记住所有事情了。除非某一件事情对个体的刺激特别深,否则零到三岁幼儿的早教基本都是白费心力。"

常山看他一眼。

海洲笑一下,"我研究人类同源学,这个问题正好与我的专业有关。我就记忆这个问题做过专门的研究,因此我不支持太早对幼儿进行教育。那些培养早慧儿培养天才的行为其实是毫无科学依据的,实验证明,婴儿期失忆的一个可能原因是,要到五到六岁,大脑的关键部位——海马体和内侧颞叶成熟时,记忆才能保存下来。"

常山笑他说:"你不是说你三岁就能数到一千?是不是被白薇女士当成天才摧残过?所以你才对这个问题感兴趣。"

"是的,我听他们说,我三岁就会背一百首唐诗,可是后来还不是重学一遍?短期记忆肯定是有,不过能保持多久就不见得了。当然不排除世上有天才儿童这种类型,不然不能解释莫扎特四岁作曲,海飞兹六岁就会演奏孟德尔颂的小提琴协奏曲。总的来说,六至九岁儿童的早期记忆可以追溯到他们三岁左右,十岁以后,有记忆的则多是四岁以后发生的事情。你到现在都记得三岁之前的事情,只能说——"海洲停了一下,卖个关子。

"我把愿望和事实搞混了？"常山自嘲。

"不，"海洲说，"你是天才儿童。"

常山听了笑着捶了他一拳。

飞机到了西雅图，他们先去酒店把东西放下，略作休整，问酒店要了一辆出租车，开到湖景公墓去。司机回头看看他们两张东方面孔，问坐在旁边的莱切尔说，他们是去拜见李小龙的？

莱切尔不解地啊了一声，司机说："李小龙就是葬在湖景公墓，每年都有李小龙迷来拜见他，其中以东方人居多。"莱切尔哦了一声，说："不是，其实他们是陪我来拜见李小龙，我才是双节棍迷。"

常山和海洲听她胡扯，都微哂了一下。

到了公墓，他们找到茵陈的墓，那不过是最常见的没有一点装饰的一小块石碑，上面简单地写着她的名字和生卒年，落款是"华人联合会敬立"。

常山和海洲献上从城里花店买的白菊，两人垂首而立，常山说："妈妈，我是常山，我把海洲带来了。"才说了这么一句，眼睛已经红了。

他想念他的母亲几乎是一辈子的事情了，伴随着他的记忆一起成长。如海洲所说，成年人最多能记住四岁之后的事情，而他真真切切记得茵陈的音容笑貌，和她怀抱着他摇晃时哼唱的歌谣。那一定是茵陈与他分开时，他对她的依恋太过强烈，以至刻在了他大脑的海马体和内侧颞叶里。

同样的打击在他十八岁时再次重演，过了十年，他都不肯从那个时刻长大，失去母亲的恐惧已经深植在他的记忆里，而在那以后，他又失去了他爱恋的姑娘。他这一生已经无法再爱别人，他的爱已枯竭，所幸兄弟是天生的，不用去爱，他就在那里，只等适当的时机出现。

海洲肃立良久，才说："妈妈，我是海洲。我和弟弟来看您。爸爸让我告诉您，他爱您，从第一眼看见您就爱您。他这一生，过去和将来，都只为您受相思之苦。不过我想您一定是早就知道了，他和您已经在天上重逢，再没有任何原因可以让你们分开。妈妈，谢谢您把弟弟送给我，世上没有比这更伟大的母爱。"

两人的眼眶都红着，哽咽不能出声。莱切尔早哭得梨花带雨一般。

海洲说完在墓前跪下，磕了九个头。常山只在华人电影里见过这种仪式，他笨拙地学着海洲的样子，恭恭敬敬磕了九下，磕一下说一声"妈妈安息"。莱切尔在一旁也鞠了三下躬。

云 实

磕完头，两兄弟在墓前席地坐下，海洲说要重新刻字，常山说马上就去通知管理处，让他们加班干，明天我们再来，就写我们两兄弟的名字。

湖景公墓的墓道上种植着粉色的一球球下垂的日本晚樱，这一年的复活节迟至四月二十一日，正是晚樱盛开的时节，春天的晚风里，一片片粉色的樱花花瓣从树上飘下，不多时已在他们身周铺满地面。

海洲看着墓碑上落满的樱花花瓣说："从樱花的飘坠可感知生命的短暂，所以古代日本人面对一开即谢的樱花盛景唱歌说：'色香俱散，人事无常'。"

常山痴望了许久，开口说："我也记得妈妈唱过歌，我后来还把调子记下来，可惜没查到是一首什么歌曲。"他轻声哼那个调子，那调子时常在他的脑海中回旋，他也曾经记下来告诉云实，云实没有答案。

海洲听了一会，也哼了起来，用他低沉的中音和着他的调子。常山一惊，回看他。海洲点点头，把歌词唱出来：

> 今夕何夕兮，搴舟中流。
> 今日何日兮，得与王子同舟。
> 蒙羞被好兮，不訾诟耻。
> 心几烦而不绝兮，得知王子。
> 山有木兮木有枝，心悦君兮君不知。

常山把歌词听得清清楚楚，他再也抑制不住，索性放声大哭。海洲望向天空，眼泪却流了一脸。

这首古歌是甘遂带茵陈在南京一间书场里听一个弹琵琶的女子唱过的，她当时转头对身边的甘遂微微一笑，像是在说：听，那是我的心声。而甘遂也回之以微笑。这个情景一定深深烙印在茵陈的脑海里，她一直不能忘记。她记住了那个曲子，在想他的时候，就会唱起。

而甘遂，也没有忘记，他同样记得。他和茵陈一样，在他们的儿子面前哼唱过。两个人都已经魂归天际，而海洲和常山，却由此知道他们对彼此的思念，像太平洋的海水一样，永不枯竭。

他们的父母，一个说，不管过去和将来，他都只为她一个人受相思之苦；一个说，山有木兮木有枝，心悦君兮君不知。爱得那样深，却只能人各一方，在极致思念中，郁郁而终。

莱切尔陪着他们，眼泪没有干过。她说她这一生，没有听到过比他们的父母更感人的爱情故事。她以为那些爱情传说，只存在于书本之上，原来人世间真的有这样一对相爱不能相守的情人。

第二天墓碑上已经是新刻的字：慈母茵陈安息。追忆延绵，至死方休。儿海洲、儿常山泣立。

Chapter 5　双重惊喜

海洲回国后，和常山一直保持着联系，两人在电脑边工作的时候就挂着语音聊天工具，他们要补上过去三十年留下的遗憾。海洲给常山看他和父亲的照片，还有沙湖的景色。常山给海洲看他和云实在一起的照片，还有云实的结婚照，以及梅的照片。

他把梅的那张照片从手机里导出，做成了桌面。他对海洲说，我真希望这个女儿是我的，我想要一个家庭很久了。海洲说，现在努力也来得及。

常山说，不了，谢谢。我做不到像我们的父亲那样可以和一个不爱的女人结婚。我要结婚也只和云实。我还是比较看好你，你赶紧结婚吧，结了婚给我生几个侄儿侄女，长大后送到我这里来读书。

海洲哈哈哈哈大笑，说，你不知道中国实行计划生育政策，一对夫妻只能生育一个孩子吗？

常山就问：那怎么有我们两兄弟？

海洲再次哈哈哈哈，说，你真是糊涂啊，你不是在美国出生的吗？不算在国内的账上。

常山哦了一声，说，那好，你们就来美国生，爱生几个生几个，我来给小家伙们换尿布。我十八岁时就会给婴儿换尿布了，那时云实在暑假替人照顾婴儿，我在沃尔玛打工的休息时间里，就去帮她的忙。

他再一次提到云实，海洲只好叹气。转过话题说：我和云先生不再有联系了，既然我们已经相认，就没必要通过他知道你的消息。以前是过一两年他就写一封电子邮件给我，把你的情况报告一下。

常山也顺着他的话题说：那就是你早就看过我的照片了？爸爸呢？

海洲说爸爸当然也见过，他也说你比较像妈妈。肯扬，你说要不要把他们两人合葬？

常山一愣，飞快地说：我有事要出去，回聊。说完就关了视频连接。

海洲提议的合葬，总不会是把甘遂的骨灰迁到西雅图来和茵陈合葬，只能是茵陈的骨灰取出来运去中国和甘遂合葬，落葬地点要么是杭州茵陈的外祖父母的墓地旁边，要么就是沙湖，甘遂工作了半辈子的地方。海洲的主意多半是后者，那离他倒是近了，他爱几时去就几时去，开了吉普车一两个小时就到了。而他呢？千山万水，让他去哪里看他亲爱的母亲？

他心里骂海洲太自私，可是有一个声音也在告诉他，那其实是一个不错的主意。甘遂和茵陈那么相爱，至死不渝，却不能相守，如今万事俱备，有什么道理不让他们埋在一起？

中国人总是说生不能同衾死也要同穴，父亲的妻子另嫁他人，他已恢复单身。既然茵陈最后两年里唱的歌谣是《越人歌》，那这其实也是她内心深处的愿望吧：山有木兮木有枝，心悦君兮君不知。虽然她不肯把常山的事告诉甘遂，用此来表达她的怨恨。但她爱他。恨有多深，爱就有多深。

常山有意忽视海洲的提议，很长一段时间不和他在电脑前聊天。海洲看他无意，也就不再提。

过了一年多，常山收到一封律师信，说有一位夫人在遗嘱中提到他的名字，有遗物赠送给他，那位夫人名叫奥尼尔夫人。信末问他，是去希尔市接收遗赠还是由律师代寄。

常山拿着这封信愣了半天，才想起来信里提到的那位奥尼尔夫人，是希尔市里他的旧房东。自从他把苏瑞的骨灰葬在艾伦·维方德的墓穴里，云先生离开希尔市去芝加哥后，他就再也没回去过。没想到过了这么多年，奥尼尔夫人还记得他，还不忘在遗嘱里提到他。

他感动之下，马上致电信纸上留的电话，告诉他们说他会亲自去希尔市。律师楼的那位律师告诉他在哪一天到达，到时有简单的追思仪式。仪式完后，他会亲手把遗赠交给他。常山说，谢谢，我到时候一定会在场的。

常山按时间订好机票，安排好课程，录了讲课内容交给校务处，请了假。这个航班要在纽约中转，常山想起在纽约的莱切尔好久没和他联系过了，不如就趁此机会，和她见个面。因此他订的机票是隔天从纽约出发的。

等他订好票,他给莱切尔打了一个电话,莱切尔不在,他给她在电话上留言说,三天后经过纽约,方不方便吃个饭。过了半天,她才发了条短信说,可以见个面,等你下了飞机给我电话。

常山知道她工作忙,也不以为意。三天后到了纽约,下了飞机就打电话通知莱切尔,说他已经到了纽约,马上就进城。莱切尔说,知道了,你乘出租车直接到下城医院来吧。

常山一听大惊,以为是林登教授出了事,忙问端的。他想他该不会是死神转世,穿着黑色的袍子,肩扛着大镰刀,一路走到哪里,就给阴风扫到的亲人朋友带来霉运。

好在莱切尔马上说,不是我父亲,你别乱想。她的口气不怎么良善,像是心神不安,但只要不是林登教授出了问题,常山也就放心了。然后他又问,为什么你会在医院?莱切尔这下是真的不耐烦了,说,你来了不就知道了?说完就挂了电话。

常山不得要领,忐忑不安地叫了一辆出租车到了下城医院,快到时再拨一通电话,说我快到医院门口了。莱切尔说,知道了,我到门口来接你。

等车子到了医院门口,莱切尔已经等在那里了。常山背了他的包快步奔过去搂住她,在她脸上吻一下,问,出了什么事,你为什么会在医院?

莱切尔面色很不好看,一副欲言又止的样子。常山轻轻把她抱在怀里,说:"没事的,没事的,我在这里。有我陪你,一切都会好起来。你是哪里不舒服吗?"

莱切尔叹了口气,拉了他就往大楼里走。常山感觉不妙,还想问是不是她生了重病,谁知这一走竟然走到儿科监护室。

走廊里都是婴儿的哭声,常山一惊,下巴都快掉下来了,正要发问,莱切尔回头瞪了他一眼,他收起一脸的惊讶,真的闭上了嘴。

莱切尔在一间病房前的椅子上坐下,定了定神说:"对不起,肯扬。"

常山揽过她的肩靠在胸前,安慰她说:"没事没事,我来了,不是吗?可以告诉我出了什么事吗?"

莱切尔用手捂着脸,声音透过手掌闷闷地说:"我在十四个月前生了一个儿子。"

常山一惊,马上开心地笑出来,"恭喜啊,你有儿子了。你好快的动作啊,这么快儿子都有了。我太嫉妒了,莱切尔,我说这一年多你怎么不和我打电话聊视频，原来是有了情人，还生了儿子。你可真不耽误时间啊？话说那位幸运的男人是谁？还有我侄儿呢？他在哪里？"

看一眼周围的环境，到处都是心焦的妈妈和哭泣的幼儿，他像是明白了一点，"孩子病了？要紧吗？我有什么可以帮忙的？"

莱切尔放下手说："没有什么你可以帮忙的。我只是……我只是有些担心。正好你说你要到纽约了，而我不想再一个人担惊受怕，我需要你为我分担焦虑。我父亲只会添乱，保姆留不住，我已经三天没好好睡觉了……"说到这里，她已经哭了，"我以为我可以做得到，但这次我真的很担心。"

常山轻拍她的背，温和地说："我明白，你一个人带孩子太累了，你需要休息。你看我来了，我就是来帮你的。我总说你是我的天使，我想我们也可以互换一下身份，我来做一阵你的守护天使，你好好休息一下，一切有我。你看行吗？"

莱切尔鼻尖哭得微红，她点点头，"我想我是可以依靠你的，所以我让你来了，但你得答应我，这件事不能告诉别人，任何人。明白吗？"

"明白明白，我保证不告诉任何人。"常山保证，"可是，你有了宝宝，这是件好事，为什么不能告诉别人呢？能跟我说说到底是怎么回事吗？"

莱切尔抬头一笑，"你看了就明白了。"她的眼神里忽然飘过一丝狡黠，这让常山有了不好的预感。他的脑子飞快地转动，想了又想，也没想出是怎么回事。

莱切尔让常山站起来，他们身后就是一间加护病房，病房门上有个小小玻璃窗，莱切尔示意常山朝里看。常山看见里面有一张小小的儿童病床，床上躺着一个幼儿，盖着白床单，枕头上是一张苹果般的脸。

常山先赞一声说："喔，像天使一般呢。瞧那苹果一样的脸，瞧那一头黑卷发，这孩子是你从西斯庭的天顶画上拓下来的吗？作为见面礼，我得提醒我自己，等下就去给他买一张弓，而你，我亲爱的，再举一个苹果。"转头看一下莱切尔，拍拍她背说，"师妹，干得好，比我强多了。孩子叫什么名字？"

"塞缪尔，用我父亲的名字。"

"塞缪尔，好名字，我喜欢。"常山说，"姓什么？也跟你父亲姓吗，塞缪尔·林登？"他在这里没看到莱切尔的丈夫，也没有别的男人在一旁给她支持，这种时候，只有她一个人，而她第一个想到帮忙的人是他，那也就是说，她没有结婚。

"是啊,跟我父亲一个姓。"莱切尔说,"塞缪尔·林登。你说这个名字是不是太学究味,听上去不像是一个婴儿?"

"老塞缪尔·林登也是从婴儿长成学究的。我想塞缪尔·林登三岁大的时候,未必拿得动一支教鞭。"常山说,莱切尔敲了他一下,意思是他不该拿她父亲打趣。常山笑一笑,看到她恢复了往常的俏皮,他这才暗暗松了一口气。那说明小塞缪尔·林登的病情不是很严重。他问:"他得了什么病?"

"小儿疝气。我在给他换尿布的时候发现他小肚子上有一个泡,吓坏我了,医生说要动手术。"莱切尔说,"我知道是个小手术,许多幼儿都会得这个病。可是塞缪尔血液里红细胞少,我这才着急的。"

"嗯,是的,小手术,幼儿常见病,你不必担心,你决定来手术是对的,早做更好。"常山放下心来,"莱切尔,告诉我实情,我要知道真相。你瞒着我做什么了?"他盯着莱切尔的脸。

"哦,我为什么要瞒着你?我做什么,都跟你没关系。"莱切尔还在装傻。

"莱切尔,你刚才说漏嘴了你知道吗?你说'可是塞缪尔血液里红细胞少,我这才着急的',"常山温和地说,"你提到了血源,这可不是一般探访病人会说到的词。你一定是有所指。莱切尔,告诉我。"他知道她一定是有事瞒着他。

"嗯,真的,就像你说的,他只是你侄子,如此而已。"莱切尔假装无所谓地说。

常山侧目,忽然大笑,笑了两声才想起这是在医院,忙压低声音说:"莱切尔,事实是不是像我想的那样?"

莱切尔拧着手指,装傻似的说:"你想什么,我怎么可能知道。"

"你太狡猾了,莱切尔。哦,来吧,我们拥抱一下,你可太了不起了。这下我们是真正的亲戚了,你知道我就盼着我能有亲戚,这样我复活节感恩节圣诞节都有地方可去了。莱切尔小妈妈,你怎么不告诉我?你要是早告诉我,我可以来照顾你,也可以来帮塞缪尔换尿布。他是个复活节宝宝,是吗?"常山亲一下她的额角。

"跟你有什么关系,要你来献殷勤?"莱切尔恢复了常态,又变得伶牙俐齿满不在乎了。

"我是叔叔呀,亲叔叔呢。哦,我的小塞缪尔,"他凑到玻璃窗前看那个苹果脸孩子,"你可真是一个天使。我说,莱切尔亲爱的,海洲他不知道是吗?"

"嗯哼。"莱切尔哼哼一声,没有否认。

"那好,我们不告诉他,这是我们的小秘密。女人要藏起个把孩子,男人还真是没法知道。我来做他的父亲好吗?你看,他和我几乎一样,我要是带着他到自然历史博物馆去看史前恐龙化石,没人会怀疑我不是他的父亲。莱切尔亲爱的,你觉得我这个主意如何?"常山热切地问。

"我觉得你这个主意坏透了。"莱切尔断然否决掉他的糟糕建议。

常山咧嘴一笑,"我不急,我也不怕,等我带他出门,没人可以否认的。你与其和一万个人解释说我不是,不如默认来得痛快,那样省好多口舌。"

常山心里乐坏了,他抱起莱切尔转了个圈。"你要是公司有外派没人帮你看孩子,打个电话给我,我马上就飞车过来。怎么样,动心没有?"

"你真是个坏叔叔,用这个来诱惑人,除非魔鬼,谁能不答应?"莱切尔说,"事实上我明天就需要去辛辛那提,约见一名建筑师。我的保姆跑了,我忙得三天没睡觉,精神快崩溃了,一时失误给你留了言,才让你有机可乘。"

"去吧去吧,我的小妈妈,你尽管去,我来照顾塞缪尔。不过亲爱的,亲爱的海洲是怎么就范的?我好奇死了。"常山嬉皮笑脸地问。

"一个男人和一个女人,还有什么问题吗?荷尔蒙、肾上腺素、万有引力。你爱怎么找理由都可以,就好像你的父亲和母亲,这样解释可以吗?"在常山来到医院一个小时后,莱切尔终于笑了,"正好我雌激素达到最高值,正好我想有个婴儿,这样我还省得去精子银行付一笔费用,利息是一个美妙的夜晚和一个热情的男人。"

"好主意,"常山赞不绝口,"我就知道海洲是一个移动的精子银行,我就知道他像极了我们的父亲,他不拈花惹草都辜负了他是我们父亲的孩子。他播种我收获,我是爸爸他将是叔叔。海洲啊海洲,我终于占到他的上风了。"

莱切尔被他的得意忘形逗得开怀大笑,"来吧亲爱的,我们去问问医生,什么时候可以去亲吻小塞缪尔,我想你一定迫不及待了。"

Chapter 6　祖母花园

莱切尔去辛辛那提出差,把塞缪尔交给常山照顾两天,常山一口答应。他给奥尼尔夫人的律师打了电话,说有事会晚到两天。他改了机票的时间,这两天里他和塞缪尔迅速建立起了感情,十四个月的幼儿已经会说简单的单词了,常山教他喊他爸爸,塞缪尔笑嘻嘻喊他爸爸,把常山的眼泪都叫了下来。

莱切尔回来,两人联手找到了保姆,常山才放下心去希尔市。走之前他告诉她此行的目的,莱切尔笑他是个滥好人,好到令人嫉妒。连只做过他两个月房东的老太太在他离开十二年之后,还会记得在遗嘱里提到他的名字,会留给他纪念品。

常山笑说:"我就要开始转运了吗?有奥尼尔夫人留纪念品给我,有塞缪尔叫我爸爸,我还有什么好运掉下来?等会儿我就去买乐透,一定会中大奖。中了奖就给塞缪尔作大学基金,就不用像你叔叔那样,到现在还在还助学贷款。"

"是爸爸还是叔叔,你统一一下,别一会爸爸一会叔叔的,搞晕塞缪尔的脑子。"莱切尔笑问。

"爸爸,我要做爸爸。"常山逗着塞缪尔,"我是爸爸,叫爸爸。"

塞缪尔露出上下各四枚的兔子牙,朝他笑,冲他吐口水,叫他爸爸。

常山和他玩到几乎要误了班机才匆匆离开。

到了希尔市,常山先住进酒店,才和律师通话。律师说奥尼尔夫人的灵柩已经下葬,常山表示遗憾。律师说遗赠可以到律师楼来取,请和我的秘书预约时间。常山说好的,又问奥尼尔夫人葬在何处,他想去墓前凭吊。律师说了地址,常山听了,说正好我父母亲也葬在那里,我一会儿就去。

挂了电话,常山买了两束白色的香雪兰和一束红玫瑰带到墓地去。他先来到维方德夫妇墓前,把两束香雪兰献上,默哀了许久。想起十八岁之前他的生活,有他们的呵护,幸福美满。茵陈的决定在如今看来,是当时能做的

云实

最好的决定。他的养父养母不负所托，视他为已出，给了他最好的生活。

常山在父母墓前伫立良久，在心里说完他想说的所有话才离开。

找到奥尼尔夫人的墓，看到墓前已经有了一束白烛花，一朵朵花就像是白色的烛台。花还新鲜，献花的人应该是离开不久。常山想可能是奥尼尔夫人的儿子来过了，带来了这样清雅的花束。

常山选的是红玫瑰，他记得奥尼尔夫人喜欢玫瑰，家里花瓶里常插的是古典欧月，她做的拼布作品很多都以玫瑰为素材。奥尼尔夫人活到耄耋，成为希尔市历史学会的骄傲，就如同当年常山预言的那样。他这次选的玫瑰品种是"美国美人"，只有这样的品种，才配得上奥尼尔夫人。

离开墓地，常山去看他的老家。地方还是那个地方，房子已经重建过，如今是一幢非常漂亮的房子，房前有平整的草地，房后有一个吹气的儿童游泳池，有两个孩子在里面拍水嬉闹，笑声直上云霄。常山像是透过时间的帷幕，看到了幼年的自己。

他又转去云家当年的旧宅，云家旧宅前的花园里开满了紫丁香。

他曾在这里工作过很多时间，修剪灌木、剪草，云实会端出云太太做的柠檬红茶给他喝。她端着玻璃的水瓶走得飞快，水瓶里面响着叮叮当当的冰块。

满头大汗的少年常山，光是听到冰块的撞击声，心里就流过一道冰水。

他心爱的女孩，像天上的一片云彩，投影在他的波心。

过去的岁月如此美好，让常山念念不忘。他宁愿时间停留在那个时候，不再向前。那个时候，他父母尚在，云实是他的天使。常山想想他这一生，近三十年的光阴，最美好的时光，也就在那个时候了。那以后，他度过了漫长寂寞的十二年。

第二天他按预约时间去了律师楼，律师看过他的有效证明后，交给他一个藤条箱。

藤条箱一看就是古老的旧物，箱口的包角已经锈黑，皮质的拎把用线缠过，藤条边变脆，有断裂的地方。光是这么一只旧箱子，就可以放进古董店了。

常山感激莫名，他恭恭敬敬地打开箱子，里面是用旧丝绸包裹的一套茶具，茶具上是手绘的玫瑰图案。

"这是安兹丽的古董瓷，"律师眼睛都睁大了，"英国皇室的御用品牌，这一套茶具价值不菲,具体多少我不清楚,这要请古董行的鉴赏师来鉴定了。维方德先生,奥尼尔夫人把这么贵重的藏品赠送给你,你和她的关系一定非同一般。"

听律师这么说,常山惊讶了。这个茶具常山记得,他最后一次去奥尼尔夫人家,就是用这个茶壶泡的茶,当时不知道这是古董茶具,随手拿来泡了茶。奥尼尔夫人却看在眼里记在心上,过了这么多年,她把它们赠送给了他。

常山喏喏地应了两声,问:"奥尼尔先生知道他母亲的这些赠品吗?"他怕接受了这么贵重的礼物,对奥尼尔先生不公道。

"奥尼尔先生知道,是他把这些赠品转托律师行办理他的业务。"律师回答他的问题。

"奥尼尔先生他人现在哪里?我想亲自去向他道谢。"常山问。

"奥尼尔先生在葬礼完后已经返回加拿大。"

咦,看来墓地上的白烛花不是奥尼尔先生献的了,常山想。

律师继续说:"奥尼尔先生把奥尼尔夫人的住宅委托我们代请楼宇销售公司进行出售,维方德先生有意,可以致电我们。"这律师是个了不起的推销员,这又开始拉下一单生意了。

"哦,不了,谢谢。"常山说,"我如果要置业,也会选择在我工作的地方,这里太远了。虽然这是我的故乡。"

听他这么说,律师表示遗憾,两个人转而欣赏瓷器,恨不得马上泡一壶茶来品尝一番。

这一聊就忘了时间,一直到有电话进来,律师按了通话键,外面门口的秘书说,下一位客人预约的时间到了,客人已经等候在外面。律师忙说,请她进来。

常山关上藤条箱的盖子,和律师握手道别,说谢谢你,再见。律师说很高兴为你服务。伸手替他打开办公室的门,门口站着一位女士。常山看一眼,吃惊得叫了出来:"露丝!"

门外那女士是一名华人女子,长发,海军蓝的裙子,戴一顶同色的小帽子,露出秀丽的面容。听人叫她的名字,也吃了一惊,待看清对方的脸,又惊又喜地说:"肯扬,是你?"

常山大喜,放下藤箱,拉住云实的手,左看右看,问:"你好吗?你还好吗?是的是的,我是肯扬,露丝。没想到在这里遇上你。"

云实伸手摸摸他的脸，不置信地问："肯扬？"

"是我。"常山的心都要哭了，但他笑着吻吻她的面颊，"露丝，真高兴见到你，你来这里做什么。"

"律师通知我说奥尼尔夫人有遗物赠送给我，我答应他回来领取。你也是因为这个原因来的吗？"云实的眼睛里霎时泪水盈盈，"肯扬，看见你真好。"

"是的，我也是来接受奥尼尔夫人的遗赠的，她送我贵重的古董茶具，我曾用这个茶壶泡茶喝。她送你什么？"常山好奇，"我可以在这里等你，和你一起看吗？"

"当然可以，肯扬，"云实的眼睛不肯离开他的脸，"来，我们看看奥尼尔夫人送了我什么？"

他们转向那位律师，"我是露丝玛丽·云，我接到你的电话来领取奥尼尔夫人赠送的礼物。"她自我介绍。

"云女士你好，"律师说，"我这就把奥尼尔夫人的遗物交给你。"他从办公桌后捧出一个粉色的纸盒。

看他那小心翼翼的样子，常山以为又会是一件古董瓷器。他站在云实的身边，朝她笑一笑，"让我们看看是什么？"他说。

律师把纸盒交给云实。云实打开盖子，揭开一张白色软纸，轻轻地啊了一声。

常山探头过去看，也惊叹了一声，盒子里不是瓷器，是一床手工缝制的新娘喜被。小小的六角形的图案，每一个图案中心都是一朵玫瑰。细细地拼接成一床大被子，上面还压了线，是回旋不断的流云纹。针脚整齐，线迹清晰，色调柔和明丽，美如春天的花园。

"祖母花园。"云实长长地叹息一声，"天哪，奥尼尔夫人送我这么贵重的礼物。要缝多少针才拼得成这么一床被子啊。"

"还有这一个个的六角形，得剪多少下剪刀啊。"常山敬畏地说，"每一个六角形的玫瑰都要先剪纸形，再剪布，一片布包一张纸形，折进去缝成一个个小的六角形，再把这一个个六角形连在一起。多么浩大的工程。我曾经见过奥尼尔夫人剪纸形，我也帮她剪过，一下午就剪了三十来个，当时嫌闷，就扔下了。没想到她会把这个'祖母花园'的被子送给你。露丝，你做了什么，让她对你这么另眼相看？"常山开玩笑说。

"不知道啊，"云实面对这样的厚礼手足无措，"我从大学三年级以后就没见她了，以前上她家，也是跟你去的。我爸妈搬离希尔市后，我就没回来过。没想到奥尼尔夫人还记得我，送给我这么珍贵的手工珍品。"她把脸贴上去，"里面衬有棉花啊，真温暖，太美了。"

律师也看着这床被子发呆。"你们是奥尼尔夫人的什么人？"他终于还是好奇了，天性战胜后天的教育，放弃了他的职业教条，"让她这么念念不忘，遗嘱里还提到你们，把你们的名字写进去，送给你们这样的无价之宝。"

"她是我的祖母。"常山只能这么说。

云实把盒子盖好，对律师说："谢谢你，她值得我专程过来一趟。当接到你电话的时候，我本想请你寄过来，后来想一想，我也有十多年没有回来看过了，既然奥尼尔夫人特地留遗物给我，我当然应该来，我真的没有来错。肯扬，你呢？"

"是的，我也是这样想的。"常山说，"她是一位令人尊敬的女士，给我很多智慧的赠言，可惜当初年轻，不懂得。"他想当时他拿了他母亲留下的戒指想向云实求婚，奥尼尔夫人就预言过不会这么顺利。她一定是从他的脸上看到了他的命运，以她的阅历和睿智，一眼便可看出常山脸上的孤寂之相。

她一定在这些年里，一直想着这个男孩，她关心他，临离开尘世的时候，还想着他的孤星运。她特地留了遗物让他来取，不光是他，还留了一床新娘喜被给他的心上人，借这个原因，他们两人才在多年之后重逢。她关心他，直到最后一刻。这样的情怀，也就亲爱的老祖母才会有了。

她亲手缝制了一床"祖母花园"的新娘喜被送给云实。她是希望云实能做她的小男孩的新娘吧。

而云实，也不负她花这么多心思。墓地上那一束美丽的白烛花，一定是云实献的。奥尼尔先生已经回加拿大去了，只有云实，才有这样细腻柔软的情感，挑选了这样别致的花束。别致到常山看到了，也想不到会是云实来过了。

他其实应该猜到的，在见到那么美丽的花之后。

Chapter 7　新娘喜被

常山和云实离开律师楼，手里各自捧着一个盒子。常山看着他们两人的影子映在律师楼的玻璃门上，直觉得好笑。他看着云实，这么多年，她像是没变，又像是陪着他一起长大，她的样子，就是他想象中的样子。

"你好吗？"他问，眼睛不舍得从她的脸上移开。

"我很好，肯扬，我一直都很好，但是我看你，像是不怎么好呢。怎么这么憔悴？"云实看着他的脸，"像是多少天没有睡过了。"

常山想我确实好多天没好好睡过了，那不是要陪塞缪尔吗。但是他不说，他努力摆出颓废的样子来，想博取她的同情心。

"是，这一个星期都忙，夜里只能合一合眼。梅呢，她跟你一起来了吗？"他也常想起云实的女儿，现在，快要五岁了。人人都在向前走，有新的感情生活，有了孩子，只有他，孤独如天边的星。

"她来了，和我妈妈一起去看我家的老房子了。"云实说，"你是从我爸爸那里知道她的吧？"她有些嗔怪的意思。

"是。有一天我和云先生通电话，正好听见她的笑声，就问是不是露丝的孩子。云先生说是，又告诉了我她的名字。五月生的女孩子叫梅，多好听的名字。就跟她妈妈的名字一样好听。你知道吗？"他问，"云实是一种植物，又叫春云实，叶子是二回羽复叶，在春天，叶子颜色呈现出非常漂亮的绿色和红色。——露丝，我想问你，当年为什么丢下我去结婚了？"

云实抱歉地笑笑，"当时年轻气盛，觉得有必要那么做，就做了。"

"这可不是一个好的回答。"常山带了一丝责备的口气。他等她的亲口解释等了有一个世纪那么久，这次他一定要知道，"那时我带了我母亲留下的戒指，想向你求婚的，谁知一觉醒来，就看到你的结婚照片。你去结婚，不叫上我？我们不是做什么都在一起的吗？"

"答案像是太长，我有些记不起来了。"云实面对他的委屈，只好这么说。

"我有一生的时间来等这个答案，如果我明天死去，那也是死于伤心过度,而你,就是那个时间大神。"常山拿过她手里的纸盒子夹在胳膊底下,一手拎了藤箱,一手推着她的背往外走。

"我以为你会说我就是那个凶手。"云实忍不住笑了。

"时间是世间万物的凶手。"他拦下一辆正好停在律师楼门口的出租车,等客人离开,请云实上车,对司机说:"去埃莉诺湖。"

"去那里做什么?"云实问,可她也没阻止。而是坐好后,把盒子接过来放在自己的腿上。

"我想和你说说话。"常山的目光不舍得从她的脸上移开。

七年了,他没有一天不想她,夜里做梦,梦里都是她,他怎么会就这么放她离开?何况这是奥尼尔夫人花了那么多的心力安排下才有的机会,他不能错失。

云实无奈地笑一笑,为他的固执。"在城里找间咖啡厅不行吗?非要去那么远?"

"不行。咖啡厅里人来人往,万一我要是想发个火什么的,一看人多,我就又忍回去了。我觉得,我真的需要发发火。"常山笑道,"我说露丝,我们有七年没见了,找个安静的地方叙叙旧吧,希尔市还有哪里比埃莉诺湖更安静。"

云实耸耸肩,只好随他。

车子朝埃莉诺湖驶去,在路上,常山问起梅的情况,"我有一张她的照片,是你父亲给我的。"

"爸爸真是,怎么把妹妹的照片乱给。"云实皱了眉头,"我的呢?"

"没有,我没有你的近照,最近的近照就是你的结婚照片。"说起这个,常山仍然愤愤不平。而提到这个,云实就只能闭上嘴不说话。

常山看见她的手放在盒子边,纤细一如少女时代。他想抓过来握在他的手心,但他忍住了。

到了湖边,常山对云实说:"请,我们一起走走吧,这里多少年没来过了。"

云实下车,捧起盒子对着湖水发呆,说:"最后一次好像还是高中时,那年的7月4日独立日,有庆典在这里举行。十多年了,一点没变,就是树大了些。"

常山说:"我最后一次来是回来安葬我的母亲。"

云　实

"我很难过，肯扬。我后来才知道你在那个时候刚刚失去你的母亲。"云实脸上有不忍之意。

常山左右看看，说："那里有条手划船，我们去湖上吧。"他把藤箱交给云实，跑去把船拉过来，招呼云实上船。

"我应该对刚才那个司机说，要是明天在这里发现我的尸体，就把你的形貌特征告诉警察。我总觉得你不怀好意的样子，"云实嘀咕说，"我疯了才跟你上船。"她在船头坐好，藤箱子和纸盒子放在一边。

"上了贼船。"常山笑着把船划离岸边，往湖心划去。湖心有个小岛，长着三株北美池杉，春天杉针萌发，根根朝上，整树就像是插满了一把一把的长柄鞋刷。

云实看看湖水中倒映的天空和云影，清澈如镜。

"云和天总是在一起的。"

她有些发蒙，旧时往日一些碎片涌上心头。她听到她初识常山说的一句话，她怔了怔，以为是出自她的回忆，却实实在在响在耳边。她收回目光再看向常山，发现正是常山在说这句话。

"露丝，"常山停下手里的桨，"当年为什么丢下我独自去结婚了？"

"你一定要问吗？过去的就让它过去了不行吗？"云实不知从何说起。

"露丝，是不是我的原因？"常山收起他的笑容。

云实看向一边，不敢直视他的眼睛。"不是，是我自己的原因。"

"露丝，听我说。我问的不是我是不是不够好，不够完美，是不是不是你想象中的男朋友或丈夫的样子。我问的是，是不是我是我的原因？我是我父亲的孩子，因为我的父亲，你觉得受到了伤害，于是狠心地抛弃了我。"

他的话这么复杂，云实却听懂了，她打了一个哆嗦。

"露丝，如果是因为那样，正如我猜测的，那我就不再追问了。"他从衬衫领口里拉出一根链子，链子上有一枚红宝石的戒指，他取下来，抓过云实的左手，戴在她的无名指上。

"亲爱的，嫁给我好吗？虽然我说这句话迟了七年，但我一直把这句话存在我的心上。我爱你，从我第一眼看见你，就不曾改变过。我对你的爱伴随我的一生，如果你再不答应，我怕我的心真的要变成碎片了。我看到每一对相爱在一起的男女，就嫉妒得发狂。要是我长时间注视他们，我就会可怜我自己到流泪。"常山说出他迟说了七年的话。

"不是因为眼睛干涩?"云实眨眨眼睛问,"你就不会眨一下眼睛?"

常山哈哈笑起来,把戒指推进她的指根。她的左手无名指的指根明显要细一圈,那一圈的皮肤颜色,又要比旁边的浅一些,那是长期佩戴戒指最近又取下来后才有的现象。

她对律师自称为露丝玛丽·云,没有提她的夫姓。她无名指上的结婚戒指已经除下。他记得她有过一枚钻石婚戒,那曾经刺痛过他的心。

他把他母亲的红宝石戒指戴在她的无名指上,拉起她的手放在嘴唇上吻。"亲爱的,和我结婚吧。过了这么多年,我想你的怨气也消得差不多了。我已经原谅了他,你也原谅我好吗?毕竟这不是我的错。"

云实看着那枚戒指沉吟不语。而常山也不催促她,他抄起桨来慢慢划着。

"你知道吗?"她说,"我时常懊悔当年的冲动,可我也感激他,给了我天使般的女儿。如果时光倒流,我重新选择一次,我知道是这么一个结果,我仍然会做出那样的决定。因为我不那么做,她的生命就会消失,而我无法承受那样的后果。"

常山理解她的意思。"亲爱的,我知道。有时候,好像我们面临着的只有一条路,没有别的选择。也许过个十年八年来看,其实周围都是可以趟过去的浅滩。但在当时,真的以为那些水面下,有一千英尺。我们不可能超越我们的年龄和见识,我们只有等着上帝给我们什么,我们接受什么。过后才会知道,酸涩的葡萄,也可以酿出美酒。"

云实凝视着常山的眼睛,她在那里面看到她的身影。"没有时间来拉开我们的距离,我不会知道你对我的重要,让我可以平静地说出我当时的愤怒。即使是愤怒,也是出于我的自尊。爱情虽然身不由己,尊严却不容放弃。"

常山惊讶地笑了。云实,真的是又一个茵陈。心理学家都说,男人在寻找妻子的时候,潜意识里是以他们的母亲为范本。而他,真真实实地把这个结论实践了一遍。虽然那个时候,他还不认识他的母亲。

云实有些无奈地说:"肯扬,时间已经改变了我们。"她垂下眼帘。常山的笑容里,有些她不明白的内涵。

"生命就是这么奇妙,苦涩的种子总会结出甘甜的果子。"常山脸上的笑容,就像头顶吹过的四月的春风般和煦。

云实抬头看他,"肯扬,你长大了,成熟得我不敢认了。不过你一直都是这么成熟的,是我年少不懂事,以为世界应该围着我转……"

"结果你看到的事实却是,世界在围着我转?"常山问,"你从小熟悉的一切都是为了我:维方德夫妇,你的父母。真相是这样丑陋,不但你无法接受,我也同样无法接受。"

"嗯,那把我吓坏了,我不能接受我敬重的父亲是因为你才来到这个国家,为了照顾你才留在这个玉米田边缘的小城市。人生而平等不是吗?谁又是谁的奴仆?"云实有些悲哀地说出压在她心上七年的话。

"不是那样的,亲爱的。"常山说,"云先生来这里是为了他的理想,他是为了你和你的母亲。他放弃了一些理想,以换取你过得比他好。至少他是这么认为的。"

"后来我想明白了,不过在当时,我不这么想。对不起,肯扬,我其实应该和你商量,而不是做出欠思考的举动。"云实回忆当年那个少不更事的自己,有无限愧疚。

"商量什么?商量你是不是应该嫁给那个西班牙人?"常山佯怒,"我再大方,也没这么大方。"

云实噗的一声笑了出来。

"告诉我,亲爱的,你是怎么知道的这一切?在我自己都不知道我是谁的时候,你又是怎么知道的?我想云先生不会告诉你,云太太也未必知道这里面的原因。云先生是那种把一切都藏在心里的有担当的高洁之士,我想象中的中国文人,就该是他那个样子。"

常山心目中的中国父亲,其实是以云先生为模特的,他无从想象甘遂是什么样的人,从海洲的描述中得出的形象,他不能认同。虽然他也为他后二十年的固守而钦佩,但一想到他的母亲因此而受的困苦和侮辱,他的感情就不能接受。

"你又是怎么知道的?"云实反问他,"我很好奇,你像是已经有了答案,一切都成竹在胸了。"

常山思考她这个问题,得到的答案是她不知道他已经和海洲相认。是啊,以云先生的修养和人品,是不会把他的私事告诉她的。"亲爱的,这个故事很长很长,你是不是有足够的时间来听?"他握住她的手放在唇边亲吻。

云实笑了。

常山几乎要欢呼哈利路亚。

他倾身前去吻她的面颊,看她没有避开,再移下一点,吻她的唇。继而又移回到她的耳边，轻声说："你知道我有多想你吗？我想你想得夜里心痛到醒来，想你如果在我的身边，我会看着你入睡不舍得闭上眼睛。我会想要看着你，又怕灯光会打扰你的睡眠，我会犹豫要不要开灯。如果月光够好，我希望不要拉上窗帘，那样我可以借着月光看着你。"

云实听着他傻气的情话，眼里泪花闪动。

常山把船划到湖中间的那个岛上，下了船，把那床被子铺在落满厚厚松针的地上，再把船绳系在池杉树干上，抱起云实，放在新娘喜被上。

他看着她的脸说："你知道我就是在一个湖中心的小岛上诞生的吗？"说完他俯下身子吻她，"亲爱的，做我的妻子吧。"

湖面有野鸭子游过来，杉树上有一只红衣凤头鸟在啾啾鸣叫。四月的风吹拂着湖心岛上的草叶，一朵蒲公英被吹开了无数的小伞，轻轻地飘荡在风中。

天上的云朵飘啊飘，云总是在天的心上的。

图书在版编目（CIP）数据

天堂里的陌生人/蓝紫青灰著. —济南:山东文艺出版社,
2013.1
　ISBN 978－7－5329－3557－4

　Ⅰ.①天… Ⅱ.①蓝… Ⅲ.①长篇小说—中国—当代
Ⅳ.①I247.5

中国版本图书馆CIP数据核字（2012）第276479号

天堂里的陌生人

蓝紫青灰　著

主管部门	山东出版集团
集团网址	www.sdpress.com.cn
出版发行	山东文艺出版社
社　　址	山东省济南市英雄山路189号
邮　　编	250002
网　　址	www.sdwypress.com

读者服务	0531－82098776（总编室）
	0531－82098775（发行部）
电子邮箱	sdwy@sdpress.com.cn

印　　刷	山东新华印务有限责任公司
开　　本	880毫米×1230毫米　1/32
印　　张	9　插页/2
字　　数	268千字
版　　次	2013年1月第1版
印　　次	2013年1月第1次印刷
书　　号	ISBN 978－7－5329－3557－4
定　　价	25.00元

版权专有，侵权必究。如有图书质量问题，请与出版社联系调换。